U0926758

花火
魅丽文化
花火工作室

# 陆见倾心

奚六 著

江苏凤凰文艺出版社
JIANGSU PHOENIX LITERATURE AND ART PUBLISHING, LTD

图书在版编目（CIP）数据

陆见倾心 / 奚六著 . -- 南京：江苏凤凰文艺出版社，
2019.6
ISBN 978-7-5594-3627-6

Ⅰ . ①陆… Ⅱ . ①奚… Ⅲ . ①长篇小说－中国－当代
Ⅳ . ① I247.5

中国版本图书馆 CIP 数据核字 (2019) 第 074987 号

# 陆见倾心

奚六 著

出 版 人　张在健
责任编辑　张　倩　王　青
文字编辑　夏　沅　余叮咚
装帧设计　丹青客
出版发行　江苏凤凰文艺出版社
　　　　　南京市中央路 165 号，邮编：210009
网　　址　http://www.jswenyi.com
印　　刷　湖南新华精品印务有限公司
开　　本　880mm × 1230mm　1/32
印　　张　10
字　　数　272 千字
版　　次　2019 年 6 月第 1 版，2019 年 6 月第 1 次印刷
书　　号　ISBN 978-7-5594-3627-6
定　　价　38.60 元

江苏凤凰文艺版图书凡印刷、装订错误可随时向承印厂调换

CONTENTS 目录

C O N T E N T S 目录

# 第一章 离我远一点

酒吧门口，江甜被半架着轰了出来，保安高声呵斥，江甜只觉得耳边嗡嗡作响。

傍晚时分，依旧炎热，江甜捡起脚边的吉他，黑色的背包染了一层灰，她心疼地掸了掸，拎着包躲到一边的梧桐树下。树荫里凉快不少，可枝叶间知了没完没了地嚷嚷，吵得她有些心烦意乱。

不远处传来轮胎和地面摩擦发出的刺耳声响，循声望去，一辆银色面包车在几米外急刹车停下，车门拉开，两个穿着黑色背心的男人跳下车，眼神直直地往她所在的方向扫射过来。

江甜心里咯噔一下，她迅速收回视线，转身快步往前跑。

两个彪形大汉立马扯着嗓子喊出声："别走啊！"

落在后头的瘦高个儿甩着胳膊膀子："张总让我们请你喝茶呢！跑什么！"

江甜暗骂了一声，脚下步子更快了。起初她还遥遥领先，时间一长多少有些体力不支，附近连一辆出租车都没有，日头没有落山，天气又热，路上行人也少。

一辆蓝色三轮车由远及近，从她左边掠过，她冲车内的男人喊话，可回答江甜的只有“突突突”的发动机的声响，耳边风声呼啸，热浪翻滚，空气像被挤压一样。

江甜拨了电话出去，铃声响过三下，她挂断。正前方不远，刚才那辆三轮车刚刚停稳，江甜再次跑上前。

“纪盛你烦不烦？一天十几通电话有病吗？看我笑话？”驾驶座的人正巧在接电话，一连问了几个问题。他声音不大，可传递的怒意，分毫不少。

江甜单手撑着金属门框，男人戴着黑色鸭舌帽，帽檐压得很低，微微低着头，看不清脸。身后脚步声逼近，她来不及思考太多：“师傅，能不能载我一程？”

对方一句话低吼完，把手机扔在控制台上，语气冷淡：“不能。”

江甜眼神微黯，扶着车门的右手只好松开。

男人双手自然地搭在方向盘上，余光不经意地往后视镜一瞥，视线倏地一顿，静默半秒，他伸手把帽檐压得更低，忽然改口：“上车。”

江甜有点意外，可她反应也快：“我坐哪儿啊？”这是一辆带车棚的电动三轮，送快递专用的。

江甜急得不行，男人却不紧不慢，他把右手边的移动座椅放下来：“你把吉他放后面。”

江甜火速领命，三轮车上路，身后彪形大汉不断缩短的距离顷刻拉开，可路边一辆辆飞驰而过的小轿车，又让她莫名紧张。

“嘀嗒嘀嗒”，控制台上的手机在响，江甜的视线扫过去，屏幕上的微信消息一条条跳了出来。

纪盛：“上班玩手机！服务态度这么差，不怕我举报你。”

纪盛：“听说送快递的羡慕送外卖的，送外卖的嫉妒做公关的，人生二级跳了解一下？”

哪怕隔着屏幕，江甜都觉得这个叫纪盛的人挺欠揍的。注意力被吸引，她的脑袋下意识地往前伸，眼睛盯着热闹的屏幕一动不动。

乔时延："公关，不行吧。"

纪盛："哪个不行？谁不行！"

纪盛："怎么就不行了？他才多大啊！"

不知不觉，尺度大了，江甜舔了舔嘴角，耳根有些红。

"啪啦"一下，手机猛地被翻了个身，背朝上甩向一边角落。

江甜自知失礼，尴尬地缩回脑袋。

车速突然加快，经过减速带剧烈颠簸，她眼疾手快地抓住车把手，可仍有点不稳，身子向左靠了一下，贴上对方的右边胳膊，男人身子一侧，巧妙地避开。

"嘀嗒嘀嗒"的声音还在继续，手机一直在振动，可她明显感觉周身温度骤降，驾驶座上的人，帽檐依旧压得很低，几乎遮去半张脸，流畅的下颌线条以上藏在厚重的阴影里，仍是瞧不清长相。

微信提示音响到第十下，控制台上的手机不知何时被拿了起来，从她眼前一掠而过，在半空画出一条抛物线落去一边的花坛。

她只来得及看清一排小字，挺押韵的："麻将三缺一，陆三送快递。"

江甜有些傻眼，这手机价格不菲，至少也得大几千，现在快递公司的待遇都这么好了。

也就一走神的工夫，三轮车又减速停下。

江甜警惕地向后探头，彪形大汉早被甩出老远，她心思稍缓，转身看他，只见男人用食指顶了顶帽檐，从驾驶座下去了。

江甜内心挣扎了几秒，也从车上跳到了马路牙子上。太阳刺得眼睛疼，她往树荫里挪了一步，目光跟着他移动。

男人的脊背挺得笔直，步伐稳健，明明一件最普通的蓝色运动衫，硬是衬得整个人清俊又挺拔，加上先前那一幕，江甜觉得这人兴许不简单。他在一侧的花坛蹲下，伸长脖子往灌木丛里探头，眼睛黑而亮，左一下右一下地扒拉树叶，像极了捡球的大型犬，滑稽又可怜。

江甜讪讪地伸手摸鼻子。

脸疼，真疼。

男人动作很快，捡起手机，折身往回走，坐上三轮车，一系列动作一气呵成，又那么理所当然，手机依旧在振动，不知他瞧见了什么，眉间染上几抹阴郁，明显情绪不佳。

江甜没多嘴，刚走出树荫准备上车，三轮车却瞬间提速开出好远，江甜呆滞几秒，完全没反应过来。

也是凑巧，三轮车前脚刚走，一辆拉风的跑车正好在她左前方停下来。程岁下车，围着江甜问："没事吧？"

江甜的视线还跟着融入车流的三轮车移动，心不在焉。

程岁的语气有些不快："江甜！好好一个工作每次都要弄得这么风风火火吗？"

程岁这么一凶，江甜飘远的思绪被拽回，她莫名觉得委屈。

下午场，酒吧的客人不多，本来她唱完歌，拿了今天的工资就能离开。可等她收拾好东西，莫名其妙就被拉去陪一个土财主喝酒，也就是刚才两个彪形大汉嘴里的"张总"。

本想应付几下，可这土财主色眯眯的一看就不是正经人，几杯酒下肚，油腻腻的爪子已经不怀好意地摸上她的大腿，还有往上去的势头。

江甜热血上头，抄起桌上的半杯红酒就往土财主身上泼了过去，土财主恼羞成怒，扯着嗓子跟猪叫一样。江甜知道事情闹大了，连忙抢过桌上几瓶打开的酒水，主动往自己身上撒，忙不迭地给人赔罪，没过一会儿，她比土财主狼狈了不知多少倍。可这土财主不仅让经理当场开了她，居然还派人……

江甜耷拉着头，程岁拿她没辙。两人先上了车，江甜絮絮叨叨地解释："我也不想的，我这臭脾气又忍不了。"

程岁没理她，上车后一个劲儿地打电话。

彪形大汉不知何时追上来了，江甜留意到时，那两人正站在几米之外。她紧张地看向程岁，程岁若无其事地挂了最后一通电话，把手机扔在置物柜上，板着脸出言教训："你就应该老老实实待在学校上课！你这动不动热血上头的脾气早晚出事！"

江甜自知理亏，惭愧地低下头："我错了。"

程岁不买账，冷眼拆穿："别给我装！"

两人十几年的朋友了，江甜还在念大三。程岁虽然和她同龄，可人家成绩好，上学期间连跳了三级，大学毕业后成功创业，是典型的青年才俊。

江甜看风使舵，冲他讨好地笑："保密啊，程总。"今天的事情，老江要是知道了，一定跟她急眼。

程岁暴躁地扯领带："我哪次没有！"自从上了大学，江甜在大大小小的酒吧驻唱，酒吧这地方鱼龙混杂，类似的事情没少发生过。

江甜一脸谄媚，程岁看得额角直跳，沉默地发动引擎。

程岁这人吧，品味是出了名的烧包，暗红色衬衫配银色袖扣，连几百万纸糊的跑车都是惹眼的红色。可程岁不说话的时候，还挺像个正经人，江甜最怕他严肃，此刻也不敢再说什么。

酒吧唱歌免不了浓妆艳抹，脸上涂的东西多了，加上又出了汗，妆早花了。江甜的注意力都在卸妆上，程岁突然一个急刹车，江甜身子往前甩，压着化妆棉的食指戳到鼻孔里。

江甜刚准备埋怨几句，谁知汽车又忽地启动，她一个不留神咬到舌尖，疼得眉头直皱。

程岁得逞地拍着方向盘憋笑，江甜气结，碍于开车又不好动手。江甜气愤地扭头，视线转去窗外，余光瞥到前方路况，她的目光顿住，透过车玻璃，再次看到那个人。

三轮车斜斜地停在一边，半米外倒了一辆电瓶车。此时，一个四十岁左右的女人正扯着男人的衣领，对他拳打脚踢。

江甜扔了手上的化妆镜："停车！"

程岁没理会，江甜重复了一遍后，顺着她的视线望去，自然也看到了前面的热闹场面。

拉风的红色跑车在一个利落的甩尾后停稳，离争执的两人不过几步的距离。

中年妇人得寸进尺，撸起袖子张牙舞爪。男人欲抬手阻止，手臂还没抬起，她就扯着哭腔吆喝："打人了！动手打女人了！"

男人的动作明显一滞，中年妇人趁机扯下他的帽子甩在地上，又被眼前的跑车吸引，眼睛亮了。

江甜瞟了程岁一眼，程岁心领神会，他上前搭话："大姐，怎么了？"

中年妇人松了手，转向程岁的时候，脸上堆起笑："帅哥，可不是大姐不讲理啊，这送快递的小子撞我的车。我让他赔钱，他居然说没钱！"她啐了口唾沫，"没钱？活该送快递！"

江甜听得皱了皱眉，程岁也觉得不舒服，当事人却好像一点反应都没有。

程岁也不拐弯抹角："您是哪里受伤了？"

中年妇人理直气壮地点头："受了惊吓！那什么精神赔偿总要吧。小伙子居然说我逆行，我逆行他就能撞我了？"

明摆了不讲理，程岁的眼神冷了几度。

江甜走过去打圆场，可她一靠近，身旁的男人转身就离开，中年妇人刚准备堵人被程岁拦了下来。江甜连忙上前安抚，眼神却不由自主地在几米外的男人身上流连。

他朝着三轮车的方向，江甜以为他又想走，可没一会儿男人的脚步停下，半倚靠在一边车棚上，右手往兜里一揣，竟掏出了烟和打火机。

江甜注意到夹着香烟的那双手，明显不是一双常年干粗活的手。程岁每天坐办公室里吹空调，多少人前前后后伺候着，也未必有眼前这双手保养得好。

中年妇人骂骂咧咧的声音继续传来，伴着程岁几乎尴尬到极致的牵强话语。

没一会儿，男人竟主动侧过身，半眯着眼看着她，指尖是刚点燃的香烟，他指腹轻轻一点，有零星的棕色烟丝滚落在脚边。时间静悄悄地走，男人缓缓吐出烟圈，散在周身，透过烟雾看她，表情慵懒散漫，带着笑意的目光下隐没着他的疏离冷漠，还有难以隐藏的不耐烦。

江甜猛地怔住，男人五官俊秀，鼻梁高挺，睫毛浓密而黑，此刻薄唇紧抿，神色冷然。一个星期前的某些画面跟电影的慢镜头一样，一幕幕向她飞掠而来。

她不自在地错开目光，脸颊微烫。

怎么也没想到，是他。

也不知程岁说了什么，中年妇人竟激动地喊了起来："你和送快递的什么关系！什么叫没受伤就算了！"

江甜没了耐心："逆行就是你不对。"

中年妇人被抓了尾巴，顿时恼羞成怒，蛮横地朝江甜扑过去。江甜一惊，连连后退了几步，急忙喊："程岁！她要打我！"

程岁没料想这人会这么胡搅蛮缠，此时顾不上其他，拽着妇人的胳膊把她往后拉。

江甜乱了阵脚，踉踉跄跄，身子后仰，天旋地转间，腰间环上一双手臂，勾住她纤细的腰，而后一个旋转，她被动转身，撞上对方宽厚的胸膛。

江甜的双手下意识地抵在男人腰侧，勉强找回重心，抬头看着他。

陆铭周个子很高，江甜比他矮了一大截，由于姿势的原因，两人视线相撞。

江甜眼神闪烁，心虚地别过脸，过了几秒，又故作镇定地看向他。

陆铭周神色未变，眼睛一眨不眨，她很快注意到对方脸上的几道抓伤，明显是被指甲挠花的，伤口还淌着血珠。

江甜心惊："你受伤了！"

陆铭周周身戾气难掩，他的指尖打了个旋儿，扔掉手上的烟。

江甜伸出手，离陆铭周的面颊还有几厘米的距离，手腕却被他猛地握住。

陆铭周忽而一笑，笑意沁到眼底后，莫名演化出一股玩世不恭，他微微弯下腰，凑到江甜耳边低声说了几个字。

瞬间，江甜的脸颊"唰"地红了个透，顺带着耳垂都烧了起来。

中年妇人又开始吆喝，程岁频频按着太阳穴，陆铭周最后给了钱，中年妇人骑着车风风火火离去。江甜瞧见眼前这幕，不认同地蹙眉。

陆铭周若无其事地转身走，江甜鬼使神差地往前走了一步，刚好挡在陆铭周面前。

这动作，挺挑衅的。

陆铭周两指捏着打火机转圈，没什么情绪地垂眸看她。江甜深吸了口气，右手拽着衣角，轻声说："上次的事，对不起。"

她低声道歉，两人目光交织，陆铭周眼帘微合，漫不经心地问："什么事？"

陆铭周明知故问，江甜语塞，脸颊又开始烧，耳垂红得能滴血。

陆铭周也不催，指腹摩挲着精致的打火机，等的时间久了，他懒洋洋地"嗯"了一声，说不出的轻佻张扬。

江甜别过头，不敢看他。

陆铭周微微抬眼，好心提醒："道歉要有诚意吧，你好像没有。"

江甜有些蒙，心思转了几圈，指向一旁的三轮车，她热心地问："我帮你一起送快递，可以吗？"

忽地被人戳到痛处，陆铭周的嘴角几不可察地抽搐。

江甜想起一句老套台词："你觉得光是道歉没诚意，总不能指望警察解决问题吧。"

陆铭周："……"

见他沉默，江甜又多嘴解释了一句："多个人一起，你也可以快点下班啊。"

"还是算了吧。"陆铭周的视线在她身上逡巡了一圈，声音里带着几分调侃，"用童工犯法的。"

陆铭周嘴边弯起极小的弧度，双手往裤兜里随意一揣，直接从江甜身边绕过。他这人没什么耐心，心里又藏着事，不愿在小姑娘身上浪费时间。

中年妇人走后，程岁刚好接了一个电话，两人的对话他只听到了后半段。

江甜愣在原地，被陆铭周轻描淡写的几个字刺得血肉模糊。反应过来后，她不争气地低头，今天穿得是宽松了点。

三轮车"突突突"地往前开走了，江甜看了一眼，转向程岁，她不死心："他什么意思？"

程岁给了一个"你懂的"的眼神，江甜觉得有点受伤，她不是还在长身体嘛。

程岁话锋一转，难得正经："这人你认识？"

江甜耳根仍轻微泛红，她轻叹了一声："在春树景酒吧见过一次，总之不太愉快。"

她说完，掉头上车，程岁识趣地没再多问。

一连几天的高温，天气预报说傍晚有雨，转眼已是黄昏，云层黑压压地聚拢，江甜的心情跟阴沉的天气一样。

她的吉他丢了，准确地说，是落在陆铭周的三轮车里了。

她的吉他是真的值钱，这吉他能到她手里，也挺戏剧性的。

前段时间江甜坐公交，前面的大爷兜里没零钱，江甜顺手帮他投了币。两人刚好并排坐着，老人瞧见她腿边的黑色吉他背包："玩琴的？"

江甜连忙摘下耳机，笑着点头。

老人身子往背椅上轻轻一靠，手里捏着俩文玩核桃转悠："这琴的讲究可不少啊。”

江甜顺着他的话语，谦虚地说：“随便买的，不太懂。”老人却意外地打开了话匣子，两人就这么聊上了。

江甜偶尔跟他喝杯小酒，下盘棋，一来二去熟起来，这把吉他也自然到了她手里。

江甜上个月才知道，这个下棋会耍赖、喝高了就开始唱昆曲的臭老头，居然是周川。

周川是安城有名的琴师，这人来头不小。他年轻的时候下海经商，年过半百却早早隐退，倒腾起手艺活。倔老头脾气古怪，一年只做几把琴，也不明码标价，全靠一个“缘”字。说白了，看老头心情。

出租车师傅敲了两下透明挡板，江甜的脑袋靠着车窗玻璃，表情恹恹的，好半天才反应过来。出租车师傅帮她把后备厢的大件行李卸到马路牙子上，学校暑假不让住宿，她提前找了房子搬出来。

这个地方算是个城中村，前些年列入拆迁计划，也不知道中间发生了什么，拖到现在也没拆成。周围大厦林立，唯独这片是上个世纪的老建筑。

她暑假找了工作，回家住不方便。旧小区没电梯，她住顶楼，几个箱子抬上去够呛，程岁原先是答应帮忙的，可他临时有事走不开。

等她费力地抬了个行李箱上去，程岁才姗姗来迟，打量一圈周围的环境，他皱眉道：“你真要住这儿？我那边有套公寓装修完了，没人住。”

江甜打断他：“我手上的钱只够租这边的房子，你那间公寓，单是水电费一交我就得喝西北风了。”

程岁：“我那里空着也是空着，又不要你钱。”

程岁还想说点什么，江甜直接把行李箱往他身边一推，语气坚定：“楼上 501。”

程岁无奈地叹气，提起行李箱往楼道走，江甜拎了件较轻的行李跟在他后头。

没走两步，程岁停下脚步了。

楼道窄，前面被堵住，后头也动不了。

江甜催了两声，前面的人站着没动，江甜蹬了他一脚，程岁瞬间奓毛："江甜！你看看！这些都是什么？"他指着一边的墙壁，食指上上下下晃个不停，情绪激动。

破旧的水泥墙像干涸的丘壑，坑坑洼洼，大片的白色粉末崩裂开，上头贴满了花花绿绿的小广告。

江甜配合地看了两眼，抬手指着其中一张齐刘海的美女，意味不明地笑："这个挺好看的，价格也合适。"

"我不是说这个！"程岁吹胡子瞪眼，直接撕过一边的彩色海报举到江甜面前，"通缉令贴得到处都是，有嫌犯在逃！还是个内衣癖！"

江甜懒得看，抢过海报揉成一团，故意砸到程岁身上："哪会这么巧啊，这地方没有你想的那么糟糕。"

程岁觑了她一眼，提着行李箱噔噔噔上楼。

一室一厅，有个开放式小厨房，一个人住刚好。

江甜忙着收拾行李，程岁在屋里来回踱步，吐槽她固执，嚷嚷着要离开。

江甜也不留他，程岁磨磨蹭蹭几分钟，心里轻叹，开着新买的跑车调戏姑娘去了。

夜幕降临，老旧的窗户被风吹得咯吱响，收拾好房间，江甜窝在沙发里，捧着一本漫画书打发时间。

"咚咚咚"，响了三下，突然有人敲门。

漫画书从手里滑落，江甜匆忙站起来，语气警惕："谁啊？"她刚搬来，除了见过两次房东，左邻右舍都不认识，现在这个点谁会来敲门？

门口的人声音很低，略带沙哑："你隔壁的。"

江甜难免有些紧张，踮着脚走到门口，透过猫眼，却没瞧见人影。

又是一阵敲门声，急促中隐隐透着不耐烦。

隔壁的？江甜跑到一边的窗口，拉开窗帘往外瞧，隔壁房间的灯确实亮着，阳台的落地窗大开，上头摆了一个晾衣架，挂了不少女性的衣物，被风吹得左右摇晃。

房东提前跟她打过招呼，五楼一共两户，隔壁住着一个单身汉，也是刚搬来的。

那么这些衣服哪来的？

门口的人还在催促，声音压得更低："开门。"

江甜摸不准情况，纠结了几秒，只好给程岁打电话，接电话的却是个女人。江甜还没说话，对方甩了一句："程总在忙。"

"嘟"一声，就挂了。

江甜紧张得手心冒汗，凑到门口，扒着猫眼往外瞧。

五楼是小区顶楼，能住两户人家，中间有个露天阳台，放了石桌板凳，旁边摆着一个卧榻，是夏天乘凉用的。

此刻，陌生男人正站在石桌前，低头摆弄着什么，光线太暗，江甜看不清，隐约像是一个编织袋。

没一会儿，他转身往回走，脸上还戴着黑色口罩，额前散下的碎发遮住眼睛。

随后又是几下急促的敲门声，江甜赶紧缩回脑袋，心跳得有些乱，她焦灼地来回打转。程岁这个乌鸦嘴，别真给他说准了，安城的治安一向不错，这小区虽然老旧了些，总不至于……

"啪"的一下——是重物落地的声音，窗台摆着的盆栽被风刮了下来，碎在墙角。

江甜被吓得不轻，瞬间脸色苍白，窗户不知何时被狂风撞开了，茶几上的曲谱被吹得满屋飞，逼仄的空间里一时暗流涌动。

再也无法思考，江甜捧着手机，迅速拨出110，电话很快接通："警察叔叔！我要报警！"她强撑着说完，跑去关上窗户。

没几分钟，警察就到了。其间，门口的敲门声没了，可窸窸窣窣的声音不少。

门口传来浑厚的男声，字正腔圆："静虹派出所，您没事吧？"

江甜套上拖鞋，透过猫眼，两名穿制服的警官一前一后站着，江甜悬着的心终于落地。她拉开门，中年警察站得笔直，江甜激动地握住他的手："警察叔叔，真的太谢谢你们了！"

中年警察脊背挺得更直了，正色回道："应该的！"

江甜热泪盈眶，中年警察反倒有些不好意思，他摘了警帽，说："要麻烦你跟我们回去做个笔录。"

江甜刚想点头答应，突然有人喊她名字，字字如刀："江甜！你就这么想死？"

说话的人，离她几步之遥，反手锁了手铐，被年轻警察压在一边墙面，蹭了满嘴的墙灰。

此刻，他的眼神冷得能杀人。

江甜的后背升起一股寒意，她害怕地后退了一步。中年警察连忙安抚："别害怕，这个人我们会带回局里审问。"

江甜快哭了，颤颤巍巍道："警察叔叔，好像弄错了。"

中年警察怜爱地拍了拍江甜的肩头，用眼神鼓励她，小姑娘估计还在上学，温室里的花骨朵，没遇过事儿。

江甜的额头开始冒汗，手指紧紧绞在一起，心虚地偷瞄几步之外的狼狈男人。

"江甜。"那人又喊她的名字，阴恻恻的，特别吓人。

江甜双腿发软，勉强扶着门框，好半天，她怯生生挤出一句："陆铭周，你真的是变态吗？"

陆铭周怒不可遏："你说呢！"

江甜眼神里充斥着错愕震惊，须臾又衍生出几分痛心疾首，所有的情绪糅杂在一起，最后化为一抹难以言喻的悲凉愤慨。迎着陆铭周怨恨的目光，她失望地低下头，劝了句："回头是岸吧。"

陆铭周："……"

陆铭周给乔时延打电话，来的却是纪盛。他心里窝着一团火，心想还不如蹲一晚派出所来得痛快。纪盛倒真没让他失望，从踏入派出所开始，就没完没了地笑，捏着手机偷偷摸摸发微信。

很快，陆铭周兜里的手机开始振动，他不用看也知道，微信群一定炸了。

误会一场，手续也快，负责的警官给他道歉。纪盛在一旁笑得十分欠揍，陆铭周勉强点头应付了一下。

派出所门口，陆铭周半倚着车身，指尖捻着半截香烟，路灯晕黄的光线打在他脸上，风一吹，光影飘摇。纪盛则坐在引擎盖上，跷着二郎腿，时不时笑两声。

江甜踌躇片刻，还是走上前，在离陆铭周三步远的地方站定。

陆铭周眼底覆着薄薄一层愠色，他慢悠悠吐出烟圈，没开口说话。江甜抿着嘴唇，做了一番心理建设，才抬头看他："对不起。"

陆铭周却懒得看她，眼神和她错开，低声冷笑。

纪盛听到声音，才注意到一边的江甜，差点从车盖上摔下来，只见他大呼小叫："又是这女的啊！"

江甜转过脑袋，看了一眼旁边的男人，心下一阵思索，并不认识，可他刚才那句话分明是认识她的。

她还在琢磨，陆铭周不耐烦地用手肘顶了两下车窗，半晌，他压下强烈的不悦，嗓音一沉："江甜，我跟你有仇吗？"

江甜的睫毛低低地垂下，明显底气不足："对不起。"

陆铭周听得烦躁，手指往前一送将烟头抵上车门捻了捻，棕色烟丝混着零星火光。他扬眉看她，声音冷冽："我好心好意帮你，你就这么狼心狗肺报答我？"

陆铭周冷声质问，江甜实在不知道怎么接话，头埋得更低。

陆铭周确实不止帮过她一次。

她第一次见到陆铭周，是她第一次去春树景上班的时候。

江甜没准备表演服装，挨了经理王楠劈头盖脸一顿骂。服务员打圆场，领着她往更衣室走，笔直的不锈钢架子上只挂了一件暴露的亮片吊带。直到换好衣服出来，江甜仍有些不适应，她从来没穿过这么短的裙子，裙摆刚遮住大腿根，她站在落地镜前左右为难。可很快就有人进来喊她上台表演，江甜没办法，只好硬着头皮上场。

表演开始没多久，江甜便发现在她身上流连的目光远多过了对她表演的欣赏，哪怕她酒吧驻唱的经验不少，仍被看得不舒服。

她稍微挪了一下姿势，把吉他往前抵了几分，可这分神的工夫，她跑调了。失误太明显，离得最近的几个男人直接冲她喝倒彩。

就在这时，一名男服务员从台下走到了舞台中间，微笑着把手里的抱枕递给江甜。江甜连忙伸手接过，挡在身前，朝他投去感谢的目光。

男服务员微微侧身，指了指远处的卡座，眼神暧昧地暗示。

江甜顺着他手指的方向看去，西侧的卡座上慵懒地倚着一个男人，似乎是见她看过来了，他冲她举了一下酒杯。

两人视线交会，江甜还来不及微笑感谢，对方却很自然地将目光错开，不再看她。

就是这么凑巧，眼前的陆铭周，就是当时替她解围的陌生男人，她非但没能答谢，今晚还将人送进警局。

江甜还陷在回忆里，抿着嘴唇低头沉思。

陆铭周却明显没了耐心，见江甜不说话，他弯下腰与江甜平视，扯着嘴角似笑非笑：“没人教你做人要知恩图报吗，你这样黑白颠倒是非不分。”他有意延长调子，江甜提着一颗心，“就不怕哪天——”

他吊着她，故意不把话说完。

江甜不自在地后退了半步，手心汗湿，心思却因为陆铭周的三言两语，瞬间飞回了那晚的春树景。

陆铭周出手帮她只是一个开始，江甜依旧记得当时尴尬到死的画面——故事的后半段。

当晚表演结束，江甜在后台接到江宁明的电话。父母突然要来学校看她，她在酒吧兼职的事情是瞒着家里的，于是收拾了东西急着往学校赶。可还没走出几步，身后有人喊她。

江甜循声望去，男人站在她正前方三米外，白色衬衣一半扎在西裤里，另一边露了出来，衣衫松松垮垮。他似乎醉了，头顶的橘色大吊灯给他镀了一层淡淡的金边，漆黑的眸子蕴着朦胧醉意，像是打翻在洁白天鹅绒毯上的红酒，层层向外晕染，风情流转。

她再次见到了陆铭周。

江甜原本想着下场后过去道谢，等她表演结束，卡座里早没人了，这会儿突然出现，她挺意外的。犹豫半晌，江甜还是跑上前，礼貌道：“刚才谢谢你。”

男人微微颔首，双手插在西裤兜里，简单地自我介绍后，他略带醉意的眸子扫过来，嗓音有点沙哑：“小事。”

江甜正想开口，手机振动了一下，老江给她发了共享位置，离她学校最多半小时。江甜彻底急了：“不好意思，我有点急事先走了。”

“等一下。”男人声音很低，却隐隐透着笃定，明显没有让她走的意思，他抬眼，“一起喝一杯？”

江甜被迫停下脚步，若是平时，她兴许不会拒绝，可现在她实在着急：“不好意思，下次有机会我请您。”话音落下，她快步往出口走。

男人似乎是想起了刚在酒吧里和朋友打的赌，和他赌输了要去送快递的下场，下意识地伸手阻拦了一下。

意外发生得很突然。

夏天，江甜穿了件简单的白色T恤衫，身后的人无意识地抬手抓住衣服的一角。可就这一抓，连带着女人短袖里面的内衣带子也给拉了起来，弹性的暗扣带子，这一受力，连着白色的T恤衫鼓出一个三角，拽在他手里。

江甜意识到什么，“唰”的一下，白皙的脸颊瞬间红透，顺带着耳垂都烧了起来。

男人也是一愣，他用舌尖顶了下腮帮子，眉峰皱起。

江甜的眼神落在胸前，越缩越紧的小件衣物，勒得她胸疼。酒吧这地方鱼龙混杂，她自认见过的世面不少，可如此一言难尽的场景还是头一遭。

空气里弥漫着说不清的诡异气氛，走廊刚好经过的侍者，眼神是露骨的暧昧，识相地快步离去。

江甜已经无法形容此时的尴尬，电话催得紧，这会儿不是老江，而是她的母亲，这可比十个老江更让她心惊胆战。

于是，江甜也不知道哪根筋搭错了，转身气急败坏地甩了男人一个耳光。

对方先是一怔，随即六神归位，甚至连酒意都醒了几分，飞快地松了手，内衣带子蓦地弹回，江甜胸口猛地一震。

太疼了！

江甜的思绪飞出老远，脑海里的画面实在刺激，她的脸颊迅速晕出一层绯红，不知不觉连耳根都红了。

陆铭周自然不知道江甜在想什么，上次因为她，自己赌输了送快递的事情历历在目，今晚进局子的事情实在窝火，他盯着江甜看，眼睛一眨不眨，见面前的人红着脸眼神躲闪，他心里越发不爽。

纪盛有些看不下去，趁陆铭周没更过分之前，把人往后拉，打圆场道："你大半夜敲人房门，还戴口罩，搁我也吓着。"

陆铭周被他拽着后退了半步。

"一大把年纪了，气多了容易肾虚。"纪盛说得煞有其事，"到时候多少盒脑白金都补不回来，不划算。"

陆铭周："……"

他也是今天刚搬过去，收拾房间时恰好瞧见角落的吉他背包，前几天江甜落在他车上的，傍晚倒垃圾凑巧看见江甜在门口搭鞋架。白天房东也和他打过招呼，说是隔壁 501 新搬来一个小姑娘，还在上学，他没

想到这人就是江甜。

纪盛这么一拦，陆铭周垂眸看向江甜，两人的视线猝不及防地撞上了，江甜又心虚地别过脸，白净的脸颊泛着不正常的绯红，他到嘴边的话到底没说出来。

反倒是纪盛，凑到陆铭周耳边，压低声音嘀咕：“不过，这人估计和你八字犯冲，你还是离人家远一点。”

陆铭周敛眉瞪他，纪盛嬉皮笑脸：“我回去了，明天还要上班，现在公司我一个人看着，可不比以前哦。”他说这话的时候尾音上扬，气焰嚣张。

陆铭周眉间涌出几分阴霾，纪盛嘴角上挑哼着歌离开。

汽车绝尘而去，陆铭周低叱了句，侧身绕过江甜，快步走开。他骂的是纪盛，却着实吓到了江甜。

夜深了，路上没什么人，风刮着树叶沙沙响，突然开始下雨。

豆大的雨滴砸在脸上，让江甜清醒了不少，她摸出挎包里备着的雨伞，手指往上轻轻一推，伞架撑开。她小跑到陆铭周身边，把伞往他身边挪。

这雨下得突然，陆铭周胸口窝火，非但没给压下去，反倒愈演愈烈了。江甜又不知从哪儿冒出来，高高举着伞柄，走在他右手边。

陆铭周眼角的余光扫了一眼，一句话也没说，继续大步往前走，江甜需要小跑着才能跟上他的步伐。没多久，一直举着伞柄的右手就开始酸痛得不行，可她又不敢多说什么，脚下没看路，踩上小水坑，四周都是溅起的小水花。

陆铭周低头瞥了眼被水渍浸湿的深色裤腿，眼角一抽，他迫不得已停下脚步，侧过身，用一种十分庄重的眼神看向江甜。

江甜舔舔嘴角，神色讪讪的，还是那句：“不好意思啊。”

陆铭周眸色沉沉，视线在江甜的脸上停留几秒，刚准备说话刺她几句，又忽地被什么转移了注意力。

雨越下越大，砸在伞上哗哗作响。他站在伞下，一丝雨都没淋到，雨伞本来就小，遮住他一个人，江甜离他又有一小步的距离，此刻，她差不多整个身子都站在雨幕里。

陆铭周不可思议地看着她，轻哂道："脑子进水了？"

江甜却态度诚恳地道歉，很认真地提出补偿办法："上次在酒吧，再加上今晚的事，我很抱歉。我学校没什么事儿，我可以帮你送快递。"

陆铭周眼角狠狠一抽，思考半秒，勉强忍了下来，心想跟小丫头计较太多显得他不大方，最终只是把伞柄往江甜的方向推回去，转身走进雨幕里，拦了一辆出租车离去。

江甜在原地站了一会儿，出租车在前方拐角消失，她走去街对面的公交站台，等最后一班公交车。

今晚这事儿很荒唐。刚才在派出所听到他解释，人家戴着口罩是因为打扫卫生，阳台的衣物是上个租客落下的，敲门的意图是把吉他还给她，可偏偏又闹了笑话。

回到出租房，陆铭周冲了个澡，换了身宽松的衣服倒在沙发上。他东西不多，简单的一室一厅被收拾得很干净，昏暗的客厅里，笔记本电脑开着，屏幕映出的光线在他眼中流动，璀璨通透。陆铭周的视线扫过狭小的屋子，右脚往茶几上一搭，轻叹了一声。

他合了一会儿眼睛，指尖按着太阳穴纾解压力，门口响起敲门声，伴着女孩轻柔的声音："方便出来一下吗？"

陆铭周缓缓睁开眼，没应声，江甜又重复了一遍，陆铭周怕她赖着不走，只好起身去开门。他抵着门边站定，垂眸打量江甜，她换了一条白色的裙子，头发湿漉漉的，被揉成一团很随意地扎在脑后。

江甜的视线和他接触，她的语气仍旧带着歉疚："我煮了夜宵，你要吃吗？"

陆铭周眸色无波，冷声拒绝："不用。"

他刚准备关门，江甜步子往前一迈，直接把手里的桶装泡面塞到陆铭周的手里，飞快地说：“你将就着吃吧，改天再请你吃顿好的。”说完，也不给他时间推拒，转身跑回自己家，飞速带上门。

陆铭周看了一眼手里的泡面，面无表情地关门，折身回到客厅，随手把它搁在一边的茶几角落。他重新靠在沙发上闭目养神，屋里一静，泡面的香味从一隅四溢开来，原本陆铭周是不饿的，可这闻久了……

江甜吹干头发，又折回厨房烧水。

她刚刚就给陆铭周倒腾了夜宵，这会儿自己也饿了。她打开橱柜拿了一盒泡面，刚撕开包装，忽然觉得不对劲。她忍不住惊呼了一声，连忙举起包装袋看了一眼，表情有些僵硬。

手上的盒子被她丢进垃圾桶，她一溜烟似的跑出房间，披头散发地敲陆铭周的房门。

陆铭周刚洗漱完准备睡觉，江甜又来串门。他开了房门，语气不耐烦地甩下一句：“你有完没完？”

江甜今晚已经被他凶习惯了，只是紧张地问：“夜宵你吃了吗？”

陆铭周半垂着眼，敷衍了两字：“没有。”

江甜顿时松了口气，陆铭周右眼皮忽地跳了一下，只见几步外的江甜，轻描淡写地说：“还好你没吃，那泡面是上个租客留下的，我就说我什么时候买泡面了。”

陆铭周右眼皮跳得更厉害了，江甜对他笑了一下，露出左边一个极小的酒窝：“我刚刚看了一下，都快过期一个月了呢。”

陆铭周：“……”

江甜眉眼弯弯，又是一句感慨：“还好你没吃呀！”

陆铭周的下颌几乎僵硬，他猛地甩上房门，“啪”的一下，连带着地面都跟着轻微震动了一下。

江甜被漫天飘浮的尘埃呛了一口，捂着胸口咳个不停。

陆铭周带上门，面色阴郁，同手同脚地快步往洗手间冲。

纪盛说得没错，何止是八字不合。

江甜，你怎么不改名叫江要命啊！

自从警局的闹剧后，江甜连着两天都没见到陆铭周。

第三天晚上，在春树景酒吧，江甜同往常一样表演完，正准备收拾东西回家，却被酒吧经理王楠临时喊住："有客人想见你，你过去一趟。"

江甜一怔，她对这事儿有了心理阴影，前两天也是莫名其妙被拉去喝酒，结果差点儿出事。

那家酒吧的工作是丢了，不过她刚好也打算辞职。

王楠见江甜愣神，直接指向西侧卡座："博恩建筑的纪总，你留点儿心。"

江甜顺着他的视线看去，眼神一顿。远处卡座里，男人半倚在沙发上，衬衫扣子解了三颗，他两手摊开搭在沙发背上，离他半米的距离，同样坐着个相貌英俊的男人，指腹捏着杯子，晃着手里的红酒杯。

她认得其中一个，那天在派出所和陆铭周一起的。短短几秒钟的工夫，沙发上的男人目光悠悠地扫了过来，两人四目相接。

江甜犹豫了半秒，壮着胆子走过去。

卡座里，纪盛见到不远处的江甜，他轻轻踹了一下乔时延，不怀好意地说："前晚就是被这丫头弄进局子的，记得这人吧？"

被问话的男人指尖动作微顿，他掀开眼帘："记得，小陆还吃过她一耳光。"顿了顿，他勾着嘴角轻笑了下，"现在冤家还住对门了？"

纪盛提到这事儿就乐得不行："就那拆不掉的小区，做了邻居。"他激动地拍大腿，"你说陆铭周什么时候受过这委屈啊，还真跑去……"

"纪总。"

江甜不知不觉已经走近了，低头喊人。

纪盛话语一收，抬眸看她。乔时延顿了半秒，视线也不经意地落了上去。

江甜故作镇定，稳住声音问道："您找我？"她其实好奇，陆铭周为什么会认识这种人物。

纪盛是人精，看似不经意地说道："陆铭周给我们小区送快递，他是最勤快的。"他用颇为严肃的口吻道，"人又上进，我很欣赏他。"

这一番话说得正儿八经，乔时延挑眉，这睁眼说瞎话的本事，纪盛认第二，就没人认第一了。

江甜心想，这话在理。她仍是礼貌地问："您有事找我？"

"知识改变命运啊。"纪盛感慨出声，他右手往桌上一拍，眼眸精光一闪，"这些书你帮我带给陆铭周，让我少跑一趟。"

江甜刚想多问一句，对方却已经冲她摆手："你可以走了。"

回到出租房，江甜卸妆洗澡，忙完了，捧着半摞书出门。她早些时候回来，陆铭周屋里的灯暗着，人也不在。此时，隔壁的房门开了。

陆铭周站在天台的石桌前接电话，藏青色的宽松长裤，上衣是最简单的白 T 恤衫，右手拇指和食指捏着一罐啤酒。听到开门声，他微微侧眸，朝她所在的方向淡淡地瞥了一眼，江甜朝他走过去，陆铭周刚好挂了电话。

还差几步的距离，陆铭周夹着易拉罐的手指用力，单薄的铝材发出咔嚓的清脆声响，他紧跟着出声："你别过来！"经过这些天的事情，江甜在他心里约等于半个倒霉蛋。

至于为什么是半个儿，仅仅因为他的绅士风度。

江甜有些莫名其妙，赶紧解释："我今天上班碰到你的朋友，博恩建筑的纪总他托我捎东西给你。"

听她这么一提，陆铭周正儿八经地抬眸看她。

依旧是白色裙子，过肩的头发披散着，发尾淌着水珠，未施粉黛的脸颊，和他之前在酒吧见到的模样大相径庭，五官没那么立体，也少了几分明艳，可眉眼弯弯，酒窝浅浅，抬眸时眼里盛着盈盈秋波，多了几分甜美，也乖巧，只是可惜是个倒霉蛋儿。

江甜没有陆铭周那么多心思，老老实实交代："纪总说你是他们小区送快递送得最好的，希望你保持初心，继续努力！"

陆铭周额角一抽，江甜却往前迈了一小步，两人距离拉近，她闻到淡淡的沐浴露的味道。江甜敛神，手臂往前一送："这些书是纪总让我给你的。"

陆铭周垂眼，视线落了上去，听到江甜补充说："纪总还说知识改变命运。"

一共五本书，她简单翻了两本，最上面一本是《通往奴役之路》，底下压了本《乌合之众》，光听名字她就头疼。

陆铭周的目光顺原路折回又看向江甜，她微微昂着头，也望着他，眼角向下微垂，瞳仁浅浅，睫毛蝶翼似的扑扇，投下半抹阴影，看上去人畜无害，跟她的名字一样，可这性格又恰恰相反。

陆铭周这人无聊的时候，骨子里的痞气就出来了，他不怎么待见江甜，这会儿起了坏心眼。

他步子向后一撤，半坐上石桌，两手随意往桌沿一撑，才慢条斯理地问："给我的？"纪盛什么性格，他是最清楚不过的。

江甜连忙点头，陆铭周伸手去接，食指落在第四本书的书背上，而后稍稍用力，把上头摞的几本换到自己手里。江甜在他接手的时候，很自然地撤回手。

"啪啦"，最下面那本书扑了个空，掉到地上。

陆铭周刻意没拿，江甜连忙俯下身子，弯腰去捡，目光看到封面的那刻，狠狠怔住了。她手臂悬在半空，离脚边火辣的杂志封面不过几厘米的距离，可就是下不去手。

赤裸的男女，纠缠的身躯。真的好羞耻啊。指望这个改变命运……

江甜倏地想起那天看到的微信聊天记录："听说送快递的羡慕送外卖的，送外卖的嫉妒做公关的，人生二级跳了解一下？"

江甜想到什么，脸颊迅速晕出一层绯红。

陆铭周掂量着掌心的几本书，漫不经心地低头，目光落到深色水泥地上性感裸露的杂志封面。他神色自若，倒是一点也不意外，纪盛的品

位，哪里会读什么弗雷德里希。

江甜内心挣扎了一会儿，讪讪地缩回手，终究还是没去捡，她慢慢吞吞地站直身子，又心虚地摸摸鼻尖。陆铭周把几本书随意地往身侧的台子上一放，双手环胸好整以暇地看着她。

江甜尴尬地笑，舌尖舔过嘴角，她的声音细弱如蚊："太晚了，我先回去了。"

陆铭周却低声喊住她，眼角微挑："等下啊。"

江甜没敢看他，耷拉着头，余光再次瞥见脚边的杂志，耳尖也跟着泛红。没一会儿，她听见对面的人十分欠扁地说："帮我捡一下，年纪大了腰不行了。"

陆铭周见她整整红了一圈的耳朵，有意拖长尾音，音量降低："辛苦你了，小辣椒。"

江甜足足花了几秒钟才反应过来，这声"小辣椒"喊的是自己，土得都快冒泡了，也亏他想得出来。

她抬起头，看向两步外的陆铭周，细碎的灯光混着清浅的月色落在他轮廓分明的俊脸上，高挺的鼻梁成了分水岭，一半融入光明，一半陷入黑暗，五官立体。此时，他的目光落在她脸上，眼眸里折射出深浅不一的碎光，给她很微妙的感觉。

江甜突然懒得计较了，她收回视线，去捡地上的书本，指尖刚够到边角，视野里却多出一双手，五指修长，指关节无意刮过她的手背。

触电一般，江甜连忙缩回手，与此同时头顶传来一声轻笑，地上的书已经被捡了起来。

江甜用手心蹭了一下裙摆，重新抬头。陆铭周长身玉立，离她半米远的距离，不似刚才的慵懒随意，他略微低垂着头，额前的碎发有些长，有几缕快要盖住眼睫。

"哗啦"一声，他指尖捏起页脚，翻了一页。江甜视线一扫，就看到比封面更刺激的画面，她火速别开眼，心跳都有些快，反观陆铭周，眉目无波，神色淡淡的。

气氛有一瞬的停滞。

安静了一会儿，只听他漫不经心地问了句：“读过尼采吗？”

江甜实在想不出尼采和他手里的这本杂志的渊源，她两手绞在一起，轻轻地点点头。何止是听过啊，简直如雷贯耳。

中二时期的程岁，成天把尼采的名言挂在嘴边，每天早三遍、晚三遍，激励自己。这么多年过去了，她始终觉得程岁的成功，有一半是尼采的功劳。

思及此，江甜情不自禁，只见她抬头挺胸，抑扬顿挫道：“太阳是我胯下金灿灿的蛋，我就是太阳！”

陆铭周指尖蓦地一顿，不可置信地问：“你是什么？”

“金灿灿的蛋……”话音戛然而止，江甜意识到什么，她舌尖舔过唇珠，羞愧得双手捂住脸颊，只露出一双眼睛。

陆铭周似笑非笑：“胯下什么蛋？”

江甜懊恼，指头并拢连眼睛也给捂上了。

陆铭周嘴角上扬，难得体谅人，他把手中的书本一合，勾唇道：“都送你了。”下巴点了一下石桌上的一摞书，右手却扬了扬手里的彩色封面，“我留一本就够了。”

江甜指间松开半条缝，瞄了一眼他手里的书，犹豫着问：“这个你能学到什么？”

陆铭周正经道：“知识。”

江甜双手依旧捧着面颊，食指和中指分得更开：“知识？”

陆铭周：“‘学知识涨姿势’，我今晚打算挑灯夜读，你也有兴趣？一起？”

陆铭周轻飘飘的两句话，让江甜彻底石化，她的眼神不知往哪儿放，耳根都蹿上一抹红。陆铭周却依旧神色自若，见她窘迫，反倒心情愉悦地转身回屋，潇洒地甩上门。

这人也太混蛋了吧！

# 第二章
# 你脸红什么

江甜还在睡午觉，中途被一道电话声吵醒，她还来不及发泄情绪，程岁便在电话里急急解释。

江甜听完，挂了电话第一时间往医院赶。出电梯的时候江甜脸色泛白，程岁揉她的脑袋安抚："你别紧张。"

江甜是真的紧张，半个小时前接到程岁的电话，余思妍摔了一跤，受伤进了医院。余思妍和程岁，父一辈都是老邻居，他们仨一个弄堂里从小玩到大，关系特别好。

江甜提着一颗心，跟在程岁后头往病房跑。还没进门，就听见里头爽朗的笑声，程岁快她一步进到里头，顿时松了一口气："我就说这丫头谎报军情吧。"

江甜见到病房里的场景，气不打一处来。

余思妍半坐在病床上，手里捧着平板，柜子上全是打开的薯片，此刻，正在调戏旁边的男护士。见有人来了，余思妍也不瞎闹腾了，给她换药的护士以为小姑娘终于正经了，很是体贴地说："病人没什么事，外伤不严重，有点轻微脑震荡，需要留院观察一晚上。"

余思妍含了一块薯片，胡乱一通眨眼："小哥哥你有女朋友了吗？"

男护士收拾药盒的手臂一抖，推着小推车落荒而逃。

江甜拉过一侧的椅子坐下，连话都不想说。程岁解开衬衫的两颗扣子："思妍，江甜吓得不轻。"

余思妍抽抽鼻子："小甜，我是真的受伤了。"

江甜睇她一眼，没好气地说："你是真的很无聊。"

余思妍被戳中心思，顺着她的话抱怨："住院最无聊了，网还慢。"

程岁靠着墙，刺她："你不是挺开心的吗？调戏人家护士。"

余思妍不理程岁，见江甜不说话，她坐起来，用食指戳了戳江甜的胳膊，有些底气不足："你真生气了？"

江甜甩开她的手，余思妍的眼神飞去程岁身上求救，程岁耸肩朝她做了个口型：活该。

江甜板着一张脸，余思妍臭不要脸地往江甜怀里靠，江甜被她狗腿的样子逗笑，两人闹上了，程岁在一旁看得失笑。

到了傍晚，程岁被一通电话喊走，江甜晚上不用上班，留下照顾余思妍。余思妍吃完零食就嚷嚷着饿了，江甜拿了包，下楼给她买晚饭。

住院部的人不多，比起门诊大楼不知冷清了多少。

江甜等了半分钟电梯，电梯大门打开，她的视线从手机屏幕离开，抬眸却蓦地一怔。

电梯里两男一女，中间是个男医生，一身白大褂，鼻梁上架着副金属细框眼镜，镜片下，眸色清如浅溪，气质清净寡淡。

见电梯门打开，他撩开眼帘随意朝门口看了一眼，情绪很淡，可等他视线转向身侧的女人时，嘴角却弯起好看的弧度。他微低下头，亲昵地用额头轻轻撞了下女人的头，低声说了一句什么。

原先捧着手机在玩的女人，连忙收了手机，她先是用胳膊肘子顶了一下男医生的腰侧，随后又牵起他的右手摆弄，百无聊赖地把他的食指掰弯了又捋直。男医生嘴角一弯，眼底笑意席卷，原先的漠然，瞬间扫去了十万八千里。

江甜的呼吸一滞，这个人是真的好看，气质冷淡，可一笑，如雪落春现。爱美之心人皆有之，江甜也不能免俗，或者她更特别些，偏爱性情冷淡的男人，可偏偏，她身边都是些不正经的。

譬如程岁，再比如，此时站在她左前方的陆铭周。

她还在神游太虚，陆铭周见江甜一副魂不守舍的样子，心中了然，他双手往兜里一揣，挑高半边眉梢：“清然啊，这小丫头魂都要被你吸走了。”

江甜紧张地吞咽口水，她低下头，匆忙迈上电梯，站到一边，离谁都远远的。

陆铭周这么一说，被叫清然的男人眸中闪过一丝紧张，他拉下脸，委屈地拉了下身侧女人的袖子：“老婆我没有！你听我解释。”

女人却甩开许清然的手，表情酷酷的，完全不搭理人家，许清然侧眸斜了一眼陆铭周。陆铭周轻咳了一声，离许清然远了一步，离江甜就近了一步。他发现江甜真的特别容易脸红，现在躲在角落里，俨然一朵火烧云，极有意思。

于是在江甜眼神扑扇，左脚踢完右脚，又开始左脚蹭右脚的时候，陆铭周的眉梢挑得更高了，他低声笑了一下：“江甜，帅医生结婚了，你……”他音量降低，语速放缓，江甜整颗心都被拽了起来，生怕他再说什么。她刚刚确实情不自禁地盯着中间的人打量了数秒，小心思被说中，她多少有些难为情。

陆铭周停顿的空当儿，江甜猛然想起三轮车上看到的微信聊天记录，加上昨晚的“杂志事件”，再联系此时在医院的偶遇——他是来办健康证，准备持证上岗？

说句公道话，就凭陆铭周这张脸，“公关”怎么说都比他送快递赚得多。

两人离得近，江甜侧眸看着陆铭周，思忖片刻，言辞恳切：“送快递不丢人。”

陆铭周听得云里雾里。

江甜瞬间正能量爆棚：“出卖自己的身体，我看不起你！”

周遭的空气微微凝滞，江甜铿锵有力的几字宣言，如平地一声雷，顷刻间好几双眼睛“唰”地扫了过来。

陆铭周额角隐隐跳动，表情有些尴尬，好一会儿，也只能勉强憋出一句：“你成天都在想什么？”

陆铭周语气重了些，江甜前一秒还正气凛然，顿时蔫了，没吱声，她拨浪鼓般摇头。

电梯刚好打开，江甜反应快，抬脚往外跑，可刚出电梯，她手肘被人轻轻拽了一下，须臾对方放开，陆铭周站在她身后，眼神示意让她等一下。

他气场太强，江甜脚步顿住，只见他转身同一旁的男医生讲话，一楼大厅人群嘈杂，她只能听见零碎的几个词。没一会儿，男医生浅浅地笑，拍了一下陆铭周的肩头，随后搂过身侧的女人往反方向离去。陆铭周这才折身走回她身边，江甜抬头看他。

陆铭周两手插在兜里，停在江甜两步之外，问得很随意：“去哪？”

江甜乖乖交代：“买晚饭。”

陆铭周冲她轻轻一笑，江甜满脸疑惑，陆铭周已经用他惯有的慢条斯理的口吻报完了一长串菜名。

江甜：“……”

陆铭周打量她数秒，嘴角勾起一个极小的弧度：“你不是说有什么要求尽管开口吗？难不成你是随便说说的？耍我玩的？”他眉眼微扬，话尾的语调往上挑。

江甜硬是从他似笑非笑的眼神里嗅到一抹不怀好意，这人存心一句话搅得她的心七上八下。

陆铭周根本不容她拒绝，理所当然地补充："买好了送到胸外科805。"

陆铭周个子很高，目测一米八往上一点，江甜一米六出头，她微扬着头，时间长了，她揉了一下有点酸软的后脖颈儿："刚刚没听清，能再说一遍吗？"

陆铭周在江甜颇为怨念的目光下仍是一脸的懒散随意，他抬起右手，掌心向上："手机给我。"

江甜犹豫半秒，将手机放在他手心。

陆铭周手指动作飞快，一会儿的工夫，他已经在备忘录敲下满满的一页。片刻后，他把手机还给江甜，紧跟着转身，往身后的电梯走去，江甜连声喊他："等下啊。"

陆铭周耐着性子转身，江甜向他伸手："钱呢？"

陆铭周很冷漠："没有。"

江甜："……"

陆铭周回到病房，隔着一扇门，都能听到陆远怀看球赛的喝彩声。陈平慌忙起身，正准备通风报信，就被眼前的人堵了回去，他只好无奈道："小陆总，陆总他……"

陆铭周非常善解人意地往下接："陆总他病得不轻，每天吃不下睡不着，短短三天暴瘦三十斤。"

陈平噎了一下，跟在陆远怀身边多年，对他这个儿子的性情多少是了解的。平时看上去挺好说话的，也不摆高高在上的架子，可要是把这人得罪了，那就是吃不了兜着走。

陈平倒也是个明白人："你们聊，我去洗手间。"

陆铭周脸上的笑容更深了，拍了拍他的肩，随后推门进去。

陆远怀正激动地鼓掌，看到门口进来的陆铭周，连忙抬手捂住自己的胸口，说出的话一百八十度急转弯："疼死我了。"

陆铭周轻哼了一声，关了电视，走到床边："吃药了吗？"

陆远怀依旧捂着胸，拧着眉：“我不是让你去买吃的吗？这都几点了，还让不让人吃饭了？”

陆铭周剑眉蹙起，一脸的忧心忡忡：“疼得这么厉害啊，我看得喊医生多打点药。”他说这话的时候，视线自然地往床头的呼叫铃一瞟。

陆远怀极慢地呼出一口气，捂着胸口的手慢动作松开，讪笑道：“好像也没有很疼。”

陆铭周又是一笑，陆远怀看儿子跟昆剧变脸大师似的，胸腔霎时涌出一股悲愤。他干脆不演了，不耐烦地冲陆铭周摆手：“滚远点，别站得离我这么近！”

陆铭周依言退到身后的小沙发旁，开门见山道：“你这是又闹哪出？改行当演员了？”

陆远怀抄起一边的枕头直接朝他砸去：“你就扔下你那破公司不管了？你多大了，做事还这么不考虑后果。”

“跟纪盛那帮人打赌，我这不赌输了吗。”陆铭周躲过袭击，双手交叠垫在脑后，嬉皮笑脸地耍嘴皮子，“三十而立，我这还差三年，您再等等。”

偌大的病房顿时一片寂静，思来想去陆远怀改变战略，他语气软下来：“狗子啊，爸爸年纪大了，辛苦了大半辈子。”凭他对陆铭周的了解，因赌约而去送快递，这其中肯定有隐情。

陆铭周：“……”

狗子，是天堂的妈妈——周念给他取的小名。

小时候纪盛一伙人还会不知死活地一口一声“陆三狗子”，后来大家都懂事了，很多年没人叫了。上一个这么喊的，被他打得差点找不到回家的路。

陆远怀还在演戏，催人泪下：“狗子啊，你帮帮爸爸好不好？”

陆铭周揉了揉太阳穴，难得正经喊了一声：“爸。”

陆远怀心下一喜，觉得这事兴许有戏，正琢磨着要不要挤两滴眼泪助兴，就听见陆铭周面无表情地补充：“不好。”

陆远怀冷下脸。

陆铭周重新站了起来，踱步到床尾：“这事就两种解决途径。要么博恩建筑倒闭，我卷铺盖回家；要么你给我找个后妈。”他缓了缓，调侃了句，“不过，这前者看我；这后者嘛，看肾。”

陆远怀的脸色黑成锅底，掀开被子下床，撸袖子摆架子。陆铭周没想到会是这样戏剧化的转折：“怎么还动手了？”

他话音刚落，敲门声骤然响起，紧接着江甜推门进来，柔声道：“陆铭周，我都买好了。”

来得正巧，陆铭周放松警惕，抬脚往门口走，身后的陆远怀却明显一怔，随后伸手一记栗暴落在陆铭周后脑勺。

陆铭周身形一晃，他转身正想开口，迎面又是一记栗暴，随即传来父亲气势汹汹的一声怒吼：“你小子现在居然连未成年都不放过！”

病房再次陷入死寂。

陆铭周看着江甜，用眼神暗示，让她解释几句。

江甜却完全沉浸在自己的世界里，意识到误会的根源兴许是自己过分甜美的外表，于是在看到陆铭周求救的眼神后，她毫不犹豫地选择了无视。

她把手里大大小小的塑料袋整整齐齐地摆在一边的矮桌上，然后事不关己般地转身，在两个同样高大英俊的男人的注视下，昂首阔步地往门口走去，“啪啦”一声，十分潇洒地带上门。

陆铭周捂着后脑勺，一脸的不可思议。

陈平算了一下时间，差不多过了鸡飞狗跳的点，等他回到病房，原先剑拔弩张的父子俩，已经非常和谐地并排坐在小沙发里，一老一小同样的姿势。

陈平看着眼前这一幕，心里顿时百感交集。

陆铭周戳了戳碗里的面条，嘴角往上扬："要胸没胸，要腿没腿，我图她什么啊。再说了，前两天还把我当变态，今天又不知道哪根筋出了问题，把你儿子当成失足少男。我怎么可能喜欢这种臭丫头？"再往前推几天，他送快递也是她害的。

"我刚才也是急糊涂了。"陆远怀用筷子在小碟的红烧肉上挑挑拣拣，他目光稍顿，"不过，你小子五岁的时候就知道掀女孩裙子了，你妈气得饿了你一天。"

陆铭周心生不祥，于是在陆远怀喋喋不休的时候，他插了一句话："爸，食不言寝不语。"

可这自称知识分子的中年男人一点自觉都没有，他两眼一眯，笑得整张脸皱到一块了："当天晚上你就跑过来问我，为什么男孩子不能穿裙子，说穿裙子尿尿方便，一定要买裙子！所以你五岁还穿过几天开裆裤呢！"

陆铭周手一抖，筷子掉了，他明显不淡定了。

陆远怀却心满意足地开始说正事儿："你妈妈十五周年的画展快准备好了，你到时候也去看看，我不放心交给底下的人去打理。"

陆铭周有片刻的愣怔，陆远怀见他愣神，用右手肘捣了一下陆铭周的胳膊："我知道你不喜欢这些形式，可好歹留个纪念。"

陆铭周弯腰捡起筷子："我知道了。"

周念是个画家，年轻的时候在安城小有名气，也是资深的摄影爱好者，每年都忙着在全世界各地采风。

陆远怀点点头，看到门口的陈平，又想起另一桩事："陈叔说，你从画室拿走了两幅画。你妈那些画啊，都是宝贝儿，你别乱来。"

陆铭周的视线一顿，陆远怀的目光扫过来，他极快地掩饰了情绪，低声说："好。"

江甜从医院回来已经九点多了，她洗完澡准备躺床上休息，才想起下午把被子抱去天台晒了。

她把戴上的眼罩当作发带往上推，去天台收被子，正巧看到巷子里开门下车的陆铭周。

江甜视线一凝，路灯光线晕黄，隔着接近二十来米的距离，她注意到车尾标志，与程岁张扬的红色跑车不同，这车虽然低调但同样烧钱。

来不及细想，陆铭周已经走进楼道，她匆忙收回视线，抱着被子回屋。江甜刚铺好床，就听见门口传来陆铭周的声音："江甜，睡觉不关门，等我啊？"

刚才抱着被子没腾出手，江甜连忙扔了枕头，跑到门口："有事？"

陆铭周食指套着钥匙圈转悠："没事我就不能找你？"

江甜拉了一下左边裙摆，也很干脆："没事你不会找我。"她不会感受不到，陆铭周这人不待见她，甚至还挺欺负她。

陆铭周半个身子倚在门框上，居高临下地看她："晚饭你花了多少钱？我转给你。"

江甜赶紧摇头："不用了，算我请你的。"她抬眼看他几秒，又低下头看向脚边，"本来也是要请你吃饭的。"

陆铭周轻轻牵起嘴角："请我吃饭？"

江甜重新抬头凝望他，认真地点了点头。

陆铭周嘴边漾开的弧度更明显了一些，眼底闪过几分趣味，少顷，只见他抱着胸弯下腰，饶有兴致地问："我说江甜啊，你是不是对我有意思？"

江甜揣摩着他的语气、音调，有些莫名其妙。

陆铭周仍笑着，他笑起来很好看，整个人的脸部线条都柔和了，可偏偏眼角扬起的弧度带着一股痞气，笑意也未达眼底。他漆黑的眸子迎着客厅里晕黄的光线，流光溢彩，盯着看久了，好似一个漩涡教人头晕目眩。

陆铭周仍是方才的姿态，漫不经心。江甜飞快别开眼，把头顶的眼罩重新盖到眼睛上，随即用手臂轻轻推了一下陆铭周。

江甜脸蛋小，黑色眼罩盖住鼻梁，直接遮去半张脸，只留出半截小巧的鼻尖儿。

见状，陆铭周愣了半秒，眼角狠狠抽动了一下。

眼罩上，黑底白字。

上面赫然印着四个大字，右边两个，左边两个。

醒醒，傻子。

气氛微微有些凝滞，江甜先反应过来，也不等门外的人回应，“砰”的一声甩上门，飞快地往卧室跑，一头栽在床上，裹着被子打滚。

她其实挺怕陆铭周的，陆铭周给她的感觉亦正亦邪，像个谜，她本能地想离他远一点。可偏偏这几天，两人到哪都能碰到。

江甜临睡前一直在想，直到昏昏睡去，半夜做了一个梦，梦里还是陆铭周。更夸张的是，居然还是当时在春树景的尴尬场景，只不过后面的剧本被改了，加了一些少儿不宜的暴力画面。

陆铭周拉住她的内衣带子，她反手甩他一个耳光，江甜抬脚想跑，结果没跑成！

陆铭周拎起她的衣服后领子，直接把她提了起来。江甜还来不及反抗，陆铭周就掐住她的脖子，先是鬼魅一笑，紧接着用一种特别阴森的语气威胁：“女人，去死吧！”

太吓人了，以至于江甜被闹铃吵醒的时候，一肚子的火。她越想越烦躁，跳下床，冲去洗手间洗了把脸，跑去敲陆铭周家的门。

时间还早，陆铭周才起床，还没洗漱，头发有些乱，他烦躁地抓了一下，无声地看向江甜。

江甜表情有些严肃，一本正经地问：“你昨天做梦了吗？”

闻言，陆铭周莫名其妙地看着她，江甜的睫毛小扇子似的扑扇，偷瞄他一眼，又连忙垂下眼皮。陆铭周便爽快回答：“做了。”

江甜又是一串问题：“梦里有人吗？男的女的啊？杀人了吗？”

陆铭周震惊于江甜的脑回路，江甜却神情认真。他短暂犹豫后，嘴边牵起一丝笑意：“小辣椒，你不会也……”

江甜琢磨着他语句里的“也”字，不禁心跳加快。

小时候奶奶和她说过，要是两人同时梦到对方，八成得做冤家。冤家倒是无所谓，可梦里陆铭周竟然要掐死她！她惊吓过度，有必要防患于未然。

陆铭周真的笑了，江甜知道，绝对不是他平时那种虚伪的假笑。当她听见陆铭周不急不缓地吐出下一句，心想这家伙还不如别笑。

“你也做梦了？春天做的那种？和我，一夜几次？”

周川约了江甜下棋，两人坐在外屋。

周川住的宅子，是一栋老式建筑，类似老上海的石门库，二层平楼砖瓦外墙，隐在老巷里。有个院子，葱郁的爬山虎顺着木架子爬上砖瓦墙，蔓延到圆弧状的窗棂上，绿意一片。

江甜魂不守舍，脑海里全是陆铭周没皮没脸的那几句话，阴魂不散的，怎么甩都甩不掉，心思根本不在棋局上。

周川看出江甜的状态不对，他打乱棋盘，换了一个轻松的话题：“上次跟你提过的，我外甥你要见吗？”

江甜垂下眼皮，注意力被引开：“给我张罗对象呢？”

周川笑了笑，眼角的皱纹鼓起，他拿过架子上的手机：“我前两天跟他提过你，你俩加下微信抽空见个面吧。”

他立马分享了名片过来，江甜好气又好笑地说：“我可以拒绝吗？”

周川这人向来民主：“当然可以啊，琴也还我吧。”

江甜顿时蔫了。

一分钟后，周川指着发送请求的页面，异常贴心地交代：“你备注大美人，后面加我的名字。那小子喜欢美女，”停了停，双手比画了一下自己的胸，特别正经地解释，“这里要大的。”

江甜嘴角一抽，手机差点儿没拿稳。

她平胸，特别平。

傍晚她从周川家离开，坐上了公交车。

早些时候的微信申请通过了，对方紧接着给她发来一条消息："您好，我叫小周周。"

江甜对相亲没什么兴趣，可毕竟是周川在中间牵线搭桥，不能弄得太尴尬。

她正琢磨着要怎么解释，第二条信息就来了："美女爆照吗？"

江甜实实在在地噎了一下，思来想去，也不知道怎么回复。

对方敲了一连串的感叹号，江甜越发心虚，也不晓得周川是怎么想的，大美人她真算不上，莫名其妙有了一点"网骗"的感觉。

愣了半晌，她只好尴尬地回复："不急啊。"

发送完毕，小周周的消息再次跳了出来。

小周周："你也有个神经病邻居？"

这人明显是围观了她的朋友圈，她最新的两条动态就是吐槽陆铭周的。提到共同话题，江甜感触颇深，她愤愤不平地敲下一句："对！是个神经病、自恋狂，特别不要脸！你的呢？"

小周周同样情绪激动："我那个连人都不算！长得特别丑，烦。"

江甜暗自庆幸，陆铭周也不算太糟糕嘛，至少长得没话说，她突然有点同情小周周。

Sugar："忍忍就过去了，我们一起加油。"她真情实感地鼓励，小周周那边却没了动静。

公交车走走停停，盯着屏幕久了，晃得她有些头晕，江甜刚想收了手机，电话响了。程岁打来的，余思妍的情况不算严重，今天中午已经出院，被父母拎回家了。

电话一接通，江甜还来不及开口，程岁的声音已经传来："上次你在酒吧得罪的张总，全名张全，我之前的一个客户接过他几单生意。"

"出什么事了吗？"江甜开始不安，她语气歉疚，"当时是我太冲动了，没想过……"

程岁却打断她："你别瞎想，这种人典型的欺软怕硬，要真碰上做正经生意的，不敢乱来。我就是刚查到，跟你说一下。”

江甜顿时松了口气，两人随意聊了两句，直到公交车到站，才挂了电话。

今天是江宁明生日，江甜晚上回家吃饭。

她站在玄关换鞋，还没开口喊人，厨房里听见动静的江宁明立马解了围裙出来：“怎么才回来啊？”

江甜走过去抱了下他，讨好道：“老江同志，我很负责地表示您又帅了。”

江宁明用食指点她脑袋，江甜拎过地上的盒子塞到江宁明手里：“老爸，生日快乐！”

“又乱花钱。”江宁明提着礼品盒，嘴上责怪了一句，眼底却满是笑意，“去洗手，准备开饭了。”他话音刚落，卧室的房门被拉开，唐蜜往客厅走过来。

这几年，唐蜜的身体不算好，这会儿估计是刚睡醒。虽说是刚醒，可唐蜜永远都活得精致，就像现在，她脸上尚有倦容，可却收拾得一丝不苟，穿着一件淡蓝色的旗袍，长发被碧绿色的簪子绾了起来，仿佛从画里走出的病美人。

唐蜜刚在沙发上坐下，江宁明已经走过去，拿了一条薄毯子盖在唐蜜腿上。唐蜜轻轻拍了一下他手背，微微一笑。

江甜循着香味往厨房走，小声嘀咕：“有啥好吃的啊？”

她瞧见餐桌上热腾腾的饭菜，刚准备伸手，后领子就被江宁明拎了起来：“多大的人了，洗手！”

江甜讪讪地收回手，乖乖地往流理台走去。

江宁明舀了一勺汤尝味道，他瞥了一眼江甜，轻声问：“程岁说你暑假实习，还习惯吗？”

江甜关了水龙头，坦然道：“还不错啊。”她在酒吧兼职的事情，瞒着家里人，她随口编了一个理由，外加程岁打配合，暴露的概率几乎为零。

江宁明往汤里加了一小勺盐，用右边胳膊捣了一下江甜："还有一会儿，你别在这里挤，出去陪你妈聊聊天。"

江甜手上有水渍，她耍宝似的往江宁明身上擦："今儿您是主角，我这不多陪陪您老人家嘛。"

江宁明轻哼了一声，倒也没再说什么。

江甜的动作很快，吃完饭就瘫在沙发上，唐蜜和江宁明还坐在餐桌上。和江甜不同，唐蜜吃饭也有讲究，细嚼慢咽，总要花上一段时间，江宁明会安静坐着陪她。

茶几上放着定做的蛋糕，江甜低头玩手机。周川给她发了一条实习信息，是成念娱乐旗下的音乐公司，缺个实习生。

成念娱乐，全国知名的综合性娱乐集团。

江甜从来没想过，能有机会混进成念旗下的音乐公司打杂，她激动地从沙发上跳了起来，这兴奋劲儿还没过去，瞬间乐极生悲。

手机被甩出一个半圆的弧度，刚好砸在唐蜜脚边。

江甜立马噤了声，连忙跑去捡，唐蜜却已经先一步弯腰俯身。起先是漫不经心，等她重新直起身子，表情已经严肃了起来，她把手机递还给江甜。

江甜心虚地伸手接过，仍心存一丝侥幸。可唐蜜的下一句，让她顿时心凉了半截："跟我到书房来。"

江甜有些扭捏，唐蜜径直往书房走，江甜深吸了一口气，亦步亦趋地跟了上去。

唐蜜不是拐弯抹角的性子，话语直接："小甜，我说过不许唱歌，我的立场从来不会变，你不是答应过我的吗？"

江甜手心全是汗，紧张得嘴唇打战："妈，我喜欢……"

唐蜜走近一步，轻轻搭上江甜的手腕，她不会说重话，依旧轻声细语："你听妈妈的话，好吗？"

江甜心脏越发地收紧，唐蜜从小就不喜欢她唱歌，甚至她当初执意要上音乐学院，也被硬生生打压了下来。

在这件事情上，两人分歧太大，江甜有时候很想跟她大吵一架，可偏偏唐蜜不会，她始终静静地站着，然后用三言两语压得她喘不过气，逼得她一句反驳的话也说不出来。

也不知这样对视了多久，江甜心里某根弦越绷越紧，几乎快要断掉的时候她拂开母亲的手，跑出书房，在江宁明的低喊声中，“啪啦”一声甩上门，头也不回地走了。

汽车在巷子里停稳，陆铭周开门下车。

夜晚还算凉快，路上有不少纳凉的居民，陆铭周快步上楼梯，钥匙插进锁孔正准备推门进屋，动作蓦地一顿，他不禁竖耳，听见身后窸窸窣窣的声响。

陆铭周后背一凉，回头却没看到人影，他又把视线收回，转身准备关门，余光一瞥刚好看到角落一团黑乎乎的影子。

他神色微顿，有些不可思议，犹豫半秒，重新推门出去。他先是站在几步外，唤了一声：“小辣椒？”

没人理他，陆铭周有些困惑，他靠得更近，用右腿轻轻地碰了一下江甜的身子：“江甜？”

还是没反应，陆铭周对某个装蘑菇上瘾的人没了兴趣，懒得多管闲事，打算转身离开，却又隐隐听见女孩低声哭泣的声音。他又折身，用左腿撞了一下江甜的胳膊，动作很轻，谁知江甜竟顺着他的姿势往地上栽了下去。

陆铭周连忙把人扶了起来，看清江甜表情的瞬间，视线顿了顿。

五楼是小区顶层，房门正对着露天天台，少了遮蔽物，映着天边的半轮皎洁明月，衬得江甜白皙的面颊越发苍白如纸。她闭着眼，眼泪扑簌簌地滚下来，哭得隐忍又狼狈。

陆铭周多少有些蒙，这明摆着是碰瓷，他低声解释："我就踢了你一下，不至于吧。"

江甜吸吸鼻子，没别的反应。

陆铭周蹲在她跟前，有些手足无措，他很少见女孩子哭，偶尔见到的多少都有些虚张声势。江甜哭得太克制，她咬着下嘴唇，逼自己不发出声音。

陆铭周不会哄人，表情肉眼可见地扭曲，纠结了好半天，也只能挤出一句："要不你进屋哭？"话语落下，又是一阵沉默。

他不自在地把手搭在膝盖上，思来想去，他伸出食指戳了一下江甜的右脸颊，软绵绵的脸蛋顺着他的动作凹进去一块，形成一个圆，挺好玩的。

陆铭周忍不住伸出另一只手，又戳了一下江甜的左脸颊，同样一个圆，两边对称了，非常有意思。

江甜："……"

陆铭周还是那句："你要不要进屋哭啊，舒服点，你这样容易腿麻。"他话音刚落，右手被人猛地一抓，下一秒就被按在了女孩的鼻子上，紧接着某种不可描述的声音，铺天盖地地卷进耳蜗。

江甜报复似的甩开他的手，陆铭周一脸错愕。

江甜撑着膝盖从地上站起来，可是蹲得久了，引得一阵头晕目眩，她身子往前一晃，陆铭周也刚好站起来，江甜直接扑进了他的怀里。更要命的是，角度凑得好，江甜的嘴巴磕上他的下巴，牙齿一撞，疼得他倒吸了一口凉气。

陆铭周低骂了一声，冤家就是冤家，不是谋财，就是害命。

陆铭周想推开她，左手搭上江甜的肩膀准备把人往后推，江甜却借着这个姿势抱了他一下，轻轻地喊他的名字。

这一声软绵绵的，像轻飘飘的羽毛，因为哭过又带着些鼻音，意料之外地让他身形一震。

江甜泣不成声，哽咽道："我是不是很糟糕？你说我……"这个问题不好回答，尤其对陆铭周而言。

江甜忽然没声音了，陆铭周轻轻地拍了一下她的肩膀："江甜？"

他还等着她继续，江甜却没了反应。过了好一会儿，陆铭周等得有些久了，他低垂着眼，托起她的下巴，江甜合着眼帘，呼吸均匀，居然睡着了。

他有片刻的愣怔，半晌，又低头端详了一会儿，江甜原先白净的脸颊此时跟花猫似的，邋里邋遢，鼻尖也是红的，眼睛肿得像核桃儿。短暂的失神后，他无奈地呼出一口气，把人打横抱起来。

陆铭周用膝盖顶开门，勉强腾出右手使劲儿蹭了两下毛巾，他试探性地喊了一声："江甜？"

怀里的人动了动，脸颊贴着他的衬衣，很轻地呢喃了一句，没一会儿，湿意就渗透了单薄的布料，他的领口湿了一小块。

陆铭周更无奈了，弯腰曲背，手上力道一松把人直接扔沙发上。江甜此时倒也安分，脸埋进沙发里，一动不动。

陆铭周转身去洗手间，片刻后，浴室里传来哗啦啦的水声。江甜不安地翻了个身，眼皮太重她撑不开，又沉沉睡去。

等陆铭周洗完澡出来，江甜换了个睡姿，她个子原本就不高，此刻缩成小小的一团，睡梦里仍旧蹙着眉，看上去既乖巧又可怜。

之前的那些事情，让他对江甜多少有些排斥，今晚这么一闹，又有点怜惜。他走去卧室拿了一条毯子盖在江甜身上，临走前又瞄了一眼江甜，女孩乖乖地躺在沙发上，浅浅的呼吸一进一出，睡相安稳。

江甜是半夜被蚊子咬醒的，她翻了个身，脑袋撞上硬邦邦的东西，睡眼惺忪间，江甜好半天才反应过来，自己莫名其妙地睡在地上。地板硌得她背疼，她半睁着眼抱着毯子摸黑往卧室走，瞧见床就直接埋头栽了下去。

这一觉睡得也不安稳，脑海里反反复复都是唐蜜的冷漠。她看到母亲拿着剪刀剪断她的琴，又毫不犹豫地撕掉她的曲谱，乱七八糟的画面闪过，还有儿时的玩伴拉着她的衣角。

夏天天亮得早，清晨的第一缕阳光从窗帘的细缝中挤进来，投射到砖红色的地板上，空气里尘埃浮动。

江甜翻了个身，睁开眼，她的脑子还处在开机状态，耳边忽然传来一声：“醒了？”

江甜用手背揉了一下眼睛，才适应忽然明亮的光线，她低低地“嗯”了一声。

对方仍是同样的语调，声音冷冽：“可以松手了吗？”

江甜先是迷迷糊糊应了一声，随后立马顿住，她意识到什么，江甜的脑袋“嗡”了 声，看清近在咫尺的俊脸，瞬间惊呼出声：“啊 ”

陆铭周猝不及防地耳鸣了。

江甜“唰”地坐了起来，音量拔高，不可思议地吼道：“你为什么会在我家！你对我做了什么！”

陆铭周甩了一下被压麻的右边胳膊，他冷笑一声，面无表情道：“看清楚这是哪儿？”

江甜满脸错愕，视线扫了一眼，迅速分辨信息，这里明显不是她的卧室，路边小旅馆？

她的声音染上哭腔：“你怎么可以带我来小旅馆，我又不是你女朋友！”江甜抄起左侧的枕头使劲儿砸他，“你禽兽！臭流氓！”

陆铭周：“……”

他坐起身躲开，而后侧眸看她。江甜扔了枕头，拉着被角，脸上除了壮烈，还有慷慨赴死的决心。

陆铭周仍是面无表情，眼底满是困倦，顺着她的话往下说：“对，小旅馆。”他语气冷淡，“昨晚七次，很刺激。”

江甜瞬间瞪大眼睛，嘴巴张开成一个圆，心底升起一股悲壮，脸上红白交错了好一阵儿，她低垂下脸，凄凄惨惨地挤出一句：“你做措施

了吗？”

某人面无表情的俊脸上终于出现一丝裂缝。

陆铭周抬手按了按额角，昨晚他几乎一夜没睡。半夜，江甜抱着被子进到卧室的时候，他就醒了，他不耐烦地把人重新拎回沙发上，可没多久，这家伙又会抱着毯子重新进来，跟鬼打墙似的。折腾到第三回，陆铭周困得不行，干脆不管了。

江甜见他没反应，捏着被角的手越发收紧，颤抖着又问了一遍：“戴套了吗？”

陆铭周这人睡眠质量差，被折腾了一晚，此刻肚子里窝着一团火。他掀开被子起身，冷哼了一声：“没来得及。”他落井下石，“恭喜，你要中奖了。”

江甜直接呆掉了，寥寥几个字犹如一道闪电狠狠劈在她身上，眼睛一眨，眼泪就掉了下来。

陆铭周自认见过的二愣子不少，但傻成江甜这样的实属难得。他慢悠悠套上拖鞋往外走，江甜低声啜泣，陆铭周转身一字一句愤然道：“江甜，脑子是个好东西！”说完，不等江甜反应过来，直接掉头走人。

江甜的眼泪像掉了线似的，哭得急了，抬手给自己顺了一口气，没一会儿，她发现不对劲，低头一看，还穿着昨天的 T 恤衫。

她又掀开被子，穿戴整齐，顷刻间眼睛一亮。她抹掉眼泪，抬了下右腿，放下；又抬了下左腿，再放下；停了一秒，同时抬起两条腿，对着空气欢快地踩自行车。

一分钟后，江甜心下顿时一松，兴奋地跳下床。如果真像陆铭周口中的“七次”，战况应该相当惨烈。

江甜包袱一卸，暗暗窃喜，光着脚往外走，早些时候的惊吓劲儿过去了，昨夜的一幕幕重新塞回到脑海里。她从家里跑出来，蹲在出租房门口，后来好像看到陆铭周了，再然后，她貌似投怀送抱了。

走到客厅，江甜的神志彻底清醒了，这也不是什么旅馆，隔壁就是她家。

陆铭周倒了一杯水，施施然在沙发上坐下。江甜手足无措，尴尬得不知说什么，她抬眸看了一眼对面的陆铭周。他穿着藏青色的睡衣，扣子松了几颗，胸膛若隐若现，肌肉线条流畅，江甜不自在地别过眼。

陆铭周在家随意惯了，没发现自己此刻衣衫不整，江甜瞟他一眼："我先回去了。"

陆铭周顿了一下，微微俯身放下手中的玻璃杯。江甜却留意到某人因为身体前倾春光乍现，她不自觉地舔了一下嘴唇。

陆铭周打量她两秒，不解道："你脸红什么？"

陆铭周的指腹沿着杯沿摩挲了一圈，抬眸看向江甜。江甜的眼睛依旧肿着，一时半会儿也消不下去，想起昨晚的情景，他多嘴问了一句："发生什么了？"

江甜心底泛酸，挑了一个最常见的理由搪塞："被甩了。"

陆铭周的眉梢略挑，理解地点了一下头。

江甜走到门口，正要推门出去，身后陆铭周忽然喊她的名字。又是他一贯的风格，话说一半，吊人胃口。

江甜转过身，见他双手交叠垫在脑后，倚靠进沙发里，真丝材质的睡衣松松垮垮，露出右边肩头，这会儿有了"犹抱琵琶半遮面"的韵味。

江甜想拍照，留个纪念，再或者，威胁他，也不能总是被欺负。她心里琢磨着，脸上依旧装得乖巧，等他说下一句。

陆铭周极轻地弯了一下嘴角："要我负责吗？"

见她明显愣了一下，陆铭周嘴边的弧度更深了些，解释："昨晚一起睡了。"

江甜佯装镇定："没做。"

对方懒洋洋地甩下一句："谁说的？"

江甜见他笑得不怀好意，也顾不上害臊，说得有理有据："你腰不好的，上次都不能弯腰捡书。”她深吸了一口气，言辞恳切，“试试老中医吧，兴许有效。”

陆铭周：“……”

江甜难得扳回一局，有些得意，快步从陆铭周家出来，捡起地上的背包，一边推门进屋，一边掏出手机看了一眼，十几通未接电话，全是江宁明打来的。

江甜去洗手间洗了一把脸，清醒了一会儿，给江宁明打电话。电话那头江宁明明显松了一口气，他若有似无地把话题往唐蜜身上扯，江甜听得有些烦躁，没聊几句匆忙挂了电话。

周川给的实习消息是星期一过去面试，唐蜜大概是看到了这条信息，江甜没法接受唐蜜毫不讲理地反对，她烦躁地抓了抓头发，懒得去想了。

周末，春树景酒吧，江甜上台前接到余思妍的电话，余思妍出院后在家休息了几天，闷得实在难受，晚上约她吃夜宵。

中场休息的时候，江甜接过侍者递来的矿泉水，没开盖的。江甜拧开喝了口润润嗓子，余光一扫，看到吧台上的一个黑衣男人，两人视线相接，对方匆匆别开眼，有点眼熟，可一时又想不起在哪儿见过。

江甜思忖片刻，等她目光再次投去吧台的时候，黑衣男子不见了。一直到表演结束，都没再见到那人。

江甜回到化妆间，看了一眼时间，来不及卸妆，她换下裙子塞回包里，边走边给余思妍发微信：“我这边结束了，你到哪儿了？”

江甜背着琴离开酒吧，余思妍还没来。

春树景所处的地段寸土寸金，四周高楼林立，过了马路，是大型商场和步行街。

江甜蹲在马路牙子上等余思妍过来，转眼五分钟过去了。她蹲得有些腿麻，扶着路灯站起身，摸出手机给余思妍发信息，想催促几句。眼睛盯着手机屏幕，眼皮却越来越重，头也晕乎乎的。

江甜心中警铃大作，她眯着眼看了一眼脚边的矿泉水。酒吧里任何进嘴的东西都要小心，程岁不止一次这么交代她，她每次都再三留意。

江甜使劲儿掐了一下大腿肉，逼自己清醒，努力往人流中心走。可眼神越来越飘，她甚至分不清前面是红灯，还是绿灯，意识也越来越迷糊，隐约听见身后有脚步声靠近。

她被动地一个转身，倒进了对方怀里。

江甜拼命撑开眼皮，也只能勉强拉开一条缝。她半眯着眼往上看，看到一张噩梦般的脸。

是上次江甜阴差阳错得罪的“张总”。程岁说的，关北村开发区的土著，好像叫什么张全，她原以为这事儿结束了，怎么也没想到……

张全肮脏的爪子搂着她，不轻不重地在她的腰上捏了一下，江甜半边身子一颤，食指狠狠掐了一下手心，她想喊，可提不起半点力气。

张全半抱着江甜，眼睛狡黠地一眯，露出色眯眯的笑容。

江甜的脑袋越来越重，四肢软绵得像踩在云朵上，她的右手勉强还能拿着手机，完全凭感觉发送了一条信息。

眼皮像是巨石，怎么也撑不开了，最后一缕光消失前，她看到张全身后的黑衣男子。终于想起来为什么眼熟了，那天追了她半条街的保镖之一，当时匆匆一眼，江甜根本没记清。

怀里的人越来越软，张全有些吃不消，他扭头瞟了一眼手下，眼神暗示。

瘦高个儿挠挠头，有些害怕：“大哥，这不太好。”

张全踹了他一脚，两眼一瞪：“明明是她自己倒我怀里的，你情我愿有什么不好！”

瘦高个儿疼得龇牙咧嘴，连声说“是”。

动静闹得有些大，路人投来好奇的视线，张全凶道：“看什么看！我女朋友呢！”

路人被莫名一凶，悻悻地收回视线。

江甜已经没了意识，张全把人抱在怀里，往人少的角落挪，刚捏住江甜的下巴准备亲两下，周围突然冒出好几个穿制服的人，围了个圈，将两人堵在中间。

张全把身前的人按在怀里，火气有些大："你们懂不懂规矩？"

王楠快步走来，身后跟着慌乱的余思妍，两人拨开保安，走到人群中心。余思妍看到没了意识的江甜，冲过去把人搂进自己的怀里："江甜，你醒醒！你别吓我啊！"

张全烦躁地撸起袖子，对着王楠怒道："王经理，这事儿你也管？"

春树景的规矩他是知道的，酒吧里不准闹事，可走出酒吧还插手，明摆着多管闲事。

王楠看向张全，不卑不亢道："江甜是我手下的员工，我们当然要负责。"

张全啐了一口唾沫，不屑道："你以前可不这样。"

闻言，王楠皱眉，表情有些不自然。他想起刚才接到的电话，额角渗出细汗，心里百转千回，脸上的笑容无懈可击："张总就当卖我个人情吧，改天消费都记我账上，也算给您赔礼道歉。"他顿了顿，鞠了个躬，"您看行吗？"

张全眉毛一挑，王楠给他台阶下，不能真跟人撕破脸。张全瞥了一眼地上的江甜，忽然没了兴致，他不耐烦地说："算我倒霉。"

话是这么说，张全这会儿想起另一茬事。他刚才急昏头了，这丫头有个朋友来头不小，要是出了事，还真不好对付。

张全走后，王楠遣散保安，蹲到余思妍身边。

余思妍抱着江甜直哭，胡乱抹着眼泪，不停地喊她的名字。王楠毕竟经验丰富，冷静地问："打 120 了吗？"

余思妍忙不迭地点头，刚才一下出租车就看到江甜被陌生男人抱在怀里。她担心出事，想报警又害怕事情闹大，转念想到的就是给那个人打电话，用最快的速度请酒吧的工作人员出面。

鸣笛声由远及近，救护车很快就到了，和它一起停下的是一辆黑色卡宴。

乔时延下车，快步往前走，王楠看到人，热脸贴过去："乔总，按您吩咐的，把人拦下来了。"

乔时延冷着一张脸，冲面前的人轻轻地点了一下头，说道："谢谢。"

余思妍跪在一边地上，医护人员把江甜往担架上抬，她起身急，踉跄了一下，乔时延刚好走到她身后，伸手扶了一下。

余思妍惊魂未定，看到乔时延，眼神闪烁。

乔时延这人话不多，安慰地拍了拍余思妍肩膀："没事了。"

余思妍点点头，余光瞥到地上蹲着的高大男人，他捡起江甜丢下的手机，余思妍刚想说话，乔时延却伸手阻止了她。也不知那人怎么解开的密码，没一会儿，只见男人对着屏幕低笑了一声。

陆铭周慢悠悠地收起手机，大概二十分钟前，他和乔时延在一起谈事情，中途乔时延接了个电话，说是有个朋友在春树景出了点儿事情，他得马上过去一趟。

陆铭周很干脆地放人走，也是凑巧，乔时延才起身，他兜里手机振动，给他发微信的是"Sugar"——前两天周川给他介绍的相亲对象，聊过几句。

一排乱码，外加一条定位信息，离春树景不过十几米的距离。

陆铭周的右眼一跳，思忖半秒，便跟乔时延一起过来了。只是没想到，这人居然就是江甜。

陆铭周目光放空，落去一边的担架上。

周川是他母亲周念的哥哥，比周念大三岁。周川脾气古怪，从来没给他介绍过对象，一向不管这些事。一开始他就好奇，什么女人能让周川绕这么一大圈推到他面前。

他不知道周川是怎么认识江甜的，而现在，江甜完全勾起了他的好奇心，像雪白的羽毛拂过他的心尖，挠得人心痒。

医生对几个人说："病人没什么问题，等药效过了就没事了，不放心的话可以去医院再检查。"

三人都松了一口气，余思妍正想开口，陆铭周已经做了决定："去医院，我跟你们一起。"

年轻医生拢了拢白大褂衣襟，点头说"好"，转身又上了车。

余思妍不认识陆铭周，此刻她眼神警惕："你是谁？认识小甜？"

陆铭周嘴角一弯，简单地解释："我是她的邻居。"他语气稍顿，正色说，"你放心，检查完我会送她回去。"

余思妍愣了两秒，愕然道："你就是小甜的邻居！"她想起这些天江甜埋汰他的话语，于是脱口而出，"传说中的中二少男陆不行！"

陆铭周狠狠地噎了一下，乔时延不怀好意地笑了，右手虚握成拳干咳了一声，掩饰笑意。

乔时延这么一笑，余思妍难得脸红了，乔时延压低声音，好奇地问了一句："你朋友还说什么了？"

余思妍被乔时延引诱着往下说，面颊绯红："说他是全世界最快的男人。"

乔时延浅笑出声，眉眼弯成一轮新月。余思妍再一次毫无悬念地脸红，心跳加速，她还没反应过来这句话的歧义，陆铭周已经黑着脸往救护车的方向走。

余思妍正想跟上去，陆铭周给乔时延递了一个眼神，乔时延心领神会，长臂一伸拦住余思妍："我们留下来。"

# 第三章 你怎么知道吻是甜的

江甜醒来的时候，被头顶的白色吊灯刺得眼睛疼，她无奈地闭了闭眼，好一会儿，才适应明晃晃的光线。她撑着床沿坐起身子，视线滑过房间，细细审视了一圈，是医院。

手掌敲了两下脑袋，先前沉重的感觉没了，可仍有些不舒服。江甜伸手去拿柜子上的水杯，手臂一晃，水杯被扫落，打翻在地上。

江甜咽了咽口水，掀开被子准备起身，病房房门忽然被推开，江甜一吓，紧张地拽着被角。

陆铭周出现在视野里，江甜一见是他，紧绷的神经稍缓，片刻，她又疑惑地问："你怎么在这里？"

陆铭周没回答，重新倒了杯水送到江甜嘴边。江甜先是一愣，就着他的手喝了半杯水，压下喉间翻涌的干涩。

陆铭周把水杯放回柜子上，江甜有些不好意思，尴尬地用手背蹭了两下嘴角，才低声问："你送我来医院的？"她不知道怎么来的医院，只记得自己从春树景出来，约余思妍见面，接着就开始意识不清，最后的记忆停在……

江甜瞬间四肢僵硬，表情绷紧，却怎么也问不出来。

陆铭周知道她在紧张什么，他语气放缓：“你在门口刚晕倒，酒吧的工作人员就来了。”他音量降低，很有技巧地陈述事实，“我朋友认识酒吧的工作人员，就请他们出面解决。碰巧我也在附近，正好送你过来。”

陆铭周顿了顿，目光投向江甜，良久，终是简单地安抚了一句：“别担心，没事。”

江甜眼眶发热，抬眸与他视线接触：“谢谢你。”此刻她说不出其他感激的话。

陆铭周看了她几秒，江甜紧紧咬着嘴唇，他又端过柜子上的水杯递给她：“你平时都这么不小心？”

江甜手掌贴着玻璃杯，温热的触感渗过皮肤，给她丝丝温暖。

怎么会不小心呢？她每次都再三小心，可偏偏这次莫名其妙中了招。

江甜不说话，陆铭周垂眸，语调平缓地往下说：“都检查过了，没别的问题，能直接出院。不过现在太迟了，你睡一觉，明天回去也行。”

江甜用指腹沿着杯沿缓慢推了半圈，用请求的语气道：“我可以现在回去吗？”

陆铭周抬眼与她对视：“不用这么着急。”

江甜的脸色仍旧有些苍白，她轻声道：“我想回去。”

凌晨两点，两人在出租车上。江甜的脑袋靠着车窗，表情恹恹的，倒也不是困倦，脑袋乱哄哄的，很多事情想不通。

陆铭周的手机响了起来，离开春树景前，他交代乔时延去查清楚。

陆铭周的身子向左微侧，离江甜远了一些，他压低声音问道：“怎么样？”

电话那头，乔时延开门见山：“张全这人你还记得吧？”

陆铭周飞快搜索了一圈，随后微微颔首：“怎么说？”

关北村开发区的土著，那块地在年初招标，陆铭周和纪盛连轴转忙了好一阵儿，博恩建筑才勉强中标。早期拆迁的过程中，张全是闹得最凶的。

“看了监控，江甜前脚刚走，张全后脚跟上的……”

陆铭周平静地听完，挂了电话后，正想把手机往兜里塞，刚好有信息，他定睛看了一眼。

Sugar：“发错信息了，不好意思啊。”

陆铭周的眸光顿住，眼角余光一扫，江甜正拿着手机，低头静静地看着屏幕。

他收回视线，又来了两条信息。

Sugar：“这么晚了，还打扰你。”

Sugar：“抱歉。”

陆铭周抬腕看了一眼表盘，是挺晚的。沉吟片刻，他敲下一句：“还没睡？”

江甜没想到会收到回复，她刚刚给余思妍报平安，正好看到几个小时前发给小周周的信息。当时情况紧急，她意识迷离，点到了小周周的对话框。她想解释一下，发完消息又发现时间太晚了，不太合适。

江甜有些不好意思，回复：“吵醒你了？”

她盯着屏幕，对方消息立马传来，简简单单一个“嗯”。

江甜更不好意思了，纠结着怎么回复，对方的消息又来了，意味深长：“你要负责吗？唔……好困啊。”

江甜蒙了，困你就睡觉啊，调戏我干吗？她的脸颊有些发烫，不自在地低咳了一声。

陆铭周用手背虚掩着屏幕，侧眸看她，意味不明地挑了挑眉。

江甜匆忙别开视线，心虚地解释：“嗓子痒。”

陆铭周压下嘴角的笑意，颇为理解地点点头，目光重新落回屏幕，最新的信息紧跟着跳了出来：“哈哈，好好笑。”

陆铭周觉得莫名其妙，好笑什么？满屏的尴尬，不仅不好笑还有点吓人。

Sugar：“你的丑八怪邻居怎么样了？最近犯病去烦你吗？”

陆铭周：“……”

陆铭周用眼角的余光瞥向江甜，她此刻低着头，睫毛小扇子似的，投下半抹淡淡的阴影，窗外的风一层层卷进来，打散她耳边的碎发，时不时拂过鬓角，粘在嘴边。她的唇色有些淡，脸色也是，仍有些苍白。

陆铭周也不知为何，心思微微有些放软。短暂失神后，他淡淡地收回视线，简洁道：“老样子，你的邻居呢？”

江甜愣了一下。我的邻居？

此刻，她不敢看陆铭周，想偷偷地瞄一眼，却少了一些勇气。再三斟酌，她回复：“长得很帅，有时挺坏，有时又很好。”

比如现在，就很好。

也不知怎么，邻座传来隐忍克制的笑声，江甜不明所以，转头疑惑地看他。

陆铭周强压下笑意，敛了表情，一本正经道：“嗓子痒。”

江甜：换个理由可以吗？

五分钟后，出租车在巷子里停稳，两人下车，并排往楼道走。

江甜一肚子的问题，不仅是今晚的意外，也有对陆铭周的疑惑。说得明白点，陆铭周的态度有些奇怪，对她友善了很多，让她多少有些不适应。

江甜的步子渐渐慢了下来，亦步亦趋地跟在陆铭周身后，盯着他高大的背影走神。

上楼梯的时候，陆铭周身形一滞，脚步停下。江甜轻轻碰了一下陆铭周胳膊，小声问：“不上去吗？”

陆铭周转身，居高临下地看她，眸色深深，江甜仰着脖子看他：“怎么了？”

陆铭周两手抱胸，目光一沉：“还有没有哪里不舒服？”

他问得突然，江甜一愣，想了想，还是老老实实地回答：“就是有点累，没有不舒服。”她说完，浅浅笑了一下。

陆铭周俯身靠近，低头和她平视。

忽然靠近的男性气息，让江甜下意识地后退了一步。右脚刚往后一撤，脚跟还没落地，她的腰间搭上一只手，紧跟着半个身子悬空，转瞬间，膝弯又环上另一只手，身前的人微微一用力将她打横抱起。

江甜惊呼出声，本能地用手臂圈住陆铭周的脖颈儿，勉强找回了平衡。她胳膊挂在男人身上，不安地蹬了一下腿：“你干吗？”

陆铭周长腿迈开，不疾不徐地往楼上走，漫不经心道：“不是累了吗？”

江甜不自在地挣扎了两下，陆铭周不为所动，江甜有些羞恼：“所以呢？”

陆铭周语调清冽：“看不出来吗？”

江甜红着脸，长睫毛扑闪。

陆铭周很轻地牵了一下嘴角，低声一笑：“我在关心你啊。”他嗓音低醇，带着夜的喑哑，格外勾人。

江甜狠狠地怔了一下，陆铭周轻描淡写的一句话，随着楼道四下流窜的夜风，跌跌撞撞穿梭而来，晃得江甜心神微荡。

头顶的照明灯忽明忽暗，江甜借着明明灭灭的光线细细打量起陆铭周。静默片刻，她倏然挺了挺胸，手臂一抬，直接捏住了陆铭周略带青紫的下巴。

江甜的动作太突然，陆铭周脚下的步子停住，他垂下眼帘，低头凝视她。

见她半天没反应，陆铭周的神色顿了顿，嘴角漾开半抹笑，意味深长道：“捏完下巴，下一步知道是什么吗？”

江甜恍然回过神，刚才几乎是下意识的动作，就这样鬼使神差地凑了过去。她迎着他的视线，勉强稳住声音：“什么？”

陆铭周一眨不眨地看着她，嘴边笑意更深了：“接吻。”

江甜捏着陆铭周下巴尖的手指猛地一颤，心跳乱了一拍。

陆铭周紧了紧手臂，把人往上抱了一些，又故意微微躬下腰，低头凑近江甜，他神色暧昧：“你想吻我？”话音上扬，耐人寻味。

江甜眼神闪烁，咬着唇瓣，一声不吭。

男人温热的气息扑面而来，扫在脸上，触电一般，酥麻的感觉瞬间涌向四肢百骸。江甜手臂一软，慌乱松手，紧张地抓着衣角。

陆铭周也不着急，江甜不知所措地往后躲，他慢条斯理地向前追，呼吸一进一出，悉数洒在江甜的面颊。江甜节节败退，头往后仰，又退无可退。

陆铭周轻笑了一声，占了上风。

江甜捏着衣摆的手指紧了紧，鼓足勇气，她别过头，靠近眼前无限放大的俊脸。咫尺之距，眼看两人就要亲上，陆铭周蓦地抬头，两人间的距离顿刻拉开。

江甜蹭掉手心的冷汗，浅浅地笑了一下：“我只是想提醒你。”

陆铭周输了一轮，他挑眉，低声问：“提醒什么？”

江甜用舌尖扫了一圈贝齿，强压下剧烈的心跳，她笑着说：“我看到你的鼻屎了。”

陆铭周不说话。

江甜乖顺地眨了眨眼，又蹦出一句话：“我一直以为帅哥是没有鼻屎的。”

陆铭周：“……”

陆铭周的目光紧紧攫住她，嘴边的笑容渐渐退了下去，没什么情绪地说：“你信不信我现在直接把你扔下去？”说完，他眉梢略挑，眼神坦荡。

江甜心里一紧，好不容易克制的心跳又“怦怦怦”地没完没了。

说实话，她信。

江甜舔舔嘴唇，话语一转，真假参半地说道：“开玩笑的，缓解气氛嘛，我就是觉得你今天的态度有点奇怪。”刻意停顿了一下，“我奶奶说，大半夜脏东西多，我怎么知道‘你’是不是‘你’。”

陆铭周懒洋洋地“哦”了一声，也不拆穿江甜的胡说八道，顺着她的话：“你奶奶还说什么？”

江甜手臂一抬，掐住陆铭周的两边面颊，揉出两坨肉团，嘴里神神道道的：“我奶奶还说了，要是真有什么脏东西，掐掐他的脸，能看出来，真皮和假的皮还是很不一样的。”。

陆铭周的脸色一黑，江甜仍不知死活地揉着他的面颊，他一字一句道：“放手。”

江甜明显演过了头，又想起前两天也是被他这么欺负的，手下力道又重了一些。

陆铭周闷哼了一声，手臂一松，真的放手了。

江甜猛地往地上栽，她难得反应快了一次，手臂急忙搂住男人的脖颈儿，紧紧贴在陆铭周身上。

两人站在楼道的平层上，江甜吓了一跳，后背僵硬，她颤声道：“会摔死人的。”

陆铭周双手往兜里一揣，江甜像个沙袋一样挂在自己身前，他低头抿着嘴唇，淡淡地道：“下去。”

江甜后怕地吞咽口水，带着点迷茫。

陆铭周忽而一笑，牵了一下嘴角，视线向下停在紧贴的某处，眉梢挑得更高：“有点小啊。”

江甜：“……”

江甜慌忙撒手，从陆铭周的身上跳了下来。这么一闹，江甜多少有些受伤，楼道狭窄，她推开挡在前面的陆铭周，快步走上楼梯，陆铭周不紧不慢地跟在后头。

五楼，江甜愣在房门外，陆铭周若无其事地往自己的房间走，余光一瞥，他抿了抿嘴唇，刻意没关门，留了一条细细的缝。

一刻钟后，他简单地冲了个澡，换了身干净的衣物，右手拿着白色毛巾胡乱擦着湿发。门被往里推开了几分，门缝大了一些，还有半抹影子摇摇晃晃。

陆铭周眼底闪过一丝笑意，优哉游哉地在客厅沙发坐下。

一晃又是十分钟，“吱呀”一声，房门敞得更开，探进半个脑袋，慢吞吞地又挪进半个身子，小声地喊着他的名字。

陆铭周的双腿架在茶几上，慢条斯理地“嗯”了一声。

江甜得到回应，整个身子从门框后头挤了进来，手指抠着门边，低声解释：“我的包在我朋友那儿，天台蚊子太多了，没法儿睡，可不可以借一下沙发？”她的声音越来越低，最后一个字几乎听不清。

陆铭周起身，往门口走。他当然知道，手机还是他为了确认“Sugar”就是江甜，临时收起来的。

陆铭周朝她走来，江甜抬眸看他。他的头发湿漉漉的，灯光下分外乌黑，水珠缀在发尾闪闪发亮，随着他的步伐，水珠凝结成形，滑过鬓角，滴落下来。

江甜怔了一下，喉咙滚了滚，慌乱地别开眼。

陆铭周停在她两步之外，右手搭上了门把手。

离得近了，江甜闻到对方身上淡淡的沐浴露的味道，她鼻子轻嗅了一下，条件反射地后退了半步。

陆铭周弯腰俯身，与她平视，他勾唇道：“江甜，你不怕吗？”

江甜扬眉看他：“怕什么？”

陆铭周往前一步，江甜身子往后仰，陆铭周失笑，尾音往上扬：“不怕我们像那晚一样，一夜好几次？”

江甜瞬间脸颊绯红。

陆铭周兴致不错，还想调侃几句，身前的人却打了个嗝，紧接着一股热气扑在自己脸上。

江甜不好意思地顺了一下胸口，惭愧地低下头。陆铭周飞快直起身子，手掌作扇搁在鼻间使劲儿挥了两下。

江甜冲他吐了一下舌头，尴尬地笑。

陆铭周直接把毛巾盖到江甜脸上，面无表情地说：“睡沙发，敢进卧室我就脱你衣服。”说完，他又使坏地隔着毛巾狠狠搓了几下江甜的脸蛋。

江甜规规矩矩地在沙发上过了一夜，第二天一大早就接到余思妍的电话。手机铃声冷不丁地响起，江甜吓了一跳，偷偷往卧室看了一眼，确定没把人吵醒，捏着手机跑到门外。

余思妍昨晚被吓到了，实在不放心，天一亮就往江甜的出租屋跑，顺便把江甜的挎包和吉他送来。确定江甜没事，余思妍才放心离开。

江甜上午忙着面试，直到下午才结束。面试结束，江甜立马联系王楠，直接去了春树景，昨晚的事情她有必要弄清楚。

她提出想看监控，王楠出乎意料地配合。

监控里拍得清清楚楚，张全和他的手下几乎是跟着她离开酒吧的。她喝的那瓶水有问题，明显是张全的手下动的手脚，到底是什么时候被动的手脚，却没记录的画面。

王楠坐在监控室前，他按下暂停键，客观地说：“就当长了一个教训吧，就算知道是谁做的，你报警，也很难拿出证据。”

江甜叹了一口气，盯着监控画面失神。王楠说的是实话，凭她的本事，眼下的情况根本不能拿张全如何，只能提防着，以后凡事小心。

王楠推开椅子起身，低声安抚：“给你放几天假，昨天出事酒吧多少有些责任。”他顿了顿，随后笑着说，“不过你放心，不会有下次。”

王楠态度友好，江甜反倒有些不适应。“酒吧有责任”，这话明摆着是客套话，王楠对她的态度太温和了。她计较着张全的事儿，没心思细想。

直到从春树景离开，江甜还是不甘心，张全手段下作，可偏偏拿他没办法，这种人也许是惯犯，私底下不知做过多少腌臜事。

江甜有一阵没一阵地想，沿着马路一直往前走，不知走了多久，天色开始暗下来，云层压得很低，积攒在天空，灰蒙蒙的一片，雨滴随着刮起的大风倾倒下来。

江甜摸了摸包，忘了带伞。她往右边的建筑物走去，是一家装修雅致的画廊，门前摆着一幅立体海报，字迹清爽，写着开放时间。

雨越下越大，江甜思忖片刻，推门进去。

里面比她想象的大很多，一共三层，中间有个旋转楼梯，像藤蔓一样往上延伸，室内采光很好，天花板挂了一盏水晶灯。入口搭着一个台子，工作人员见她走近，微笑着递上一个小册子，江甜伸手接过。

册子上的内容简单介绍了代表画作，对于画家的介绍更是一笔带过，只在第一页的内页上印了一排蝇头小楷：周念，画家、摄影师。

江甜没听过这人，她收起册子塞进包里，视线环过一圈，大部分是人物画，多数以儿童为主。江甜对绘画的了解不多，二楼是摄影作品，她正想上楼，兜里的手机振动了起来，铃声突兀地响起。江甜尴尬地挂了电话，可没一会儿，电话又响了，同一个陌生号码。

江甜快步离开画廊，躲在屋檐下，她滑开锁屏接听键，对方直接抛出一句："你在哪？"

江甜不解："你是？"

对方反问："听不出来？"

声音有些熟悉，男低音，嗓音低醇，江甜试探性地开口："陆铭周？"

电话那头似乎有人低声笑了一下，江甜的脸颊有些烫。她把手机拿远了一些，陆铭周还是那句话，江甜乖乖地报了地址，还没说上几句，电话就被挂了。

陆铭周把手机揣回兜里，他收起桌上的资料，厚厚一沓："怎么这么多？"

昨天的事情发生后，他就联系秦历调查江甜。周川的举动实在太奇怪了，千方百计把江甜往他跟前推，到底是为什么。

秦历坐在他对面，指向陆铭周手里的文件："这小丫头倒没啥可查的，一半都是她妈妈的，知道她妈妈是谁吗？"

陆铭周随手翻了一页："唐蜜？"

秦历点头，言简意赅道："就是唱《梦》的，当初签的经纪公司就是成念，也算成念的第一代艺人。当年名噪一时，不过也摔得很惨，后来就退圈结婚了。”他多少有些唏嘘，抿了一口咖啡，转瞬又释然，“不过这行就是这样，人来人往，今天有人捧你，指不定哪天就墙倒众人推了。”

陆铭周低着头，没发表意见。

秦厉见他不吱声，又换了一个话题：“你现在这么闲吗？输个赌就真的跑去送快递？”

陆铭周仍旧低着头，视线落在纸页上，他不急不缓地解释：“上半年博恩最大的项目就是关北村那块地，前期的拆迁差不多收尾了，中期设计也不急在一时。再说纪盛在，我就当给自己放个假。”

秦厉见他一本正经，不由得笑出声：“放假，还是找人？”

陆铭周捏着页脚，又是一阵沉默。

秦厉忍不住劝了一下：“这么多年过去了，真的有必要吗？你就算知道她是谁又能改变什么？”

陆铭周明显不愿多谈这个话题，他把散开的资料拢在一起，推开椅子起身，客客气气道：“麻烦你多上点儿心，我妈那两幅画兴许是个突破点。查到扎马尾的小女孩是谁，也许就能知道当年死的……”他顿了顿，没继续往下说。

秦厉无可奈何，呼出一口气，他侧头看向窗外，雨势很大，砸在玻璃窗上噼里啪啦作响，语气带着担忧：“下雨了，你开车来的？”

陆铭周轻轻地点了一下头，抬步往外走，秦厉长臂一伸，拦在他前头：“能开车？”他顿了一下，说道，“我送你回去吧。”

陆铭周却拂开他的手，淡淡地笑：“没事的，你别瞎担心。”

江甜在屋檐下躲雨，等得时间久了，她给陆铭周打电话，正在通话中。半个小时前，陆铭周在电话里问她在哪儿，也不说干吗。

雨越下越大，街上人影稀疏，她往里面挪，可还是被飞溅的雨丝淋湿了大半身子。江甜只好给陆铭周发短信：“我先回去了。”等了三分钟，没反应。

江甜又发了一句："我走啦。"仍是杳无音信。

江甜的胸口像压着一块小石子，有些沉闷，她抿了抿嘴唇，左右为难地站了一会儿，把包举高到头顶，跑进了雨幕里。

刮雨刷左右摇摆，前挡风玻璃积了雨水又被刮了下去。

陆铭周挂断电话，秦厉的声音还在耳边盘旋，他用舌尖狠狠顶了一下腮帮子，压下剧烈起伏的心跳声，置物台上的手机响了两下，是江甜的短信。

前面的路口拐个弯就是周念的画廊，不算红绿灯的时间，三分钟就能到。

他需要回个电话，可握着方向盘的双手根本不听使唤，手背青筋暴起。他一眨不眨地盯着前方路况，路上车辆不多，刮雨刷左右摇晃，拼命分散着他的注意力。额角开始冒汗，冷汗沿着鬓角往下滚，滑过下巴砸在敞开的衣领上。

路灯和路沿的反光石映出一条条刺眼的光带，从玻璃窗里映射进来，在眼眸里短暂盛开又转瞬破碎。陆铭周紧张地吞咽口水，脑海里有些画面闪过，快到无法捕捉，他牙关紧咬，逼自己目视前方。

"唰——"

突然有人出现在视野里，陆铭周猛地踩下刹车，身子因为惯性往前甩，又被胸前斜斜跨过的安全带拽着往后一弹，两股力量综合，陆铭周的脑袋狠狠砸在了方向盘上，额上传来一阵钻心的疼痛。

陆铭周倒吸了一口凉气，忍过一阵疼，他撑着方向盘逼自己抬头，快速解开安全带，拉开车门下车。几米之外，女孩也吓了一跳，她踉跄了几步，一屁股坐在人行道上，呼吸急促。

陆铭周疾步走上前，顾不上冒血的额角，极度焦虑地询问。

女孩惊魂未定，她摇了摇头，双手撑着膝盖起身，刚一抬头，就看到眼前的人，额上雨水混着热血流下来，她颤声道："您没事吧？"

话语才开头，当她看清来人，惊呼出声："陆铭周！你有没有事啊！"

陆铭周先是一怔，看着眼前熟悉的女孩，心底的不安迅速发酵，压抑的怒气不受控制地奔走呼啸。他拽住江甜的手腕，怒道："不会看路吗！我再慢一步你知道后果是什么吗！"

江甜被他陡然拔高的声音吓得面色惨白，她手腕挣扎："你放开。"

陆铭周不为所动，反而越发收紧手掌。

手腕处的肌肉被大力扭曲，江甜使劲儿掰他的手："疼，好疼啊，陆铭周你放开！"

陆铭周绷着一张脸，面色阴沉，他仿佛听不见江甜的声音，毫不犹豫地把女孩往汽车引擎盖上甩，说出的话带着一股寒气："我若是再慢一步，你就没命了！知不知道！你到底知不知道！"

江甜的后背火辣辣地疼，尾椎骨麻得让她浑身一个激灵，她仰面倒在引擎盖上，雨水噼里啪啦砸在脸上。江甜实在难受，眼角瞬间飙出眼泪，混着雨水泪眼模糊。

陆铭周居高临下地俯视，他的手臂撑在江甜的肩膀两侧，厉声道："说话啊！"

江甜终究是受不住了，陆铭周似乎有滔天的怒气，雨水再大也熄不灭。她哭出了声，胸口因为抽噎而剧烈起伏，伸手推他，陆铭周纹丝不动，她胡乱用手背擦着眼泪，语无伦次道："陆铭周我错了，我……你不要这样，我害怕。"

女孩委委屈屈，也不知哪个字拉回了陆铭周几乎失去的神志，他后背一僵，紧咬的牙关逐渐松开，好一会儿，才极重地呼出一口气，挤出嘶哑的几个字："对不起。"

静了几秒，他拉江甜起身，却又没往后退，江甜栽进他怀里，又扎扎实实挨了一记撞，江甜心里更委屈了，断断续续地哭着，又被哗啦啦的雨声冲散。

江甜的双手横在两人之间，把他往外推，陆铭周却一遍遍呢喃着"对不起"，顺着她的姿势紧紧抱住了她。

两人严丝合缝，江甜被他按进怀里，腰上的手臂越发收紧，箍得她快要喘不上气，雨势丝毫没有减弱，噼里啪啦砸在身后的引擎盖上，疯狂刺激着江甜此刻脆弱的神经。

陆铭周的下巴搁在她颈窝，呼气声粗重焦虑。身前是男人火热的胸膛，身后因为撞击产生的痛感迅速积攒燎原，江甜四肢酥麻，两人靠得太近，她清晰感受着陆铭周几乎僵硬的身体。

排山倒海的恐惧转为铺天盖地的震惊，她不知道陆铭周到底怎么了，从没见过如此不安的他，完全被吞噬了理智。

她试图安抚他的情绪，手臂顺着男人宽阔的腰背，一下一下轻轻拍着，低声哄他。

雨还在下，江甜的力气耗尽，提不高音量，只能勉强用两人能听见的声音安抚他，手掌羽毛般落下，直到怀里的人呼吸声渐渐缓和，僵硬的后背一点点松弛下来。

江甜明显松了一口气，可她还来不及窃喜，陆铭周的脑袋撞上她的右侧面颊，嘴边呢喃的那声“对不起”飘散开，紧跟着，整个人彻底向她倒了下来，像块沉重的石头死死压在她的身上。江甜彻底慌了，焦急地喊：“陆铭周！你说话啊！”

身前的人一点反应都没有，腰上的力道撤了下去，男人的手臂无力下垂，砸在引擎盖上敲出一声巨响。江甜心里“咯噔”一下，使劲儿推他、晃他：“你别吓我！陆铭周！”

回答她的只有噼里啪啦的雨声混着汽车鸣笛声忽远忽近。

江甜半拖半抱地拉着陆铭周往汽车里挪，艰难地腾出右手去拉车门。陆铭周太重，她踉踉跄跄时不时撞上车门，好不容易才把人扶进后座。

江甜折回人行道捡起自己的包，手机浸了雨水，开不了机。她火速往回跑，手忙脚乱地翻陆铭周的裤兜，摸了半天也没摸到手机。江甜脑袋乱哄哄的，完全慌了神。“啪嗒”一声，什么东西掉了下来，江甜打了个战儿，才留意到驾驶台上的手机一直在振动。此刻，从台子边缘掉到了踩脚垫上。

江甜连忙俯身拿起手机来，飞速拨了120。

挂断电话后，江甜又去探了探陆铭周的额头，冷冰冰的，一点温度也没有，额角的伤口渗着血，伤口周围被雨淋得惨白。江甜不敢碰其他地方，生怕一个不小心反倒害了他。

她抹掉手上的水渍，蹲坐在陆铭周身边，车厢逼仄，她只能缩成一团，双手捧着陆铭周的脸颊，轻轻往他的嘴边呵气，手掌来回摩挲。

如此静谧了一会儿，手腕倏然被男人攥住，江甜愕然，转瞬又化为惊喜："你醒啦！"眼前的人依旧合着眼，丝毫没有苏醒的痕迹，惊喜瞬间又落了空。

江甜失落，她恹恹地垂着头，手腕被他拽着，陆铭周嘴唇翕动，江甜立马凑近，便听见他无意识重复的几句话，断断续续，声音很小。

"对不起，是我害了你。

"我害你丢了性命，我有罪，我对不起你。

"小天，你到底是谁？小天……"

江甜心一紧，整颗心都被提了起来，她被陆铭周的话语震惊了，勉强冷静下来，她想要确认什么，陆铭周却昏昏沉沉没了意识。

秦厉赶到医院，急诊大厅人来人往，他一眼就认出了江甜。江甜抱膝蹲在一边的墙角，眼神落向虚空，不知在想什么。

江甜是不认识秦厉的，秦厉停在她两步之外，她才抬眸看他，秦厉着急地问："他怎么样了？"

江甜撑着墙壁站起来，用手拍了拍滚烫的面颊，开口："额角缝了三针，不算严重，片子也拍了，没别的问题。"她说完，垂下头，想起医生临走前的话语，病人是受了强烈的外在刺激才会突然晕倒的，她嘴唇翕动，又不知如何开口。

秦厉却紧接着追问："还有别的？"

江甜抬眼，犹豫半晌，一五一十地交代了医生的话。

秦厉脸色微变。

江甜心下天人交战，她怯生生地看着秦厉，斟酌再三，小声地问："他怎么了？"

江甜想起雨中的一幕幕，还有陆铭周那些支零破碎的话语，她的声音越来越小，越发地担心，也有些害怕："他说他害死……"害死了一个叫小天的人，却又不知道小天是谁。

江甜没能有勇气问出后半句，这些自相矛盾的话语，给她的冲击实在太大了。她左右为难间，又荒唐地发现自己立场尴尬，她连面前站着的男人是谁都不知道。

现在，感觉陆铭周离她很远很远。

秦厉没说话，却读懂了江甜的后半句话。陆铭周的情况他再了解不过，因为当年的事故，陆铭周有严重的后遗症，下雨天没法开车。

近些年陆铭周的状况已经改善了很多，几乎看不出对他的影响。眼下的情况，却明显超出了秦厉的预想。

陆远怀给周念举办十五周年的画展，张罗的过程中也不知从哪儿搜出两幅压箱底的旧画。陆铭周见到了，毫不意外地又把当年的事情摆到了台面上，找一个活人去验证一个死人。十几年了，就算知道当年死去的女孩是谁，又能如何呢。他不止劝过一次，陆铭周不肯听劝，他也没办法。

秦厉长长地叹了一口气，没和江甜多嘴解释。

陆铭周是晚上九点醒的，缝完针又睡了几小时。

江甜和秦厉见他醒了，齐齐推开椅子站起身，秦厉率先出声："终于醒了，吓死人啊。"

陆铭周的眼睛睁开一条缝，适应了刺眼的光线，好一会儿，才撑着床沿坐起身，他嗓子嘶哑："你怎么在这里？"

秦厉语气不善："给你收尸的。"

陆铭周斜了他一眼，可此时他脸色惨白，丝毫没有威慑力。陆铭周头疼地按了按额角，无意扯到伤口，他疼得“咝”了一声。

江甜连忙握住他的手腕，用另一只手探去自己右边的额角指了指，提醒道：“你这里受伤了。”

陆铭周方才没注意到江甜，此刻她突然冒出来，抓着他的手腕，熟悉的动作像某种情绪的闸门，之前的一幕幕又重新塞回脑海。某人一向不动声色的眼底难得闪过几丝惊慌，内心挣扎了一会儿，他五指虚握成拳掩在嘴角，干咳了两下，试图缓解尴尬。

江甜以为陆铭周的嗓子不舒服，端过水杯递到他眼前。陆铭周正准备伸手接过，瞥到江甜的手腕一圈淡淡的青紫，映在白皙的皮肤上略显狰狞。

他眉心狠狠一抽，前一秒勉强克制的复杂情绪，再次撞击着他此时隐隐松动的心神。恍惚间，他想起江甜的拥抱，一点点降低他的怒气，又一下下捋顺他的呼吸。

陆铭周有几分不自在，他低下头，略微垂眼，眼眸笼上一抹柔色，转瞬即逝。再次抬眼，又是一贯的眸色深深，瞧不清真实喜怒。

秦厉见他愣神，五指摊开搁在陆铭周眼前晃了几下：“要她喂你？嘴对嘴的那种？”

陆铭周懒得和他贫，接过江甜递来的水杯，放低声音道：“去上点药。”陆铭周的目光落在她的手腕上，又抬眸对上江甜的视线。

江甜慌乱地缩回手，搁在身前，用另一只手遮掩了一下，摇头道：“没事。”

陆铭周嗓音微沉：“不疼吗？”

江甜转了两下手腕，笑着摇头。

陆铭周把水杯放柜子上，余光一瞟，注意到江甜贴上床沿的裤腿，白色被角的颜色由淡转深。他才后知后觉地发现江甜浑身湿透，从头到脚仍是那身衣衫，反倒是他，换了一身干净的病号服。

他心里某个角落被轻轻踩了一下，眸色由明转暗。他的视线转向秦厉，沙哑道：“你先送江甜回去，顺便去药房买些预防感冒的药。”

江甜连忙摆手拒绝：“我自己回去，很方便。”

陆铭周却冲她柔声道："太晚了，一点都不方便。"

他轻描淡写的一句话，江甜却听得耳畔一热，没了反驳的话语。

从医院回来，江甜真的病倒了，一连好几天都昏昏沉沉的，王楠给她放了几天假。她浑浑噩噩地躺了几天，感冒药吃了不少，直到第四天才逐渐好转。

江宁明给她打了几通电话，让她回家，她都借口上班忙给推掉了。最近发生的事情太多，她不确定回家能不能控制好情绪。

至于陆铭周，那天从医院离开，她就再没见过，其间，她打过一个电话，没人接。

江甜有些难过，可细细琢磨，又弄不明白这别扭的情绪从何而来。

新嘉唱片的入职电话是今早接到的，通知她下周一正式去上班，江甜实在开心，一扫几日积攒的阴霾。

天台的风一阵阵地吹，比房间里舒服多了。江甜抱着吉他，收拾东西搬去石桌上研究，她低着头，握着笔时不时在曲谱上写写画画，分神了片刻，不自觉在空白纸上写下了一句歌词。

耳畔有些痒，她抬手挠了一下，没在意。可没一会儿，又吹过轻飘飘的一阵风，热乎乎的，江甜用笔帽戳了两下耳朵，试图挥开奇怪的感觉。

她左手托着腮，看着那句歌词，微微拧着眉细细地想。

不知过了多久，天台的静谧被悄然打破，耳边传来一道声音，嗓音低沉，带着浅浅笑意："'爱恋不过是一场高烧，思念是紧跟着的好不了的咳'，江甜，你挺有经验啊。"

江甜先是一怔，随后反应过来，飞快地盖住桌上的纸张。

陆铭周不知何时站在她身后，离她只有几厘米的距离，她转过头，两张脸瞬间离得极近，江甜连忙拉开距离。

陆铭周却一动不动，静静地看着她，眉毛微挑。

江甜心虚地眨眼："你怎么在这里？"

陆铭周理所当然道："我回家，有问题？"

江甜睫毛扑扇，不自在地舔舔嘴唇："你干吗偷窥？"

陆铭周饶有兴致地问："我怎么就偷窥了？"

江甜说不过他，眼神在陆铭周身上细细逡巡了一圈，他依旧一副漫不经心的样子，嘴角漾着一抹淡淡的笑意，笑意却未达眼底，眼眸里缀着星星点点的光。

眼前的人完全没法和那天的狼狈形象重合，印象里他就该是这样的，性情不冷不热，偶尔说几句调笑的话，有点痞，也从不走心。

江甜想问的有很多，看着陆铭周额角的伤口，最后只挤出了一句："你好点了吗？"

陆铭周盯着她，却不说话。

江甜失望地转身，快速收拾桌上的东西，陆铭周却出声喊她，依旧是不咸不淡的语气："小辣椒。"

江甜没回头，淡淡地应了一声。

陆铭周的眼眸幽深，他语调清浅："转过来。"

江甜动作一顿，顿了几秒，乖乖地转过去。

陆铭周双手揣在兜里，站在两步之外，迎着头顶晕黄的光线，周身笼着一层暖光，整个人都温柔了几分。

江甜看得愣神，反应过来，又佯装无事地问："怎么了？"

陆铭周长腿往前迈了一步，两人间的距离瞬间逼近，强大的气息笼罩下来，江甜条件反射地往后退，腰侧抵上石桌，退无可退。陆铭周倾身下来，与她平视，江甜两手慌乱地撑着桌面，长睫毛蝶翼似的扑扇。

两人凑得近，借着灯光，她能看清他下巴新冒出的青色胡子茬儿，江甜手指不安地沿着桌沿摩挲。

陆铭周的眼眸弯了弯，面部线条柔和了，他抿了一下嘴角："那是你写的？"他指了指石桌上面的那页纸，被江甜双手捂住的曲谱露出一角，隐约能看到一个"吻"字，女孩字迹娟秀，落落大方。

江甜愣了一下，她缓缓地眨了眨眼，方才点点头。

陆铭周嘴边的弧度更深了，刻意压低声音，一字一顿暧昧地道：“你怎么知道吻是甜的？”尾音不自禁地往上扬，勾得人心痒。

被陆铭周这么一问，江甜的脸颊迅速泛出一层淡粉，她羞恼地垂下眼帘，陆铭周却慢悠悠又问了一遍，语速放缓，音量降低。

江甜心跳加速，耳垂红得能滴血，眼神四下闪烁，不敢看他。却清楚听见他淡淡的笑声，江甜左边的肩膀一软，酥麻了一下，有些心猿意马。

陆铭周又往前挪了小步，两人的距离进一步压缩，他凑到她嘴边，两人呼吸交融，他闷闷地笑，尾音往上扬：“想不想知道吻到底是什么味的？”

话音落下，他也不等江甜回应，额往前微微一探，两人的鼻尖轻轻一碰。

江甜的心跳猛地漏了一拍，不可思议地怔怔地看他。

时间忽然停止了一般。

两人的鼻尖磨蹭，陆铭周没进一步的动作，距离近，任何细小的动作都变得格外清晰。

江甜垂下眼睫，紧张地屏住呼吸。

陆铭周却低声地笑了，温热的气息悉数扑在她唇瓣周围。

江甜撑着桌沿的手臂不禁有些软，脑袋像是报废的老式电视机，全是“沙沙”的雪花点，各种情绪杂糅在一起。

身前的人眉梢微挑，眼眸含笑，江甜还在愣怔，陆铭周漫不经心地抬手，竖起食指，指腹往江甜唇瓣一压，轻轻地点了两下。

他压低嗓音询问：“你在期待什么？”温热的触感覆下来，江甜彻底乱了心思，心跳怦怦怦，完全不受控制。

陆铭周见江甜的面颊绯红，眼神四下闪躲，偏偏就是不正眼瞧他，不免起了几分坏心思。他抬了抬食指，指腹在女孩的唇瓣左右摩挲了一下，轻得像羽毛落下，压着笑意问：“怎么不说话？”

周身笼罩的男性气息是从未有过的强烈，足足过了好一会儿，江甜才怯怯地冒出一句：“我……”

陆铭周借着身后的灯光细细打量她，脸蛋红，睫毛轻颤，鼻翼随着清浅的呼吸轻轻翕动着，江甜手足无措，他乘胜追击："你什么？"

江甜抿嘴不语，陆铭周缓缓开口："你以为我会吻你。"他说的是肯定句，不给江甜反驳的余地。

江甜又是一噎，心跳不受控制地加速，脸上一阵一阵地红，全然无措。片刻的愣怔之后，她勉强辩解："我没有！"

陆铭周懒洋洋地"哦"了一声，挑挑眉，他的食指微微使力，压着江甜的唇瓣把人往外推。

呼吸错开，两人的距离渐远，江甜被动地往后仰。陆铭周慢条斯理地收回食指，重新揣回兜里，他的声音裹着浅笑："江甜，你缺个男人。"

江甜没说话，鼻翼两侧微微渗出汗，眼神迷离，反应慢了半拍。

陆铭周眉梢挑得更高，垂眸凝视她几秒，抿嘴道："你看看你的脸。"

他说得意犹未尽，江甜被陆铭周的话语引诱着双手捧住脸颊，小声地问："怎么了？"

陆铭周直起身子，先是语调平平，随后又故意加重语气："满脸的欲求不满啊。"

江甜抿了抿嘴，见他幸灾乐祸，从他刻意营造的暧昧氛围里急忙脱身，她抻了抻脖子，有些恼："你要我？"

陆铭周也不辩解，笑着往下说："所以啊，趁年轻赶紧找个男人。"

陆铭周依旧拿她开玩笑，微微俯身，食指轻点了一下江甜的额间："还是说你喜欢我这样的？"江甜张了张嘴，被堵得一句话都说不出。

江甜的感情空白，和陆铭周明显不是一个段位的。这人存心调戏，她完全只有认栽的份儿。她斜了陆铭周一眼，愤慨道："确实难找！没有比你更快的男人了。"

轮到陆铭周一噎，这句话的歧义让他很不爽。

江甜匆匆地把纸笔揽进怀里，羞恼交加，语气急促："您是快递界的泰斗，英勇神武，快到不行！"

# 第四章 如果是男女朋友呢

星期一，江甜到新嘉唱片报到。

新嘉唱片门口里里外外围了好几层粉丝，个个都举着四方灯牌，蓝底白字，清一色印着“乔萱”两字。

乔萱，年初因一部网剧爆红网络，之后又因为一部大女主戏打响国民度，是今年上升速度最快的人气小花旦。她中午过来录《长夜行》的主题曲，行程是公开的。

江甜被人群簇拥着往里走，被谁无意绊了一脚，扭到脚踝，疼得直皱眉。保安出来维持秩序，她才好不容易挤出人群。

江甜忍着脚踝火辣辣的疼，走进旋转门。

第一天上班还算顺利，她做的事情比较琐碎，跑进跑出，连录音棚都没机会进去，一天折腾下来，脚踝整整肿了一大块。

好不容易熬到下班，江甜挤进电梯，她的动作有些慌乱，手肘撞了一下正前方的红衣女人的胳膊，手机应声而落。

江甜连声说着对不起，弯腰去捡，指尖刚触到屏幕，她微微一顿，屏幕亮着，壁纸是一张男女合影，虽说不上亲密，两个人站得有些远。

可这男人怎么看都有点像陆铭周，至于这女的，不出意外，是乔萱。

江甜晃了一下脑袋，甩掉脑子里奇怪的想法，站直身子把手机递还给对方。

乔萱伸手接过，点了一下屏幕，微微低下头从墨镜上方看了江甜一眼，冷声道："你看到什么了？"

江甜赶紧摇头否认。

乔萱还想说什么，她左边一个年长的女人轻轻喊了一声："小萱。"她侧眸往后暗示了一眼。乔萱撇嘴，没说话了。

江甜才注意到，电梯里后排站着一个高大男人，西装革履，双手插在西裤兜里，头发有些长，却打理得一丝不苟，鼻梁上架着一副金属细框眼镜，黑眸幽深，整个人气质疏淡。

江甜一愣，她自然认得这人。

陈慕扬，两年前凭借选秀节目出道，一骑绝尘，去年年底推出首张个人专辑，首发二十四小时就破了各项纪录，当初决赛她还给陈慕扬投过票。

电梯里安安静静的，年长女人率先出声："慕扬啊，你是专业的，这次合作，小萱就麻烦你多多照顾了。"

男人的脸上情绪很淡，轻轻点了一下头："应该的。"

年长女人得体地笑了一声，用手肘捣了一下乔萱，乔萱客客气气地感谢了几句。

几人不痛不痒地聊了几句，逼仄的空间又安静了下去。

江甜屏息，瞄了一眼楼层数，马上就要到最底层了，她咽了咽口水，小心翼翼地说："陈慕扬，能合个影吗？"江甜有些紧张，手指绞在一起。

陈慕扬此时才看向江甜，黑眸深如古井，从镜片折射出来，泛着淡淡的冷光。

"叮咚"一下，电梯门打开。

乔萱和年长女人先一步出了电梯，陈慕扬全程都不说话，江甜觉得合影这事儿八成黄了，她扯了扯挎包带子正准备离开。

陈慕扬忽而出声："可以。"

江甜受宠若惊，匆忙去拿手机，正想打开自拍模式，陈慕扬很自然地接过江甜的手机递给乔萱："麻烦帮个忙。"

乔萱明显一愣，有些不可思议："让我拍？"

陈慕扬点点头。

乔萱不情不愿地举着手机"咔嚓"几下，事毕，不耐烦地把手机直接往江甜的怀里扔，江甜手忙脚乱地抓住手机。

三人一同离去，江甜站在原地激动地打开相册，五张照片，糊了三张，仅剩的两张，她的脸扭曲变形。她有些生气，对乔萱的印象也大打折扣。

下班途中，江甜接到周川的电话，问她工作情况，最后简单提了一下他的外甥。

江甜又是感谢又是心虚地挂了电话，周川对她好，她不能辜负了人家的好意。江甜再三纠结，甩开脑子里一直冒出来的某张脸，主动给小周周发信息，问他最近是否有空。

等了好一会儿，也没收到对面的回复。她再接再厉，又点进聊天页面："我们要不要见一面？"

手机振动了一下，江甜看着一长串的省略号，不禁皱了皱眉，紧跟着又进来一条信息："相亲？"

江甜这人很实诚，周川当初介绍他们两人认识就是冲着相亲去的。上次陆铭周的一番话又刺激了她，头脑一热，她敲了几下手机："你缺女朋友吗？"又想起了什么，低头继续敲手机，"我还不错，除了平胸。"

另一边，某人刚好抿了一口茶，余光瞥到屏幕上的消息，他猛地被呛了一口，憋着笑，给江甜回了个"好"。

江甜回到出租屋，洗完澡就开始琢磨，人家是周川的外甥，周川又待她极好，怎么说也要重视一点。

第一次见面要送什么礼物？她男性朋友很少，想了想，给程岁打电话，那边显示关机，算下时间，程岁应该出差回来了。

江甜拉开窗帘，打开窗户给房间透风，隔壁的灯亮着。江甜的心情有些复杂，按道理讲，她应该离陆铭周远点，可又莫名其妙想找他。

脚踝的伤口敷过冰块，红肿消了不少，心里还在纠结。江甜已经开始行动，换上一条裙子，套上拖鞋出门。

陆铭周的房门微微留了一条缝，屋里晕黄的光线倾泻出来，拉出一条长形灯影远远投在几米之外。

“咚咚咚”，敲门声响起，里面没人回应。

江甜推门进去，视线扫过一圈客厅，没见到人，刚想出声喊人，“哐当”一声，洗手间的房门被打开。

陆铭周从里面出来，江甜循声望去，瞬间瞪大眼睛。

周遭气氛凝固，两人面面相觑。

静了一秒，两秒，三秒……

江甜厉声尖叫，双手慌忙捂住眼睛：“陆铭周你疯了吗？为什么不穿衣服啊！”

陆铭周在原地僵了几秒，连忙扯过浴巾围在腰上，他眉间染上几分不满，低声呵斥：“出去！”

江甜指尖扯开一条缝，无辜地说：“我都看完了。”

陆铭周的额角猛地一抽：“江甜！”

江甜的视线定在陆铭周身上，精瘦的胸膛滚下水珠，沿着流畅的肌肉线条一路往下，滑过人鱼线，埋入浴巾底下。她的目光在某处停了几秒，慌忙别过眼，触上了陆铭周漆黑的眸子。

江甜咽了咽口水，嗫嚅道：“我会不会长针眼啊？”说完，她长睫毛扑扇，装得无辜又可怜。

见状，陆铭周快步往前走。江甜立马害怕了，飞快转身，单脚着地一跳一跳地往门口蹦，眼看就能跳出门，陆铭周长臂一伸直接按住大门。

“啪啦”一声，门被重重关上。

江甜胡乱拍他的手，又羞又恼地说：“你别不讲理！是你自己不关门还不穿衣服！”

陆铭周不说话，另一只手握住江甜的手腕，沉着一张脸，薄唇抿成一条线。

江甜不安地咬住下嘴唇，她的声音低了下去：“陆铭周你怎么不讲理啊。”

陆铭周的目光锁住江甜，哧地笑了一声，饶有兴致地问：“你占我便宜，还是我不讲理？”

“你不讲理。”

陆铭周挑眉：“真的？”

江甜单脚往后跳，陆铭周的手臂往前一收，江甜踉跄地向前扑，直接撞上他宽厚的胸膛，面颊往上压，唇瓣刚好贴上了男人精瘦的左胸，落下一个吻。

江甜的嘴唇一麻，双手横在男人胸膛。

陆铭周垂眸，低声笑开，又问了一遍：“我不讲理？”他顿了顿，咬字暧昧，“还是你占我便宜？”

江甜的脑袋嗡嗡作响，完全没法思考。

忽然鼻间一热，江甜不舒服地用指腹蹭了一下鼻翼，目光一滞，她的食指红了一大块。江甜不可思议：“我怎么流鼻血了？”

江甜胡乱抹着鼻子，陆铭周笑得更加放肆，他颇为遗憾地道：“你完蛋了。”

江甜的眼神发直，蒙了。

陆铭周扶着江甜的右边胳膊，感慨道：“你啊，不止欲求不满，现在欲火焚身了。”

江甜羞愧得不行，抬手去堵陆铭周的嘴，被半途制止。

陆铭周轻飘飘地说：“见血是凶兆。”

江甜神情迷茫，愣了好半天，她无力地问：“什么胸罩？”

江甜是真的糊涂了，陆铭周反倒哑口无言。

江甜冲他眨眨眼，依旧沉浸在上一个问题里，她微仰着头，鼻间红了一片，眼里却盛着满满的好奇，她轻轻掐了一下陆铭周的手臂，嗫嚅道："到底什么……"

话还没说完，陆铭周扯了几张餐巾纸随意地按在江甜的鼻子上，打着帮她擦鼻血的幌子，阻止了江甜没说完的问题。

江甜被他粗暴的动作弄得难受，脑袋一热，挥着拳头毫不留情地砸了过去。

陆铭周的胸膛猛地吃痛，这一下砸得有些狠。陆铭周右手的动作一顿，扔了手里的纸巾，不可思议地看着她。

江甜尴尬地笑了两声，连忙赔不是，狗腿地说："你真的好帅啊！"

陆铭周懒得和她计较，往卧室走，准备换衣服。江甜想起还没和他说正事，慌乱地伸手阻止他。

陆铭周全身就腰间围了一条浴巾，她的手不知该往哪儿拽，犹豫之间，抓住了白色浴巾的一角。

江甜的动作太轻，陆铭周没留意，他仍大步向前，两股力量拉扯，江甜就发现自己的手上多了一条浴巾，陆铭周只觉得下身一凉。

气氛再次陷入死寂。

陆铭周快三十年的人生中，从来没想过会有这么一刻，被同一个女人看完了正面看反面。

江甜的右手举着毛巾，无力下垂。

区别于第一次的震惊，她反倒冷静了许多，她无声地吞咽口水，往前跳了一步，把浴巾塞回陆铭周手里，小声道："还给你，我走了。"见陆铭周没反应，江甜舔舔嘴唇，打算推门出去。

谁知陆铭周接过浴巾，快速在腰上一围，江甜还没跳出几步，陆铭周躬下身，直接把人扛在肩头。

江甜的身子悬空，上半身挂在陆铭周的背后，脑袋朝下，她惊呼出声："你干吗啊！"

陆铭周扛着她，脚尖转了一个方向。

江甜挥拳一下一下敲在陆铭周的后背，嘴里不停嚷嚷："我不是故意的，真的不是故意的！"

江甜的性子毛躁，特别是被逼急了。也就几步路的工夫，陆铭周的后背已经被她挠得火辣辣地疼。他力道一撤，直接将江甜扔在沙发上，他弯腰坐在茶几上，低头睨她。

江甜的胸口剧烈起伏，她撑着沙发坐起身。这么多天相处下来，陆铭周的性子她是了解的，可也很奇怪，每次她想跟人好好相处，都会一而再再而三地闹笑话。

陆铭周干脆不回屋换衣服了，索性就这么坐着，江甜不会平白无故找他，他便低声问："什么事？"

江甜规规矩矩地坐好，双手交叠搁在大腿上，柔声道："我就想问问你们男生喜欢女生送什么礼物。"

陆铭周撩开眼皮看她，眼神里多了几分探究，半晌，他正儿八经吐出一句："看关系。"

江甜似懂非懂地问："如果是男女朋友呢？"

陆铭周淡定地回答："自己。"

江甜没听明白。

陆铭周挑眉，重复了一遍。

江甜这回懂了，她红着一张脸。男人啊，都是混蛋！

陆铭周换了一个姿势，双手环在胸前，他想起白天的聊天记录，漫不经心地问："你找到男朋友了？"

江甜偷偷地瞄了他一眼，陆铭周脸上的表情似笑非笑。她也不知怎么想的，干巴巴地冒出一句："我周末相亲，处处看。"

她佯装镇定地说完，余光观察陆铭周的表情，想看出什么，可偏偏陆铭周仍是那副无所谓的样子。江甜心底一酸，情绪来得莫名其妙，没一会儿，眼底也泛起酸楚。

陆铭周不经意地拢了拢浴巾边角，若无其事地说："第一次见面的话，送礼不合适，反正是要在一起的，以后有的是机会。"

江甜心不在焉地点点头，想了想，试图抹掉藤蔓一样萦绕上来的失落情绪。她提了一个高兴的话题，言不由衷道："他特别帅，人也体贴。"

陆铭周轻咳了一声，强压下嘴角的笑意，平静地说："听起来挺不错的。"

江甜眼眶发热，点了点头："他很好的，大半夜被我吵醒，也不会生气。"

几抹笑意浮上嘴角，陆铭周握拳又轻咳了一声，掩饰情绪。

江甜心情复杂，她不自在地打量陆铭周。他脸上除了笑意，一点其他的情绪都没有，她心底积攒的酸楚越来越多。

她顾不得其他，开始胡乱编排谎言，也不知是在刺激谁："他真的很好，每天跟我说晚安，也会跟我说早安，偶尔还会叫我小宝贝。"

陆铭周："……"

"下雨会提醒我带伞，晚上会叫我别熬夜。"

"咳咳咳。"陆铭周一阵猛咳，半张脸都涨红了，他勉强克制住自己的情绪。

江甜停顿了一下，关心地看向他："你没事吧？"

陆铭周摇摇头，端起茶几上的水杯抿了一口。

江甜的视线从他脸上收回，余光瞥到男人精瘦的胸膛，她又慌忙挪开视线，低头看向自己的脚尖。

陆铭周以为她说完了，刚想总结一下，谁知江甜又冒出一句："我和他聊了这么久，他都没问我要照片。"顿了顿，继续往下说，"换成那些不正经的男人，早就问女孩子要照片了。"

陆铭周的嘴角一抽，捏着水杯的手指因为过度用力泛着淡淡的青色，他好像被拐着弯骂了。

江甜瞅了他一眼，陆铭周神色淡淡的，瞧不出其他端倪。她的声音渐渐低了下去，嘴里喃喃："问照片还是客气的，我同学还收到过网友更无理的要求。"她的目光偷偷一瞟，落在陆铭周浴巾的一角，"我同学吓得直接把那人拉黑了。这也从侧面印证了我的小周周真的很靠谱。"

陆铭周反问："你的小周周？"

江甜赶紧解释："他的微信名字啦，我不知道他真名叫什么。"

陆铭周嘴角的弧度越来越明显，他左手掩在嘴边，附和了一句："昵称挺特别的。"

江甜忙不迭地点头："连昵称都这么可爱，真人肯定更可爱！"

陆铭周实在忍不住了，骤然笑出声来，他以前怎么没发现，江甜这么好玩呢。

江甜蓦地抬头，对上陆铭周被笑意填充的眸子，男人的眼睛弯成一轮新月，让江甜的心跳漏了一拍。

她很少见陆铭周毫无保留地冲她笑，平日里多数是不正经的调笑，再或者是见她出糗恶趣味的嘲笑，多半不走心。

因为陆铭周的粲然一笑，她的脑海瞬间绽放绚烂的烟火，可回味过来，想起他为何而笑，又品出了几分不是滋味。脑海的烟火一团团灭了下去，光芒转瞬即逝，江甜的心脏似乎被人狠狠揪了一下。

江甜被乱七八糟的情绪搅得难受，再也没了说话的欲望，看着陆铭周也多了几分不自然，她从沙发上站起来，客客气气地说："谢谢你。"

陆铭周收了笑容，把水杯放回茶几上。

江甜绕开他，一扭一拐地往门口走。

陆铭周紧跟着站起来，拉了一下她的手腕，低声问："脚怎么了？"

江甜盯着地面，没什么情绪地回答："扭了一下。"又是客客气气的一句，"谢谢陆先生关心。"

陆铭周不悦地蹙眉，吃不准江甜的状态，前一秒还兴高采烈，一眨眼的工夫，怎么就蔫头耷脑了。

江甜拂开陆铭周搀扶的手，向前往外走，陆铭周想都没想，微微躬下腰直接将江甜抱了起来。江甜连忙用手臂搂住陆铭周的脖颈儿，惊魂未定，挣扎着要落地："你干吗！男女授受不亲，快放我下去。"

江甜慌乱地瞪着脚，心底的希冀扑了空，有点羞怒："陆铭周你很过分，咱俩又不熟，你动不动就是抱啊扛的，我又不是东北大米！"

陆铭周一脸坦荡地往外走，淡定地道："大米没你废话多。"

江甜松开环在他脖颈儿上的手臂，眼眶发热，她又挣扎着想往下跳，嘴上不停地埋汰他："你这人很奇怪！我自己能走，我又不是你女朋友。"

陆铭周脚下的步子一顿，斜了她一眼："别动！"

江甜拼命反着来，动作越来越大。

陆铭周咬咬牙，低声叱道："再动我浴巾又要掉了！"

江甜瞬间四肢僵硬，不敢动了。

陆铭周腾出一只手去开门，右手落在门把手上，他又想起什么，手上动作停了停，没马上推门出去，静了几秒，他问："我又不是第一次抱你，你干吗反应这么大？"

江甜鼓足勇气对上他的视线，逞强道："我马上就要交男朋友，跟以前不一样了。"

陆铭周抿了一下嘴唇，声音听不出什么情绪："你就那么喜欢小周周。"

江甜脱口而出："很喜欢！有了喜欢的男孩子跟其他男人保持距离不是应该的吗？"

陆铭周顺着她的话问："你要跟我保持距离？"

江甜一阵点头。

陆铭周俯身凑到她耳畔："今天是你主动来找我的，占我便宜的也是你。我都给你看完了，找谁负责？"

江甜一噎，手臂不自在地动了一下，擦过男人温热的胸膛，她的肌肤仿佛被烫了一下："你自己不穿衣服，我有什么办法。"

陆铭周低笑一声："公平起见，你要不要也给我看？"

江甜心惊，抬腕捂住陆铭周的嘴巴，立马警惕起来："我给钱，五百块够不够？”

陆铭周颇有深意地看了一眼江甜，片刻后，右手重新落回门上，推门出去。

江甜的房门敞开，客厅明晃晃的光线照亮了半边天台。

陆铭周皱眉，不动声色地问：“你出来都不关门吗？”

江甜同步拧眉，疑惑道：“我出来的时候掩门了。”

陆铭周点点头，抱着江甜往里走：“家里有药吗？”

江甜摇摇头：“没事，我用冰块敷过了。”

陆铭周没再多问，抱着江甜往屋里走，长腿刚迈进门槛。客厅传来“啪啦”一声，重物落地的声音。

江甜吓得后背一僵，紧跟着循声望去，目光倏地一顿。

客厅里，唐蜜正襟危坐，依旧穿着一件碧绿色窄身旗袍。她面颊雪白，眉间染着淡淡的病态，却掩不掉眼角含媚。瞧见门口进来的江甜，一向淡定的唐蜜手臂一晃，手中的水杯直直砸在地上，水花四溅，旗袍裙摆瞬间湿了大块。

厨房里，听见动静的江宁明急急忙忙跑出来，瞥见碎了一地的玻璃碴儿，担忧道：“怎么这么不小心，有没有受伤？”

唐蜜没说话，一动不动地看着江甜，江宁明顺着唐蜜的视线看去，自然也看到了门口的江甜以及抱着江甜的光着上半身的陌生男人。

作为一个父亲，大晚上，看到自己的闺女被陌生男人抱在怀里，接下来会发生的事情不言而喻。

江宁明脾气很好，饶是他，见了眼下的情景，也险些控制不住自己的情绪。

唐蜜从头到尾看的都是陆铭周，见江宁明震惊得说不出话，唐蜜视线扫去江甜的身上，淡淡地道：“小甜。”

她只说了这么一句，江甜内心就慌乱得不行，急忙摆脱陆铭周的怀抱往下跳。江甜本来脚踝有伤，这一跳，双脚猛地受力，脚踝传来一阵钻心的疼，她直直地往茶几栽了过去。

陆铭周反应最快，一个箭步冲上前，飞快地护住江甜，没让她磕碰受伤。他扶着江甜起身，让她轻轻靠在自己身上，担心道："有没有事？"

江甜摇摇头，想说什么，江宁明却快步上前把江甜扶到自己身边，沉着一张脸看向江甜红肿的右脚，语气带着责怪："多大的人了，还这么毛毛躁躁！"

江甜咧嘴一笑，试图缓解气氛，软绵绵地喊："老爸。"

陆铭周往后退了一步，他立场尴尬，正准备转身离开，江宁明出声问："你是小甜的男朋友？"

陆铭周脚步微顿，急忙出言解释："您误会了，普通朋友。"

江甜抿了抿嘴唇，微微垂下眼睛。江宁明冷哼了一声，声音有些强硬："不是男朋友你这样？"他的眼神在陆铭周身上扫了一圈。

男人衣着暴露，除了腰间一条浴巾，再无多余的衣物。

江宁明又低头睨了一眼江甜，乳白色的裙子缩到大腿，衣领松松垮垮，江宁明帮她拉直卷上去的裙摆，沉声道："小甜，爸爸不反对你处朋友，可你也不能这么没规矩，大半夜的，普通朋友什么样子！"

江甜拽了一下江宁明的衣袖，连忙截过他的话语："爸，不是你想的这样，他是我邻居，我受伤了，他帮我。"

江宁明的视线在两人身上逡巡，眉头皱紧，仍是不悦。

陆铭周尴尬地咳了两声："我先换身衣服。"

江宁明抿嘴不语，扶着江甜在一侧沙发坐下，反倒是唐蜜，轻轻应允了一声。

陆铭周看了一眼唐蜜，两人的视线短暂交会，随即错开。陆铭周转身往门口走，想起秦厉之前查的那半摞资料。

唐蜜是九十年代红极一时的内地女歌手，原创专辑《梦》一经推出就拥有了亮眼的成绩，两个月后却被爆出抄袭，甚至逼得原创作者险些跳楼自杀。各种新闻发酵，半个月后，唐蜜召开新闻发布会宣布退隐，曾经内地乐坛最耀眼的歌手就在短短的几个月内身败名裂。

今天江甜给他发信息的时候，他正跟周川在一起，了解了周川为何处处照顾江甜。

周川和唐蜜相识，虽交情不深，但周川惜才，当年把满腹才情的唐蜜带进娱乐圈，见她功成名就，也目睹了最后的惨淡收场。这桩事儿成了周川的心结，以至于对江甜多了一点怜惜之心，不过他对江甜更多的是欣赏。

陆铭周推开卧室的房门，打开衣柜。

唐蜜反对江甜唱歌，他完全可以理解，娱乐圈是个吃人不吐骨头的地方，这也是他不愿留在陆远怀身边做事的原因之一。

陆铭周哧笑一声，想到白天的时候，周川百般暗示他利用自己的身份照顾江甜，最后两人不欢而散。

陆铭周自嘲地扯了一下嘴角，他拿出一件衣服，犹豫半晌，几分钟后，他换好衣服，准备回去解释。

江甜恹恹地坐在沙发上，正接受江宁明语重心长的教育，听见门口传来的动静，抬头往那边方向看去。

男人长身玉立，一身黑色西装熨烫妥帖，利落修身的西裤下裹着笔直的长腿，白色衬衣整齐地扎在裤腰里，衬衫扣子直接系到顶端，衬得整个人清俊又挺拔。

江甜霍地站了起来，她的视线落在陆铭周身上，这一身衣服实在适合他，整个人气质都沉淀了下来，带着几分禁欲的味道。

她的心跳不受控制地加快，江甜之前气他，此时她也懒得夸他，故意说："大半夜的你穿这么正式干吗？"

陆铭周冲她挑了下眉，江甜不明所以。

江宁明明显不喜欢眼前这个占他宝贝女儿便宜的臭男人，他态度明确，走去门口，不耐烦地说："我们家不买房也不买保险，再见！"说完，江宁明"啪啦"一声，甩上门。

隔着一扇门，某总裁开始怀疑人生，他的高定西装，真的很贵啊。

第二天，新嘉唱片。

同事林媚推着椅子往江甜身边靠，江甜侧眸看她，林媚对着她晃了两下手机："看新闻了吗？"

江甜昨晚没休息好，今天又忙了一上午，整个人都有些迷糊，她轻轻摇头。

林媚神神秘秘地说："热搜，陈慕扬的新闻。"

江甜好奇地眨眼，慢吞吞地去摸包里的手机，点开微博。

微博热搜前五，陈慕扬一个人就占了三个。

"陈慕扬出身""陈慕扬""孤儿院陈慕扬"。

林媚手指滑着手机，感慨道："我还以为陈慕扬这种人，不是官二代至少是个富二代吧，没想到居然是孤儿院出身。"

江甜没吱声，视线落在屏幕上，低头看得仔细。

微博上讨论的热度很高，最开始爆出这则消息的是个营销号，细细剖析了陈慕扬的身世和这几年的事业发展，一条微博居然有十几万的转发量。

江甜实在无法理解，出身有什么可讨论的。

林媚看着手机，念叨："你说他一个孤儿院出身的，靠什么得到现在这个位置？"

江甜心思一紧，林媚这话说得婉转，可却绵里藏针。江甜忽然没了兴致，退出微博，难得说了句带立场的话："我挺喜欢他的。"

林媚适可而止："我没别的意思。"她说完，兴致缺缺地回到自己的工位上。

到了晚上，江甜先回了趟出租屋，又赶去春树景，春树景的情况和以前一样，倒是王楠对她的态度好了很多。

江甜今天来得比较早，待在走廊吹风，不远处的角落，有亲热的情侣，男人把女人压在自己和墙壁之前，两人严丝合缝，热情地拥吻。

江甜快步往反方向离开，可仍有暧昧的声音漫过来，她鬼使神差地想起陆铭周那天的调侃，不知不觉脸颊红透。与此同时，头顶传来一声轻笑。江甜抬眼，看清眼前的人，她目光一顿，当下愣住了。

对方却往前迈了一小步，突然逼近的男性气息让江甜不自觉往后退。她怎么也没想到会在春树景遇到陈慕扬，微博的热度还没下去，当事人却像是若无其事的样子。

陈慕扬单手抄在西裤兜里，脸上没什么表情，他垂下眼帘："你喜欢我？"

江甜被他直白的话语惊吓到："什么？"

陈慕扬推了下眼镜，压低声音反问："你是我粉丝？喜欢我不是很正常吗？"

江甜抬眸对上他的视线，走廊晕黄的光线透过男人眼前的镜片折射出两个明亮的光圈。思索片刻，她毫不犹豫地点点头。

陈慕扬淡淡一笑，他摸出兜里的手机，手指快速地按了几下，江甜一动不动看着他，仍是激动不已。

陈慕扬平静地道："你电话多少？"

江甜愣了一下，语无伦次地问："电话？什么电话？"

陈慕扬却只是从镜片上方看了她一眼："你的手机号。"

江甜彻底怀疑自己的耳朵："你没事吧？"

陈慕扬没理会她的问题，重复问了一遍。

顿了几秒，江甜老老实实地交代，垂眸看着他的手机。陈慕扬飞快敲下一排数字，备注了她的名字，很自然地收了手机，紧接着摸出口罩戴在脸上，侧身绕过她往外走。

江甜愣了好一会儿，才勉强反应过来。

她被搭讪了，居然还是陈慕扬，这也太刺激了吧！

直到回到小区，江甜还有点反应不过来，第一个冒出来的想法是跑到陆铭周面前嘚瑟几句。

楼道里灯光闪烁几下，江甜迫不及待地往楼上跑，完全没想到会看到这么一幅画面。

陆铭周的房间敞开，一男一女相视站着，打扮得漂漂亮亮的女人正含情脉脉地对着陆铭周表白。

江甜的兴奋，在见了眼前的这幕后，悉数化为了莫名的烦躁。

她和陆铭周的目光相触，又快速别过眼，陆铭周不明所以，微微拧了拧眉，江甜却直接推门进屋，刻意没关门。

这时，响起一道娇滴滴的声音：“铭周哥哥，我是真的喜欢你。”

屋外，陆铭周的目光从江甜的方向挪回，慢悠悠地扫去陌生女人的身上。

男人神色淡淡的，眼底无波无澜。女人嗔怒：“你不记得人家啦，我是小狐狸啊！”

隔着一堵墙，江甜起了一身的鸡皮疙瘩。

见陆铭周始终没有反应，小狐狸又是一句：“真不记得了？我前两天去你们那里寄过快递呀。”

陆铭周抿了一下嘴唇，右手搭上门把手，刚准备关门，眼角余光一瞟，看到鬼鬼祟祟偷听的江甜在他和小狐狸身上来回打量，他突然起了一抹心思。强压下心底的排斥，他懒洋洋地问：“你寄的什么？”

小狐狸柔声回答：“蕾丝内衣，你亲自打包的。”

陆铭周双手环胸，嘴角挂着淡笑，慢条斯理地反问：“是吗？”小狐狸点点头，紧跟着又说了几句露骨的话。

陆铭周的笑意更深了：“想起来了。”寥寥几字，暗流涌动，听得人耳畔一热。

江甜气得跺脚，老江说得没错，男人没一个好东西！

陆铭周眉梢都是笑，视野里，江甜虽然身子缩在墙壁后面，可她身后悬着一盏灯，光线打在她身上，拉长一条影子投在地面上。

陆铭周一笑，小狐狸就脸红，她嗲声嗲气暗示：“我们要不要进屋聊啊？”

屋外的陆铭周没吱声，江甜的心尖却跟蚂蚁挠一样，非常不爽。她干脆也不躲了，正大光明地站在门口，看眼前的两人“郎情妾意”。

小狐狸诚诚恳恳地说：“你知道我为什么大晚上来找你吗？我怕你没有安全感，所以咱们可以先把孩子生了！”

陆铭周的眼角狠狠抽了一下。

江甜也被震撼了，眼前的小狐狸太强了，她差点儿就要被感动了。

小狐狸加重筹码：“我对你是真心的，房子我买，写你的名字，只要你肯跟我，孩子也可以跟你姓。”

陆铭周薄唇紧抿成线，眼底风云际会。他就是送了几天快递，居然被人拿钱侮辱了，他看着像吃软饭的？

陆铭周走神的工夫，小狐狸软着身子往陆铭周的胸膛靠了过去。

陆铭周也不知在想什么，站着没动，眼看小狐狸就要依偎进陆铭周怀里，江甜不淡定了，她心里难受。

这会儿不只是心间蚂蚁在爬，就好像被谁掐住了脖子，一时透不过气来，她还来不及弄懂这些翻天的情绪从何而来，就已经快步冲上前，比小狐狸快一步，扑进陆铭周怀里：“你不准碰他！”

小狐狸明显一怔，身子前倾得太厉害，扶着墙才勉强站稳。

陆铭周倏地回神，只觉得腰上环上一双手臂，紧紧箍住他的腰，隔着一层薄薄的衬衣布料，晃得他心神一荡。上半身几乎紧贴，怀里的人呼吸急促，胸口起伏，轻轻点着他的胸膛，搅得他有几分心猿意马。

陆铭周眼底浮上半缕笑意转瞬又消失，他缓缓呼出一口气，轻轻拍了下江甜后背，出声道：“江甜。”

江甜埋在他胸前，脑袋动了动，却没应声。

陆铭周加重了语气，再次喊她，江甜从他怀里抬头，触上陆铭周幽深的眸子，她用舌尖舔了舔嘴，痴痴地看着他。

陆铭周用手臂向后搭上江甜的手腕，轻轻掰了一下，试图卸去她手上的力道："你先放手。"

见状，狐狸立马涨了气势："放手！听见了没有啊？"

江甜愣了愣，两人的声音在她心底迅速发酵。她迅速收回手，一连后退了好几步，双手不安地藏到身后，眼神闪烁，一时不知如何是好。

小狐狸颇为恼火，眼下的阵仗她大概是明白了，眼前的女人貌似构不成威胁，她讥诮："你这人怎么这样啊？女孩子能不能矜持一点啊。"

江甜头埋得更低了，前一刻的盛气凌人顿时蔫了。倒不是小狐狸的话，而是陆铭周冷淡的态度，她瞬间没了底气，心里有些烦躁，江甜便跟她道歉："不好意思。"

小狐狸得志，还想讽刺她几句，陆铭周忽而出声，皱眉不解："为什么道歉？"

江甜的脑子顿了下，她心里积攒的委屈越来越多，到达某个顶点，实在难受："打扰你们卿卿我我了，我错了，我有罪！你满意了吗？"

江甜突然闹情绪，陆铭周也有几分恼火："江甜，你又怎么了？"

江甜仰头，也不知哪来的勇气："你别误会，我就是看不起你这种人。"

陆铭周反问："我哪种人？"

江甜手臂紧张得发颤，她气急败坏道："要女人养你！我看不起你有错吗？你到底是不是男人啊！"

陆铭周气极反笑："是不是男人，你昨天不是看得一清二楚吗？"

小狐狸的嘴巴张成一个圆，不可思议地瞪着眼睛。

江甜也被气笑了，胡乱地说："太小了我根本看不清！"

陆铭周的嘴角猛地一抽，咬牙切齿地看向江甜。

小狐狸的嘴巴张得更大了，她的视线在陆铭周身上逡巡，似乎要看出个所以然。

江甜嚷嚷完，心里舒坦多了，她潇洒地转身，还没走开两步，手腕被人猛地一拽，脚尖被迫转了个方向，直直地往陆铭周的身子跌过去。

江甜手腕吃痛，拧眉瞪他："你有病吗？"

江甜另一只手试图掰开他的手，陆铭周却直接搂住江甜的腰把人紧紧困在怀里。江甜抬脚踹他，陆铭周硬生生挨了几脚，硬是不松手。两人差不多扭打成一团，谁都不肯退步。

小狐狸吓得花容失色。

陆铭周冷着张脸，分神看向对面的小狐狸，直接道："抱歉，我有喜欢的人。"

陆铭周半抱着江甜往屋里挪，江甜也不知受了什么刺激，动作闹得更大，右脚一蹬踹倒了脚边的垃圾通，乱七八糟的东西滚了一地。

陆铭周反手甩上门，手臂的力道一撤，把江甜往墙壁上甩，低吼："江甜你发什么疯？"

江甜撞上水泥墙，疼得她眉头打结，缓了片刻后，她不服输地昂起头，眼睛一眨不眨地看向陆铭周，仿佛要撞进他的眼睛里。

她也不知道，她就是不开心、不舒服，不喜欢那个什么小狐狸，更不喜欢这么凶的陆铭周。

两人对峙，毫无疑问，江甜先败下阵来，嘴唇翕动好半天，她怯生生地挤出一句："我没别的意思，我就是……"

陆铭周往前挪了半步，问："就是什么？"

灯光落下，陆铭周的影子笼罩下来，江甜陷入阴影里，她的声音低了下去："就是不喜欢。"

她的视线和陆铭周错开，耷拉着眼，先前的士气顷刻间荡然无存，此刻，她是战场上战败的士兵，只有丢盔弃甲的份儿。

也不知哪句话取悦了他，陆铭周眉宇间的冰霜散尽，他的嘴角牵起一抹笑："江甜，你这样很容易让人误会。"

江甜没敢看他，颤声问："误会什么？"

陆铭周没回答，江甜等得手心渗汗。

陆铭周右脚轻轻一抬，踢开滚在江甜脚边的易拉罐，他走近一步，两人间的距离逼近，陆铭周居高临下地看着她。江甜目光定在他衬衣的第三颗扣子上，心跳加速。

陆铭周弯下腰，与她平视，方才慢条斯理往下讲："误会你吃醋，误会你喜欢我。"

江甜目光一顿，她莫名其妙地反问："我喜欢你？"

陆铭周眉梢略挑，他呵出一口气，落在江甜的脸颊："或者你有什么别的理由解释刚刚的行为？"

江甜哑然。

江甜偷偷瞥他一眼，口不对心地说："我就是觉得你们不合适。"

陆铭周懒洋洋地"哦"了一声，嘴角上扬，他音量放低："那你觉得我和谁合适？"

江甜怔了怔，半晌，她缓慢地摇头。

陆铭周目光流转，食指微微一曲，从女孩挺立的鼻梁轻轻往下滑，一路向下，停在她小巧的鼻尖儿，指腹抬起又缓缓落下，轻轻点了点。

江甜的脸颊绯红一片，嘴唇动了动，却一句话也说不出来。

陆铭周食指慢动作收回："和你呢？"江甜愣愣地看他，呼吸漏了半拍，陆铭周却继续地往下问，"你觉得我们合适吗？"

江甜紧张地吞咽口水，红晕一阵阵往上攀，睫毛小扇子似的扑扇，目光落在脚尖，好一会儿，才口是心非地说："不合适吧。"

陆铭周步步紧逼："哪里不合适？"说话间，他两手往兜里一揣，重新直起身子。

江甜抬眸看他，视线随着他的动作一路往上，停在男人的嘴角。

画面一闪，脑海里忽而掠过一副画面，春树景亲热的男女，唇瓣相贴，逼仄的空间里有疯狂流窜的暧昧和欲望。

江甜飞快地别开眼，分分秒秒都不敢再看。

陆铭周耐心极好，尤其在心情不错的时候。此时，他是伺机而动的猎人。江甜不说，他也不催，余光瞥见脚边的零碎垃圾，他侧身想去拿墙角的扫帚，江甜却明显慌了，她往前挪了大步，手腕一抬抓住陆铭周的右侧衣角。

陆铭周的脚步停下，眼神落在江甜攥紧的衣角上，随即目光上移，对上江甜一双扑闪的杏眼，她垂着眼，睫毛长长的，根根分明。

陆铭周的薄唇勾起笑，漆黑的眸子里藏着深浓的幽光，他饶有兴致地看着她。江甜的手心早已细汗涔涔，她拉着陆铭周的衣角，手指不自禁地摩挲了两下，脑袋嗡嗡作响，心乱成一锅粥。

与陆铭周的胸有成竹不同，江甜整个人都是蒙的，她捋不清对陆铭周莫名其妙的情绪来自哪里、为何而来，却又不受控制地心跳加快。好半天，她终于鼓足勇气，认认真真地说："你有很多秘密，我不了解你。"

陆铭周完全没想到会听到这么一个答案，他抬起左手，搭上江甜拽着他衣袖的手背。温柔的触感让江甜一惊，她连忙缩回手，陆铭周却比她动作快了一步，捉住江甜的手腕。

江甜挣扎了一下，又挣脱不开。陆铭周便把江甜往自己身边拉，他低头，凑到江甜耳畔，几乎贴着她耳朵，含笑道："你想了解什么？我可以告诉你。"

忽而落下的温热气息，让江甜身体一僵，抬眸怔怔地看着他。两人目光交锋片刻，江甜又垂下眼帘。

陆铭周眼眸略挑，他抬手，亲昵地把江甜脸侧的头发拨到耳后。

陆铭周确实有太多秘密，江甜想起那天在画廊外面的那场意外，还有陆铭周神志不清说的那些话，她不确定有没有勇气面对这些。

而晚上这么一闹，她发现自己好像喜欢上陆铭周了。江甜的心浮浮沉沉，再次开口的时候，声音少了先前的软绵，多了几分僵硬："你一直在骗我对不对？小天是谁？"

陆铭周有点震惊，嘴唇紧抿。

江甜见陆铭周完全没坦白的意思，他这是不动声色地拒绝了她。江甜没忍住，眼睛一眨，眼泪就砸了下来。

陆铭周没想到江甜会哭，一时不知如何收场。

江甜的眼泪越来越多，脑子却不受控制地飞快运转，回想起那日雨夜，她把昏迷的陆铭周拖到车里，陆铭周意识不清说的那些话。

江甜不傻，陆铭周身上的矛盾太多了，她一直不说不问，是觉得没必要，可现在她一颗心都快要被勾走了。她破罐子破摔地开口："你根本不是送快递的，你在找人，小天是她的名字。你害死了她？对不对？"

陆铭周的脸色骤然一变，剑眉霎时拢起，他逼近江甜，捏住江甜的下巴："谁告诉你的？"

江甜的下巴吃痛，倔强地回答："你自己说的。"她刻意停了停，添油加醋地说，"当时你意识不清，救护车没来之前，什么都说了。你说你混蛋，你对不起她！"

顷刻间，陆铭周眼底的寒冰浮现，他手下力道加重，托起她的头，逼江甜直视他的眼睛："你还知道什么？"

江甜皮肤白嫩，陆铭周几乎下了狠劲，她的下巴尖儿被掐出红痕。

此刻，陆铭周周身全是寒气，剑眉蹙起，和那日大雨里的陆铭周飞快重合。江甜打心底地害怕，眼前的陆铭周，如果说他会吃人，她都是信的。

见江甜不说话，陆铭周冷笑了声，他眉目冷然，咬牙切齿地追问："你到底还知道什么？"

江甜泪眼模糊，她胡乱擦着眼泪，倔强到寸步不让："我为什么要告诉你！"因为喜欢，所以才会这么难受。

女孩依旧倔强地看着他，瑟缩着身子硬撑着和自己置气，陆铭周气笑了："我真想掐死你。"

陆铭周口不择言，江甜仿佛被人抽空了力气，她双腿发软，不受控制地往下跌。

陆铭周右手揽着她的腰，逼江甜站直身体。

男人的胸膛滚烫，江甜痛苦地抬头。陆铭周的视线定在她脸上，自嘲一笑，用一种讲笑话的语气漫不经心道："我 12 岁害死过人，你信不信？"江甜全身发颤，瞧见他眼里竟有几分认真。她小脸苍白，双目无神。

陆铭周眼底闪过几分痛苦，又被他强行压了下去，他的嘴角往上扬了下，扯出一抹笑，讥诮地问："还敢喜欢我？"

江甜的意识涣散，她好像听见陆铭周在讲话，又好像什么都没有听到，她在绝望里挣扎，一会儿觉得耳畔风声呼啸、人声鼎沸，一会儿又觉得自己飘在浩瀚的天地间，是最无望的一粒尘埃。

江甜一直摇头，咬着嘴唇一声不吭。

陆铭周望进江甜眼里，被她眼眸里铺天盖地的恐惧刺到，心脏骤然一疼，他躬下身狠狠吻了上去。

江甜整个人都是蒙的，她还没意识到发生了什么，陆铭周已经含住她的唇瓣，用力地吻她。

江甜呼吸不通畅，面颊瞬间涨红，眼中泛起粼粼水光，几乎窒息。

陆铭周的吻极为霸道，江甜完全无力招架。江甜使劲儿推他，可身前的人大手揽住她的腰，反而把她箍得更紧。唇瓣相贴，舌尖横冲直撞地试图撬开她的贝齿。

江甜心下一狠，用劲儿咬了下去，瞬间，嘴里漫开血腥味。陆铭周吃痛，他的身形明显一滞。

江甜抓住时机，使出全身力气把人往外推，陆铭周一时没设防，踉踉跄跄后退了几步。

江甜抵着门，胸口激烈起伏，她像溺水的人侥幸上岸，脸颊通红，睫毛微微一颤，就有晶莹的泪扑簌而下。

血腥味在舌尖发酵，疯狂刺激味蕾，陆铭周的瞳孔骤然一缩，在崩溃边缘的神志被拽回。他怔怔地看向几步外的江甜，她头发凌乱，脸上泪痕累累，下巴有明显的掐痕，嘴唇有些红肿，嘴边一角漫开一抹刺眼的红。

他搁在腿侧的拳头紧了紧，静静地与她对峙几秒，怒火逐渐冷却，随之而来的是前所未有的无措。陆铭周的双手狠狠地抹了把脸，无所适从地呆站着。

江甜终于缓了过来，先前几乎灭顶的恐惧退去，取而代之的是快速积攒的气恼。

江甜用手背擦掉眼泪，抬眸和他对视，两人的视线短暂交会。陆铭周心虚，没一会儿，他目光错开，不知在看什么。

江甜提着一颗心，她朝他走近一步，停在陆铭周两步之外。陆铭周喉咙滚动，挤出艰涩的一声：“对不起。”

江甜右手一扬，朝他甩了一记耳光。江甜勉强稳住声音，一字一句道：“混蛋，陆铭周你就是混蛋！傻子才喜欢你，我再也不想看到你了！”她吼完，飞快地转身，推门出去。

陆铭周的神色恢复清明，立马追出去。江甜刚好跑回屋，正要带上门，陆铭周没犹豫，右手伸去门边阻止，大门甩上手背。

江甜吓了一跳，连忙拉住门把，瞥见陆铭周的手背上顷刻肿起的红痕，她又不受控制地眼眶发红。

陆铭周收回手，不自在地垂落腿侧，他有些尴尬又有些无奈，好一会儿，声音嘶哑着道：“刚才是我不好，我道歉。”江甜别过头，根本不想听他解释。

陆铭周的眼神黯了几分，他舔了舔被咬破的唇瓣，沉吟片刻：“我尽快搬走，江甜，你别怕。”

江甜没想过陆铭周会直接搬走，她泪眼模糊地瞪了他一眼，再也没犹豫，“啪啦”一声甩上门。

隔着一扇门，陆铭周手足无措。

事情完全超出了他的控制，他没想过江甜居然什么都知道，也没想过会在江甜面前情绪失控。可也奇怪，江甜总能轻而易举把他的情绪推到某个临界点，稍不留神他就会失控，疯了一样。

陆铭周右手五指动了动，牵扯伤口，他疼得倒吸了一口凉气，犹豫片刻，转身离开。

# 第五章 好困，你要乖一点嘛

两人不欢而散，江甜一连几天都没见到陆铭周。

周五晚上，程岁叫上她和余思妍一起聚会。他前段时间出差，谈下个不小的案子，公司办庆功宴，硬是拉了她和余思妍过来凑热闹。

包厢里气氛火热，江甜坐在角落的沙发上，右手支着腮，百无聊赖地看着一群人瞎闹腾。

江甜实在提不起兴致，经过那天和陆铭周那么一闹，她整个人都浑浑噩噩有点不在状态，无奈余思妍坚持要留下，她没能拒绝。

可余思妍也奇怪，半个小时前离开包厢去接了一个电话，到现在还没回来。程岁和几个部门经理简单聊了几句，站起身穿过大半个包间在江甜旁边坐下，顺手递了杯果汁给她。

江甜摆摆手拒绝。

程岁把杯子搁在一侧茶几上，瞥了眼江甜，想起几天前看的新闻，悠悠道：“没想到陈慕扬居然是安乐摇出来的。”

包厢里声音嘈杂，江甜不禁提高音量：“安乐摇？哪个安乐摇？”

程岁被她吼了一嗓子，挑眉看她：“还有哪个安乐摇？你不知道？

我以为你早就知道了。”毕竟是娱乐新闻，女孩子更加关注，况且他还是因为江甜曾经说过喜欢陈慕扬的缘故才多留了个心眼。

江甜缓冲了好一会儿，才勉强消化。

安乐摇是安城的一家孤儿院，地处周浦村，乡下一个规模不算大的福利机构。江甜的奶奶家就在周浦村，江奶奶在世的时候是孤儿院的义工，小时候江甜每年寒暑假都会回奶奶家小住一阵。

六七岁的时候，她每天都会和奶奶一起去安乐摇，很快就和孤儿院的小孩打成一片。

江奶奶在江甜九岁那年生病去世，后来，只在每年清明的时候和父母回去扫墓，再没回去过了。安乐摇也不知什么时候被拆了，前几年回去，那片地方开了家农家乐。

几天前的热门新闻，她刷了几个帖子都是网友的冷嘲热讽，再加上林媚的几句话，江甜没再关注了。眼下程岁一提，她才恍然想起，她在安乐摇有个玩得特别好的玩伴，可没多久那人就被领养了。

但是陈慕扬，她没有印象。

江甜越想越烦躁，霍地从沙发上站了起来。程岁被她吓了一跳，紧跟着站了起来，不解地问：“怎么了？”他略微一顿，想起个事儿，“我听一个朋友说，张全前几天接了个单子，亏得血本无归，借了高利贷，一伙人闹起来，昨天被抓进去了。”

江甜平静地听完，心中松了一口气，脸上却没什么表情。那天在春树景的事，她特意交代了余思妍，不要多提，程岁当时还在外出差，自然是不知道的。

她点点头，简单评判道：“活该。”

程岁的视线在江甜脸上打量几秒，江甜被他看得有些不自在，赶紧道：“我去下洗手间。”说完，她快步往门口走。

盥洗台前，江甜掬了几捧冷水拍在面颊上，勉强清醒了几分。她抬眸看向镜中的自己，再三犹豫，打算给陈慕扬打电话。

消失了好一会儿的余思妍在这时突然冒了出来，冲她急匆匆道："出事了！"

江甜被拽着往前走："出什么事了？"

余思妍飞快地解释："陆铭周不是你邻居吗？他和人打起来了。"

江甜怔了下，眼皮猛地一跳："跟谁打起来了？"

余思妍只顾拉着江甜往前跑，绕了半条走廊，拐了个弯，视线开阔了起来。

大厅里，空气里有浓到化不开的酒气，两个扭打在一起的男人正被两拨侍者强行拉开。可肢体分开了，两人仍在不断言语挑衅。

陆铭周被两人架着往后拉，冲着几步外的黑衣男人怒斥道："有完没有？疯够了吗？"

陆铭周这么一吼，对面的黑衣男人立马反唇讥诮："到底谁发疯！我要不是把那两幅画毁掉，你还要找到什么时候？"

江甜摸不准状况，愣在原地不敢轻举妄动。

陆铭周额间的青筋狂跳，他怎么也没想不到，秦厉胆子会这么大。

整理出的两幅陈年旧画，其中一幅，画里是一个举着纸风车的红衣女孩，她咧着嘴冲着前方微笑，天真无邪，长袖被卷了起来，露出半截手臂，却满是红痕青紫。

这是一张按照周念的摄影作品临摹下来的绘画。最初的镜头下，除了举着纸风车的红衣女孩，还有一个小女孩。红衣女孩站在一家小卖部前，她身后的玻璃窗上有一个倒影，同样是一个小女孩，扎着双马尾，没有露出正脸。

陆铭周从没想过，隔了这么多年，会以这种形式再次见到她。

秦厉交友广，收集情报比他专业得多。多年好友，他才会放心把画交给秦厉，让秦厉去查。

当然，不是查举着纸风车的红衣女孩，而是找出那抹倒影的主人。

气氛陷入寂静，江甜犹豫着往前走了两步，这才瞧清不远处的黑衣男人。

她认识的，当初她把陆铭周送去医院，秦厉是第一个赶来的。两个男人应该交情不错，怎么会突然起这么大的冲突。

秦厉见陆铭周不说话，他竖眉，针针见血：“这么多年了还惦记着当初那点破事不放，你要疯、要闹，老子不奉陪了！”他喘了口气，冷哼道，“我管这么多干吗，你就是死了又关我什么事。你们给我松手！”

他骂了句脏话，吓得他身旁劝架的侍者悻悻地收了手，另一拨拉架的见状，也放开陆铭周，谨慎地退到一边，却不敢走远。

秦厉是当真气陆铭周，他自然不可能把周念的画毁掉，这点陆铭周冷静下来，就会明白。

陆铭周用指腹使劲儿按了下嘴角破开的伤口，拼命压下心底翻涌的怒气：“你懂什么，我欠了人家一条命。”他说完，握紧了拳头，又无奈地摇头，“你不懂，你懂什么。”

陆铭周说完，弯腰捡起掉落的手机，却看到一旁站着的江甜，他的眼神微微一顿，旋即收回视线，快步往门口走去。

秦厉吼：“陆铭周！给老子回来！”

陆铭周没回头，却分毫不输气势：“再多嘴一句，我就当没你这个朋友。”

秦厉顿时噤了声，没再说话。

江甜杵在原地，手指紧紧地绞在一起，陆铭周只是简单地看了她一眼，一句话都没有。她心里一阵失落，可听完两人的对话，她又不禁手臂发抖。

陆铭周确实在找人，找的这个人名字叫小天，可为什么说欠了人家一条命呢？

那天在医院，医生说陆铭周是因为受了刺激才会突然昏厥，到底是哪种因素的催化，雨夜，车祸，还是什么？

江甜胡乱地想着，手机铃声猝然响起，她刚接通，对方直接甩下一句：“怎么还不出来？”

江甜当下愣住了。

“我在外面等你。”

“你在等我？”江甜反问了一句，电话就被挂了。她心下一喜，挣开余思妍的手臂不管不顾地往外跑。

会所门口，江甜远远地就看见对面马路站着的陆铭周，路灯高高吊着，灯罩下有围着光源打转的飞虫，晕黄的灯光洒下，斜斜地拉出一条影子。

此刻，他指尖夹着根半燃的香烟，虚虚地靠着电线杆，月光和路灯相拥，周身笼着一层淡淡的金边，中和了男人略带凌厉的眉眼。仿佛有了感应似的，他忽而抬眸，两人视线相接，穿越大半个马路，他扯着嘴角冲她笑了一下。

江甜的心仿佛塌了一块似的，软绵绵的，有些不真实，之前所有的气恼，先是裂开一道口子，又映着天边皎洁的明月，转眼就吹去了十万八千里。

江甜攥紧手心，慢慢融入人流，朝陆铭周走过去。

隔着半米的距离，江甜脚步停下，不解地问：“你不是走了吗？”

陆铭周见江甜靠近，掐灭了手上的半根烟，他双手往兜里一揣，随口答：“你没出来，我怎么走？”

江甜特别不争气，他随意的一句话，她却眼眶泛酸。

喜欢这东西吧，完全不讲道理，眼前的人除了一副皮囊，哪儿都不好，有时候还特别凶，可偏偏她喜欢。

江甜试图转移话题：“你怎么一大把年纪了还打架？”

陆铭周冲她眯了眯眼，嘴角弯了弯：“你对我有什么误会吗？”

江甜没听明白。

陆铭周挑眉一笑，又是一贯的痞气：“一会儿说我小，一会儿说我大。”他顿了顿，眼眸流转，“所以我到底是小，还是大？”

江甜的眼睛转了圈，她摇头：“我没说你小啊。”

陆铭周嗓音一沉，略带沙哑：“你说了。”

江甜认真想了想，还是摇头。

陆铭周的眉梢略挑，嘴角漾开的弧度更大：“小到看不清，你前两天说的。”

江甜顿悟，脸颊红扑扑的，她尴尬地摆手：“您别当真！”

陆铭周合上眼帘，表情有几分毫不掩饰的骄傲，他漫不经心地吐出几个字：“哼，我很大的。”

江甜飞快地眨了眨眼，又心虚地看了眼陆铭周，他合着眼，清俊的脸庞飘着两抹红晕。半晌，他睁开眼，江甜望进他的眼里，男人的瞳孔有些涣散，像蒙了层雾气。

江甜明白了，陆铭周喝醉了，所以才会满嘴跑火车。

陆铭周的眼角向下微垂，语气闷闷不乐：“我真的很大啊，你为什么不信？”

江甜的耳根都红了，连声道：“我信！”

陆铭周拆穿：“你敷衍我。”倏然色眯眯地一笑，他贱兮兮地说，“我脱下来给你看看。”

江甜杏目圆瞪，一时有些消化不良。

陆铭周笑得眼睛眯成了一条缝，双手从兜里掏了出来，似乎真的打算动手。

江甜吓了一跳，大步往前一跨，慌慌张张地按住陆铭周不老实的双手，可手忙脚乱地一不小心就按上了某处。

江甜当场石化，陆铭周倒是一脸的心满意足：“你比我还心急啊。”

江甜整个人头皮发麻，这哪儿是喝醉了，怕不是傻了吧，到底知不知道自己在说什么啊！

江甜手心发烫，连忙抽回手，手指使劲儿在衣服上蹭了两下。

陆铭周一动不动，嘴角往下撇，幽幽地看着她，江甜的长睫毛蝶翼似的扑扇，一时无所适从。

气氛有些暧昧。

江甜杵在原地没动，陆铭周却拉过江甜的手，握在手心。男人手心滚烫，五指包住她。

江甜霍地抬眼，不可思议地看着他。

陆铭周的眼角含笑，他手心的力道重了些，似有若无地掐了下江甜的手背，抿着嘴唇不说话。

江甜一动不动，她手心微微汗湿。她想抽回，又使不上力气，静默片刻，低声问："陆铭周你干吗？"

陆铭周的嘴角弯了一下，说得漫不经心："我们回家啊。"

他明明轻描淡写的一句话，让江甜的睫毛颤了下，脑海里天旋地转般，一时间丧失了语言能力。

陆铭周迈开步子往前走，江甜亦步亦趋跟在他身侧。

她有些不自然，手心早就细汗涔涔，却又舍不得挣脱。

两人离得近，鼻间全是酒气，陆铭周不知喝了多少。其实，江甜能感觉到，陆铭周这人远没他平时表现得随性淡然，他藏了很多事，远不止一个快递小哥那么简单，这两天的事情加在一起，她倒是换了个方向猜想。

江甜一阵一阵地想，陆铭周步伐慢了下来，他侧眸看向江甜，眼眸深邃："你知道我为什么打架吗？"

江甜似懂非懂，她摇头。

陆铭周有些骄傲地挑挑眉："我看他不爽很久了。"

江甜知道他在说胡话，倒也愿意配合，她顺着陆铭周的话往下问："不爽你就动手？"

陆铭周很认真地点点头，冷声道："打得他满地找牙，我超级厉害的。"

江甜抬眼看向陆铭周，他的嘴角还有伤，明明没占多少便宜。她微微失笑，又忍不住说道：“你也经常看我不爽，会不会……”

陆铭周没等她把话说完，便中途截过话头：“我们一起洗香香，不打架。”江甜脸颊一热，说不上话。

陆铭周低下头，轻轻撞了下江甜的额头：“我好期待啊。”他清了清嗓子，牵着江甜快步往前走，“我们赶紧回家吧！我已经迫不及待了！”

江甜推开他，有些没好气地说：“你到底喝了多少啊？”

陆铭周挑眉，固执地说：“我没醉！”

江甜伸出三根手指头在陆铭周面前左右晃荡，然后停在正中间：“这是几啊？”

陆铭周目光顿了顿，他似乎在仔细看，没一会儿，特别认真地说：“我为什么要告诉你！”他说完，气呼呼地别过头不理她。

江甜被他逗笑，她伸出食指，晃了晃，得寸进尺地问：“那这是几？”

陆铭周用余光瞥了一眼，愣了愣，他转过脑袋重新看向江甜：“这个我知道！”

江甜迫不及待地问：“是什么？”

陆铭周却忽而一笑，他眼眸半眯，头一低，就着江甜的手势，薄唇轻启含住了她的手指。

江甜顿时脑子死机。

陆铭周的唇瓣轻轻贴着，慢慢吮吸了一下，舌尖又意犹未尽地滑上去。江甜猛地一个激灵，她刚想收回手，陆铭周挑了挑眉，非常自觉地放开她。

他重新抬头，舌尖舔舔唇瓣，又摇头轻叹：“好细，好短。”

江甜恼羞成怒，嫌弃地往陆铭周的衣服上蹭了两下。陆铭周嘴角一弯，突然又开始色眯眯地笑，江甜生怕他再说出什么羞死人的话，她拽着陆铭周往前面走了几步，拦了辆出租车，连忙把人推上车。

两人到小区楼下，陆铭周异常主动地拉着江甜往楼道里走。好不容易把醉鬼送回家，江甜终于松了口气，可还没等她休息，陆铭周又没皮没脸地来敲门。

江甜推开门，陆铭周只穿了件白色浴袍，胸口略微敞开，头发湿漉漉的，在灯光下分外乌黑，点点水珠缀在发梢，一闪一闪像会发光。

江甜咽了咽口水，眼神不知往哪儿放。

陆铭周却朝她张开手臂，怀抱大大打开："我洗好啦，媳妇儿闻闻香不香！"

江甜十分不争气，愣在原地，明知道陆铭周酒后胡言乱语，她却再一次怦然心动。静默片刻，江甜鼓足勇气抬眼和他视线接触，陆铭周冲她挑挑眉，嬉皮笑脸又是一句："媳妇儿，抱一下。"

江甜又羞又恼，她不自在地往后退了一步。陆铭周一贯没皮没脸，大步往前走，手臂一张，江甜还来不及反应，落入他的怀抱。男人胸膛温热，带着淡淡清香，江甜被他抱着，身体瞬间僵硬。

陆铭周手臂往里收了点，下巴不禁在江甜头顶蹭了两下，又忍不住抬手揉了揉她的发。

江甜心跳加速，完全不受控制。

陆铭周却是低低一笑，头渐渐往下挪，没一会儿，埋在江甜的颈窝。

江甜身子颤了下，她抬手推他："你到底知不知道我是谁？你好好看看，你之前还想掐死我呢。"

陆铭周的动作顿了顿，他的脸颊蹭了蹭江甜柔软的头发，才缓缓抬头和江甜对视："掐死？我可舍不得啊。"

他轻笑了一声，气息吐在江甜的耳畔。江甜愕然，肩膀一塌，呼吸紊乱，心跳怦怦怦，彻底乱了。

江甜唯有缴械投降，她深吸了一口气，用仅剩的理智从他怀里退了出来。她抬眸怔怔地看向陆铭周，陆铭周眉毛一挑，拢了拢衣襟。

江甜认真想了想，不能任他这么搓扁揉圆，便开始一本正经地胡说八道："我不是媳妇，我是你嫂子，我们是不可能的。"

陆铭周眉头微拧，眼神黯淡了几分。

江甜于心不忍，可又不得不和他保持距离。否则，她要是一个把持不住，后果不堪设想。

江甜正打算关门，陆铭周却突然捉住她的手腕，江甜猝不及防，刚想抽回手，陆铭周快速躬下身，直接把江甜扛上肩头。江甜身体悬空，脑袋向下贴在陆铭周的后背，她惊呼出声："你干吗！"

陆铭周干脆甩上门，他扛着江甜往卧室走："嫂子？"

江甜手脚并用地挣扎，提高音量嚷嚷："对！我是你嫂子！"

陆铭周右手一扬，拍了下江甜的屁股，直接把江甜扔在床上，沉声道："我爸只有我一个狗子，狗子没有哥哥。"他舔了舔嘴唇，低声补充，"你说谎，我要罚你啦。"

江甜重重地摔在床上，还来不及爬起来，陆铭周转眼欺身而上，狠狠压住她。

江甜脑袋里乱哄哄的，根本没法思考，只好使劲儿抬脚踢他。陆铭周纹丝不动，江甜就昂起头，拿脑袋撞他："陆铭周你清醒一点啊！"

陆铭周双腿夹住江甜，两手撑在江甜肩膀两侧，他微微仰起头，黑眸攫住她，声音沉沉的："你不是喜欢我吗？"猛地被人戳穿心思，江甜蓦然一顿，呼吸微滞。

陆铭周右手一撤，落到江甜耳侧，手指沿着她的耳垂摩挲，江甜的睫毛飞快扇动。

陆铭周低下头，再次埋进她颈窝，江甜身体像过了电，一颗心被提到嗓子眼，她眼眶发热，鼻尖泛酸。

江甜推不开醉汉，用食指抠着指腹逼自己清醒，身子却不受控制地微微颤动。江甜手足无措，陆铭周却规规矩矩，没了动作。

好一会儿，江甜快被陆铭周压得喘不过气，努力抬手推他，原先力量悬殊，江甜完全拿他没办法，眼下同样的力道，陆铭周便顺着她的姿势滚到一边。

江甜微愣，抬眸看他，身侧的男人眼帘微合，睫毛下垂，清浅的呼吸一进一出，居然睡着了。

江甜紧绷的神经顿时松弛了下来，她侧躺着不动，别过脑袋静静地看着他。陆铭周睡得不算踏实，睡梦里还微微拧着眉，江甜心底一软，忍不住抬手去抚他深邃的眉眼，刺刺的，有些许扎人，江甜却又有些上瘾，又轻轻摸他长长的睫毛。

房间里没有开灯，光线晦暗，窗帘没有拉紧，月光从细缝挤进来，随着夜风打了个旋儿，又不知不觉地溜走。她望着男人清俊的脸庞，心情软绵绵的，玩得不亦乐乎。

谁知陆铭周却微微一个翻身，抓住她的手腕，轻轻压在自己胸前，呓语般地呢喃："别闹。"

江甜微微红了脸，她想缩回手，陆铭周却把她拉进怀里，"唔……好困，你乖一点嘛。"

江甜因为陆铭周的温柔，连呼吸都漏了一拍。

江甜没睡多久，天一亮就醒了，一夜过去，她的心情平复了许多，洗漱完去楼下早餐铺子买早点。她推门进屋，站在玄关换鞋。

一道声音从身后传了过来，男人嗓音清冽，又难掩惊讶："我在哪？我怎么会在这里？"

江甜往客厅走，轻轻淡淡地回："小旅馆啊，你昨天喝醉了，我就带你来了。"她想起上次在陆铭周身边惊慌失措地醒来，陆铭周却面无表情地吓她。

情境高度吻合，她不禁起了坏心思。

陆铭周嘴角一抽，视线游离，声音带着几分僵硬："我们？"

他喝断片了，记忆停在他和秦厉打完架从会所离开，他给江甜打了个电话喊她出来，再后面的事情只有一些零零碎碎的画面，一时拼凑不起来。最吓人的是，他身上只有一件浴衣，连内裤都没穿。

江甜放下手头的东西，朝陆铭周走过去，此刻她顾不上害羞："什么都做了。”

陆铭周愕然，有点绷不住，眼底肉眼可见地风云际会。他抿了一下嘴唇，右手虚掩成拳清咳了两声，丝毫不敢看江甜。

江甜停在他半步之外，用颇为认真的口吻道：“我会负责的。”

陆铭周的额角猛地一抽，足足咳了好半天，才勉强挤出一句话，语气有几分无奈：“我是认真的，你别闹。”

江甜不答反问：“认真的？”

陆铭周微微颔首。

江甜无声地咽了咽口水，藏在身后的右手握紧了又松开，反反复复不知多久。最终她深深吸了口气，脸上写着壮烈赴死的决心，也有少女怀春的憧憬。

江甜踮起脚尖，双手搭上陆铭周的肩膀，她微微合上眼，趁陆铭周怔松的工夫，柔软的唇瓣在陆铭周嘴边轻轻碰了下，蜻蜓点水一般。

下一秒，她离开，脚跟落地，往后退了半步，声音软绵。

“我喜欢你，认真的。”

陆铭周的后背僵了一瞬，他眼帘微合，视线落在江甜脸上。不知过了多久，陆铭周抬手，用指腹压了下嘴唇，而后稍微抬眼，他收敛了姿态，正儿八经地喊了声：“江甜。”

江甜心里咯噔一下，就这么简单一声，陆铭周的态度她却读懂了几分，趁场面还没尴尬到无法收场，江甜打圆场：“开玩笑的，你当真了？”

陆铭周的目光顿了下，江甜的感情是真是假，他自然看得出来，对待感情他一向坦荡。

江甜冲他笑了笑，陆铭周朝她点点头。

江甜的笑容渐渐淡了下去，嘴角拉成一条直线。江甜的心被狠狠揪了下，陆铭周拆台，她只好硬着头皮往下说：“我们现在算什么？”

陆铭周的薄唇紧抿，绷着张脸似乎在认真思考。江甜不等他回答：“邻居？”

陆铭周略微抬眼，目光顿了顿，他淡淡地“嗯”了声。

江甜吸吸鼻子，安抚好情绪，一针见血地问：“你会和邻居接吻？和邻居睡一张床？”

陆铭周的额角一跳，神色讪讪地盯着江甜一动不动。

江甜继续往下说：“喝醉会喊邻居媳妇儿，把人压床上使劲儿亲？”

陆铭周的嘴角狠狠一抽，明显不淡定了，他的声音略低，挤出苍白的一句：“我有吗？”

江甜没回答，她浅浅地笑了下，发自肺腑的话她真假参半地说：“你这样千方百计勾引我，我如果还不喜欢你，你是不是要怀疑自己的男性魅力？我又不是木头，亲了抱了还能像你一样毫无感觉，现在倒好，你跟我说只是邻居？你这算什么邻居，顶多是不要脸的隔壁老王。”

江甜的眼神微黯，勉强笑着，眼眶泛酸，她抿了抿嘴唇，有些说不下去。

陆铭周被堵得哑口无言，搁在身侧的右手不知何时已经紧握成拳。江甜的一番话，像淅淅沥沥的雨落在他心上，由里向外一圈一圈荡开了涟漪。

江甜抿着嘴唇不说话，陆铭周抬眼望进江甜眼里。江甜的眼眶红红的，仿佛下一秒就会委屈得掉下眼泪。

陆铭周此时也不好受，如果早几年遇见，他也许不会拒绝江甜，有好感的女孩，相处未尝不可。

可现在面对江甜，他犹豫了，他知道自己对江甜的这份好感远不及江甜对自己的喜欢。江甜年纪小，她的感情懵懵懂懂，又一腔赤诚，值得一个对她更加上心的人。

沉默的时间久了，江甜再糊涂也明白陆铭周的意思了。

陆铭周的目光一动不动紧紧锁住江甜，嘴唇翕动好一会儿，他沙哑道：“我明天搬走了。”

江甜一怔，顿时噤了声。

陆铭周见江甜不说话，他尽量平静地说：“以后有什么事你可以打我电话，能帮忙的我会尽量帮忙。”

江甜实在没忍住，瞳仁蓄了晶莹的泪水，又拼命压下泪水。良久，她艰难地问：“还回来吗？”

陆铭周摇头：“不会。”

确实不会，他说的是实话。他看着江甜，江甜仰着头怔怔地看着自己，鼻尖通红，可怜巴巴的样子。陆铭周的视线在江甜脸上定格几秒，心思缓缓收紧。

博恩出了点事，陆铭周必须回去。秦厉的线索始终没有进展，他已经没理由留下来了。

年初，陆远怀起了隐退的念头，想把成念的摊子甩陆铭周的手里。陆铭周自然是不肯依的，毕业这些年他所有的心血都在博恩，没有去成念的打算。父子两人闹得不愉快，陆铭周这才约了纪盛一伙人在春树景喝酒。

舞台上唱歌的姑娘似乎是个新人，穿着暴露，明显放不开手脚。陆铭周喊来侍者送去一个抱枕，一伙人喝多了，以为他对舞台上的小丫头有意思，起哄让他上去搭讪。陆铭周还挺有信心，可怎么也没想到遇到江甜这么一个祖宗，电话没要着，反挨了一巴掌。

当时，博恩一直在忙关北村的项目，正好项目收尾，陆铭周给自己放了几天假，恰巧翻出了旧画，他所有的注意力都转移到了当年的事情上。秦厉给的线索，照片拍摄的背景就是陆铭周眼下所在的小区。

江甜见他果断摇头否认，又红了眼圈，她抿了抿嘴角：“我知道了。

她在陆铭周面前不哭不闹，平静地看他最后一眼：“你可以走了。”她轻声地说完，把陆铭周往门外推。

陆铭周心里某根弦被狠狠拨了下，一时间他竟有几分摸不准自己的心思。

他被江甜推到门外，犹豫间，想说什么，江甜却毫不犹豫地关上门。

# 第六章 我怎么可能吃醋

那天过后，陆铭周搬出了成南小区，两人彻底没了交集。

江甜白天忙着在新嘉上班，晚上要去春树景唱歌，每天都在不停地忙碌，她逼自己不再去想陆铭周，却始终心情恹恹的。

直到一个星期后，江甜从春树景收工，接到陈慕扬电话，她平静而忙碌的生活，又漾起了小水花。

陈慕扬的声音从听筒里传来，清清淡淡的，是他一贯的风格："考虑得怎么了？"

对方开门见山，江甜指关节微微泛白，斟酌几秒，还是那句："抱歉，我真的没兴趣。"

两天前，陈慕扬给她发了张报名表，是某视频平台一档大型音乐选秀节目，今年刚好办到第三季。陈慕扬就是第一季的总冠军，签的滚鱼唱片。

前段时间陈慕扬宣布将以导师身份加盟节目录制还引起过不小轰动。出道几年的陈慕扬是头一次参与网综类节目。

听到江甜的拒绝，陈慕扬没再提这件事，自然地转移话题："我三天后回安城，比计划提前一天。"

江甜不知道他说这话的意图，下意识保持沉默。

电话那头似乎低笑了声，陈慕扬道："江甜，你还记安静吗？"

安静。

简单的两个字从听筒里头传来，猝不及防地滚进耳蜗，江甜瞪大眼睛，整个人愣住了。

陆铭周接到乔时延电话的时候，刚把车停进车库。乔时延约他玩，陆铭周心情烦，正想找个地儿发泄。

半个小时后，艳荟高级会所。

陆铭周微合着眼，头往后仰枕着沙发背，指间夹着半截香烟，白色的烟雾在他周身飘散，整个人都透着一股倦意。

沙发西侧的乔时延，见陆铭周一连几天都是一副魂不守舍的样了，不由好奇："发生什么了？"

陆铭周吐出半个烟圈，不急不缓地开口："我碰上个小丫头，挺喜欢的。可也奇怪，又挺怕她的。"

乔时延是个明白人，陆铭周这明摆着是为情所困，他笑："大老爷们磨磨叽叽的，矫情。当初拒绝小萱不是挺直接的吗。"

小萱是乔时延的妹妹。乔萱，当红艺人，成念娱乐的艺人。

烟灰蓄了长长的一截，也不知陆铭周在想什么，好半天，才意味不明地吐出一句："这不一样。"

对江甜的感情他自己都搞不清楚是怎么回事，小丫头一哭，他特别心疼，这几天没见，他总是不断地想起她。

乔时延见他不愿多说，便换了个话题："人找着了？"提及这事，陆铭周的眉眼冷了几度，他缓慢地摇头。

原本陆铭周找小天无疑是大海捞针，现在把范围缩小到以成南小区为圆心展开调查，眼下的调查显示并没有符合条件的女孩在十五年前失踪。

当年那场车祸发生后，女孩被送往医院抢救，没能抢救回来。女孩身上外伤明显，长期遭受家庭暴力。

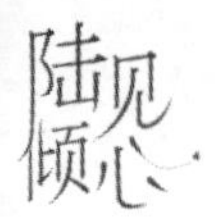

六七岁的孩子走丢，没有父母报警，甚至到最后的葬礼都是陆家一手操办的。以至于到今天他都不知道当年那个被他害死的女孩叫什么名字，只知道她似乎叫小天。他掌握的资料太少，根本没法找她。

乔时延端起酒杯浅啜了口，没再往下问。

一根烟燃了大半，陆铭周摸出手机看了眼，点开微信，又鬼使神差地点开江甜的朋友圈。最新一条动态是张合影，一男一女脸贴得很近，十分钟前发送的。

江甜竟然配了个爱心的表情。

陆铭周不悦地皱眉，心情苦涩，看着屏幕上笑得眉眼弯弯的女孩，一时间觉得全身不舒服。陆铭周看得头疼，直接扔了手机。

“叮叮叮”的铃声没完没了，早上七点，江甜被闹铃闹醒，她关掉闹铃，还想再睡一会儿，门口传来了敲门声。江甜套上拖鞋往门口跑去，拉开门，仔细一瞧，愣住了。

陈慕扬之前说会来找她，没想到真的来了。

江甜倚着门边站定，有些不自然地拉了拉衣摆：“你怎么来了？

陈慕扬摘下墨镜：“来的时候发现有狗仔跟车，你先让我进去。”陈慕扬直接推门进屋，侧身绕过江甜往里走，等江甜反应过来的时候，陈慕扬已经坐在她家客厅里。

江甜只好乖乖关上门，挪步到客厅，拉了把椅子坐下，疑惑地看向陈慕扬。陈慕扬倒是异常放得开，视线幽幽扫了一圈江甜的屋子，开门见山道：“想得怎么样了？别说没兴趣了，我不喜欢听假话。”

江甜舔舔嘴唇，好奇地问：“那你喜欢我吗？一见钟情吗？喜欢我什么啊？很奇怪啊，我前两天刚被拒绝，现在又被大明星看上。”她停顿了下，轻轻给了自己一个耳光，“没做梦啊，你能夸夸我吗？我最近自尊心有点受伤。”

江甜一脸期待地看着他，陈慕扬掩唇虚咳了两声：“江甜，正常点。”

江甜舌尖卷过上唇瓣，尴尬地回复：“抱歉，最近受的刺激比较多。”

她叹了口气，难得正经起来，“我父母不会同意的。”

陈慕扬挑眉：“因为唐蜜？”

江甜警惕，立马反应过来：“你调查我？”

陈慕扬倒不否认，坦然道：“因为安静，所以我找过你。”

他理由正当，闻言，江甜心下一松，随即又是一堆问题：“安静到底在哪？她还好吗？我能见她吗？”

几天前在电话里，陈慕扬问她，还记不记得安静。安静，江甜当然记得。

陈慕扬会提到安静，她不意外。安静也是安乐摇的，陈慕扬认识，是理所当然的事情。

江甜只是惊讶，很久没人和她提起安静了。

安静是江甜在安乐摇里玩得最好的朋友。后来安静被领养到了安城市区，只在最初的一年两人有联系。

陈慕扬的视线足足停在江甜身上好一会儿，方才似笑非笑地问：“你真不知道？”

江甜摇头，陈慕扬话锋一转：“如果你想窝在出租房里一辈子，我无话可说。你刚刚问我喜欢你什么，我也大可告诉你，是男人都不会喜欢毫无追求的女人。坦白说，如果不是因为安静，我甚至不会多看你一眼。”

陈慕扬轻飘飘的一席话，江甜觉得自己胸口被狠狠插了一刀，瞬间鲜血淋漓。

陈慕扬仍是那副表情，眼角微扬，薄唇微勾：“到底是因为父母不同意，还是你自己心虚逃避，我想你比我更清楚。”

江甜哑然，一时间天旋地转，陈慕扬却施施然起身，他重新戴好墨镜，朝门口走去，右手搭上门把：“明天我会去春树景。”话落音，他推门出去。

江甜愣了下，连忙起身，走去门口。

之前陆铭周住的房门口蹲着一个人，头上戴着鸭舌帽，脖子上挂着摄像机，见对面房门打开，他啐了口唾沫，骂了句刺激，举起摄影机咔嚓咔嚓按个不停。

陈慕扬反应很快，他身子一侧把江甜拦在身后，将人遮了个严严实实。江甜连连往后退了两步，她紧张得呼吸微滞。

陈慕扬清清淡淡飘来一句：“完蛋了，要上头条了啊。”

陈慕扬把江甜塞进屋里，自己再次折身出去，江甜躲在屋里，着急地等待。

一开始还有断断续续的说话声，没一会儿，屋外没了动静。

江甜小心翼翼地推开一条缝，门口早没了人，陈慕扬也不见了。江甜把门拉到最大，跑去天台往巷子里看，除了附近居民的三轮车，没别的车辆了。

她摸出手机犹豫着给陈慕扬打电话，看到了陈慕扬的短信：“我先回去了，明天见。”

江甜松了口气，看了眼时间，她反身跑回出租屋，简单收拾了下，出门去新嘉唱片。

以前江甜都是提前一刻钟到公司的，今天被耽误，迟了几分钟。上午没什么事，林媚和旁边的小雅围在一起讲悄悄话。

江甜取下背包挂在椅子上，弯腰打开电脑。

小雅端着咖啡杯走进来，半靠在工位上，看向江甜，幽幽道：“小甜啊，林媚参加了《歌者》。”

江甜拨弄鼠标的动作一顿，《歌者》就是陈慕扬出道的选秀节目，也是这几天陈慕扬劝自己参加的网综节目。她侧眸看了眼小雅，真诚地说：“挺好的啊。”

小雅立马接过话：“可不是嘛，《歌者》的一个导演就是林媚的表姐呢，知道林媚明年要毕业了，硬要拉着林媚报名参加节目。”

林媚撩起半缕头发别到耳后，她接过小雅的话：“小甜，你别听小雅瞎说，是我自己厚着脸皮报名的，我表姐最不喜欢亲戚朋友烦她了。”

江甜眨眨眼，笑了笑。林媚这番话，言外之意再明显不过，拐着弯夸自己。

小雅淡淡地“啧”了一声，毫不客气地赞美道：“大小姐，你可是名校毕业的高才生啊。”她停了停，看了眼江甜，又指了指自己，调侃道，“哪像我和小甜啊，和你根本不是一个档次的。”

江甜小口地喝着水，唇瓣贴着瓶口，传来丝丝凉意。她再怎么粗神经，这话也听出了几分不是滋味。

小雅也是国内数一数二的音乐学院毕业的，声乐系的高才生，在座的三人只有她读的广播电视编导。江甜读的电影学院，虽然比不上首都的学校名声大，可还是出过不少演艺圈前辈的。

江甜心情闷闷的，又想起早上陈慕扬的一席话。倒也奇怪，她和陈慕扬不熟，可那一番话却把她的心思摸了个彻底。

小雅和林媚还在有一句没一句地聊着，江甜走去茶水间泡咖啡，见茶水间又有人进来，江甜端着玻璃杯走到角落。

“你们看热搜了吗？一大早也太刺激了吧？”其中一个穿藏青色衬衫的年轻女人神情激动。

江甜手臂一晃，差点打翻水杯，她连忙握稳。

另一个长发女人笑着附和：“这是过夜了吧，照片里衣服都是皱巴巴的。”

江甜莫名心慌，想起早上蹲在门口的记者，她伸手去摸手机，才发现刚才出来的时候根本没带手机。她飞快地往门口走，回到工位上，立马去拿手机。

一旁小雅已经八卦出声：“天啊，你们看新闻了吗？乔萱被拍到在会所过夜啊！这男的是谁？咱们小陆总？”

江甜还没点开手机，听见小雅这么一说，她顿时松了口气，幸好不是陈慕扬和她的照片。

江甜重新推开椅子坐下，她没了看新闻的兴致，正想收了手机，林媚却凑过来讲八卦：“这什么情况，乔萱背后居然是小陆总？”

江甜不感兴趣，还是配合地问了句：“咱们小陆总？谁啊？”

林媚横了江甜一眼，有点惊讶：“你这都不知道！成念娱乐的‘太子爷’啊，咱们成念呢，老陆总只有这么一个儿子，你说这么大的集团以后是谁的天下？”

小雅激动地补充：“乔萱厉害了，难怪出道没几天，资源这么好，‘太子妃’啊。”

江甜端起咖啡浅啜了口，焦糖的甜腻在舌尖打转：“没有啊，我觉得她演技还是挺好的。”

她虽然不是乔萱的粉丝，之前在电梯的小插曲甚至让她对乔萱的印象有些打折，可毕竟是天之骄子，有傲气倒也可以理解，乔萱的演技确实可圈可点。

林媚接话：“演技好不好都不重要，重要的是她居然和小陆总有关系。”

小雅低头拿着手机：“照片虽然模糊，可小陆总还是帅啊！你看这腰，我的天啊！乔萱的命也太好了吧！”林媚疯狂点头。

江甜想了想，也好奇两人口中的小陆总，她点开热门新闻。

文案醒目：“当红小花乔萱和神秘男子会所过夜，举止亲密，多次搂抱，据了解，神秘男子系成念娱乐‘太子爷’。”上面还配着九宫格的动图。

江甜点开第一张，视线蓦地一顿。

照片拍得很模糊，又打了水印，画面中的男女只有大概轮廓，女人穿着件白色抹胸短裙，肩上披着黑色西装，男人站在她右手边，白衬衫松松垮垮扎在黑色西裤里。

镜头离得有些远，五官模糊了些，可偏偏画面里的男子，江甜一眼就认了出来。

江甜不可思议地揉了揉眼睛，右手往下滑。画面里男女主角换了角度，也换了动作，女人似乎脚滑了一下，男人伸手扶她，两人就这么自然地依偎在一起，举止亲密。

江甜像被人突然掐住喉咙，一时间胸闷气短完全喘不上气。

小雅和林媚聊得热火朝天，江甜挤出一句："小陆总他叫什么？"

小雅秒答："陆铭周，他不在成念工作，为人又很低调。不过成念那边的人都喊他一声小陆总。"

"对的，我听说他大学毕业就自己创业了。"林媚跟着搭腔，"也不知道有钱人脑袋里都想些什么，成念这么大的集团不要，偏偏去开小公司学人家创业。"

江甜喉咙泛酸，眼眶发红，肯定是她认错了。

江甜自欺欺人，偏偏就是不愿承认。如果陆铭周真是她们嘴里的小陆总，那么他和她就是天壤之别了。

安城是典型的南方城市，夏天炎热多雨，下班的时候，天气已经阴沉了下来，黑压压的乌云积攒在西边天空。

江甜站在公交站台等车，她今晚不用去春树景上班，春树景不止她一个驻唱歌手，轮班制的。

从早上到现在，江甜无数次想打陆铭周的电话，可她硬生生压下了这个念头。

陆铭周身上所有的矛盾如今都有了解释，和博恩的纪盛是好朋友，开着名牌车，再或者一身的少爷脾气。

大抵是这些天难过多了，再经过一天的缓冲，江甜有些麻木。消息再震撼，也没能掀起多少风浪，反倒让她更加明白自己的感情。也怪她不够矜持，还没摸清一个人的底细，就让感情占了上风，闹到最后让自己成了笑话。

如今她认清了两人的差距，陆铭周如果接受她的告白才是见鬼。喜欢是及时止损，所以啊，趁着感情还浅，趁早死心吧。

江甜双手狠狠拍了下脸，逼自己打起精神。

公交车还没来，酝酿了一个傍晚的雨，这会儿一股脑儿的倾倒了下来，砸在公交站牌的广告顶上，发出哗啦啦的声响，疯狂刺激着耳膜。

雨势太大，雨丝被卷进来，打在身上衣服立马湿了一大块。江甜有些尴尬，原本穿的就是白色短袖，浸了水贴在身上，内衣轮廓就显现了出来。

站牌下躲雨的人有些多，江甜想往里头退一点，不小心踩上右边男人的脚，她连忙说抱歉，眼镜男却眯着眼直往她胸前看。

江甜正想转身，手腕却被人一拽，她以为是眼镜男，刚想反抗，就看到站在右手边的陆铭周。

他右手拽着她，左手举着一把黑伞，他个子高，又穿得正式，挤进人群里明显突兀。

江甜完全没想到会在这种场景下见到陆铭周，她愣了好一会儿，才反应过来，紧接着挣脱手腕，想离他远点。

陆铭周却加重力道，江甜被他拉进怀里，江甜刚想走，陆铭周转而搭上她的肩，护着她走进雨幕里。

江甜还在挣扎，十分不配合："陆铭周，你干吗？"

陆铭周搭在她肩上的手臂非但没松反而紧了几分，江甜被他带进怀里，被动地跟着他往前走。

江甜边走边推他，有点生气："你放开我啊！"陆铭周不为所动，仍是大步向前。

江甜拗不过他，走在他身边故意踩水坑，溅起的水花湿了男人的裤腿。陆铭周转了下伞，失笑道："小辣椒，你几岁了？"

江甜不理他。

没走多远，陆铭周拉开车门，把江甜塞进汽车后座，紧跟着把伞一收，弯腰坐进车里，"啪啦"一声，带上车门。

江甜想从另一边开门下车，陆铭周再次拽住她的手腕，手臂一收，江甜往他的方向栽过去，额头磕上他硬邦邦的胸膛。江甜轻轻拧眉，推他："陆铭周你干吗？有毛病吗？"

陆铭周垂下睫毛，视线定在江甜脸上，打量几秒，他问："江甜，你在生气？”他停顿了下，又不解道，“气什么？”江甜应该还不知道他就是小周周，新闻里的那些照片，连他爸都不一定认得出来，江甜不可能认得出来吧。

江甜被陆铭周拽着走不掉，眼下又气又恼，直接爆粗口：“我跟你不熟，你给我滚蛋！”

闻言，陆铭周倒也不恼，抿了下嘴唇：“挺熟的，亲过睡过。”

江甜气结，要不是力量悬殊，她打不过也闹不过，真心想给他一棍子。眼前这人是真不要脸，说话不带半点脸红，拒绝她的时候眼睛都不眨一下，现在调戏她又那么理所当然。

江甜懒得和他理论，直接道：“你有事吗？”

陆铭周懒洋洋道：“没事就不能找你？”

江甜果断道：“不能。”

陆铭周抿着嘴唇不语，低头扫视了她一圈，视线往下停在某处，衣衫湿透，紧紧贴在身上，衬得少女身段姣好。陆铭周的目光点到为止，视线挪开，有些烦躁地扯了扯领带。

江甜被他看得耳根泛红，车厢逼仄，空调温度低，冷风拍在身上，江甜瑟缩了下，不由自主地往后靠。她手腕转动，硬着声音道：“你松手。”

陆铭周依言松开。

两人并排坐着，陆铭周脊背笔直，扯下领带随手扔在一边，江甜身子往后缩，慌乱地拉着衣摆。

陆铭周见她手忙脚乱，清清淡淡地说了句：“不用弄了。”江甜懒得理他。

陆铭周面不改色：“都看完了。”

江甜羞恼，她提起背包，往车门挪，刚侧过身子，陆铭周直接拎起江甜的后领子把人往后拽了回来。

江甜反抗，皱着眉不耐烦道：“你到底想干吗。”

陆铭周松开她的领子，不让她走，拦腰把人拉进怀里，江甜侧坐在陆铭周腿上，姿势暧昧。陆铭周用了蛮力，直接箍紧江甜的腰不让她动弹。江甜太瘦了，腰身纤细，他一只手臂就能拢紧。

江甜脾气也上来了，使劲儿拍打腰上的手，没一会儿，陆铭周的手臂就红了大块，还有指甲刮出的红痕。

陆铭周压低声音，仍是不解："你到底在气什么？"

江甜看着陆铭周被自己挠花的手臂，她犹豫了几秒，便没了动作，侧身看他："我没生气，就是不想看到你！"

陆铭周听她吼完，右手扳过江甜的下巴，饶有兴致地问她："你喜欢我，怎么会不想看到我。"

江甜气极反笑，推开陆铭周右手："我喜欢你所以就要任你拿捏，你想干吗就干吗，一股脑儿往你身上栽，任你戏耍吗？"

陆铭周微微拧眉，他没想到江甜是这么想他的，他忍不住辩解："我没有。"

江甜明显不信他，咄咄逼人道："难不成你现在要告诉我，你也喜欢我？"

陆铭周丝毫没有犹豫："我是喜欢你。"

他从来都不否认对江甜的好感，甚至看到她和别的男人亲密，他会不受控制地生气，可偏偏一句简单的"在一起"，不敢说。江甜像羽毛挠得他心痒难耐，陆铭周原以为搬走了就是结束，可这几天心里眼里都是她。他暗自在意，看到她和别的男人亲近，他会嫉妒。

陆铭周知道江甜是不同的，她幼稚，爱哭，有小脾气，年纪也小，还在上学，完全不是他喜欢的类型。可偏偏又那么温暖，坚持，勇敢，他会动心好像也正常。

乔时延说得没错，他一大老爷们确实矫情了。

陆铭周目光深邃，他双手搭上江甜的肩膀，一字一句诚恳道："江甜，我从来没有否认喜欢你。"只是仅靠这点喜欢，他没信心。面对江甜的一片赤诚，他诚惶诚恐。

江甜的眼睛红了一圈，她觉得好笑，讽刺道："陆铭周你到底有没有心，早上可以和乔萱滚到一起，现在又说喜欢我？”

陆铭周闻言一惊，他眼神微变，诧异道：“你知道了？”

江甜分毫不让，她只想把话说清楚：“知道什么？你和乔萱搂搂抱抱？还是说你是成念的‘太子爷’，要我低声下气喊你一声陆总？”

陆铭周一时语塞，江甜远比他想象的敏锐，他原以为藏得还算深，没想到都知道了。沉默片刻，他只好垂下睫毛，低声道：“我和她没什么，你信我。”

江甜依旧寸步不让：“关我什么事。”

陆铭周叹息道：“我没想骗你。”

他所有的事情都有理可依，无论是滑稽地去送快递，还是住进成南小区，唯独和江甜的交集是意外。他没料到开始也没法预知未来，所以才没挑明身份。

江甜被他按着肩膀，左右动不得，所有的攻击都成了此刻言语上的剑拔弩张：“陆铭周，陆总，我前几天还难过你拒绝了我，我给自己找理由，也给你找理由。我想啊，你这么神神秘秘也许有苦衷，后来我又想，就是不喜欢还能有什么理由。现在知道了，我根本入不了你的眼。别说乔萱，你身边任何一个女人都可以秒杀我。如果你觉得我之前的表白让你误会了什么，我收回这句话。我不喜欢你！一点都不喜欢你！”

陆铭周的下颌几乎僵硬，他紧抿嘴唇，盯着江甜一动不动。

江甜的眼眶红了一圈，脸颊却有些苍白，趁着陆铭周失神，她推开陆铭周开门下车。

陆铭周回过神，却晚了一步，他连忙拉开车门追出去，却被不知从哪儿冒出来的年轻小伙一撞，他往右一躲，对方却不识相地往左一拦。

只耽误了几秒钟，江甜刚好拦了辆出租车，出租车汇入车流。陆铭周眉峰凌厉，雨水打在脸上，他狠狠踹了一脚车门，心头一阵烦躁。

回到出租屋，江甜依旧心情不好。刚才淋了雨，她冲完热水澡，疲惫地窝进沙发里。

今天发生的事情太多，每一件对她的冲击都不小。

她拿过桌上的笔记本电脑，打开视频网站的网页链接，陈慕扬的海报第一时间跳了出来，而后是几个醒目的艺术字。

江甜手指滑动，下拉网页，飞快地浏览了一遍。每年的内容都大同小异，江甜默默关注了两年，节目口碑不错，业内评价也好。

早上，陈慕扬戳中她的心思，唐蜜的反对虽然是一个理由，更大的原因还是她自己，像今天在公司面对林媚一样，她始终抬不起头。

江甜抱着电脑愣神，直到屏幕黑了下去，终于下定决心。

次日晚上，春树景。

遇到特殊情况，一位客人早些时候刚向女友求了婚，想让江甜唱首歌配合气氛。

江甜起先有些为难，原先表演曲目都是事先订好的，负责人会提前和他们沟通，当然，偶尔也允许他们即兴发挥。

客人指了指怀里害羞的姑娘，说她是周杰伦的粉丝，想听《告白气球》。见台下的情侣耳鬓厮磨，江甜不好意思拒绝，她把吉他放到一侧的角落，将原先调低的话筒抬高。

这首歌她听过，曲子却不太熟，好在曲风简单，伴奏一出来，江甜演唱得很顺利。

江甜长相甜美，笑起来眉眼弯弯，酒窝浅浅，可她音色偏冷，平时唱的歌也多数走成熟风，和她给人的感觉完全不同。眼下这首甜到冒泡的小情歌，配上江甜甜美的外形，呈现的效果比她平日冷着脸唱慢歌好太多了，一时间气氛都热闹了不少。

酒吧有新的客人进来，被侍者往右侧的卡座上领，男人脚步没停，视线却一直落在舞台上。女孩穿着淡紫色的抹胸短裙，柔软的长发散在身后，纤细的双腿在灯光下白得发光，再往上是起伏的胸口，修长的天鹅颈下，露出好看的锁骨。妆容简单干净，脸色嫩白娇美，双眸似水，她始终笑着，眼角含媚含俏。

男人看得喉咙一紧，他在沙发里侧坐下，不耐烦地脱下西装外套，又扯松领带，半眯着眼往舞台看去。女孩微微一动，裙摆就跟着摇摇晃晃，裙子本来就短，刚刚遮到大腿中段，白皙的双腿晃得他心神微荡，再往上几寸又引人遐想。

陆铭周不禁攥紧拳头，好不容易才忍住冲上去把人直接拽下来的粗暴想法。

纪盛坐在一旁都快看不下去了，假意刺激某人："小美女啊！腿不错，腰还行，胸不行，脸蛋呢……"陆铭周脸色一沉，眼眸以肉眼可见的速度覆上薄冰，纪盛自觉地闭嘴。

陆铭周的视线再次扫去舞台中央，江甜一动，他的眼皮就一跳，闹到最后陆铭周觉得自己要瞎了。

差不多半个小时，江甜唱了几首甜到掉牙的情歌，她今晚的任务算完成了。

江甜往后台走，还没走出多远，出现一个身影，挡在她跟前。江甜抬眸看他，身前的男人穿一件花衬衫，笑得不怀好意，明显来者不善。

"花衬衫"倒也直接："交个朋友？"他说完，大手已经落在江甜雪白的右边肩膀上。

江甜一惊，想绕过"花衬衫"离开。

"花衬衫"却趁机拽住她的胳膊，手臂一收，江甜不受控制地往他身上栽过去，对方的手掌放肆地在江甜的手臂上摩挲了半圈，凑到江甜耳边暧昧地说了一句。

江甜急忙站稳，从他怀里退开，想甩开"花衬衫"油腻的手，她焦急道："你放开。"

"花衬衫"来了兴致，明显没松手的意思。

江甜怒吼："我叫你放开，听见没有！"

"花衬衫"嘲讽地笑："脾气还挺大，你又不吃亏。"

江甜恼怒："你瞎说什么！"她越发不耐烦。"花衬衫"另一只手肆意往她腰上摸了过来。

江甜着急，顾不上其他，右脚往上一提，膝盖直接往花衬衫胯下撞了上去。

“花衬衫”骤然痛呼出声，手腕往后一拽，江甜被他大力一甩狠狠撞上墙壁。“装什么假清高！你要是个正经人会在这种地方又唱又跳，想赚钱脾气还这么大？”

后背火辣辣地疼，江甜抵着墙壁，皱着眉，该死地却挪不动脚步，男人侮辱的话深深扎在她心上。

“花衬衫”撸起袖子，依旧恶语相向：“给你脸不要脸，你还好意思动手？”他说完，大步往前一跨，又朝江甜扑过来。

江甜想躲开，脚像灌了铅，动不了，她害怕地闭上眼睛。

意料之外，男人并没靠近，反倒传来扑通一声响。江甜睁开眼，就看见“花衬衫”躺在地上哎哟哎哟地喊疼。

“嘴巴放干净点，我女朋友。”

“花衬衫”摔得惨，一时半会儿起不来。

江甜慌乱地抬眼，看到几步外的陈慕扬，江甜又是意外又是失落，没料到是他，可又觉得理应是他。某种情绪扑了空，她只好连忙道谢。

陈慕扬走到江甜身边，关心道：“有没有受伤？”

江甜忍着疼，摇摇头。

陈慕扬松了口气：“没事就好。

两人几句话的工夫，“花衬衫”已经撑着墙起身，他看向一侧的陈慕扬，见对方一身行头价值不菲，想必来头不小。

他平白挨了一记摔，脾气还是有的，不过收敛了点：“神经病啊，有男人了不会早点说。”

江甜觉得累，“花衬衫”再怎么言语侮辱，她也没力气和他争执，只是静静地站着。反倒是陈慕扬不悦地皱眉，他转向“花衬衫”，沉下脸色，薄怒道：“麻烦放尊重点。”

花衬衫嘲讽地耸肩，转身走了。

转眼的工夫，人已经走远，江甜依旧愣在原地，不知在想什么。

陈慕扬走到江甜身边，拉过江甜的手腕，轻轻拍了下她的手背，用眼神安慰她。江甜冲他扯了扯嘴角，勉强笑了笑。

陈慕扬见江甜魂不守舍的，便拉着她往洗手间走，边走边说："洗把脸清醒一下？我在外面等你。"

江甜被他拉着走，走到一半她后知后觉反应过来，她脚步停下，摇摇头说："化妆了，不方便。"

陈慕扬侧眸看她，江甜明显状态不对，可他也不好再说什么，于是柔声问："我送你回去？"

江甜没立马回答，而是好奇地问了句："你怎么在这里？"

陈慕扬直接道："我昨天说过的，今天会来春树景。"

江甜也想起来了，她有些歉疚："抱歉，我忘了。"

陈慕扬淡淡一笑，他拉着江甜退到走廊拐角。时不时有经过的男士传来暧昧的眼神，下一秒，又会盯着江甜上下打量，带着几分不正经。

好在江甜习惯了，陈慕扬却松开她的手，脱下身上的西装外套盖在江甜裸露的肩上，体贴地替她拢好衣襟。随后，他双手往江甜的肩上一搭，低声说："唱得很好。"

江甜的脑袋迟钝了几秒，抬眸看他。陈慕扬如实道："没骗你，我觉得挺不错的。"

江甜睫毛颤了颤："真的？"

陈慕扬颔首："你如果相信我的眼光，为什么不相信自己？"

江甜一时语塞，静默了下去，陈慕扬安静地等她，没再开口。好一会儿，江甜才重新抬首，一字一句认真道："你为什么帮我？"

陈慕扬太照顾她，她多少有些不适应，又想起刚才陈慕扬的那声"我女朋友"，她再三犹豫，还是决定说出口："我有喜欢的人了。"

陈慕扬一听，见江甜绷着张脸，神色紧张，他笑了："你担心我喜欢你？”

江甜重重地点了点头，她声音有点低，却无比诚恳：“你帮我，我很感谢，可如果是因为感情的事，我得说清楚，我不能消费你的感情，我有喜欢的人了。”

陈慕扬挑了一下眉，他拉过江甜的一只手：“你是想跟我说，我没机会了？”他轻笑，俯身与江甜平视，“还是说，你对我没信心，觉得我会输给他？”

江甜被他的话语惊到：“你真的喜欢……”

陈慕扬却打断她，抬手敲了下江甜的脑门，敛了神色正经道：“你放心，我没别的想法，我之前也说了是因为安静，我帮忙也是应该的。”

江甜：“安静？”

陈慕扬重新站直身子，回答江甜：“对，我和安静一起长大，比她大几岁，你又是她的好朋友，我就像你们的哥哥一样。再说了，我也欣赏你。你一直觉得我对你图谋不轨？”

江甜连忙摆手：“我没这个意思！”

陈慕扬太照顾她了，她只是害怕万一陈慕扬喜欢她，她有必要说清楚，而不是理所当然地消费别人的感情。

陈慕扬淡淡地“哦”了声：“现在可以放心了。”他再次替江甜拢了下衣襟，“我猜你也想好了，这段时间我准备新专辑，没别的活动，基本上都会在安城，你要是愿意的话，可以把新嘉的工作辞了，跟着我安心准备比赛，总能学些东西。”

江甜彻彻底底愣住了。

陈慕扬见江甜又发呆，反问：“不愿意？”

江甜忙不迭摇头，陈慕扬皱眉，江甜又赶紧点头：“我太激动了！”

陈慕扬道：“激动倒是没必要，你要是没实力，我也帮不了你。对我来说，你勉强能算半个知己，你别多想，我顶多把你当妹妹。”

江甜眼眶发热，起先被“花衬衫”侮辱的阴霾一扫而光，她情不自

# “花火新星，造梦文学”

## ——花火新星作者选拔大赛正式启航

**活动时间：** 2019 年 6 月 8 日—10 月 8 日

**活动平台：** 花火 read APP

**活动支持：** 湖南魅丽文化传媒股份有限公司

### 参赛要求

需是青春文学小说，长短篇不限，风格不限。参赛者需保证文章是原创首发，版权归自己所有，内容符合国家对网络文学的规定。

### 参赛通道

1. 下载 APP“花火 read”并注册
2. 首页点击进入“写作室”版块
3. 申请成为作者后，进行投稿
4. 加入花火 新星活动专群 1007345679
   可获得第一手资讯！

### 活动奖励

通过读者投票和专业评审，从 100 名优胜者中选出 10 位获奖者。

1. 第一名：3 万元；第二名：2 万元；第三名：1 万元；第四名至第六名：8000 元；第七名至第十名：6000 元。并颁发“花火新星”大赛的奖杯和荣誉证书。

2. 第十一名至一百名，获得魅丽文化天猫专营店价值 1000 元的购书卡。

具体活动进展，请及时关注《花火》杂志

非卖品

# 魅丽基金 因爱相逢

## ——花火助学金计划再次启动

美好青春，魅丽文化有幸与你相遇，助你圆梦大学！

花粉特别通道现已开启：只要你是品学兼优、家境贫困、2019 年 6 月参加高考毕业的学子，即日起可申请加入“大学圆梦”计划。

**申请资料：**

1. 个人资料详情（需有效证明）
2. 家庭资料详情（需有效证明）
3. 老师推荐（需实名）
4. 其他证明（成绩特长等）

**申请通道：**

**邮箱：** 3533271335@qq.com（邮件请备注 # 魅丽助学基金 #）

**电话：** 0731-88282222

**微博：** @ 魅丽文化（私信请备注 # 魅丽助学基金 #）

**申请截至时间：** 2019 年 9 月 1 日。

最终入选的 10 名贫困学子，将获得由魅丽文化提供的助学基金：大学首年全部学费！

魅丽文化始终坚信：越努力，越幸运，让我们携手共创美好未来！

**您每购买 1 本由魅丽文化策划的图书，就有 0.1 元捐入魅丽爱心基金。我们会将您的爱心送给需要帮助的人！**

此活动解释权最终归湖南魅丽文化传媒股份有限公司所有

陆倾见心

在心上建起一座王国，
我对你俯首称臣

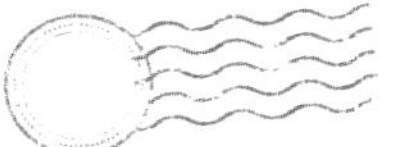

非卖品
魅丽文化
花火工作室

禁地拽了一下陈慕扬的手臂，也不知说什么，就是拉着他的手臂左右晃了几下。

陈慕扬抬手揉了揉江甜的头：“走吧，我送你回去。”

江甜依言松开了他的手，两人往外走了几步，江甜施施然抬头往前看，眼角余光一扫，触上某人漆黑的眸子。

她的目光倏地一顿，心跳漏了半拍。

依旧是最普通的衬衣西裤，没打领带，衬衫扣子松开几颗，带着几分慵懒散漫，袖口往上卷了一圈，露出半截手臂。右手中指和食指之间还夹着半根烟，棕色的烟丝已经燃尽，烧到过滤嘴，他原先就夹得比较下，眼看就要烧到手指，也不知他站了多久，又或者听到了什么。

江甜微微失神，想提醒一句，又努力隐忍了下来。

陈慕扬见江甜脚步微凝，顺着她的视线看去，自然看到了几步外的陆铭周，他右手往江甜肩上一搭，低声问了句：“你认识？”

江甜笑着摇头，下意识扯了句谎：“不认识。”

她的声音不算大，可轻巧的三个字落音，江甜明显看到陆铭周神色一凛，旋即毫不犹豫地用指腹一搓直接掐了烟头，转身快步往外走。

江甜不禁蹙眉，不受控制地替他疼。

见他走得干脆，江甜又怪自己多事。她摇摇头没再说什么，跟上陈慕扬的步伐继续往外走。

陆铭周没走几步，迎面撞上纪盛。纪盛疑惑：“怎么去了这么久？我还以为出了什么事儿。”

陆铭周面无表情地回答：“去了趟洗手间，顺便接了个电话。”

纪盛双手揣兜，陆铭周情绪不对，他习惯性地四下扫视了一圈，就看到走廊另一头的江甜，和她身旁举止亲密的陌生男人。

纪盛忍不住调侃：“你不会是在吃醋吧？”

陆铭周冷笑：“吃醋？怎么可能！”

纪盛快笑死了，他从来没见过这么别扭的陆铭周。他还在想着怎么刺激他，陆铭周已经继续往下说："我不可能吃醋的！小丫头片子我会吃她的醋？笑死人了。"

纪盛转身往后看了眼，惊呼出声："接吻了。"

陆铭周脚步一滑，差点摔倒，他扶着纪盛勉强站稳，纪盛被他掐得手臂疼："你不看看？"

陆铭周的后背僵硬，静默半晌，他五指紧握成拳，同手同脚地往前走："不看。"

纪盛嚷嚷："太香艳了，这男的好猛啊！"

陆铭周脸色铁青："你再说一个字，我现在就杀了你！"

纪盛："……"

江甜和陈慕扬顺路吃了顿夜宵，陈慕扬才送她回家。江甜目送陈慕扬的车子开出巷子，她才收回目光，慢悠悠地往楼上走。

想通了一件事，她心情好了不少，可今晚意外遇见陆铭周又让她多少有些情绪波动，她是当真不想见到他。

江甜一口气爬上了五楼，一边摸钥匙，一边往门口走，钥匙插进锁孔，大门拉开一条缝，江甜伸手去开玄关的灯，蓦地后背一股力道撞了上来。江甜身子往前一扑，眼看就要摔倒在地，腰上瞬间环上一双手，紧紧搂住她的腰。

宽厚的胸膛贴着她的后背，男人下巴抵在她肩膀上，脑袋眷恋地贴近她的颈窝。

江甜脑中警铃大作，正欲惊呼出声，耳畔却传来男人闷闷不乐又委屈的声音。

"江甜，我要疯掉了，嫉妒得快疯掉了。"

江甜被他搂着腰，左右动弹不得。她先是一愣，又迅速反应过来，慌乱地扭头看他："陆铭周你又干吗啊？"江甜的语气带着些许恼意，试图掰开陆铭周环在腰间的手，"你真的烦死了！"

她推拒，陆铭周不肯依，他手臂往里收，埋头在江甜耳边呢喃："我不开心了。”

江甜觉得陆铭周根本不可理喻：“你不开心关我什么事？”

陆铭周不接她的话，自顾自往下说：“你哄哄我，江甜，你哄哄我。”

陆铭周说话带出的热气轻轻散在她耳侧，江甜耳畔痒痒的，她伸手推陆铭周脑袋，好气又好笑地说：“你又喝多了？”

陆铭周不吱声。

腰间手臂挪动，江甜被他转了个方向，两人面对面，陆铭周脑袋往前试图抵上江甜的额头。江甜别过头躲开，身子往后靠，双手横在两人之间。

陆铭周的声音很低，若是仔细听还能听出几分委屈：“你不喜欢我了？”

江甜烦死这个问题了，她还来不及回答，陆铭周已经腾出一只手抬起她的下巴。

江甜敌不过他，只好冷着脸低斥：“陆铭周！”

陆铭周眼神晦暗，嘴角向下拉：“为什么让他亲你？”他凑近她，用指腹压上江甜的唇瓣，来回摩挲，“还亲得很猛？”

江甜根本不知道他在说什么，面颊却因为他三两句话瞬间飞上两抹红晕。江甜慌乱地拍他的手臂，勉强稳住阵脚：“你到底发什么疯？”

陆铭周的右手从江甜嘴唇上离开，重新搭回江甜腰上，他把江甜往怀里带，两人就差贴到一起了，陆铭周才心满意足地凑到江甜嘴边，嘟囔道：“我想亲你。”

江甜凶巴巴地瞪他，脸色越来越黑。

陆铭周见江甜明显不开心了，连忙放低姿态，委委屈屈抱怨：“我不喜欢你跟别人在一起，你怎么可以穿别人的衣服，你们靠那么近还牵手。哇，居然还亲吻！气死我了！”

陆铭周长长叹出一口气，认真道：“你是我的，只有我才能离你这么近，也只有我才能牵你、吻你，你知不知道？”

江甜听他乱七八糟讲了一堆，耐心逐渐消磨殆尽，她心一狠，用力踩了陆铭周两脚：“你到底想干吗！”

陆铭周垂眼看她，先是不语，静默半晌，才别别扭扭地挤出一句：“我吃醋了，快醋死了。”

江甜笑他：“你还会吃醋？”

陆铭周忙不迭地点头，理直气壮道：“我是男人，当然会吃醋，是男人都会吃醋！”

江甜无语半晌，她讽刺道：“我们顶多就是普通朋友，你拿什么身份吃醋？陆铭周你有病！”她停了停，压下心底翻涌的酸涩，“拒绝我又见不得我和别人好，我怎么这么倒霉就遇上你了。”

江甜骂完，陆铭周的神色严肃起来，再也不敢逃避，今晚这么一折腾，他开始审视自己的内心。他一眨不眨地凝望着江甜，良久，他终于下定决心，放低声音祈求：“江甜，咱俩在一起吧？”

陆铭周先前是舍不得，也不敢，现在他依旧对自己没信心，可更害怕江甜不要他了。

今晚看到江甜和陈慕扬在一起，两人有说有笑，他嫉妒得都快疯掉了。明明已经回到家，又忍不住跑过来，可等他赶到成南小区，江甜居然还没回来，给她打电话，又不通。

他害怕了，害怕江甜和陈慕扬有什么。纪盛说两人亲了，他不敢回头看，怕一个控制不住冲过去。

也就那一刻，他真真切切感受到什么叫疯掉，嫉妒到疯掉。

只是一点喜欢？骗谁呢。

陆铭周认命般地呼出一口气，他双手从江甜腰上离开，搭上江甜的肩膀，俯身和江甜平视，眼神是前所未有的炽热，诚恳道：“我想做你男人，你还让不让？”

江甜狠狠一怔，陆铭周却娓娓道来：“我不确定自己能不能做好，以后的事情我也不知道，但是至少现在，我想给你最好的。我是自私，我不允许你和别人好，你是我的。”

他又抬手，食指抵上江甜的唇瓣："所以，这里也只能是我的，你知不知道？只有我可以。江甜，我喜欢你，所以我不允许别人动你，你说我自私不讲理都没关系，我就是不允许，无论如何都不允许。"

江甜的睫毛一颤，完全没想到陆铭周会说出这么一番话。她手心紧张得出汗，无力地垂在腿侧。她不自在地移开视线，不敢再看他。

你听听，怎么会有这么过分的人。

不震撼是不可能的，可眼下陆铭周在她眼里就是一个信用透支的人，江甜没法相信他的话。她之前想得很明白了，即使他真心实意，她也不会答应，两人天壤之别是事实。

再说了，她其实也明白，陆铭周不见得真的喜欢她，一时兴起，占有欲，不甘心，或许都有点。

她甚至糟糕地想起今晚在酒吧的那一幕，"花衬衫"的那些话仍旧在耳边响起。陆铭周也许和那些有钱人一样，把她当作酒吧里用钱就能消费的女人。

就那么一瞬间，江甜所有的委屈都上来了，她推开身前的陆铭周，提高音量喝道："陆铭周你从来没有问过我的感受，每次一上来就是动手动脚的，你考虑过我的感受吗？"

陆铭周不知道哪里又出了错，令江甜奓毛，他连忙解释："别人我不会。"

江甜明显不信，陆铭周只好委屈巴巴地拉她的手，又不敢太过分，轻轻地碰了下："我改！我以后一定先问你，你答应了我再动手动脚。"

江甜懒得理他，转身往屋里走，陆铭周不管不顾，也往里头挤，江甜不悦地皱眉："你又想干吗？"

陆铭周眨眨眼，无辜地问："我不可以进去吗？"

江甜气极反笑："你觉得呢？"

陆铭周什么都不管了，往里探头，江甜又抵死不从，按着他往门外推，两人在门口僵持不下。陆铭周怕江甜生气，不敢乱来，只好服软往后退了一步。

江甜觉得陆铭周八成是疯掉了，她朝他靠近一步，陆铭周真的不敢动手动脚了，他乖乖后退。两人一退一进，陆铭周退到门外了，江甜飞快转身回到屋里，“啪”的一声甩上门。

某人呆滞了好几秒，他敲了几下门，情绪低落，有气无力地说：“小辣椒，你开门啊。”

隔着扇门，江甜依旧冷言冷语：“你不是说以后都听我的吗？”

陆铭周为了表示诚意，叠声回了好几个“对”。

江甜：“滚。”

陆铭周：“……”

# 第七章 生气的样子也超级可爱

第二天，江甜出门。昨晚她给组长发了辞职邮件，一大早就收到了回复，也没说别的，组长让她把手头的事情做完，星期五离职。

江甜欣然应允。

傍晚，新嘉唱片门口。

江甜和林媚、小雅一起走出旋转大门，三人交情不深，但毕竟是同一批进来的实习生，关系总熟点。

还没走出多远，有人按喇叭，林媚循声望去，瞧见几米外停下的黑色轿车，她视线一滞，心生几分了然。

车门拉开，男人出现在视野里，林媚眼睛一亮，手肘捣了下江甜，揶揄道：“你猜猜，接谁的？”

江甜闻言头都没抬一下，但还是配合道：“肯定不是接我的。”

她大学读的电影学院，学校最不缺的就是帅哥美女，校门口全是豪车，她早就见怪不怪了。

小雅拿林媚开玩笑：“大美女，不会是你哪个追求者吧。人都堵到公司了还不肯赏脸。”

林媚又看了眼那人，男人西装革履，身影颀长，随意站着，气质却是浑然天成，此刻正拿着手机拨电话，似乎是没打通。他皱眉，有稍许不悦，却依旧让人不禁多看几眼。林媚笑骂：“胡说，我哪认识这种极品啊。”

江甜好奇地顺着林媚的视线望去，简单一眼，她倏地一顿，匆匆收回视线。她想躲开，于是快步下台阶，谁知陆铭周刚好转身，正好看到不远处的江甜。

陆铭周立马挂了电话，朝江甜快步走过去：“江甜，你跑什么！”

林媚和小雅对视一眼，俱是震惊。

江甜没走多远，陆铭周堵在她前头，江甜只好停下脚步。

陆铭周想拉江甜的手，又想起昨晚她的警告，一时不敢轻举妄动，纠结到最后，他拉了拉江甜衬衫袖子，轻声道：“你电话老是打不通，我就直接过来了。”

江甜手臂往后缩，排斥他，又埋汰他：“你来干吗？”

陆铭周说得诚恳：“接你下班啊。”

江甜嘴角一抿，明显不乐意。

林媚从后头小跑跟上来，站在江甜右手边，状似不经意地问：“小甜啊，你男朋友？”

江甜立马摇头。

见江甜否认，林媚会心一笑，她向陆铭周伸手：“你好，林媚，很高兴认识你。”

陆铭周视若无睹，满脑子想的都是怎么哄江甜开心，他小心翼翼地用食指戳了戳江甜的手背，低声哄：“你不要生气了，好不好？”

林媚尴尬地收回手。

小雅眯了下眼，压下嘴角的嘲意。

下班时间，门口人来人往，江甜害怕引起不必要的误会，她其实也算了解陆铭周，如果她不跟他上车，八成会做出更夸张的事。

陆铭周倒是不说话了，伸着食指上瘾似的戳着江甜的手背，时不时勾唇笑一下，似乎挺开心的。

江甜认输，她拨开陆铭周的手指，没好气地说：“走吧。”

陆铭周一听，果然乐了。江甜走下台阶，他掂着手里的车钥匙，眉梢都是笑意。

两人上了车，汽车上路。

江甜紧张地扯着胸前的安全带，犹豫半晌，她侧眸看向驾驶座：“陆铭周，你能不能别这样。”

陆铭周完全没反应过来：“怎么了？”

江甜叹了口气：“你这样会让别人误会，我不喜欢。”

陆铭周瞟了一眼江甜，他思考数秒，领悟江甜话语的意思，他诚恳道：“我只是想接你下班，如果你不喜欢，我明天就不过来了。”

江甜第一次觉得陆铭周也不是不可理喻，可她对陆铭周的排斥是从内到外的，陆铭周随便一句话就能勾得她手足无措，更糟糕的是她分不清他哪句话是真，哪句话又掺了假。

这种被人吃得死死的感觉一点都不好。再三思量，江甜还是决定说出口：“陆铭周，我的不喜欢里也包括你。”

陆铭周的瞳孔微缩，搭在方向盘上的手指轻微一颤，没立马接话。

江甜继续往下说：“我这些天说的话都是认真的，你不用对我好，不需要在我身上浪费时间。”江甜声音软绵，没有前几次的情绪激动，陆铭周却听得心脏骤然收紧。

江甜用一句“不喜欢”堵了他所有的路，陆铭周心情挫败，他眼眸微黯，沉默半晌，沉声道：“江甜，我在开车。”言外之意就是拒绝和江甜沟通了。

江甜明智地选择闭嘴，不再往下说。

半小时后，汽车停在成南小区楼下。

江甜解开安全带，想推开车门下车，“咔嚓”一声却是车门落锁的声音。江甜不解地看向陆铭周，陆铭周也解开安全带，他左手搭在方向盘上，右手一伸搂住江甜的腰，直接把人拉进怀里。江甜惊呼出声，陆铭周严肃道：“江甜，我就问你一句，你真的喜欢那个什么陈慕扬。”

江甜被他抱着，再次动弹不得，陆铭周气场强大，江甜觉得委屈，她软下声音：“陆铭周你答应不对我动手动脚，你怎么又这样！”

陆铭周眉目冷然，他压低嗓音反问：“你允许他又亲又抱，为什么我就不可以？”

江甜听得难受，她刺道：“你瞎说什么，从来就是你不讲理，人家你比好多了，才不会做这么过分的事情。”

陆铭周原本就心情郁结，江甜这么一说，他又吃醋了：“比我好？”

江甜落井下石：“你脾气差，又不讲理，谁喜欢你谁倒霉。”

陆铭周长眸半眯，他假装漫不经心地问：“你觉得自己很倒霉？”

江甜忙不迭地点头：“我倒霉死了，倒了八辈子的霉！”

陆铭周眉眼的冰霜褪去，嘴角绽开笑容，目光温柔。

江甜被他弄得莫名其妙。

陆铭周声音愉悦，低低笑道：“你怎么又表白啊？怪不好意思的，我也会害羞啊。”

江甜回味刚才的话语，知道自己上了他的套，她愤懑地扭过头，不想看他。

陆铭周心里一琢磨，掰过她的脑袋，逼她看向自己。也是见鬼了，现在怎么看江甜怎么好看，眼睛好看，眉毛也好看，嘴巴弯起的弧度更好看。

于是某人更起劲儿了，他舔舔嘴唇，征询似的感叹：“想亲你了。”

江甜红着脸瞪他，眼神特别凶，仿佛陆铭周只要稍微有不规矩的举动，她就会跟他拼命似的。

可到了陆铭周眼里，她生气的样子也超级可爱。

想亲，想亲。真的好想亲啊。

陆铭周从来没有这么一刻，像情窦初开的愣头青一样，想抱着喜欢的姑娘，亲吻她的眉梢，眼睛，下巴尖儿，又或者想看她在自己怀里哭红眼，软着嗓子喊他哥哥。

陆铭周觉得自己中邪了。

一种叫作江甜的邪，深入五脏六腑，他所有的自制力也好，假清高也罢，都变成吹弹可破的泡沫，不足为道了。

为了不让自己遭罪，陆铭周明智地放开江甜，把她扔回副驾上，自己则老老实实地坐好，又故作镇定地沉下脸色，正儿八经警告："以后不准离我这么近，我管不了自己，哪儿都管不了。"

江甜看傻子一样看他，神色古怪。

陆铭周的眼眸弯成一轮新月，无视江甜的排斥，像看什么宝贝儿："江甜，你早晚是我女朋友，你现在不答应我，我就追你，多久都可以。"

陆铭周说得情难自禁，江甜却依旧冷静："你和多少人讲过这些话？乔萱也是？又或者哪个女明星？陆铭周你为什么听不懂我的话呢，你就不能尊重我一次？我不用你追我，离我远点，我就谢天谢地了。"

江甜一席话落地，陆铭周嘴角的笑容凝固。

完蛋了，他心想。

陆铭周这时才真真切切地意识到，江甜是铁了心不愿跟他在一起，不是不喜欢，而是不愿意。

这时，江甜换了个话题："陆铭周，你仔细想想，你如果不是为了找小天，你根本不会住到成南小区对不对？我们也就不会遇到，我们本来就不是一个生活圈子的。"

提到小天，陆铭周的表情顷刻间冷了下来。

"咱俩确实挺有缘分的，小天，小甜，我之前有个很好的朋友，她傻乎乎的，老是喊错我的名字。这也是我们之间唯一的缘分，其他的我们真的一点都不合适。所以你开门，我要下车。"

江甜说完，陆铭周一动不动地死死盯着江甜，脑海闪过某种可能，他整个人瞬间紧绷了起来。

江甜觉得诡异，她认认真真地说完，陆铭周却彻底陷入沉默。

她大抵是清楚的，陆铭周这人看起来随意，偶尔不正经，也没多少心高气傲的少爷脾气，可更多时候是不走心或是敷衍。他心里藏了事，他不说，你也猜不到。

小天是陆铭周的心结，可她不知道他口中的小天是男是女，是朋友还是恋人。这也是江甜不愿意和陆铭周再靠近的另一个原因，谁都想和简简单单的人在一起，而不是一个连他在想什么都需要倾力猜测的人。

陆铭周，站得离她太远了，单纯靠猜，又太累了。

见陆铭周没有反应，江甜往驾驶座倾身，右手按下锁，她实在不想和陆铭周待在一起。

“啪啦”一声，车门打开。

江甜推门下车，她以为陆铭周多少会有些反应，可陆铭周却依旧坐在驾驶座上一动不动，眉眼是冷的，下颌几乎僵硬，也不知在想什么。江甜心里轻叹了声，她倚着门边：“我先上去了，谢谢你送我回来。”说完，她干脆利落地甩上车门。

又是一声响。

陆铭周意外地吓了一跳，他脑袋往后仰，闭上眼沉思。

不可能，江甜不可能是小天，小天已经死了，是他害死的，江甜又怎么会是小天呢，可江甜也叫“小天”？

小甜，小天。

到底是怎么回事？难道如她口中所说的所谓缘分？

他现在心情乱糟糟的，唯一能确定的是自己对江甜的心意。江甜就是江甜，可她现在走了，还让他再也别来打扰，滚得越远越好。

这怎么可能呢？

陆铭周的手臂骤然一缩，他果断地拉开车门下车，飞快地往楼道里跑去。

江甜刚在玄关换好鞋，正想关上门，大门却抵上另一股力道，从外往里推，她稍许一愣，陆铭周已经进到屋里，他右脚一抬，身后的房门就重重关上了。

江甜警惕地看着他，陆铭周的脸色依旧不好，看着她的眼神过于露骨，江甜睫毛轻颤，莫名紧张。

陆铭周的眼角往上扬，他脱了西装外套随手扔在一边地上，又挽起袖口，他看着江甜，目光如炬。

江甜被他莫名其妙的动作弄得慌乱无措，条件反射地往后退了一步，她颤声道："你想干吗？"

陆铭周："想要你。"

陆铭周长腿往前一迈，两人距离拉近，他手臂一收，江甜撞上男人硬朗的胸膛，来不及呼痛，陆铭周是唇瓣已经压了下来，吻得她面颊绯红，嘴唇发麻，眼中也泛起粼粼水光，他才稍许缓下攻势。江甜侥幸缓了口气，刚想挣脱他的束缚，陆铭周却抱着她往客厅里走。

江甜敌不过他，被动地往后退，右脚抵上沙发，她的身子往后倒，陆铭周非但没护着她，反而顺着她的姿势往前栽。

两人双双倒在沙发上，陆铭周很重，压得江甜几乎喘不上气了，江甜无力地推他："你起来。"

陆铭周却额头往前一抵，逼江甜看向自己。

江甜躲不开，紧张地屏住呼吸。

江甜的身体瞬间僵硬，她试图躲开陆铭周不规矩的手，可又无可奈何，腿上接触的肌肤几乎滚烫，她不可思议道："你疯了？陆铭周你疯了吗！"

陆铭周的声音暗哑："我本来就是疯的。"

江甜害怕，挣扎想往上躲，可陆铭周压着她动不了，她急红了眼，睫毛狠狠一颤，眼泪就掉了下来。

陆铭周没别的动作，他的右手虽然落在江甜的裙摆下，却很快适可而止。

江甜无声地哭，陆铭周心疼：“江甜，我知道你不相信我，刚才车上你说的话，我一个字都做不到，我什么都可以答应你，唯独离你远一点，我做不到。”

“我不仅做不到离你远一点，我还会想抱你，想亲你，甚至想做更过分的事。江甜，我不藏着掖着，因为喜欢，我对你有欲望，这不是什么羞耻的事。无论你信不信我，这都是我最真实的想法。你不信，我就说给你听；你如果还是不信，我就等，等哪天你信了，愿意和我在一起了，我就在这沙发上，做你的男人。”

陆铭周一口气说完，江甜眼泪模糊，陆铭周等了老半天，江甜还是没反应。陆铭周无奈失笑，他用指腹怜爱地抚过江甜的眼角，又轻轻捏了下她的鼻尖：“你听懂了吗？”

江甜不说话，又下意识地摇头。

陆铭周低声骂了一句，语气里却听不出半分责怪：“小辣椒，真是笨死了。”

江甜从小到大就没见过这么不要脸的人，明明羞死人的话，偏偏被他说得那么理直气壮，道理统统给他占了，她反倒成了理亏的一方。说不喜欢她、拒绝她的，是陆铭周；现在压在她身上，说喜欢她的，还是陆铭周。

江甜再一次败下阵来，她禁不起陆铭周这么折腾，也不知道该怎么办，只好推他：“我才不信你，男人的话不能信，都是哄女孩的。”

陆铭周捏她的耳朵，认真回答：“我的话能信，我没哄女孩啊，我哄的是笨蛋。”

江甜气结，挥着手臂打他：“你什么意思？”

陆铭周捉住江甜的手，立马改口：“我夸你可爱呢。”

江甜知道陆铭周骂她蠢，她有了情绪，又想起之前种种，忍不住酸道：“乔萱更可爱，你和她好，你们天生一对，郎才女貌，祝你们早生贵子！放开我，你给我滚下去！”

陆铭周见江甜又闹上了，他赶紧解释：“我和乔萱没什么，我和她哥哥是很好的朋友，我从来都把她当作妹妹看。要有什么这么多年早就有了，我还干吗过来哄你啊。”

这事他确实冤枉，那天在会所，是和乔时延一起的，乔萱为什么会来他没问，他和乔时延都在会所将就了一夜，只是后来乔时延接了个电话比他们先一步离开，留下了他和乔萱。

至于新闻，无非是乔萱的手段，没有哪家媒体敢胡乱往他头上扣帽子，如果不是乔萱暗中指使，根本不会有媒体敢拍下那么一组照片，更别谈放到网上了。

江甜明显不信，照片还能有假啊，她看得清清楚楚，江甜回忆起茶水间听到的话，脱口道：“衣服都是皱巴巴的，你们年轻人体力好。”

陆铭周啼笑皆非，他无奈：“瞎说什么呢，我可是清清白白的大好青年。”他停顿，又暧昧补充，“至于我体力好不好，以后你就知道了。”

江甜烦死陆铭周的不要脸了，她不耐烦道：“滚下去！”

陆铭周举手投降，乖乖听话，起身前又忍不住在江甜的鼻尖亲了一下，才恋恋不舍地起身，规规矩矩站到一旁。

他垂眸看着沙发上的江甜，嘴角笑意明显，兜里的手机却不合时宜地振动了两下。陆铭周摸出手机随意瞥了一眼，看到屏幕上的字眼后，他的眼皮重重一跳。

是一条短信，秦历发的：“人找到了，见面聊。”

陆铭周捏着手机的手指轻微泛白，江甜整理好衣服，又拉好裙摆，意外地没立马赶陆铭周离开。她正想说什么，陆铭周却先她一步开口：“江甜，我有事先走了。”他说完，也顾不得江甜的反应，直接掉头往外走，没一会儿就没人影了。

江甜愣在原地，好半天才反应过来。她又气又恼，走过去狠狠踩了几脚陆铭周落下的西装外套。

骗子。

她居然差点信了他的话，甚至有那么几分动摇。

陆铭周分明就是一个大骗子！

半小时后，陆铭周和秦厉在咖啡店见面。

陆铭周神情严肃，秦厉也没了往日的调笑。陆铭周拉开椅子坐下，开门见山道：“人呢？”

秦厉犹豫半晌，回答：“你认识的。”

陆铭周明显有些意外，他微微拧眉，秦厉把手上的牛皮袋递给陆铭周。陆铭周快速伸手接过，他扯开封口，直接把里头的东西哗啦倒在了桌上。满桌的照片，同一个小女孩，虽然相貌差距有些大，可那双眼睛却错不了，陆铭周几乎一眼就认了出来。

“我也没想到，这女孩叫江甜，你没听错，我们都认识的那个江甜。”

八月的安城，天气依旧炎热，陆铭周却觉得冷，从脚尖到头发丝都透着丝丝凉意。陆铭周整个人像被丢弃在一望无尽的原野上，耳边除了呼啸成灾的狂风再无其他，又或者身处寒冬霜重的夜晚，脖子上被架着把最为锋利冷血的刀刃，进退维谷。

也不知道沉默了多久，陆铭周的视线从桌上的照片离开，又过了好一会儿，他才缓缓抬头，面无表情地问：“你确定？”他嗓音沙哑，每一个字都难掩苦涩，“她是江甜？”

秦厉叹气，重重地点了点头。

陆铭周的神色又冷了几分。

他第一次深刻体会到何为宿命，世上怎么会有这么凑巧的事。

陆铭周的喉咙发堵，心里再多的疑问此刻却一个字都问不出来。

秦厉把桌上散开的照片一张张收拾好，又重新放回牛皮袋里。他低声说：“我有个朋友在物证鉴定科工作，前段时间刚从美国进修回国，他是人像检验方面的专家。”

秦厉简单解释了几句，他把资料推到陆铭周手边，又故意留了一张照片压在牛皮袋上，食指轻轻一叩：“如果没出错的话，画里的小女孩和照片上的是同一个人，也就是江甜。当初你让我查过江甜，我下午拿到对比资料，没费多少工夫就有了结果。”

陆铭周薄唇紧抿，听了秦厉的话，他的视线再次落到照片上，女孩穿了条淡粉色的连衣裙，头发编成小辫儿，冲着镜头笑得眉眼弯弯，明媚得像雨后的太阳，灿烂到让人挪不开眼。

他心爱的姑娘，从小就爱笑，可偏偏他却一直让她哭，甚至还疯了一样爱她哭红眼被他欺负的样子。

江甜骂他疯，何尝不是呢，他本来就是疯的。

秦厉见陆铭周不说话，忍不住多嘴道：“如果是江甜，还怕不知道小天是谁吗，你直接问她，说不定就什么都知道了。”

周念的那两幅画，主角是举着纸风车的女孩，十年前死于车祸，连葬礼都是陆家办的，至今身份不明，只知道那人兴许叫小天。十五年过去了，连对方是谁都不知道，陆铭周没法安心。

另外一个主角，虽然没正面出现在周念的画里，却以另一种方式留下痕迹——照片里小卖部玻璃上的倒影。如果两人是玩伴，找到了其中一个，自然就能知道另一个是谁。

陆铭周头痛欲裂，一时半会儿根本没法理性思考，秦厉还想说些什么，陆铭周沙哑着声音道：“你让我一个人待会儿。”秦厉只好闭嘴。

在秦厉看来，通过江甜知道小天是谁，是件水到渠成的事情。可陆铭周的反应让他很是不解，陆铭周没有惊喜也无释然，反而是极度的不安。陆铭周这人从小就善于掩藏真我，可眼下却把难以置信和无所适从统统印到了脸上。秦厉想出口安慰，陆铭周却拒绝和他沟通，他朝秦厉挥手：“你先回去，让我缓缓。”

秦厉走后，陆铭周摸出兜里的手机，颤抖着手输入一排数字，却迟迟没有拨出电话。

他脑袋里乱哄哄的，根本无法冷静下来。

周念照片里扎马尾的小小倒影大概率就是江甜，而举着纸风车的女孩则是当年的小天。换而言之，江甜和小天很可能小时候就认识，甚至交情不错。

陆铭周的脑袋快炸了，他想给江甜打电话，可他鼓起百分之九十九的勇气，又被心虚胆怯止住了动作。

他和江甜的关系本就不稳定，江甜不愿和他在一起。他们的差距确实存在，之前他的犹豫不决又伤了她的心，如果再加上一个小天，他尚且不知道其中利害，或好或坏，兴许各占一半。可他就是害怕，害怕让他和江甜的关系雪上加霜。

天色渐渐暗了下来，暮色四合，天边只剩最后一抹冷光，桌上的咖啡凉了一杯又一杯，陆铭周也没能拨出江甜的电话。

陆铭周觉得自己完蛋了。

他义无反顾寻了十几年的人，花了无数的人力、物力，如今他离真相只有一步之遥，却硬生生因为江甜卡住了。不是他不能知道，而是他不敢知道了。

明明认识没多久，也没经历什么铭心刻骨的事情，江甜对他的影响怎么就这么大了，他不喜欢这种感觉。

陆铭周不敢再想下去，他叹了口气，起身离开咖啡馆。

十分钟后，陆铭周拿过控制台上的手机，颤抖着手拨出了江甜的电话，“嘟嘟嘟”的声音响过好几下，电话才被接通。

江甜的声音明显是不太开心的：“干吗？”

陆铭周直接问：“你在哪？”

江甜不乐意配合：“我干吗告诉你？”

“江甜，你在哪？”

电话那头声音明显顿了几秒，女孩报了一串地址。

陆铭周把手机放到一旁的副驾上，前方刚好是个十字路口，陆铭周左打方向盘，左前方骤然响起刺耳的汽车鸣笛声。两辆车眼看就要迎面撞上，陆铭周急忙改变方向，可还是慢了半拍，“砰”的一声巨响，车头硬生生撞上了一旁的人行道，一瞬间，耳边所有的声音都消失了……

陈慕扬一连喊了好几声江甜，江甜都没回应，她的右手肘撑在桌面上，两指提着笔，笔尖却早早离了纸页，有一下没一下地点着右边的脸颊。他每喊一声，江甜右手微微一顿，就在脸上画出一条弯弯曲曲的线条，从耳边一直滑到嘴角，心思不知飘哪儿去了。

陈慕扬喊到第五声，他再有耐心，也有了脾气。

江甜依旧魂不守舍，陈慕扬摔了手中的谱子扔在录音控制台前：“你到底在想什么？有没有听我说话？”

曲谱被摔在桌上又滚到地上，顺便带落了一旁的耳机，江甜倏地回过神，她连忙道：“听了听了，我在听！”

陈慕扬挑眉，冷声反问：“真的？”

江甜一个劲儿地点头。

陈慕扬：“我刚刚说什么了？”

江甜尴尬地摸了摸鼻子。

陈慕扬瞟了她一眼，瞧见江甜脸上乱七八糟的笔画，他轻笑了声，半晌，又认真道：“发生什么了？你这几天状态不对。”

江甜赶紧摇头，低声解释：“没事，可能没休息好。”她说完，推开椅子起身，把掉在陈慕扬脚边的曲谱和耳机捡起来，重新放回录音控制台上。

陈慕扬看了眼腕表：“算了，今天就到这，你回去吧。”

江甜心里咯噔了一下，她瞥了眼墙上的挂钟，时间明明还早。这几天相处下来，江甜也多少了解陈慕扬，陈慕扬这人就是个工作狂，早上八点进棚能一直待到晚上十一二点，忙起来会忘记吃饭，实在饿了随便一顿外卖也就打发了。

陈慕扬早早赶她走，反倒让她有些心虚。江甜内心挣扎了几秒，轻声问：“我再练会儿？”

陈慕扬没看她，一边整理资料一边低低道："大半个中午你不是降八度就是高音飘了，我都怀疑你不会看五线谱。喊你两声，又在发呆，你说怎么练？"

陈慕扬的语气淡淡的，听不出喜怒，可他越是这样，江甜越觉得不好意思，她咽了咽口水，表情紧绷。

陈慕扬端着水杯起身，轻轻拍了两下江甜的胳膊："没别的意思，谁都有状态不好的时候，我放你半天假，好好休息总比你现在这样魂不守舍好。"他说完，绕过江甜走去一边打水。

江甜没再坚持，拎了包往门口走，想起什么，她忍不住关心道："那我先回去了，晚上你记得吃饭，别忘了。"

闻言，陈慕扬点了点头，他抿了口茶水润润嗓子。他意味不明地看了眼江甜，沉默了一会儿，平静地收回视线，善意地提醒了一句："去洗把脸。"

直到站在盥洗台的镜子前，江甜才明白陈慕扬的意思，她连忙掬了几捧冷水，好不容易才洗掉脸上的笔墨。

江甜洗完脸，看着镜中的自己重重叹了口气。

她确实状态不对劲。

至于为什么，江甜不得不承认，多半是因为陆铭周。她已经有一个星期没见到陆铭周了，整整一个星期，一点联系都没有。

那天陆铭周把她压在沙发上亲热，厚着脸皮说喜欢她，没羞没臊的话统统对她说了一遍，可她还来不及多问一句，陆铭周头也不回地就走了，连说话的机会都没给她。

江甜没见过这么不负责的人，对她动手动脚，折腾得她情难自禁甚至隐隐动摇的时候，他又没了踪影。江甜心想她八成是猜对了，陆铭周就是玩玩而已，沙发上那番让她心跳如雷的话，或许是暧昧使然。

江甜忍不住又掬了捧冷水拍在脸上，逼自己清醒了几分，她转身离开洗手间，意志又不受控制地飞远。

那天陆铭周在电话里问她在哪，她傻乎乎地报了地址，在原地等了一个多小时，结果证明又是她自作多情。

江甜扯了扯嘴角，自嘲一笑，她越发觉得自己对不起陈慕扬，人家好心好意浪费大把时间在她身上，她却连投入工作都做不到。

江甜想得难受，时间还早，她突然想回家。参加比赛的事情，前两天她和江宁明讲了，江宁明沉默了好一会儿，最终也没说什么，只是两人都默契地选择对唐蜜保密。

陈慕扬的工作室在繁华的商业区，四周高楼林立，都是写字楼，交通方便。

江甜原本已经走到公交车站了，又掉头，去对面的街上改坐地铁。

丁字路口，正好红灯，江甜低头看了一眼手机，依旧没人找她。

余思妍实习去了外地，程岁这些天也不知在忙什么。

绿灯跳了出来，江甜连忙收了手机过马路。

信号灯变成红色，汽车缓缓停稳。

陈平透过后视镜看了眼后座，陆铭周左手打了石膏，绷带绕了个圈挂在脖子上。他微微合着眼，指腹时不时按着太阳穴，唇色带着一点惨白，胡子茬儿也冒了出来。

一个星期前，陆铭周出了车祸，吓得陆远怀差点心脏病都犯了，还好没什么大问题。只是连陈平都能看得出来，陆铭周情绪不对。不完全是因为身体遭了罪，更多的是他周身笼起的寒气，似乎把他和周遭的环境割裂了，让人不敢靠近。

陈平上一次见到这样的陆铭周，还是十五年前，他来到陆家的第五年，周念去世。当年只有十二岁的陆铭周，整整三个月没开口说话。

三个月后，他第一次开口讲话，是个雨夜。那天下了很大的雨，天很黑路灯又暗，刮雨刷左右拍打着，陈平当时被吓得不知所措，十二岁的陆铭周跪在雨幕里，怀里虚虚地抱着个女孩，一遍又一遍地喊：“救护车！”

似乎是感受到了陈平热切的眼神，陆铭周缓缓地睁开眼，他右手按下车窗，手肘往上一架：“陈叔想说什么？”

陈平被看穿心思，多少有些窘迫，可他还是担心地说：“应该多住几天，医生说至少半个月，怎么到了你这儿一个星期就闹着出院了？”

陆铭周没看陈平，视线幽幽滑去窗外，漫无目的地扫了一圈，方才低声回：“医院不习惯，住着不舒服。”

陈平关切道：“下个星期去医院拆石膏，到时候还得做个检查。”

陆铭周淡淡地“嗯”了声，语气很淡。

前面的车子慢慢往前挪，陈平不再开口，专心开车。

陆铭周架出去的右手缓缓收回，他正准备关上车窗，却在人群中看到一抹熟悉的身影，他目光猛地一顿，就再也挪不开了。

女孩的头发高高束在脑后，扎成了利落的丸子头，白色T恤衫配着牛仔短裤，阳光下一双细腿白得发光。太阳很大，她没撑伞，似乎又觉得热，右手遮在额上，勉强遮了一些光线。

她的嘴角半抿着，睫毛微垂。

陆铭周知道，通常心情不好的时候她就是这副表情，看上去无辜又可怜。他再欺负两下，女孩睫毛一眨，转眼就能哭红眼，软绵绵地提拳打他。

怎么又是这么巧？

陆铭周的心脏骤然发疼，他积压了一个星期的思念，偏偏就在一瞬间，如此平常的一个画面，他所有的理智土崩瓦解，甚至灰飞烟灭了。

汽车提速，陆铭周的心却缓缓沉了下来：“陈叔，停车。”

江甜低着头，有些心不在焉，直到视野里出现一双黑色皮鞋，她往右，对方跟着往右边移动；她再向右边迈步子，对方又往右边挪，两人僵持不下。江甜困惑，放下遮阳的右手，抬眸朝男人看去，目光对上的刹那，江甜一怔。

对方站着没动，江甜眨眨眼，确定自己没看错，她飞快地转身，右手被人轻轻拽了一下，江甜不想理会，脚步更快。

可那双手总是不安分，时不时和她左边胳膊碰到一起，肌肤轻轻一擦又分开。江甜忍了好一会儿，男人没完没了，她气恼地往他手臂狠狠地一拍，毫不犹豫地推开。

江甜打完，心里舒服了点，刚想继续往前走，身后传来闷闷的一声叹气，气息不稳。

江甜的脚步微凝，一时间竟有些迈不开。她稍微犹豫的工夫，陆铭周已经站到她面前，小心翼翼地拉过她的右手，轻轻握在手心，闷闷道："小辣椒，我差点死掉了。"

江甜心一紧，抬眸看他，陆铭周下巴示意自己的左边胳膊，可怜兮兮地说："断掉了，生活不能自理。"

江甜抿着嘴唇，本不想开口，看着他受伤的手臂，又忍不住关心："没事吧？"

陆铭周立马皱眉，特别夸张地说："很疼！吃饭疼，走路疼，喝水也疼，总之疼疼疼，疼死我了！"

陆铭周添油加醋地说完，江甜多打量了他几眼。

陆铭周确实气色不好，脸色偏白，头发乱糟糟的，更别提打了石膏的左手。江甜将视线往回收，不自在地低头，她怕自己心软，将右手从陆铭周手心抽回，她绕过陆铭周往前走。陆铭周却故意往前一侧，两人撞个满怀。

江甜慌乱地往后退，陆铭周却借机往江甜身上倒。陆铭周右手揽着江甜的腰，埋头在女孩耳边低低地说："我被撞坏了，你要是不负责，我报警了啊，要不你亲我一下，说不定我就马上好了。"

江甜被陆铭周的厚颜无耻震惊了，她没好气地说："你倒是说说哪里坏了！"

陆铭周在江甜耳边蹭了蹭，极其自然地说："哪都坏了。"

江甜冷冷地讽刺："那你完蛋了。"

陆铭周低声一笑：“你要是会负责，也还好吧。”他实在忍不住，眷恋地凑到江甜的颈窝，右脸轻轻贴过去，嘴角往上翘，“江甜，我想你了。”

他说得低而缓：“你别生我气了，那天我给你打电话是想来找你，路上不小心出了点意外。这几天一直在医院，手是真的断了，性生活不能自理……呸！生活不能自理也是真的。”

陆铭周绝口不提小天的事，他在医院躺了一个星期，思考了很多。他没勇气开口问江甜，更没勇气离开江甜，他踌躇不定，所以不敢联系江甜。可偏偏这么凑巧，一出院就见到了，他忍不住了。

算了，他认了。

见江甜不说话，陆铭周又是一声轻叹：“你都不来看我一眼，我可难过了。”

江甜的脖子被他弄得痒痒的，听完陆铭周的解释，一下子又少了几分底气：“我不知道，没人告诉我。”

陆铭周心里暗暗窃喜，顺着她的话往下说：“我想跟你说的，可你又不愿意做我女朋友。我怕打扰你，不好意思跟你说啊。”

江甜听他这么讲，心底一酸，可又觉得哪里不对劲。

陆铭周还在演，说得怪可怜的：“这几天穿衣服都不方便，没老婆真可怜。”他长叹一声，“走几步头也疼，腰也酸。”

江甜知道陆铭周又在耍无赖，她语气有些恼：“你放开我，大马路上呢！”见陆铭周丝毫没有放开她的意思，不住挥拳推他。

陆铭周配合地低声呼痛，江甜却吓了一跳，着急地问：“弄疼你了？”

陆铭周浅浅地笑，却不回答。他听江甜的话，乖乖地松手，步子往后撤，把两人的距离拉开。

江甜眼下顾不得和他计较，陆铭周脸色不好，他们站在路边的梧桐树下，树荫遮了大半阳光，衬得陆铭周的脸越发惨淡，下巴冒出的青色胡子茬儿都隐隐有了颓败的味道。

江甜不由得主动靠近陆铭周，她伸手小心翼翼地去摸陆铭周打着石膏的左手，轻声问："你怎么这么不小心啊，疼不疼？"

陆铭周垂眸看她，抿嘴不语。

江甜越发地心里没底，再次往陆铭周的身前靠近半步，忍不住责怪道："你多大的人了，还这么不小心！"

她语气软绵绵的，见陆铭周仍是沉默，尴尬地缩回手。陆铭周抬手握住江甜的手腕，江甜有些没反应过来，愣了几秒，手腕往后缩，陆铭周仍抓着她的手腕不放。

江甜不解地看他，可也提不起脾气。

陆铭周拽着江甜的手腕，轻轻地往自己身边拉，下一秒，江甜的掌心落在陆铭周的胸口，隔着薄薄的衬衣布料，传来扑通扑通的心跳声。像触电一般，江甜的手臂一颤想往后收，陆铭周却握着她的手腕一动不动，丝毫没给她退缩的机会。

江甜脸颊晕出一层淡粉，她垂下眼。

陆铭周却哑着嗓子开口："江甜，疼的是这里，你再拒绝我，就真疼死了。"

江甜霍然抬眼，不可思议地看着他，手心传来男人强有力的心跳，耳边是他略带沙哑的声音。江甜陷入陆铭周有意营造的暧昧氛围里，原本信誓旦旦的决心，就被这么轻描淡写的一句话击得粉碎。

她不自在地别开眼，眼神四下扫，完全不知往哪儿放。陆铭周又朝她挪近半步，柔声道："江甜，无论你信不信，我们试试看好不好？你总得给我个机会，才知道我是真心，还是假意。无论多久，我都想做你男朋友，到时候你要是依旧不信又或者觉得我们不适合，你再踹了我。之前是我不对，如果你愿意，我们还有未来啊。"

江甜可算是明白了，耍流氓的陆铭周其实是容易对付的，可以发脾气，凶他、骂他又或者打他；若是完全认真的陆铭周，她只有束手就擒的份儿。

江甜觉得自己很不争气，她趁着陆铭周没留意抽回手，绕开他快步往前走。她知道，再多待一秒，哪怕是一秒，她就彻底完了。

陆铭周完全没料到江甜的反应，他连忙追上去。江甜一个劲儿地往前走，也不抬头。陆铭周吃不准江甜的态度，一个字也不敢说了。

江甜越走越快，陆铭周内心焦灼不安。

陆铭周很紧张，每次提到嘴边的话又咽了下去，眼巴巴地跟在江甜后面当跟屁虫。他没看路，和迎面走来的中年男人撞了一下，撞掉了对方手里的购物袋，男人语气不善："怎么看路的啊！"

陆铭周低声道歉，中年男人瞪他一眼，自认倒霉。

陆铭周捡起地上的袋子塞到中年男子手里，又慌忙去追走远的江甜。他步子迈得急，原本身体就没康复，这会儿天气热，他明显呼吸喘了一些。

江甜脚步慢了下来，思忖片刻，她原地停下。等陆铭周走到她的身侧，江甜牵起陆铭周的右手，也不看他，暗自咕哝："这么大的人了，做事一点都不小心。"江甜吐槽了一句，拉着陆铭周往前走。

陆铭周没吱声，可江甜牵起他的瞬间，他的眼角眉梢都是笑意，嘴角上扬。

他老老实实被江甜牵着，江甜走在他右手边，似是喃喃自语，可又是他刚好能听清的音量："就该疼死你，不疼不长记性。"

陆铭周用舌尖轻轻扫过一圈唇瓣，问了句："小辣椒，你热不热？"

江甜不接他的话，陆铭周也不恼，兀自往下说："我们先上车吧。"他说完，拉着江甜往马路边走去。

陈平激动不已，透过后视镜疯狂打量江甜。

江甜被陈平看得特别不好意思，一个劲儿地往另一边挪，陆铭周瞥了眼陈平，颇为骄傲的口吻："我女朋友容易害羞。"

陈平讪讪一笑，立马收回视线。

江甜红了脸，谁都不敢看，坐得更远了，陆铭周厚脸无耻地往江甜身边挪，江甜皱眉推他："陆铭周！"

陆铭周又坐近了点，两人紧紧挨着，他才心满意足地问："怎么了？"

江甜特别无语："你坐到我大腿了！"

陆铭周摸摸鼻子，稍稍往另一边挪了一点点，就只有那么一点点，然后不动了，坚决不肯动了。

江甜横他一眼，好气又好笑地说："你要不要直接坐我腿上啊！"

江甜盛情邀约，陆铭周顿时喜上眉梢，他激动道："我真的可以坐上来吗？会不会速度太快了啊，我还以为你会不喜欢呢，我坐了？嗯？"

江甜："……"

陈平："……"

江甜原本被陆铭周拉着回家，中途接到王楠的电话，陆铭周虽然不乐意，还是放她走了。

江甜之前请了一天假，再加上这几天没有她的场次，她已经差不多有一个星期没去春树景了。

一到春树景，王楠也不和江甜拐弯抹角："莫安知道吧？这两天几乎每天都来，可惜你都不在，今儿找我联系你。"江甜心下一阵思索，名字有些熟悉，一时想不起来，她只好摇摇头。

王楠倒也没多说什么，言简意赅道："西侧卡座05号位，人家等你很久了。"

江甜依言过去，沙发上坐着个中年女人，保养得很好，贴身的藏青色长裙衬出几分久经岁月沉淀的韵味，指间夹着根女士香烟，刚好燃了一半，她眯着眼透过烟雾看她。

江甜垂下眼，轻声问："您找我？"

莫安不急着回答，视线在江甜身上细细逡巡了一圈，红唇轻启："长得还行，看着显小。如今粉丝群体偏年轻化，前沿的粉丝都肯花钱，年纪大的，也喜欢长得没有攻击性的。总的来说，挺有观众缘的。"

江甜听得云里雾里，莫安收回视线，接着开口："前几天看过你的几场表演，各方面都算过关，若是加上专业的培训，搭配优秀的团队，应该还不错。”

江甜疑惑：“前几天？”

“我女儿求婚那天，我刚巧凑了个热闹。”莫安轻轻一笑，莫安直奔主题，“有兴趣和成念签约吗？”

江甜一愣，完全没反应过来。

莫安淡淡道：“你如果质疑我的能力，我带过的人，晚的有林枫、彭如之流；早的话，唐蜜也是我捧出来的。”

江甜终于回过味来，为何觉得莫安这个名字耳熟了。唐蜜很少和她提当年的事，可好歹也曾红极一时，网上随便一搜，新闻自是不少。而她在无数有关唐蜜的报道中，多次看到过莫安这个名字，是成念艺人经纪部的一块响当当的招牌，当年也是唐蜜的搭档。

江甜也没拐弯抹角：“你知道我是谁？你查过我？”

莫安一愣，没料到江甜会如此直接，旋即释然一笑：“江甜嘛，按照辈分你要喊我一声姨。不过我是先看了你的表演，才对你有了兴趣，等了几天都没见到你，这才找人查你。话说回来，也算缘分吧。”

江甜没吭声，莫安继续道：“有兴趣吗？有的话，马上就能签约。”

因为唐蜜的关系，江甜有所顾虑，思忖再三，她推托道：“你让我想想。”

莫安淡笑：“我以为，一报出唐蜜的名字你应该就已经想好了。”

直到晚上九点，江甜才回到出租房，手机早就没电了，她接上充电器，又换下衣服进了里间洗澡。

洗完澡出来，江甜坐在沙发上拿着条毛巾胡乱擦着头。晚上的事对她的冲击很大，和成念签约是难得的好机会，可她要考虑的因素很多，一时间也有些犹豫。

她想得烦躁，拿过一侧的手机看了一眼。陆铭周给她打了好几通电话。微信也在“嘀嘀嘀”地响，她点开对话框，十几条小周周的消息。

她点进去一看，脸上淡然的情绪退去。江甜半抿着嘴，眉头紧跟着拧成麻花，她立马扔了手上的毛巾。为什么小周周的对话框里全是陆铭周会说的话。

小周周：“小辣椒为什么不接电话？”

小周周：“你为什么不理我，我很担心。”

小周周：“我担心了！你到家了吗？”

江甜一眨不眨地盯着手机屏幕，满脸都是不可思议。

陆铭周就是周川的外甥？陆铭周居然套路她，太过分了！她之前还说什么了？她没记错的话，她还撒谎对小周周表白了！

江甜吓得立刻扔了手机，面颊瞬间滚烫，倒在沙发上左一圈右一圈打滚。

没过多久，敲门声骤然响起，紧跟着传来男人急促的声音：“江甜！你在里面吗？”

听到声响，江甜“唰”的一下从沙发上坐了起来。她磨牙捏拳，拖鞋也来不及穿直接跑去门口开门。

门刚一拉开，陆铭周一个箭步冲上前直接把江甜揽进怀里：“你吓死我了！还担心你出事了，为什么不接电话？”和江甜分开，他回了趟陆家别墅，和陆远怀聊完，却联系不上江甜了，微信不回，电话关机，他一下子就慌了。

江甜被陆铭周单手搂着腰，两人贴得近，近到能清清楚楚感受到陆铭周的急促不安。江甜有些心软，被人疼着爱着，她不受控制地因他而欢呼雀跃。怎么会有这么讨厌的人，她前一秒明明很生气，这一瞬间却舍不得骂他了。

静默半晌，陆铭周急促的呼吸声渐渐缓和，情绪平复了下来，于是江甜在陆铭周腰上不轻不重地掐了一下，勉强硬着声音质问：“陆铭周你给我说清楚，小周周是谁？咱俩没完了，你居然骗我这么久！”

江甜语气不善，两句质问，一下子击中了陆铭周。

陆铭周后背一僵，一时竟不知如何解释。

江甜见陆铭周不说话，在他腰上又掐了一下，力道明显比方才重了些："陆铭周你骗我，你居然骗我。"她说完，迅速从陆铭周怀里退了出来，双手抵上男人精瘦的胸膛，用力地把人往后推，"你太过分了，耍了我这么久，很好玩是吗？"

陆铭周右手匆匆地去牵江甜，却被江甜一个转身灵巧地避开。陆铭周连忙解释："你听我解释！我不是故意要骗你的。"

江甜气陆铭周把自己耍得团团转，又气他的不坦诚。

江甜一会儿觉得胸口发闷、心情憋屈，一会儿又委屈，心脏仿佛被谁揪了一下，总之哪一种都不太好受。她抄起身侧的抱枕直直往陆铭周的右半边胳膊砸了过去："陆铭周你混蛋！就知道欺负我，我喜不喜欢你，你都要欺负我，你真的烦死了。"

陆铭周被打得一句反驳的话都不敢说，他安安静静站着，看着江甜拽着抱枕，一下又一下地砸在自己身上。陆铭周现在最怕的就是江甜生气，他一边心甘情愿挨着打，一边低声下气地和江甜道歉："江甜，你别生气了，我错了，真错了。"

江甜正在气头上，自然听不进陆铭周歉疚的话。她转身往客厅中间走，端过茶几上的水杯抿了一口，润润嗓子，给自己下下火。

见江甜不说话了，陆铭周也不敢动，背挺得笔直，表情肃然。

好一会儿江甜都没吭声，陆铭周再次低声道歉："媳妇儿，我错了。"

江甜蒙了一下，反应过来陆铭周说了什么，她的耳根迅速染上半抹淡粉，直接把抱枕往陆铭周身上扔了过去，她恼羞成怒地骂："不要脸！谁是你媳妇！"

陆铭周没躲闪，四方形的抱枕正中红心，陆铭周被砸个正着，迎着江甜气愤的眼神，陆铭周眼底闪过一丝狡黠，他眉头一皱，低声呼痛。

江甜皱着张小脸，依旧不开心，眼神里却少了几分怒意，不知不觉演化出几抹担忧。

陆铭周右手捂上左边手肘，剑眉蹙起，他沉下脸。

江甜顿时不淡定了，情不自禁地开口：“弄疼你了？”

陆铭周苦着张脸不说话，呼吸微乱。

两个人对峙数秒，江甜先败下阵来，她忍不住靠近陆铭周，停在他一步之外，抬手想触碰陆铭周受伤的手臂。陆铭周立马抓住机会，轻声细语地同女孩解释：“我一开始也不知情，后来无意中知道了，可那时咱俩又不熟，我就没多嘴解释。再后来又觉得你挺好玩的，便没再提了。”

江甜飞快地堵回去：“耍我挺好玩的？”江甜听了陆铭周的解释更加气恼，右手在陆铭周腰上重重一掐，一点都不心疼了。

陆铭周疼得轻呼了一声，左手打着石膏不能动，右手直接扣住江甜的手背。江甜掐着他的腰，陆铭周按着她的手背，轻轻压在自己腰间。

隔着薄薄的一层衬衫面料，江甜感受到男人身上传来的滚烫温度，她脸上的温度也紧跟着升了上去。

陆铭周的眼眸漆黑如潭，深可不测，他静静地凝视着江甜。

江甜离他很近，沐浴露的味道混着淡淡的少女体香在他鼻尖萦绕，搅得他有几分心神不宁，他忍不住多看几眼。

女孩穿着件乳白色的睡裙，衣服松松垮垮地盖在身上，头发湿漉漉的，披散下来，发尾还淌着水珠，在灯光下亮晶晶的。衣服本来就透，发尾水渍晕染了白色睡裙，少女曼妙的玲珑曲线便被勾勒得淋漓尽致。

陆铭周完全没了往日的正派作风，眼神不受控制地在江甜身上一圈圈逡巡。少女呼吸起伏，每一下都在摧毁他原本就摇摇欲坠的意志力，他对江甜似乎真的绅士不起来，总想欺负她。

陆铭周拉着江甜往客厅走去，推着江甜在沙发上坐好，自己则紧挨着江甜坐到她左边。江甜推他，陆铭周却微微低下头凑近江甜。

江甜下意识地往后躲，陆铭周步步紧逼，江甜节节败退，直到退无可退，她双手横在两人之间，声音有些没底气：“你干吗？”

片刻前，明明她才是兴师问罪的人，只不过三言两句的工夫她就落了下风，只能任凭陆铭周拿捏。

陆铭周鼻梁高挺，轻轻抵着江甜小巧的鼻梁尖，他没回答，反而低低唤了声她的名字。

两人近到呼吸交融，陆铭周却始终没有轻举妄动。可江甜明显感觉到扑在脸上的呼吸越来越热，洒在嘴边痒痒的。

江甜傻愣愣地看着他，好半天，她再次轻轻推了下陆铭周，眼神忽闪，有些慌乱不安："你可以不要离我这么近吗？"

陆铭周非但没往外退，反倒凑近了些许，他声音沉沉的像是磨砂滚过："江甜，你亲亲我，好不好？"

江甜闻言一怔，陆铭周却正儿八经，语气是说不出的沉闷委屈："不敢主动亲你了，我怕你生气，怕你不愿意，怕你又怪我不顾及你的情绪。"

陆铭周自嘲一笑，他何曾如此放低姿态，可眼下他完全不在乎了，心里眼里全是他的女孩。他长叹："所以，你可不可以亲亲我，我现在很难受，很想亲你。"

江甜听得面红耳赤，过了好一会儿，她才红着脸，又羞又恼地问："我干吗要亲你啊。"

陆铭周的嘴角往上扬，露出左边一个浅浅的酒窝，羞死人的话信手拈来："我是你男人啊。"

江甜脸上的温度一路往上攀，耳根都红透了："不要脸！"江甜软着嗓子骂他，可偏偏陆铭周只觉得周身皆是甜蜜，他的心情没缘由地愉悦。

江甜再次扭过头，不想理他了。

陆铭周心一紧，右手在江甜腰间轻轻揉捏，挠她痒痒。

江甜这人特别怕痒，陆铭周的手像是带了电流似的引得她频频战栗。她弓着身子躲他的手，笑得眼泪都快出来了："陆铭周你放手啦，痒死啦！"

陆铭周难得发现了江甜的弱点，哪里肯依，手上的动作更加放肆。

陆铭周“趁火打劫”，低笑道：“亲不亲，不亲我就不放手。”

江甜一个劲儿地笑，身子不断往后缩，可身后是沙发扶手，身前又是陆铭周结实的胸膛，像一面不透风的墙似的，堵得她快透不过气。江甜弯着身子胡乱地扭动，裙摆皱巴巴地往上缩，露出笔直的双腿。江甜笑得肚子都疼了，眼角的泪花也早早淌了下来。

陆铭周手上的动作没停，一下又一下地挠着江甜腰上的痒痒肉，继续闹她。

江甜实在受不了了，忙不迭地点头：“我亲！”

陆铭周手上缓下攻势，勾唇笑：“真的？”

江甜一边用手擦脸，一边频频点头。陆铭周嘴角扬起好看的弧度，手上的动作倒真的停了下来。

江甜刚才笑得太用力了，胸口剧烈起伏，好半天才慢慢平复下来。陆铭周不着急，静静地等她。两人打闹间不知何时江甜已经坐到陆铭周怀里，靠在他身上。

陆铭周眼珠漆黑，他抬手将江甜卷起的裙摆往下拉，把露出的淡粉色内裤遮掉，右手规矩地搭在江甜膝盖上。

江甜还没缓过劲儿，脸颊涨得通红，一双眼睛湿漉漉的，唇瓣红红的，看得人不禁心跳加快。

江甜终于缓下呼吸，双手拍了拍脸颊，又悠悠地横了陆铭周一眼。她拿手捏他的鼻子，凶巴巴道：“你太过分了！乘人之危！”

陆铭周但笑不语，江甜被他弄得莫名其妙：“你笑什么？”

陆铭周回答：“就是开心。”

江甜一噎，一时间有点啼笑皆非。

陆铭周臭不要脸地嘟嘴：“亲亲。”甚至拖长尾音，有意逗她。

江甜不理他，陆铭周有样学样，用右手在女孩腰上不轻不重地掐了一下，故作深沉道：“你可答应过我的。”他停顿了一下，又拿额头撞江甜的额头，“你要是反悔，我可罚你了啊。”

江甜怕他又闹自己，飞快地倾身过去，嘴唇往前一送，贴上陆铭周的嘴巴，唇瓣相触，轻轻一碰，她更加迅速地往回缩，一脸正经地看向陆铭周。

陆铭周心里乐，他抿了一下嘴唇，又不禁咂嘴，喜欢耍嘴皮子的毛病改不了：“就这样？”

江甜警惕地看着他，她脸颊红扑扑的：“你还想怎样？”

陆铭周不答反问：“你问我？”

江甜不觉得有什么问题，她点点头。

陆铭周倏然一笑，眼眸弯成一轮新月，他侧身把江甜往沙发上压。他动作飞快，江甜心惊，担心他的左手：“小心啊。”

她还没说完，陆铭周直接凑到江甜嘴边，暧昧地说道：“小辣椒，既然你都问我了，我今天一定让你满意。”

江甜一脸的莫名其妙，傻傻地问：“满意什么？”

陆铭周只觉得怀里的人百般可爱，他由衷地表白：“江甜，我真的好喜欢你。”

江甜怔了怔，没料到陆铭周突如其来的表白，她凝望进陆铭周的眼里，见他神色柔柔地看着自己，表情是认真的，嘴角有掩不住的欢喜，眼底是藏不住的爱意。

江甜怦然心动，两人目光交会，江甜就那么鬼使神差地点了点头。

“我也喜欢你，很喜欢。”

# 第八章 陆铭周，你是小孩吗

江甜缓了两天，才勉强转换了身份。她明明想离陆铭周远一点，却莫名其妙成了人家女朋友。

她看着手机屏幕，新收到的一条语音消息，陆铭周亲昵地喊她亲爱的，江甜听得脸颊发烫，她犹豫着怎么回复，电梯大门刚好打开，江甜便匆匆收了手机，飞快地往外走。

十分钟后，成念娱乐艺人经纪部。

江甜推开莫安办公室的门，莫安见到江甜丝毫不奇怪：“想好了？”

江甜也没拐弯抹角：“我有条件，暂时不希望我母亲知道这事儿，也不接受把这层关系作为某种营销的噱头。”

闻言，莫安无所谓地耸肩：“你已经成年了，可以独立签约，再则唐蜜是唐蜜，你是你。”

江甜思索再三，她对上莫安的视线，认真说出口：“我只想唱歌，其他的我不要。”

莫安不禁一笑，她推开椅子起身：“你是说卖人设、买通稿之类的？”江甜迎着她的视线，重重地点了点头。

莫安往江甜身边走："抱歉，这些我答应不了。你有能力自然就有话语权，说直白点，你能赚钱了，怎样都行。"

江甜只是想争取一下，也做了最坏的打算，莫安没让步，江甜倒是不意外。莫安最后问了一句："还有什么问题吗？"

江甜摇摇头，没再犹豫，签完字把合同推到莫安面前。莫安目光轻轻一扫，把合同收进柜子。

江甜看着莫安的背影，想到另一件事儿："我之前报名参加了《歌者》，有关系吗？"

闻言，莫安微微一愣，又很快反应过来，她转身："《歌者》今年是成念和奇飞视频联合举办的，成念是最大的投资方，你想参加？不怕输吗？"

江甜抿起嘴角，思忖片刻，她语气坚定："我想参加。"

莫安微微抬眼，她看向几步外的江甜，女孩坦荡荡地看向自己，眼神纯净清澈，若是瞧得仔细，还能捕捉到其中闪烁的点点星火。莫安有些晃神，竟在她身上见到几分当年唐蜜的风采。

莫安没再多说，她拎过一侧的手提包，直接道："走吧，带你去见个制作人，时间够的话再去和造型师团队打个招呼。"

江甜没想到莫安做事如此雷厉风行，她连忙快步跟上。

两人一同等电梯，"叮"的一声，电梯很快打开。莫安走在前面，江甜跟在后头。

江甜低着头，视线落在脚尖，却明显感受到一道灼热的视线投射过来。江甜心里升起一股异样的感觉，她还来不及抬头，耳边响起莫安带笑的声音："小陆怎么来成念了？你的手怎么了？"

江甜一时杵着没动，只觉得头顶的视线越来越热，她踌躇间，右上方传来一道低低的男声："过来找我爸谈点事。小伤，前阵子开车碰了一下。"他有条不紊地解释，礼貌地寒暄，"好久没看到莫姨了，还是这么年轻漂亮。"

莫安笑着承下赞美，江甜却听得心尖一颤，她快速抬起头，看到几步外的陆铭周。男人西装革履，长身玉立地站在电梯里侧，两人视线相接，陆铭周目光如炬，江甜却不自在地别开眼。

莫安注意到两人之间的微妙互动，她好奇，先是看了一眼江甜又望向陆铭周，疑惑道："你们认识？"

陆铭周正想开口，江甜立马抢答："不认识。"她看向莫安，佯装疑惑地问，"莫姐，这位是？"

她说这话的时候根本不敢看陆铭周，却感觉到周身温度骤降。江甜不由自主地往后退了小半步，微微靠上电梯壁。

莫安见江甜说得诚恳，没再多作思考，简单介绍了一句："博恩的陆总，也是我们成念的CEO。"她和陆铭周熟识，周念还在的时候两人关系交好，因此陆铭周总是客客气气地喊她一声莫姨。

她对江甜说完，又转向陆铭周："江甜，我新签的艺人。"轻轻拍了拍江甜的左边肩膀，言语间颇为骄傲。

江甜一颗心提到了嗓子眼，强撑着不动声色，陆铭周一言不发，视线却始终紧锁在江甜脸上，不挪半寸。

江甜的手心紧张得出汗，生怕莫安察觉异样，她连忙冲陆铭周伸出右手："您好，我是江甜。"

陆铭周却丝毫没有反应，他双手依旧揣在兜里，静静地看着江甜。江甜的手臂尴尬地悬在两人之间，她心跳加速，脸颊飞快红透。

陆铭周平静地收回视线，饶有兴致地说："不认识。"他漫不经心的语调，话尾带钩。

莫安自然是知道陆铭周的别扭脾气，不熟的人从来懒得搭理，她也察觉到江甜的尴尬，于是体贴地拉过江甜的右手："不认识算了，谁指望你认识了。"她维护江甜，江甜轻轻呼出一口气。

电梯到了最底层，莫安拉着江甜往外走，江甜如释重负。

身后陆铭周却不紧不慢跟了上来，轻声问："你们去哪？"

江甜当然是不敢说话的，莫安很自然地接过话茬：“见个制作人。”

陆铭周淡淡地“嗯”了声：“我让司机送你们过去。”

莫安摆手拒绝：“不用，麻烦你干吗？”

陆铭周却丝毫没给她拒绝的机会，司机刚好开了车过来，他拉开副驾车门，示意莫安进去，莫安见他坚持，没再说什么，弯腰坐上副驾。

江甜左右为难，站着没动，莫安不解：“怎么了？”

江甜连忙摇头，飞快地钻进后座，陆铭周紧跟着坐了进来，反手甩上车门。

汽车缓缓发动，莫安和陆铭周时不时聊两句。

江甜如坐针毡，偷偷瞥了眼陆铭周，他静静地坐着，背挺得笔直，脑袋微微往后仰，左右转了圈脖子，正好朝向江甜的方向。两人目光相接，江甜先一步错开，目光飞去窗外。

陆铭周却不轻不重笑了一声，慢条斯理地问：“江小姐这么漂亮，一定有男朋友了吧。”他说得轻描淡写，江甜却听得后背发寒，纠结半天，她低下头。

陆铭周瞟了她一眼，似笑非笑地追问：“没有？”

江甜把头埋得更低了，莫安闻言转过身，开玩笑似的问：“你这是当着我的面搭讪啊？我可警告你，江甜是我的人，你别乱来。”

陆铭周一声轻笑：“哪会啊，我就问问。”他说得坦荡直接，江甜却从他的语气里听出几分薄怒。

江甜犹豫了一会儿，她不敢看陆铭周，摸出手机给陆铭周发信息：“你别生气，晚上我跟你解释。”她紧张地敲下一句，陆铭周兜里的手机紧跟着振动了一下。

沉默良久，陆铭周才慢条斯理地摸出手机，江甜心虚地一直用余光瞥他。陆铭周却眸色深深直接收了手机，眼帘轻轻一合，不再言语。

江甜越发心虚，她清清楚楚地感受到陆铭周的冷淡气息。江甜心里也不好受，她又给陆铭周发了条信息：“你不要生气嘛，晚上我们见面好吗？”

江甜期待地看了一眼陆铭周，可惜陆铭周全程合着眼睛，完全充耳不闻。

江甜心情挫败，盯着手机屏幕发呆。

刚好红绿灯，汽车缓缓停下，莫安转身过来，问道：“江甜，我记得陈慕扬的工作室也在这边吧？”莫安一边问，一边指了指窗外的高层建筑。

江甜不敢撒谎，硬着头皮点了点头：“他在这边有一间录音棚，平时没有工作的话都会待在棚里。”

莫安追问：“你和他很熟吗？”

江甜小心翼翼地答：“还好吧。”

江甜的声音很轻，因为陆铭周闭着眼，她大胆地斜了他一眼。男人依旧沉默着，薄唇微抿，不确定有没有在听。

莫安也不知怎么来了兴致：“我挺喜欢他的，当初没签成念实在太可惜了。滚鱼那群老男人居然跟我抢人，气死我了。”江甜不知怎么接话，一个劲儿地笑。

莫安接着说：“长得帅又有才华，多好的条件啊。”她感慨完，还不忘问江甜的感受，“你说是不是？你和他熟，应该比我了解多一点。”

江甜尴尬到不行，只好小声地说：“是挺帅的。”

莫安点点头，正想转身坐好，陆铭周却缓缓睁开眼，他一本正经地看向江甜，不急不缓地开口：“有一个问题想请教江小姐。”

江甜飞快地眨眼，一会儿看陆铭周，一会儿又看莫安，莫安也被陆铭周突然的正经弄得愣了一下。

陆铭周的神色淡淡的：“你觉得我和陈慕扬，谁比较帅呢？”

江甜明显一怔，莫安也莫名其妙地看了一眼陆铭周。江甜用指尖抠着掌心，声音更低了：“您比较帅。”

陆铭周用右手扯了一下领带，松开两颗扣子，轻飘飘地反问：“是吗？”他有意一顿，降低音量，语速放缓，“那么再次请问江小姐，我是哪里比他帅呢？”

江甜：“……”

莫安：“……”

江甜被陆铭周弄得无措，莫安又不是什么简单的人物，察言观色的本领自然了得，江甜生怕一个不小心露馅儿，于是明智地保持沉默。

可偏偏陆铭周就是不放过她，行程过了大半，经过一段半圆形的公路，江甜坐在后座没系安全带，巨大的惯性让她不受控制地往右倒，斜斜地往陆铭周怀里栽过去，陆铭周匆忙把江甜搂进怀里，他搂着女孩纤细的腰，扶着她坐稳。

江甜只想从他怀里退出来，右手使劲儿拍他揽上来的手臂，整个人又羞又恼。

陆铭周凑到江甜的耳边，压低声音道：“江甜，你太过分了。”他咬字暧昧，轻轻地往女孩耳边呵气，“看我晚上怎么收拾你。”江甜心虚，生怕被前面的莫安听到，立马去堵他的嘴。

汽车重新归于平稳，江甜无声做了个口型，陆铭周装作看不懂。

前头的莫安透过后视镜看到江甜坐在陆铭周腿上，两人半搂半抱姿势暧昧，她顿时震惊了：“你们在干吗？”

江甜羞恼，谁知陆铭周这人无赖，等莫安注意到了才慢悠悠地松开揽在她腰间的手臂，江甜慌乱地坐回座椅上。

陆铭周见江甜眼神闪烁，就是不敢看他，他轻轻抿了一下嘴唇，对莫安感慨：“江小姐刚刚主动朝我扑过来，我是身不由己，实在没想到江小姐居然这么热情。”

江甜冲莫安连忙摆手，红着脸解释刚才的情况，莫安半信半疑，可陆铭周这人脸不红心不跳，毫无破绽，莫安也没再往下深究。

终于到达目的地，汽车缓缓停稳。

莫安解开安全带对陆铭周感谢了一句：“谢啦，我们这边下了。”

陆铭周点了点头：“莫姨客气了。”

莫安笑着看了他一眼，随后利落地开门下车。

江甜紧接着想推门出去，陆铭周却再度开口：“没人教你要从靠近人行道的一侧下车吗？”他的语气淡淡的，听不出喜怒。

江甜手上动作一顿，她只好规矩地往陆铭周的方向挪过去，很小声地说：“那你让一让。”她指了指陆铭周一侧的车门，“我从这边下去。”

陆铭周的脑袋往后仰，嘴角弯了弯，牵起一抹笑：“你可以直接从我身上爬过去，我不会介意的。”

江甜瞪他，陆铭周嘴上这么说，身体还挺老实的，他双脚微微向左侧，给江甜腾出空间。江甜小心翼翼地往他身边挪过去，眼看就能推门下车，陆铭周却不怀好意地在她屁股上不轻不重拍了一下。

江甜吓了一跳，脑袋差点撞上车顶。她不可思议地看向陆铭周。陆铭周黑眸幽深，挑着眼角往上看：“我生气了。”

江甜瞄了眼窗外，莫安正拿着手机背对着他们打电话，江甜连忙倾身在陆铭周唇瓣上浅浅地亲了一下，她讨好道：“晚上见。”

她原以为这样就好，可还没等她往后缩回脑袋，陆铭周直接捏着她的下巴，在她唇瓣上狠狠地咬了一下，不由分说地加深了亲吻，唇瓣碾磨，贝齿碰撞，发出暧昧的声响。

江甜生怕莫安发现，唇瓣上的感觉越发鲜明，她被陆铭周强势地撬开贝齿。江甜推拒他，却明显效果不佳，反而被他撩拨得眼眸似水。

陆铭周倒也没太过分，在莫安挂了电话转身的前一秒，他刚好放开她，用右手替江甜理了理衣服，甚至还体贴地替她推开车门。

江甜脸颊绯红一片，她用手背擦掉嘴角凌乱的口红，故作镇定地下车，甩上车门之前还不忘瞪陆铭周一眼。陆铭周眸色深深，眼角眉梢全是不怀好意的得逞微笑。

江甜自认没他脸皮厚，“啪啦”一声甩上车门。

莫安带她见的制作人，是圈内有名的金牌音乐人李燃，合作的对象都是有名的大腕儿，大家喊他一声“李哥”。

新人能请到李哥出面是极其幸运的事，江甜没想到莫安手上的资源这么好，她有点受宠若惊。

莫安倒是不以为意，她在圈子里资历深，按她的原话，她出来混的时候，李哥还是毛头小子，人家再厉害还要喊她一声姐。

中午江甜和李哥吃了顿饭，下午又跟着李哥进了录音棚，整整忙了一下午，江甜口干舌燥，整个人累得不行。

莫安到傍晚过来接江甜，见江甜精神不济，体贴地替她推掉了晚上和造型师团队的见面，顺便送江甜回家。

汽车停在成南小区，莫安透过前挡风玻璃看了眼四周环境，忍不住问道：“你住这里？安全吗？”

江甜解开安全带，忙不迭地点头：“挺好的啊。”

莫安意味深长地看了眼江甜，说起正事：“公司有制度，我虽然带着你，你也需要做一段时间练习生当作过渡。你能力不错，还能更好，综合素质也需要加强，和成念合作的声乐老师都是圈内数一数二的，专业和经验都值得你学习。”

“刚好时间上凑巧，蹭上《歌者》的热度，你这段时间自己也加把劲儿，把心思放在正事上。会很辛苦，最好有个心理准备……”莫安事无巨细，江甜认真地记下。

一刻钟后，莫安放江甜下车，江甜同她告别往楼道里走。

走廊的感应灯不知什么时候修好了，白天太忙，好不容易闲下来，江甜才想起陆铭周，她摸出手机赶紧给他打电话，电话倒是通了，却没人接。

江甜咂嘴，陆铭周生气了，她心里也不太好受。

她确实不想让别人知道自己和陆铭周的关系。她应该和莫安坦诚，恋爱并不是什么见不得光的事，可对象如果是陆铭周的话，江甜暂时不想公布。

陆铭周的身份太敏感，若是有了这一层关系，她在成念永远都会笼罩在陆铭周的光芒之下；再则人言可畏，江甜不敢往下想。

最重要的是，她不确定自己和陆铭周到底能走多久，她明白自己的心意，却也清楚两人间的差距。违逆唐蜜，和莫安签约的因素很多，其中一点便是因为陆铭周。

五层楼，江甜心事重重，感应灯亮了又暗，暗了又亮。

刚踏上五楼，江甜正准备开门，余光轻轻一扫就看到了半倚在石桌上的陆铭周，他面对着自己的方向，不知等了多久，晕黄的灯光从他头顶打下来，在他身上笼罩着淡淡的暖光。

江甜看得愣神，好一会儿她才敛起心思，瞧见陆铭周指尖半燃的香烟，她立马甩了手里的包，快步跑上前，劈手夺过他手上的烟头。

陆铭周全程看着江甜，没有制止，江甜微恼，闷闷不乐道："不许抽烟。"

陆铭周还是不说话，静静地看着她。

江甜把烟头碾在石桌上灭了火，棕色的烟丝扑簌簌散了满地。

江甜抓起他的右手，把掌心向上摊开，拍他的手心，责怪道："你昨天才出院，这么不注意吗？"

陆铭周仍是不说话，江甜知道陆铭周生她的气。江甜心里微微叹了口气，她把面颊贴近陆铭周的掌心，软下声音问："你生气啦？"

陆铭周黑眸幽深，薄唇紧抿，他盯着江甜看，表情肃然，江甜倒不怕他板着张脸，柔柔地说："不要生气嘛。"

她淡淡一笑，又踮起脚亲了亲陆铭周的嘴角："好啦，你总不能不理我吧。"江甜松开陆铭周的手，双手环上男人窄瘦的腰，两人贴得很近，江甜笑得眉眼弯弯，"陆铭周小气鬼，大男人还爱吃醋。当然是你好啊，要是他比你好，我为什么和你在一起？"

女孩声音软软的，像春日里最温柔的一缕风，吹得陆铭周心软得一塌糊涂，所有的气恼无奈都被吹远了。

陆铭周明显抵不住江甜细细软软的讨好，心里早就缴械投降，可面子还是要的，他嘴上逞强："江甜，只有女朋友才能管我。"他用下巴示意一边的烟蒂，固执地说反话，"你谁啊，我不要你管。"

江甜抱紧了他，两人贴得更近了，她的语气像哄一个小孩子："我就是啊，所以才管你嘛。"

陆铭周有点绷不住，别扭地别开眼，不去看她。

江甜用双手在陆铭周的腰上挠了挠："你是小孩吗？别扭死了。"

陆铭周忍了又忍，嘴角往上扬，又气恼又委屈地说："江甜，你是不是嫌弃我是个残废，怎么可以装作不认识我？臭女人。"

江甜被陆铭周的三言两语堵得一句反驳的话都说不出来，这人在感情上，怎么这么别扭呢。

江甜噎了好半天，故意沉下脸："陆铭周你是认真的吗？臭女人？你敢不敢再说一遍？"

陆铭周见江甜瞬间变了脸，以为小丫头生气了，他有些乱了阵脚。他生气不假，可不愿惹得江甜也不开心，偏偏心里那点小脾气又不甘心顺了江甜的心意，小丫头不承认他，伤他自尊也伤他心。

纠结再三，陆铭周再次别过眼，试图冷淡地说："不说了，我还是继续生气吧。"陆铭周明显不好哄，又别扭上了。

江甜一时间啼笑皆非，思索几秒，江甜出气似的在陆铭周腰上轻轻一掐。陆铭周一顿，假装不在意，依旧不说话，江甜渐渐收回手，从陆铭周怀里退了出来。

陆铭周后背一僵，莫名其妙地看向江甜。

江甜笑得眉眼弯弯，酒窝浅浅，陆铭周看得心神荡漾，内心早就举手投降了。

女孩纤细的手臂才刚离开男人的腰，陆铭周立马拉住江甜的手腕，他有些遗憾地问："不多抱一会儿？"

江甜没回答，陆铭周凝眉："你不哄我了吗？"他一动不动地看着江甜，说得很委屈，“我气了一天了，你居然都不肯多哄一会儿。”

江甜莞尔，又有些无奈地说：“我刚刚不就是在哄你吗？”

陆铭周拽着江甜的手腕轻轻摇晃，他逼自己冷着一张脸：“太随便了，随便哄两句就想把我打发了。”

江甜第一次觉得陆铭周还挺可爱，明明平时那么强势又自我的人，眼下她怎么看怎么可爱。她冲他笑，温柔地说：“先进屋，再哄你，好不好？”

陆铭周这人典型的得了便宜还卖乖，这会儿心里别提多高兴了，嘴上不咸不淡地说一句：“成吧，我就再给你一次机会。”

江甜实在忍不住了，她踮起脚，双手捧着陆铭周的脸颊，使劲儿揉他的脸，笑着说：“哎呀，我男朋友怎么这么可爱啊！又帅又可爱也太优秀了吧！”

陆铭周哼了一声：“你居然才知道。”

江甜不和某人计较，她小跑着往回走，捡起地上的背包，摸出钥匙开门，打开客厅的灯，又连忙折身去拉外头的陆铭周。

陆铭周任由江甜推着往前走，江甜扶着他在沙发上坐下，两人目光短暂交会，陆铭周眼底的不悦江甜看得清清楚楚。

江甜心一狠，红着脸坐在陆铭周腿上，短暂犹豫之后，双手环上男人的脖颈儿。两人差不多齐平，江甜往前挪了点，两人贴得更近，而陆铭周却因为江甜主动亲近的举动心跳都漏了一拍。

两人你看看我，我看看你，谁都不说话。

先败下阵来的还是江甜，她有些沉不住气，嘴巴往前送，凑到陆铭周的嘴边亲了亲。可江甜毕竟害羞，连亲吻都是克制的，唇瓣简单碰了碰，加上姿势暧昧，江甜连耳垂都泛着不正常的绯红。

她亲完，拿额头抵上陆铭周的额头：“你不要生气了，有什么问题你和我说，我解释给你听。今天的事是我不对，我向你道歉，我不想和你吵架，一点都不想，我很珍惜和你在一起的每一天。”

江甜说得眼眶发热，这是发自肺腑的话，因为她不确定哪一天会分开，所以格外珍惜每一天。

陆铭周一颗心早被江甜的温声细语泡得软绵绵的，此刻，哪怕脸上不动声色，也只剩负隅抵抗了。他看着怀里女孩，低低地问："那个陈慕扬真的没我好？"

江甜没想到陆铭周第一个问题，居然还是吃飞醋，她好气又好笑地解释："他很好，只是在我眼里你更好。因为我和他是朋友，而你是我的男朋友，我喜欢你和喜欢他是不同的。"

陆铭周听错重点："你为什么也喜欢他？"

江甜再次失笑："都说了是不同的喜欢，你怎么又钻牛角尖？"

陆铭周理直气壮："女朋友喜欢别的男孩子我就是不开心。"

江甜右手往前伸，去捏陆铭周的鼻子，她无奈："我怎么以前都没发现，你这么小心眼啊。"

陆铭周挑了一下眉，不以为意："小心眼怎么了？"他说完，右手揽住江甜的腰，手掌沿着女孩的后背细细摩挲，"我不管，你答应做我女朋友，你就是我的，我就小心眼了。"

这话虽然蛮不讲理，可听了心里舒服，江甜忍不住又凑过去亲了亲陆铭周的鼻尖，她学着陆铭周之前吻她的样子，细细地舔，轻轻地咬。

陆铭周的眸子闪过一簇光，搂着江甜的右手不禁更紧了些，顺带着连掌心的温度都高了几度。他主动提白天的事："和成念签约是什么时候的事，为什么不告诉我？为什么要装作不认识我？"

江甜微微拉开一点距离，她垂下眼睛，一五一十地交代："没想过瞒你，今天早上签的合同。"

"至于为什么装作不认识，我不想让别人误会我。我们不一样，我会害怕的，你知道吗？我没信心，"江甜很认真地说，"我和程岁一起长大，面对现在的程岁，我有时都会自卑，何况是你呢？你是成念的小陆总，我什么都不是，我想努力站得高一点，离你近一点。"

陆铭周心底微微泛酸，把江甜搂进怀里，右手轻轻拍着女孩瘦弱的肩膀。陆铭周低声叹息："我从来没想给你压力。"他轻声哄她，"我喜欢你，想让别人知道我们在一起了，想得到祝福，而不是这样藏着掖着偷偷摸摸。我会不开心，更怕你受委屈，你知不知道？"

江甜被陆铭周抱着，她依偎进陆铭周怀里，脸颊埋在陆铭周的肩膀上，很轻地咕哝："我就是害怕，陆铭周你真的喜欢我吗？你能喜欢我多久呢？你以前说我爱哭爱耍小性子，我不够成熟，不够自信，不够独立，我想让自己变得更好，想让你喜欢我久一点。可我不知道怎么办，我够不到你，你能不能等等我？"

说到最后，江甜的声音轻到连近在咫尺的陆铭周都听不真切了，他第一次那么深刻地感受到江甜的无助和软弱。陆铭周实在心疼，把江甜搂得更紧，两人严丝合缝了，他又别过头在江甜头发上眷恋地亲了亲。

江甜突然很委屈，她搂着陆铭周的脖颈儿，脸颊在他颈间蹭了蹭："陆铭周你给我点时间，我知道你不开心，可你让让我嘛。"

听完江甜的话，陆铭周陷入沉默。

陆铭周心底是反对江甜和成念签约的，这圈子水太深，他不喜欢，所以当初他违背陆远怀的意愿学了建筑，和纪盛一起艰难地创立博恩。

现在陆铭周犹豫了，认识江甜这么久，他比任何人都清楚，江甜有多喜欢唱歌。他心爱的女孩，他想把最好的都捧到她面前，只要他有能力，可江甜却一字一句拒绝他可以为她做的一切。

陆铭周还在沉默，他黑眸幽深，不知在想些什么。

江甜从他肩上抬起头，看向陆铭周，眼眸里蒙着层雾气，她低低地唤："陆铭周，你答应我嘛。"

就这么一瞬，陆铭周觉得自己完蛋了，江甜一句婉转低唤，他便忍不住心软。

他对上女孩带着湿意的眸子，江甜静静地看着自己，泪眼婆娑。

静默良久，陆铭周放弃挣扎："我答应你。"

江甜得到他的回复，眼睛一眨，眼泪就扑簌簌地滚了下来。她吸吸鼻子，因为低低啜泣，带着胸口微微起伏。

陆铭周心里一声长叹，心疼地吻掉江甜眼角的泪，语气温柔：“我答应你就是了，哭什么？”

江甜又是一笑：“我开心嘛，我还以为你不会听我的。”江甜了解陆铭周，天之骄子，从小养尊处优惯了，做事向来自由自在。

陆铭周不知江甜此刻的想法，他用指腹怜爱地刮过江甜的脸颊，替她擦拭泪水：“我也有个要求。”

江甜的睫毛缓缓一眨，看着陆铭周：“什么？”

陆铭周抵着江甜的嘴唇，放低声音请求：“搬过来和我住。”

江甜微微一愣。

陆铭周不紧不慢地往下说，神情认真：“我想照顾你，可我们现在谈恋爱都要偷偷摸摸的，我又怎么照顾你。你住这边我实在不放心，搬过来和我住好吗？”

江甜不禁往后退了点，拉开自己和陆铭周的距离：“会不会太快了？”江甜因为紧张，一时间说话都有些结巴。

陆铭周知道江甜担心什么，他轻轻地笑，语气诚恳：“你放心，除非你愿意，我不会乱来的。”

江甜虽然年纪小，可也明白陆铭周话语间的意思，她脸皮薄，陆铭周又看着她，江甜红了脸。她试图从陆铭周身上下来，陆铭周却拉着她的手一动不动，江甜羞恼：“陆铭周！臭流氓！”

陆铭周被江甜逗笑，江甜觉得羞死人了。

两人间的气氛缓和了许多，陆铭周故意逗她：“不过话又说回来，我是准备好了，你什么时候愿意啊？”

江甜的面颊涨得通红，凶巴巴地掐他的脖子：“陆铭周你到底要不要脸啊，都不害臊吗？”

陆铭周惺惺作态地叹息：“我这么不要脸你都喜欢我，小辣椒，你口味真重。”

江甜：“……”

江甜这人容易心软，特别是面对陆铭周，今晚，她似乎又是理亏的一方。

陆铭周全程尾随她，江甜去厨房弄吃的，他就眼巴巴倚着门框哀怨地看着她；她走去卧室换睡衣，他就规规矩矩站在门外，小声地催她快一点。

江甜被他弄得烦了，也会凶巴巴地瞪他一眼，可每每这个时候，陆铭周撇撇嘴，抬抬受伤的左手：“好疼。”

江甜赔笑脸，陆铭周又会得寸进尺地往她身边挪，委屈地说：“我受伤了，没人照顾，很可怜。”

江甜也不给他面了，会直接讽刺两句：“没人照顾？陆总连保姆都请不起？”

被拆穿了，陆铭周也不尴尬，他厚着脸皮继续往下说：“保姆哪有女朋友好啊。再说啦，人在受伤的时候呢，特别需要爱情的滋润，小辣椒你快点滋润滋润我吧。”

江甜一开始还能无动于衷，半天折腾下来，实在熬不住陆铭周可怜巴巴地请求，她只好无奈答应：“好啦好啦，我搬还不成嘛！”

当时陆铭周正坐在沙发上暗自伤神，听见不远处的江甜冷着张脸抛出这么一句，他一个箭步往前冲，直接把江甜抱进怀里，激动地对着她胡乱一通亲，等糊了江甜满脸口水，才心满意足地松开她。

江甜简直哭笑不得，她拽着陆铭周的手背，使劲儿擦了擦脸，好笑地说：“陆铭周，你属狗吗？”

江甜原以为陆铭周终于消停了，谁知这家伙得了自己首肯，开始自作主张地替她收拾东西，明明一只手不方便，却拉着个行李箱来来回回忙得不亦乐乎。

江甜坐在沙发上全程冷脸旁观，捧着笔记本整理下午李哥交代的一

些曲目。

陆铭周全程浸沉在自己的世界中，把江甜的衣服一件一件叠好，整齐地放进行李箱里。

直到陆铭周再一次从卧室出来，右手臂弯里捧着一堆花花绿绿的内裤，食指和无名指上钩着几件内衣。

江甜瞬间瞪大眼睛，她把笔记本扔到一边，从沙发上跳了下来："陆铭周，你在干吗！"

陆铭周理所当然道："收拾行李啊。"

江甜脸红耳热，她颤颤巍巍地指着陆铭周手上的神秘布料："你怎么可以，那是我……"江甜尴尬得不行，"陆铭周，你羞不羞！"

陆铭铭莫名其妙地瞥了眼江甜，非常不理解地问："羞什么？我给你收拾行李啊。"

江甜语塞，干巴巴地瞪他，陆铭周触上江甜的视线，像是忽然想起什么，他敛下神色认真道："我跟你说件事。"

江甜尴尬得就差原地爆炸了，这会儿陆铭周突然之间一本正经，江甜以为陆铭周体贴地替她转移话题，期待地望着他，勉强稳住声音说："什么事儿？"

陆铭周用眼神征询："我真的可以说吗？"江甜没多想，重重地点了点头。

陆铭周获得了女友的允许，顿时有了底气，他十分认真地往下说："事情是这样的，我刚刚看了下，我发现紫色的内裤破了个洞，鉴于位置比较敏感，我建议你买条新的。"他说完，指了指自己臂弯，又诚恳地说，"你要是舍不得买新的，我可以帮你补起来。"

江甜彻彻底底奓毛，她捂着耳朵，音量提高："你为什么要看我的内裤啊！"

陆铭周被江甜突然拔高的声音吓了一跳，有些无辜："你误会了，我也看了内衣啊，你这件米色的内衣也脱线了。"

他一边说还，一边勾了勾食指，晃得指间各色内衣荡了荡，他慢条斯理地补充："这件黑色的内衣后面有个暗扣坏掉了，虽然我可以替你缝起来，但我还是建议买新的吧。"

江甜捂着耳朵，愤恨地看向陆铭周。她一边颤抖着手指向陆铭周，一边厉声道："陆铭周你有病吧！快点放下！天啊，你为什么要给我缝内裤啊！内衣也不要！"

陆铭周很不理解江甜此时的反应，他难得正经着一张脸，端正姿态解释："江甜，我只是在给你收拾行李，我又哪里做错了吗？"

陆铭周说完，见江甜一脸的气急败坏，心虚地低下头："是我又做错什么惹你生气了？那我现在就道歉。"

江甜憋屈，她盯着陆铭周看，陆铭周嘴角往下撇，眼角耷拉，整个人可怜兮兮的。江甜心底一声哀号，她认命般地往沙发上一瘫，冲陆铭周无力地摔摔手："不用管我，继续整理吧。"

陆铭周的表情瞬间明媚了起来，他不厌其烦地进进出出，江甜的表情从崩溃到逐渐恢复平静。甚至看到陆铭周从洗手间捧了好几包姨妈巾塞进行李箱，江甜除了嘴角抽动了好一会儿，也没多大的情绪起伏了。

江甜全程稀里糊涂，晚上九点，出现在陆铭周的单身公寓里。

偏欧式的装修，色调是冷色系的，除了必要的家具，没有多余的装饰物。开放式厨房，客厅西面是巨大的落地窗，窗幔被系在两边，从二十几层的高度往下看去，可以俯瞰笔直的安江。

江甜终于清醒过来，陆铭周拉着她往卧室走，江甜却杵在原地不肯动了。

陆铭周转过身，他垂眸看向江甜，关心地问："怎么了？"

江甜想说拒绝的话，可迎着陆铭周欣喜的眼神，一下子，她什么都说不出来了。陆铭周静静地看着江甜，仿佛她一直不说话，他能一直耐心等下去。

不知不觉中，她考虑陆铭周的情绪远远多过了自己，江甜被这个认知吓了一跳，可等反应过来已经到了一发不可收拾的地步。江甜心底微

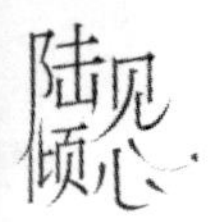

微叹息，倒也认了：“我睡哪个房间啊？”

陆铭周紧紧牵着江甜的手，拉着她往卧室走：“你睡我的房间。”

江甜掐了掐陆铭周的手背：“那你呢？”

陆铭周眉头半挑，期待地说：“我也睡这里啊！”江甜惊讶，她侧眸看向陆铭周，有些不可思议。

陆铭周却幸灾乐祸地继续说：“床这么大，不会挤的。”他清咳，又道，“甚至还有足够的空间，给我们自由活动。”

江甜毫不客气地在陆铭周手背上重重一掐，拿出几分气势睇了一眼陆铭周。陆铭周见江甜又羞红了脸，见好就收，赔笑道：“我骗你的，这里你一个人睡，我睡对面的房间。”

江甜的脸色缓和下来，陆铭周又不怀好意地说：“没关系，反正咱俩睡得近，我要是想你想得睡不着了，就拿着枕头半夜跑过来。”

江甜踮起脚，习惯性地去掐陆铭周的脸颊，她羞恼：“陆铭周你成天都在想些什么啊，怎么没一点正经的。”

陆铭周的面颊被江甜揉成一团，留下红红的手指印，他笑道：“成天都在想你啊，我家小辣椒怎么就不正经了。”

论耍嘴皮子，江甜肯定是比不过陆铭周的，只好不轻不重地踢了陆铭周一脚：“就你嘴贫。”

陆铭周凑到江甜嘴边，兴奋地左亲亲右亲亲，他的眼角是藏不住的笑意，感慨道：“江甜，你真好。”

江甜害怕又被陆铭周舔得一脸口水，她连忙推了推身前的人：“好啦，你快去把我行李箱拿进来，我要收拾东西睡觉了！”

陆铭周这会儿特别听话，“遵命！”他说完，兴奋到同手同脚地往外走。

江甜看着陆铭周的别扭姿势，忽而心情甜甜的，像躺在软绵绵的棉絮上，冥冥之中她看到丘比特的爱之箭。

# 第九章
# 我好想你

成念娱乐，江甜提前半个小时就到了，和造型团队约的九点。

造型团队很准时，江甜被二男一女围着，一会儿给她量三围，一会儿给她上妆，一会儿又对着她的头发研究。门口还有摄像大哥举着摄影机在拍视频。江甜不太习惯这么多人围着自己。

下午两点半，终于弄完造型，江甜被拉去拍了几组照片，一直到三点多才回到休息室。

吃完饭，江甜想休息一下，莫安刚好推门进来："跟我来一下，成斌想见你。"

江甜赶紧收拾了东西往外走，她一时半会儿想不起这么个人，不由好奇地问："成斌？"

莫安解释："陈慕扬的经纪人，也是我大学同学。之前陈慕扬和乔萱合作录了《长夜行》的主题曲，制作方不太满意，要求重录，想换掉乔萱。一时找不到合适的女歌手，就问陈慕扬有什么推荐的人，你猜陈慕扬推荐了谁？"

江甜听出莫安的言外之意，不免震惊："他推荐了我？"

莫安见江甜意外，她继续往下说：“这确实是个好机会，不过，乔萱的粉丝会闹腾一阵。话说回来，你和陈慕扬真的只是朋友？”江甜不敢隐瞒，诚恳地点头。

莫安点到为止，没再多问。两人走到会议室门口，莫安先一步推开门，江甜手机亮了一下，是陈慕扬的信息，简单明了的一句话，外加一个定位。

“一起见个朋友，江甜，我等你。”

江甜视线一顿，陈慕扬给她发的地址，在西山郊区，如果她没记错的话，那片儿都是墓地。

想到某种可能性，江甜额头瞬间渗出冷汗，午后的阳光火辣辣的，透光百叶窗折射进来，江甜却通体发寒，像被人残忍地丢进冰窟窿，耳边只剩冷冽如刀的海水。

西山是墓区，除了最普通的墓园，半山腰是烈士陵园。

江甜一下车，就看到了不远处的陈慕扬。他站在车前，双手插在裤兜里，微微低着头。兴许是身处郊区，他没戴帽子，也没有口罩遮面，整个人略显憔悴。

也是奇怪，这一幕的陈慕扬让江甜想起之前的陆铭周，无论是雨夜里的崩溃，还是之后会所里的大打出手，再或者前几天在马路上堵她，受了伤又一脸狼狈。

两人同样长相英俊，能力不凡，一个是她的朋友，一个是她的心上人。可无论哪一个都时常给她一种若即若离的感觉，江甜想不通其中的缘由。

不远处的陈慕扬听见动静，朝江甜的方向看过来，视线淡淡一扫，干脆利落地转身，沿着石阶往上走。

江甜摸不准情况，立马追了上去，她跟在陈慕扬后头，急不可待地问：“你要带我见谁？”

陈慕扬脚步停下，转身看她：“我和你还有什么共同的朋友吗？”

他略微停顿，颇有些玩味地补充，“除了安静。”

一路上所有的猜测被陈慕扬轻描淡写的一句统统变成现实。江甜不可置信地摇头，脚跟撞上石阶，身形猛地一晃，直接坐到了地上。她表情惶然，眼里写满了震惊，还有铺天盖地的遗憾和悲伤，她痛苦地把脸埋进手心。

陈慕扬依旧站着，把江甜的动作尽收眼底，脸上情绪淡然，可揣在西裤里的五指却紧握成拳。

也不知过了多久，江甜缩成一团坐在石阶上，小小的身体微微颤抖着，每一下都重重敲在陈慕扬坚硬的心壳上。明知道不应该，可他却不受控制地躬下身，扶着江甜从地上起来。

两人目光相接，女孩眼眶红红的，男人黑眸幽深，短暂的视线交会后，陈慕扬先一步别开眼，他忽然不忍看她。

江甜的声音哽咽：“安静怎么出事的？”

陈慕扬眯了眯眼，他伴着刺眼的光线往上望去，目光所及是成片的高大树木还有散落其间的碑冢。被女孩的泪水泡得软绵绵的心再次坚硬了起来，他没再往上走，而是决然地转身踏上了回程的路。

江甜无法理解，她匆忙跑过去，慌乱无措：“不去看安静了？”

陈慕扬没回头，而是冷冰冰地抛下一句：“死人没什么好看的。”说完，他快步往下走，江甜整个人都蒙了。

她紧跟在陈慕扬后头，小心翼翼地问：“我们上去好不好？我想看安静，陈慕扬你带我上去，我求求你了。”陈慕扬无动于衷，江甜说得越多，他走得更快。

眼看陈慕扬就要上车，江甜跑到陈慕扬跟前，她双臂举起阻拦他。陈慕扬被逼停下脚步，江甜强迫自己冷静下来：“什么时候的事？”

陈慕扬看着她，眉眼是冷的，没再逃避江甜的问题：“十五年前。”

江甜紧跟着整个心脏都被狠狠揪了起来，完全没想到会是这么一个答案。

陈慕扬见江甜神色悲怆，他的视线不经意地往后挪开。他不得不承认，他不敢看江甜。江甜却再次开口：“怎么出事的？”

当年安静从安乐摇被领养到安城市区，养父母对她并不好，她时常见到一身是伤的安静，再后来两人没了联系。

陈慕扬冷笑了声，他敛起对江甜的怜惜，表情略带嘲弄：“江甜你是真的不知道，还是假的不知道？”

江甜不解：“你什么意思？”

陈慕扬抬起右臂，搭上江甜举起的手臂，用了力道将其压下，无情地说：“十五年前，安静离家就再也没有回来，今天是她的忌日，十五年忌日。你知道她为什么会半夜离家吗？”

江甜一味地摇头，她什么都不知道，她想从陈慕扬口中知道更多，可隐约察觉，似乎还有什么不好的事情在冰山下蠢蠢欲动。

陈慕扬不想再跟江甜废话，他侧身绕过江甜，动作利索地拉开车门上车。

汽车发动，黑色的卡宴直接往前冲了出去，江甜被钉在原地，她像被人夺了魂魄，望着远去的汽车，身形摇晃。

安静死在十五年前，江甜很难受，可悲伤之余，还有突如其来却莫名强烈的恐惧。

“叮”的一声，电梯打开，陆铭周快步走了出来，白玉兰状的吊灯高高悬在天花板上，衬得男人的脸色苍白如纸，同时照得整条走廊明晃晃的宛如白日。

陆铭周一眼便看到几米外的江甜，她蹲在地上，缩成小小的一团，长发盖下来，遮住面颊。确认江甜没事，陆铭周不由脚步一顿，他重重地呼出一口气。

仿佛有了感应似的，江甜缓慢地抬头。瞧见陆铭周，江甜眼眸里折射出希冀的光。她起身飞快地跑了过去，扑到陆铭周怀里，可怜兮兮地说："陆铭周，我好想你。"

陆铭周方才舒缓的心思因为江甜委委屈屈地一声，再一次狠狠揪了起来。他轻缓地拍着江甜的背，嘴唇贴到江甜的耳畔，温柔地说："我也是。"他在开会，中途接到江甜电话，女孩却不说话，他一下子就慌了神。

江甜抱着他，脸颊埋在他胸膛，一动不动。

陆铭周静静地陪着她，深夜的走廊，鲜少有人走动。他左手的石膏还有两天才能拆，他右手托起江甜直接将人抱了起来。

江甜顺着他，老老实实倒进陆铭周怀里，双手搂住男人的脖颈儿，在他耳边委委屈屈地吸鼻子。陆铭周心底发出一声轻叹，搂着江甜的手臂不禁加重了些力度。

陆铭周进屋，用右腿带上门，抱着江甜往客厅走，等到了沙发旁，躬下身把江甜放到沙发上，随后转身。

江甜见他似乎要走，便慌慌张张去拽陆铭周衣角："你去哪？"

陆铭周只是想去拿条湿毛巾给江甜擦脸，见江甜一副受惊的表情，陆铭周只好在江甜旁边坐下。他抬起手指轻轻压了压江甜的鼻尖，柔声说："哪儿都不去。"

江甜这才放松下来，她努力扯起嘴角微笑，很认真地说："我今天很想你，陆铭周。"

江甜被扔在西山的几个小时里，想得最多的除了安静，便是眼前的男人。想他一开始的痞，后来的坏和如今的好。

她依恋地去抱陆铭周，一个劲儿地念着陆铭周的名字。直到最后一遍，她才轻轻加了句："我好喜欢你。"

陆铭周的心情软绵绵的，他望进江甜湿漉漉的眼眸里，忍不住道："你吓死我了，我还以为……"

陆铭周还没能说完，江甜微微扬起头，凑过去亲吻陆铭周的唇瓣，把他剩下的话统统堵了回去。她的吻青涩，又毫无技巧，偏偏吻得陆铭周浑身一个激灵。他的黑眸紧紧攫住江甜湿漉漉的瞳仁，江甜还在努力取悦他，她学着陆铭周的样子，先是一点点描绘男人的唇瓣，又试图撬开他的贝齿往里摸索。

可陆铭周似乎不太配合，江甜尝试了几次都未能成功，她立马委屈了，身子毫不犹豫地往后退，将两人的距离拉开。

唇上的温暖触感离开，陆铭周顿觉失落，他的睫毛下垂：“怎么不亲了？”

江甜又羞又恼，陆铭周每次亲她，都跟狗舔似的吻得她满脸口水才会放开，可这次却一点都不主动。江甜暗暗地在心里吐槽，却丝毫不敢说出口，她的话语拐了几道弯：“陆铭周，你是不是不喜欢我了？”

陆铭周先是一愣，完全没想到江甜会冒出这么一句话，他的视线定在江甜红扑扑的脸上，小丫头的心思明明白白写在脸上。

陆铭周一时间哭笑不得，他的极力隐忍，到了江甜眼里，竟成了不爱她。

江甜见他不说话，心里越发不自信，别别扭扭地说：“陆铭周，讨厌鬼！”她说完，从陆铭周怀里挣脱着便要落地。

陆铭周自然不会依她，搭在江甜腰上的手臂箍得更紧。他失笑道：“别闹了。”他拿额头不轻不重地撞她，警告道，“再闹，我现在就办了你，你说爱不爱？”

江甜顿时羞红了脸，毫无气势地横了陆铭周一眼，规规矩矩坐在陆铭周怀里真的不敢动了。

江甜被调戏得面红耳赤，陆铭周见好就收。从进屋，面对失魂落魄的江甜，陆铭周除了心疼更多的是无措。他不知道发生了什么，江甜不主动说，陆铭周不敢问。

江甜仍不提今天的事，一个劲儿地掐着陆铭周的手臂，嘴里嘀嘀咕咕说着他的坏话。

陆铭周心里酸酸甜甜的，他低下头主动去亲吻江甜的唇瓣，在女孩嘴边舔了又舔，才意犹未尽地松开她。

江甜身上只有一件抹胸小礼服，白天在成念穿出来的，当时情况突然，她没来得及换掉。一晚上折腾下来，裙子往下掉，酥胸半露，一时间春光无限。

陆铭周亲完江甜，才后知后觉地瞥到，他绅士地替她整理衣摆，嘴上还是忍不住逗她："衣服不好好穿，诱惑我吗？"

江甜慌忙低头，因为穿的小礼服，她直接贴的乳贴，此刻陆铭周的手指正落在不明物体的几厘米之外，替她往上提着衣服。江甜瞬间涨红了脸，她连忙捂着胸口，仓促道："我自己来！你别弄了！"

陆铭周偏不听，两人闹了好一会儿。陆铭周没皮没脸地逗她，江甜被惹得面红耳赤，屡屡败下阵来。

两人闹腾间，江甜一天的阴霾被陆铭周的温柔风吹得了无踪影。到最后，江甜整个人彻底放松下来，压抑了一天的疲态流露出来，陆铭周心疼地问："泡个热水澡吧，晚上会睡好点。"

江甜乖顺地点点头，可又疲惫得连手指都不愿动一下，于是瓮声瓮气地说："好累啊，洗不动了。"

陆铭周拿江甜没办法，他再次单手抱着江甜从沙发上起身。

等到了卧室，陆铭周弯腰将江甜放到床尾，陆铭周站在她跟前，她故意抬脚踹他，陆铭周也不躲，江甜得不到回应，撇嘴，觉得没劲儿。

陆铭周等江甜胡闹够了，才慢条斯理地倾身过去，右手绕到江甜背后。江甜被男人的胸膛堵去了所有视线，她用脑袋撞陆铭周的胸口，声音闷闷的："你干吗？"

陆铭周说得坦荡："我给你洗澡。"他用指尖捏住细小的拉链头，扯着它往下。

闻言，江甜愣了，她正想说什么，胸口的小礼服因为松开拉链的缘故从胸口滑到腰侧。江甜身前一凉，她不可思议地抬眸对上陆铭周漆黑的双眸，一时忘了如何言语。

陆铭周虽然没别的心思，可不代表不会好奇，天真地指着江甜的乳贴，问得别提有多诚恳了：“你在胸上贴的什么？”他刚才在沙发上瞥见时就开始好奇了，这会儿实在是忍不住，思维发散，“丰胸的吗？”

江甜跟陆铭周处久了，脸皮厚了不知多少，可还是忍不住脸红，她连忙抱着胸，嗷嗷直叫：“陆铭周你脱我衣服！”

陆铭周满脸无辜，甚至还在纠结方才的问题，江甜看得来气，她躺到床上来回打滚，回答他：“丰胸的，早晚贴，一年至少大一寸。”

陆铭周站在床尾，江甜像个闹脾气的小孩躺在被褥上左一圈右一圈地滚，嘴里还不停地嚷嚷。陆铭周眼神柔柔的，眼角眉梢都缀着浅浅笑意。某人滚得起劲儿，殊不知原先礼服就褪到了腰侧，这么一闹，直接滑到了大腿上。

陆铭周觉得江甜实在傻，便忍不住开口逗她：“大一寸？我真是好福气。”

江甜一噎，气得想打人。

陆铭周却心情愉悦，他膝盖一弯往床上一跪，而后不由分说地往前倾身，右手撑到江甜左侧肩膀旁。他压到江甜身上，看着身下羞恼的女孩，眼眸弯成一轮新月，笑出左脸颊的小小酒窝。

忽而笼罩下来的男性气息，让江甜微微心惊，她掀开眼帘往上看，猝不及防地落入陆铭周的眼神漩涡里。男人眸色深深，毫不掩饰爱意，眼眸中浅浅倒映着自己的模样，江甜看得愣神。

陆铭周时常离她很远，她猜不透看不懂，可眼下一昂头一俯身的距离，就在她伸手可及的地方。

江甜沦陷在陆铭周爱意绵绵的眼神里，觉得幸福不过如此。

陆铭周见身下的女孩，明显在走神，他不由手臂一弯，带着些惩罚意味地靠近，几乎把大半的重量压在江甜身上，连着问了好几个问题：“在想谁？哪个臭男人？为什么不看我？”

江甜回过神，她也不捂胸了，反倒大胆地抬手往上，抱住陆铭周的脖颈儿：“在想你，我在想你。”

陆铭周被江甜的小动作磨得难受，自我安慰地凑过去亲亲女孩的眼角，心猿意马：“想我什么？”

江甜轻轻呼出一口气，她不知是有意还是无意，温热的气息悉数落在陆铭周喉结四周。紧接着她见陆铭周身子一颤，连呼吸都带了喘。

江甜便用鼻尖抵着陆铭周的喉结，轻轻柔柔地问：“陆铭周，我好看吗？”

也不知何时，小礼服早就被陆铭周扯掉了，不知扔到了哪里，江甜身上压着重重的陆铭周，微微有些喘不过气。

陆铭周低下头，亲昵地吻她。

江甜被吻得头晕目眩，整个人软绵绵的，提不起劲儿，可还是会害羞，尤其陆铭周对她特别过分。江甜忍了又忍，陆铭周都没停下来的意思，她推陆铭周的脑袋：“陆铭周，我困了。”

陆铭周这人跟没听见似的，江甜是了解陆铭周的脾气的，典型的吃软不吃硬，江甜只好软下脸色：“我真的困了，想睡觉。”她哄他，娇滴滴地喊，“亲爱的。”

陆铭周这人就吃这套，况且他是心疼江甜的，刚才若不是江甜主动撩拨，他早就把人洗得干干净净塞进被窝睡觉了。

于是陆铭周一个侧身从江甜身上翻了下来，他飞快地拉开被子，直接把江甜塞进被窝，又整整齐齐地给她拉好被子。他退到床侧，低哑着嗓子道：“你睡觉吧。”

江甜没想到陆铭周这么好沟通，她心底又滑过一丝甜，便也关心地问：“你呢？还要工作？还是睡不着？”

她直到搬进陆铭周家，才知道陆铭周有严重的失眠症。她昨天在床头柜的抽屉里看到了治疗失眠的药物。

陆铭周站在床边，他只敢看江甜的眼睛：“我洗了澡就睡。”他停顿了下，犹犹豫豫地说，“江甜，我不想骗你，我想跟你说件事儿。”

江甜不知为何陆铭周又较真了，顺着他的话往下问：“怎么了？”

陆铭周特别严肃：“我起反应了。”

江甜一度怀疑自己的耳朵，她愣了愣，先是舔舔腮，又抿抿嘴唇，陆铭周怎么这么讨厌啊！

江甜双手提着被角，眼珠一圈一圈地转，不知道怎么回答。陆铭周又是特诚恳的一句：“难受死了。”

陆铭周用下巴示意了左手，很难过地说：“我是残疾人，都不方便自理。”

江甜这人老实，她用舌尖舔了下嘴唇，问得真诚：“一般不都是右手吗？”

被戳穿了的某人想了想，同样真诚地回答：“我喜欢双手。”

成念的工作很忙，江甜虽然有莫安栽培，可没正式出道前，也只是普通的练习生。每天八点到公司，一直训练到晚上九点才能回家。

一连几天，江甜都联系不上陈慕扬，那天在西山，陈慕扬先一步离开，江甜一个人蹲在路边。郊区根本打不到车，也不知过了多久，陈慕扬又重新回来，一句话也不说直接拉着她上车，一到安城市区就把她丢到大马路上。

不知道为什么，陈慕扬对她有敌意，如果说先前隐藏得很好的话，西山那天则彻底爆发了。

江甜想不明白，安静的离开，给她的冲击不小。可毕竟十五年过去了，她除了难过，唯有遗憾。

《长夜行》的主题曲定下来了，她和陈慕扬合作，电视剧的后期制作差不多收尾了，也快定档入星。录制时间很紧，第一次进棚安排在下星期。

临近下班的时候，江甜接到陆铭周的电话，他公司临时有事，不能来接她。

江甜挂了电话后，收拾东西准备回家，却被一同训练的一个女生拦下。女生冲江甜举了举手机，惊讶地说：“江甜，照片上的女孩是你吧？”

江甜不解：“什么照片啊？”

“你上热搜了！”举着手机的女生不可思议地嚷嚷，身后另一个同为练习生的女生插话进来：“江甜，上面说你被劈腿了，真的假的啊？”

江甜的脑袋嗡了一下，想到某种可能性，她连忙摸出手机确认，可看到照片的刹那，江甜整个人都蒙了。

见江甜不说话，同行的几个女孩都围了上来，捧着手机瞎凑热闹，其中一个短发女生，比对着照片：“江甜，真是你啊？”

江甜无从辩解，新闻里虽然没提神秘女子是谁，可她们和江甜也算朝夕相处，对比身形和相貌，不太可能会认错，她只好保持沉默。

“陈慕扬三角恋”的新闻热度居高不下，剩下几个相关话题热度也在迅速提升。

“神秘宾利男子”“陈慕扬女友劈腿”。

江甜心里着急，一群女生始终围着她热烈讨论，江甜的心思却完全不在八卦上。她担心新闻闹大，被唐蜜看到，又或者被知情人曝光，再翻出当年唐蜜的新闻。

江甜从人群中挤出去，一边快步离开，一边给江宁明打电话。

江宁明的电话没打通，却接到了莫安的电话。江甜从安全通道快步下楼梯，紧张地接起电话，莫安一开口就直击要害：“宾利男是谁？”

热门新闻里一共三组照片，两组的主人公是陈慕扬和江甜，图片场景来自两个地方，其中一组是当初在成南小区拍的，当时陈慕扬一大早来找她谈参加《歌者》的事，她送陈慕扬出门的时候，刚好被蹲在门口的记者拍个正着。

可她明明记得，当时陈慕扬追出去了，按道理说，这条新闻应该压下来了。

另一组是她和陈慕扬在春树景酒吧的走廊上，当时在春树景替她解围，拉着她往外走。

两组照片都拍得非常巧妙，她和陈慕扬在镜头下姿势暧昧，她露了全脸，虽然照片拍得不算清楚，可只要是认识的人，多看几眼都能认得出来。

至于“宾利男”——

她最近几天训练结束很晚，陆铭周不放心，会在成念楼下接她。可她已经很小心了，每次都让陆铭周把车停在半条街外，也不知道是怎么被拍到的。她更疑惑的是，谁会来拍她。照片里陆铭周是背对镜头的，只有一个背影，主角只有可能是她。

莫安见江甜久久不说话，有些没耐性，她又道：“到底是谁？我不反对你谈恋爱，可这事闹大了只会坏你的名声。”

江甜踩着步子下楼梯，她不敢提陆铭周，也担心这事对陆铭周产生什么负面影响，只好避重就轻地回答：“莫姐，他只是我朋友，我不希望影响到他。”

莫安在电话那头干着急：“你现在自身难保，还管影响别人？我虽然不知道他是谁，可明摆着是有钱人，网络暴力影响不到他。网络上现在一片都是心疼陈慕扬的，被骂的只有你，所以接你的人到底是谁？”

江甜犹豫，若是把陆铭周扯进来，这事真的说不清了，她一时想不出个所以然，只好说：“莫姐，没必要牵扯到他，他不是圈内的。”

莫安生气，语气冲了点：“我还有半个小时到成念，你也别回去了！这事要是处理不好，你算是没出道就折了，你护着别人，谁会护着你？我莫安就是三头六臂也堵不了网络上那么多张嘴！”

江甜折回往成念办公室走，她边走，边翻手机，网络上的评论全是猜测她的身份。网络的力量超出她的想象，已经有人透露她是成念的练习生，甚至她在春树景唱歌的视频都被挖了出来。

前段时间，莫安让她注册了个微博号，认证的成念旗下艺人，原本只有几千的粉丝，这会儿已经破万了，最新的一条微博点进去都是骂她的，江甜不忍往下看。三人成虎，瞒着自己和陆铭周的关系又何尝不是因为人言可畏。

江甜停在楼梯前，一时间迈不动脚步，她有些害怕了，后背冷汗直冒。江甜靠着楼梯边蹲下，她又不甘心地翻着手机。

看着满屏的谩骂，江甜拿着手机浑身发抖。她之前要给江宁明打电话的，可她现在不敢了，不敢说自己把所有事情搞得一团糟，甚至还会把唐蜜推到风口浪尖。

江甜盯着手机屏幕，觉得压力大到天都要塌下来了。

手机突然振动起来，江甜吓了一跳，屏幕上跳出熟悉的字眼，她逼自己沉下心思，假装无事地滑开接听键。

她还没开口说话，陆铭周的声音已经稳稳地滚进耳蜗。

“我马上过来，你别担心。”

江甜在办公室见到匆匆赶来的莫安，莫安开门见山地问：“接你下班的男人是谁？”

江甜现在冷静了许多，她不逃避莫安的视线，生涩地转移话题：“莫姐，我和陈慕扬没有什么，我不知道事情为什么会闹成这样。”

江甜努力平静地解释，莫安却听出了她语气里的无所适从。莫安非但没安慰，反倒开口说：“你现在只是成念众多练习生里的一名，没有专业的公关团队。不出意外的话，舆论的大方向你我都没法改变。你签了成念五年的艺人合同，单方面违约的话，违约金绝对不是一笔小数目。”莫安说这番话的意思再明显不过，她堵了江甜所有的退路。

江甜抬起头，视线直直地朝莫安看了过去：“我没想解约，一方面我确实拿不出这笔钱；另一方面，我当初选了这条路，无论好坏都有心理准备，只是没想到会是这样的开始。”

江甜整个晚上都是慌乱无助的，甚至恐惧。事情闹得太大了，凭她那点承受力根本没法抵抗一时间铺天而来的谩骂和侮辱。至于唐蜜的事情，目前还没有人曝出来，也算给了她一个喘息的机会。

江甜沉默了一会儿，她迎着莫安的视线，分析道：“眼下最关键的是解决问题，陈慕扬站出来解释，是扭转舆论最有效的方法。”

莫安倒也直接：“今晚的新闻，他非但不会因为被爆恋情掉粉丝，还会得到大家的同情，他要是不愿意怎么办？”

江甜的眼神有稍许黯淡，可说出的话却异常笃定：“莫姐，给您制造了这么多麻烦我很抱歉，可事情已经发生了，所有的后果，无论好坏我都能接受。”

莫安安静地听完，不禁抬头多看了几眼江甜，没想到江甜突然对她说出这么一番话，面对如今的糟糕局面，别说江甜这么一个涉世未深的小丫头，就是在娱乐圈早就混成人精的大腕儿，遇到这种极端负面的新闻，也不一定能扛得住压力。

莫安不免唏嘘，她站起身，对江甜开口：“来的路上我已经联系成斌了，陈慕扬工作室愿意出面辟谣，只不过成斌一时半会儿联系不上陈慕扬。只能再等等，今天十二点前如果还联系不上，工作室会出面。”

莫安的神色认真，缓了一口气，又颇为严肃地责怪江甜：“这事也要怪你，明明还有一个突破口，你就不能告诉我神秘男人到底是谁。”

江甜提到这事就心虚，她还不知道如何解释，办公室的门猛地被推开了。

莫安吓了一跳，飞快地朝门口看去，正想出言呵斥，在看清来者是谁之后，不由震惊了：“小陆，你怎么在成念？”

陆铭周风尘仆仆地赶来，直直地朝江甜走过去。江甜低着头不敢看他，陆铭周却丝毫没犹豫，他走近，把江甜揽进怀里，紧紧搂着怀里的女孩，低下头在她耳边柔声安慰：“没事的，有我呢。”

江甜一晚上经历了千百种情绪，在莫安面前一直强撑着无事，却被陆铭周的一个拥抱，简单的几个字，瞬间击溃。她也顾不得莫安在场，埋在陆铭周怀里，一个劲儿地掉眼泪，立场也好，身份也罢，转瞬间都成了微不足道的一粒尘埃，被陆铭周的这阵儿温柔风吹远了，吹散了，不见了。

陆铭周搂着她，轻轻抚着她的背，江甜哭得身形微微发颤，抽噎得喘不上气了，不讲理地将鼻涕眼泪统统往陆铭周身上擦。

陆铭周眼角眉梢满是心疼，眼睁睁看着怀里的人将他的衬衣打湿，凉意深入肌理，搅得他肝胆俱裂。

这一刻只要江甜不哭，陆铭周怎样都愿意。

也不知过了多久，江甜的情绪渐渐缓和下来，她兴许是哭累了，面颊埋进陆铭周怀里眷恋地依偎着。陆铭周顺着江甜的姿势低头，下巴抵着江甜头顶蹭了蹭，无声安慰。

莫安僵在原地，好半天才缓过来，眼下的阵仗，她算是明白了，可也受了不小的惊吓。

江甜的心情平复下来，才从陆铭周怀里缓缓地抬头，泪眼蒙眬地看着他。

陆铭周用指腹温柔地抹掉江甜眼角的泪痕，江甜歪头，脸颊蹭了蹭陆铭周手背："我想回家了。"

陆铭周手上的动作微顿，江甜的声音轻轻的，他却清晰地看见江甜眼底毫不掩饰对他的依赖，陆铭周一颗心顿时被填得满满当当。

他侧身，对着愣住的莫安低声说道："莫姨，我先带江甜回去了，新闻的事我会处理。"说完，也不等莫安回复，他稍一弯腰，直接将江甜打横抱起，江甜身体悬空，双臂紧紧抱住陆铭周的脖颈儿。

陆铭周抱着江甜往外走，江甜却有些不好意思，她靠在陆铭周的怀里，很轻地责怪："在公司啊，你放我下去。"

陆铭周微微失笑，见女孩脸颊绯红，便故意闹她，在推门出去的时候，轻轻拍下了江甜的屁股。江甜顿时老实了，一声不吭地任由陆铭周抱着。

两人回到家，陆铭周扶着江甜在沙发上坐好，折身去洗手间拿了条湿毛巾，再次出来的时候，江甜正拿着手机，低头盯着屏幕一直看。

陆铭周重新在江甜身边坐下，他给江甜细细地擦脸。江甜却一直紧张地看着手机，陆铭周用余光瞥了一眼，放下毛巾，紧接着劈手抢了江甜的手机丢到一边。

江甜微恼："陆铭周你干吗啊！"

陆铭周沉默地看着她，江甜便想俯身过去抢手机，谁知陆铭周直接手臂环在她腰上，将她箍进怀里。

江甜斜坐在陆铭周腿上，她便推他，陆铭周纹丝不动，一本正经地教育："手机有什么好看的。"

江甜的双手抵在陆铭周腰间，陆铭周虽然一直陪着他，可不代表她不会怕，于是轻声道："我担心，我想看看他们都说什么了。"

陆铭周微微垂着眼，神色柔柔的："管别人干吗，江甜，我可以公布了吗？你是我的女朋友，跟陈慕扬什么关系都没有。"

陆铭周话里的意思再明白不过，他明摆着是想公开两人的关系，这也许是改变舆论最有效的方法，却也是江甜不愿见到的。

陆铭周作为成念的理事，成念又是国内数一数二的综合性娱乐集团，陆铭周的微博账号，关注列表寥寥几人，却有将近一千万的粉丝。

江甜前段时间偷偷关注过，陆铭周没有发微博的习惯，只有寥寥几条。最新的一条是一则律师声明，辟谣当时闹得沸沸扬扬的他和乔萱的绯闻。

陆铭周又重复了一遍，江甜纠结再三，冲他摇摇头，陆铭周的神色便冷了下去。

陆铭周明显有了情绪，江甜心里也不好受，她双手攀着他的肩，柔声细语和他解释："你别多想，我不是不承认你，也没有不喜欢你，只是觉得没必要，至少现在没必要。"

陆铭周别开眼，懒得看她，江甜凑过去捧着陆铭周的面颊，退让一步："除了这个，其他的我都听你的。"她抵着陆铭周的额头，低低哄他，"你就别跟我计较了，好不好？"

江甜跟自己撒娇，陆铭周勉强板着脸把女孩往外推，他低低地道："热门新闻已经全部撤了，成念会请最好的公关团队处理今晚的事，成念官博也会出面解释，造谣传播不实新闻的营销号，律师函一个也不能少。陈慕扬的态度我不了解，我是当事人之一，你不愿意让我出面，我只能听你的，可你不能让我什么都不做，我也有底线。"他把解决方案和江甜说完，总结道，"江甜，我们各退一步。"

江甜听完陆铭周的一长串话，她垂下眼睫毛，心思沉了下去。陆铭周这么做，自然能把影响降到最低，她一个小小的练习生，让成念如此兴师动众。陆铭周已经为她让步，她只好点头道："我听你的。"

陆铭周见江甜呆愣着，眼神涣散，不禁为自己的傻媳妇操碎了心："江甜，我是你男人，无论发生什么你都有我，能保护自己心爱的女人，我为之荣幸。我想你依赖我，甚至离不开我，你怎么就不明白呢？"

陆铭周抿了抿嘴唇，他凑到江甜嘴边，江甜害羞地别开脸，陆铭周用拇指和食指捏着江甜的下巴逼她看着自己。他想继续教育，江甜却眼眶红红的，委委屈屈地看着他，睫毛低垂，呼吸绵长，清秀的面颊留着早些时候的隐隐泪痕。

就这一眼，陆铭周心软了，什么都不想计较了。

江甜依旧固执，不愿承认他，陆铭周心底泛酸，他凝望着江甜，神色复杂，好一会儿，他凑到江甜耳边无可奈何地说了句。

江甜愣怔，一时间耳边所有的声音都消失不见了，反反复复只有陆铭周饱含深情的三个字，这一刻觉得这世界只剩她和陆铭周。

她被陆铭周放到沙发上，陆铭周则压在她身上，对着她的眉心浅浅地亲，江甜觉得痒，便想抬手推他。陆铭周不知从哪拿过一条领带，他的唇瓣贴着往下移，对着江甜的鼻尖轻轻地咬，他拽着江甜的手臂举到头顶，江甜被陆铭周吻得迷迷糊糊，一时忘了反抗。陆铭周异常顺利地用领带在女孩细嫩的手腕上轻轻打了个结。

陆铭周半眯着眼看了一眼身下的江甜，江甜脸颊绯红，嘴唇又泛着不正常的水光，她扑扇着睫毛看着自己，无辜又迷茫。陆铭周眼底闪过一簇火苗，理智变成了断了线的珠串。

江甜就是再迷糊也明白陆铭周接下去要做什么了，她羞恼地想伸手推开他，可一动才后知后觉地发现，手腕竟被他厚脸无耻地捆了起来。

江甜不可思议，一句话正提到嗓子边，陆铭周刚好在她右边屁股不轻不重地掐了一下。江甜猛地一个激灵，身体不受控制地狠狠一颤，原先责怪的话便变了腔调，成了一声软绵绵娇滴滴的“陆铭周，别啊”。

陆铭周哪里受得了江甜这么一声挠心肝的求，他的身体紧紧地压在江甜身上，好半天，才略微缓了下粗重的呼吸，声音沉沉暗暗像磨砂纸滚过：“别拒绝我。”

他说着，手上的动作却丝毫没停下，江甜被他折腾得哪儿都难受。陆铭周掌心滚烫，两人相贴的地方像带着股电流，引得四肢百骸都窜起一股儿酥麻。

江甜的腿被他压着，手腕又被领带绑着，只好拿手掌敲陆铭周的后脑勺，又羞又恼又害怕地问：“你想干吗？”

陆铭周这人倒是不拐弯抹角，凑到江甜耳边直白地说了几个字。

江甜脸上烧得更厉害，羞恼得一个字都说不出来。

陆铭周却对着江甜的嘴一下又一下地舔，哑着嗓音低低地哄：“我难受死了，你不能总是瞎撩不负责啊，真会憋坏的。”

陆铭周什么羞死人的话都敢说，江甜的耳垂红得快滴血了，她的声音细若蚊蝇：“你的手不是好了吗？”

陆铭周闷闷地敷衍：“这不一样。”

“哪不一样？”

“下次告诉你。”

江甜还想说什么，她避开陆铭周温热的呼吸，又忘了要说什么，好一会儿，才轻轻地推他，更轻地咕哝：“你先下去啦。”

陆铭周很不要脸地说：“下次让你在上面，这次不行。”

江甜正想骂他不要脸，却被陆铭周一个绵长的吻悉数堵了回去，彻底乱了分寸。

清晨的光线从窗帘的细缝里挤进来，昏暗的卧室一点点亮了起来。江甜迷迷糊糊翻了个身，磕上硬邦邦的胸膛，她微微吃痛，身子难耐地挪了一下又引得四肢一阵酸痛。

江甜原本就有起床气，这会儿身子酸楚难耐，她还没睁开眼，便对某人有了不小的情绪。她忍着疼想翻身离他远些，腰间的男人的手臂却自然地往里一收把她拉进怀里。

两人贴得太近，江甜立马不干了，她强撑开眼皮往上看，埋汰的话滚到嘴边，眉心却落上男人温热的指腹，陆铭周轻轻捋着女孩蹙紧的眉头，心疼地问：“哪里不舒服？”

陆铭周也不知什么时候醒的，此时正低头紧张地看着自己，江甜哪好意思说哪里不舒服，她只好幽怨地看向始作俑者：“你说呢！”

这一睁开眼，江甜就跟自己闹脾气，陆铭周只觉得江甜可爱。他轻轻摇头，诚恳道：“我不说，但是呢，我可以帮你看看。”他说着，便要去掀被子，脑袋往下探。

陆铭周没羞没臊，江甜心中一阵哀号，双手抵着陆铭周的胸膛把他往外推：“你真的烦死了！”

陆铭周搂着江甜的腰，指尖细嫩丝滑的触感让他有些心猿意马。

江甜有些恼，她拍他的手，语气凶巴巴的：“别摸我！”

陆铭周闷闷地笑，眼底是藏不住的爱意，江甜躺得比较下面，陆铭周搂着江甜的腰，把人往上抬了点，两人脸贴脸，他轻轻抚着江甜的后背，低低地说道：“我错了。”

陆铭周突然道歉，江甜莫名其妙地看着他。陆铭周便凑过去怜爱地蹭了蹭女孩的鼻尖，用特别暧昧的声音说：“我昨晚太坏了。”

江甜没想到陆铭周已经不要脸到了这种地步，她被他一句话勾得不禁想起昨夜的缠绵。她本来就害羞，这会儿整个人面红耳赤，连眼神都不知往哪里放。

她不知说什么，只好去推陆铭周想从他怀里挣脱开来。

陆铭周存心逗江甜玩，见江甜的面颊以惊人的速度红透，又羞又恼地看着他，陆铭周笑得肩膀直颤，整颗心都裹了甜蜜。

陆铭周笑得欠揍，江甜实在生气，分分秒秒都不想理他了，她裹着被子从他怀里退出来。陆铭周哪会让江甜这么容易走掉，他一个翻身直接把江甜压到身下，手肘往枕头上一撑，手指绕着江甜的头发丝玩儿，低低地道："生气了？"

有了昨晚的经验，江甜最怕陆铭周这个姿势，两人又都躺在床上，昨晚她连自己怎么回的卧室都不知道。她身上没有黏糊糊的感觉，可她身上光溜溜的，陆铭周这混蛋什么都没给她穿。

江甜想到昨晚的种种委屈，眼眶一热，说出来的话就不免带上了哭腔："你走开。"

陆铭周见江甜眼眸里盛着盈盈水光，他顿时心疼，完全没了先前的玩笑，他放低声音："是我不好。"

昨晚他确实过分了，可就是控制不住，他对江甜完全上了瘾，心里眼里全是她。他不接受江甜的摇摆不定，更不允许她有丝毫的退缩。

江甜感受到陆铭周的情绪变化，怕陆铭周误会，她吸吸鼻子："我没生气。"

她说完，陆铭周仍是看着她不说话。江甜心尖漫上一层酸，哪怕她和陆铭周有了最亲密的接触，她还是不懂他，就像现在。

可她又能清清楚楚感受到陆铭周对自己的绵绵爱意，甚至为之一次又一次地心动。江甜微微叹了口气，她抬手去够陆铭周的脖颈儿，主动凑过去亲了亲陆铭周的嘴巴："我真没有生气，也没有不愿意。"

陆铭周的思绪飘得有些远，等回过神，便见江甜搂着自己，陆铭周一颗躁动的心瞬间又被安抚了下来。他抱起江甜，小心地翻身，让江甜躺在自己身上，他搂着江甜的背，安安静静抱着，江甜乖乖地把脑袋贴在陆铭周胸口的位置，一时间两人都没说话。

陆铭周一贯起得早，江甜赖床，和陆铭周闹完又蒙着被子重新睡了过去，再次醒来，身边已经没了人。

江甜掀了被子也顾不上换衣服，迈着步子往外走。

书房的门虚掩着，江甜搬来和陆铭周住不算久，她平时忙，从没进去过，今儿有些睡糊涂了，她边走边喊："陆铭周。"

陆铭周刚合上笔记本，江甜忽然冒冒失失地从门口进来，鞋子也没穿，身上只罩着一件他的白色衬衫，还是自己起床时给她套上的。

他起身，朝江甜走过去，抬手替江甜扣上最上头的两颗衬衣扣子："怎么了？"

江甜低着头，看着陆铭周落在她胸前的修长手指，很轻地说："我睡过头了。"

陆铭周又帮江甜整理领子，整理完他手臂自然搭在江甜肩上："我帮你请过假了。"他见江甜面露惊讶，便略带安抚意味地说，"我直接和莫姨说的，你休息一天，不碍事。"

江甜双手不安地扯着衬衣下摆："莫姐她说什么了吗？"

陆铭周摇摇头，他躬下身双手托住江甜的屁股，直接把江甜抱了起来，江甜下意识地双腿搂住陆铭周的腰，手臂挂在陆铭周的脖子上。

陆铭周抬了抬手臂，把女孩往上抱了点，两人平视，他笑着问："饿不饿？刷牙洗脸了吗？"

江甜忙不迭地点头，她嘴巴凑到陆铭周的嘴边，笑眯眯地问："香不香？"

江甜突然撒娇，陆铭周不觉莞尔，他抱着江甜往餐桌走，就着江甜的姿势在她鼻尖上咬了一下："媳妇最香。"

江甜的脑袋往后躲，好气又好笑："你属狗的吧？"

陆铭周单脚勾开椅腿，弯腰把江甜放到椅子，转身去准备早点。

江甜看着他的背影，柔声说：“我晚点要回家一趟，昨天的事儿闹太大了，我怕他们担心。”

江甜家里的情况陆铭周自然是清楚的，便没多说什么：“我跟你一起回去。”

江甜却拒绝道：“别吧，我爸好像挺讨厌你。”当初陆铭周还住在成南的时候，曾经只围着一条浴巾在江宁明身前晃悠，因此江宁明对陆铭周的印象特别差。

陆铭周不解：“我这么帅，你爸为什么不喜欢我？”

江甜觉得好笑：“这跟你帅不帅有什么关系，我爸说了，男人可以不帅，但是要稳重有担当，还要会疼老婆。你这样的，他肯定不喜欢。”

陆铭周偏移了重点：“我不疼你吗？”他走回江甜身边，撩开江甜身上的衬衣往里探，故意色眯眯地笑，“那我现在可有理由动手了啊。”

江甜笑着躲他的手。

陆铭周心满意足，重新去热早点，江甜托着腮，歪着脑袋看着陆铭周忙碌的背影，只觉得周身都是甜蜜。

# 第十章 惩罚是不是太重了

傍晚，江甜和陆铭周分开，走到小区楼道的时候，刚好看到前头下班回家的江宁明，她追上去，搭上他的肩：“老爸！”

江宁明吓了一跳，他佯怒去提江甜的耳朵：“臭丫头！你还知道回家啊？”

江甜冲她讨好地笑，乐呵呵地说：“汇报一下，我谈恋爱了！”

江宁明先是半信半疑地打量江甜，随后又开玩笑道：“真的假的？哪个傻小子会看上我家傻丫头？”

江甜挽过江宁明胳膊，脑袋靠上去：“下次带回家，给老爸看。”

江宁明向来是放心江甜的，也不过多干涉她感情上的事，他揉揉江甜的头发，简单交代了几句。

两人走上楼梯，江甜觉得气氛好，江宁明从来都是支持她唱歌的，纠结着要不要先和江宁明坦白自己和成念签约的事情，兜里电话振动起来，江甜摸出手机看了眼来电显示，是唐蜜。

江甜心里咯噔一下，她举着手机给江宁明看：“老江，妈妈不知道我今天回来？”

江宁明才想起来："我忘记和她说了。"他笑着替江甜挂了电话，"不用接，没两步就到了。"

江甜总觉得哪里不对劲，她和江宁明比较亲近，和唐蜜总归有些芥蒂，江甜挺怕她的，这阵子出了这么多事，江甜心里也没底。

江宁明摸钥匙开门，江甜正拿着手机，便偷偷看了一眼新闻，成念动作很快，网上舆论好了很多。

江宁明见江甜在门口发呆，他拿胳膊肘子捣了下江甜，江甜连忙收了手机，正准备换鞋，唐蜜却起身从客厅走了出来。江甜刚想说话，唐蜜却先她一步开口："出去。"江甜一愣，站着没动。

唐蜜却直接把手心攥紧的手机朝江甜扔了过去，事发突然，江甜没来得及躲，江宁明也来不及护，手机刚好磕在江甜右边的额角，江甜扎扎实实挨了一下。

江宁明从来没见过这么生气的唐蜜，江甜受伤了，踉跄着往后退。江宁明心急如焚，他手心手背都是肉，偏偏母女俩都是倔强的性格，这才刚进门，场面已经闹僵。

"又怎么了！你们就不能好好说话吗？"

江甜有些狼狈，唐蜜却依旧凶她："我没有你这个女儿！"根据唐蜜的反应，江甜明白她铁定是什么事都知道了。

上一次唐蜜这么生气还是几年前她想上音乐学院的时候，当时两人也闹得很不愉快。江甜不知道唐蜜到底知道了多少，她不敢先说什么。

江宁明担心江甜，匆忙扔了手里的袋子朝江甜快步走过去，他心疼地扶着江甜，又问唐蜜："到底出了什么事？你怎么能打女儿呢！"

唐蜜的脸色几乎苍白，她冷冷地看着江甜，瞥见她额上的伤又迅速别开眼睛，对江宁明说道："女儿？她把我当妈吗？我说的话她一句都不会听！"

江宁明见妻子态度坚决，又问江甜："小甜，到底怎么回事？"

江甜还没开口，唐蜜冷笑道："她背着我们和经纪公司签约，做了人家旗下的练习生。"

江宁明一听，眼神立马严肃了，他自然知道唐蜜最排斥什么：“你妈说的是真的？”

江甜抿着嘴不吱声。

江宁明见江甜这个态度，摆明了默认。他边替江甜查看伤口，边责怪：“这么大的事你不和爸妈商量自己决定？你真的太不懂事了。”

江甜额上还在淌血，江宁明碰到她的伤口，江甜疼得眼泪打转，江宁明连忙抽回手，紧张地看着她。

唐蜜见了，轻微地皱了皱眉，可说出的话却愈发冰冷：“你不用心疼她，她活该，网上的新闻怎么回事？江甜你这么厉害还回家干吗？”

江甜的心跳猛地漏了一拍，唐蜜是什么都知道了，她原本还抱着侥幸心态，唐蜜却等着她自投罗网。

江宁明听唐蜜讲了一长串，他彻底糊涂了：“小蜜你什么意思？”

唐蜜看着江甜，三言两语概括了网上的新闻。

江宁明不可思议地看着江甜，江甜根本无从狡辩，她只觉得累，从头到脚哪里都累，唐蜜居然这么不相信她，她只好侧眸无力地对江宁明说道：“老江，你也觉得我会做这种事？”

江宁明当然知道江甜不会，可此时母女俩一个咄咄逼人，一个心虚摇摆，江宁明不知如何开口。

江甜苦笑了一声，对唐蜜讲道：“妈，我不管你信不信，我和陆铭周在一起，没拿过他一分钱。至于陈慕扬，他是我的朋友，我成年了，有权利做自己喜欢的事，你不能因为自己的失败，什么机会都不给我。”

江甜说完，唐蜜整个人抖了下，好一会儿，才挤出苍白的一句：“江甜，我是为你好！”

江甜却凄惨一笑，反驳道：“我最讨厌这句话了，你根本不知道什么是为我好，也不知道我到底想要什么，我就是想做自己喜欢的事，又有什么错！”

唐蜜手指攥紧：“我劝你、教导你，难道就错了吗？”

江甜被逼急了，她强硬地回：“你所谓的教导只不过是把你的意志强加给我，你从来没有问过我的感受，你只会告诉我这个不行、那个不能！就因为你输得很难看，所以连带着我也要一并惩罚吗？”

唐蜜的脸色彻底苍白，她腿脚一软差点摔到，江宁明连忙跑过去扶着唐蜜。唐蜜却激动地指着江甜：“滚！你给我滚！”江甜气极，转身便往门外跑。

江宁明扯着嗓子喊：“去哪儿啊？小甜回来！”

江甜跟没听见似的，步子踩得老响下楼梯。江甜一走，唐蜜外表再冷，这时靠着江宁明难受地闭上眼，一句话都说不上来。

江宁明夹在母女间又是心疼又是难受：“小蜜，你又是何苦呢？你这不是把她往外推吗？暑假好几个月你看她有几天是在家的。”

唐蜜从知道消息起，胸口便闷着一口气，好半天都说不出话来。江宁明担心江甜又不放心唐蜜，他扶着唐蜜往沙发走。唐蜜闭着眼，脸上惨淡，声音越发低下去：“昨天的事儿闹得沸沸扬扬，那么难听的话，我担心她，她怎么就不懂呢……”

江甜原本跟陆铭周说了不回来，现在偏偏又被唐蜜赶了出来，一进门，客厅没开灯，江甜站在玄关换好鞋，朝里头轻轻喊：“陆铭周，我回来了。”

等了一会儿，没人回应，江甜便把包挂在玄关的架子上，摸出兜里的手机给陆铭周打电话。

电话打通了，可没人接。

江甜没多想，挂了电话往卧室走，傍晚这么一闹，江甜实在累，上下眼皮打架。

书房的灯亮着，江甜抱着最后一丝侥幸，她推开门往里探头，期待地喊：“陆铭周！”

书房里空荡荡的，根本没人，江甜的希冀落了空，心里微酸。平时这个点陆铭周应该是在家的，难不成知道她今晚不回来就出去鬼混了。

江甜想得微微失笑，书房的窗户敞开，夜晚的风卷进来，书桌上的纸页被吹得沙沙响，有几张还飘到了地上。

江甜小跑到窗前，把窗户关紧，又折身回到书桌前，弯腰去捡地上的纸张，指尖碰到扉页的瞬间，江甜手中动作一顿。江甜揉揉眼，有些不可思议，纸上写的竟然都是她的各种资料，父母、朋友，什么都有，甚至连她上哪一所小学，班主任是谁都一清二楚地列在上头。

江甜的喉咙发干，额间冒出细汗，江甜不自在地把散了一地的纸张收拾好，又深深吸了口气，缓一下过于紧绷的心思，右手撑着桌角起身的时候，眼角余光一瞥，便看见左侧柜子里的一幅画。

粗粗一眼，江甜觉得熟悉，她便把手里的资料放到桌上，弯腰仔细去看，目光停留的瞬间，整个人僵住了。

陆铭周接近十一点才回家，一进门便看到江甜换下的鞋子，他心下一喜，提着步子往卧室赶。

房门虚掩着，有光束从门缝底下倾洒出来，陆铭周迫不及待地推门进去，他刚想唤人，看见床上缩成小小的一团，又立马噤了声。

陆铭周轻轻地走过去，江甜裹着被子，整个人都缩在被窝里，只露出一个黑乎乎的头。陆铭周不由得眼眸一弯，神色温柔。

身上的汗湿味挺重的，陆铭周没敢走近，打开柜子拿了睡衣转身进了浴室。

等陆铭周收拾完出来，江甜还是保持着之前的姿势，整个人缩在床边，陆铭周微微失笑，走到另一边小心翼翼地掀开被子，也躺了进去。他往江甜身边挪，贴上女孩的后背，双手从后往前绕，环住江甜的腰肢把人搂进怀里。

他动作再小心，江甜还是迷迷糊糊醒了过来，感受到身后贴上来的胸膛，江甜扭了下身子转过去，她把面颊贴到陆铭周颈窝的位置，先是微微蹭了蹭，随后很轻地咕哝："回来了？"

陆铭周见江甜睡得迷糊，察觉是自己却还会主动往他身上贴，他眼底笑意愈深，低头凑过去亲江甜的额头，瞥见她额角的伤口，又不禁拧眉："怎么受伤了？"

江甜伸手去抱他，语气闷闷的："破了点皮，没事的。"

陆铭周还是担心，他右手托着江甜的下巴，指腹沿着她的鬓角细细摩挲，一堆的问题："怎么弄的？怎么不打电话给我？疼不疼？"

江甜睁开眼看他，见陆铭周紧张地看着自己，便往陆铭周怀里凑近了点。她怕陆铭周担心，便含糊地说："不小心磕碰了下，真没事的。"她停了停，含笑地问，"你担心了啊？"

小女生的心思特别简单，看陆铭周的眼神带着关切，江甜便故意闹他，抬头在陆铭周的下巴轻轻咬了一口。

陆铭周手臂一紧，夸张地说："媳妇，疼啊。"尾音拖得长长的。

江甜玩心上来了，咬完某人的下巴又好奇地伸手去摸陆铭周浓密的睫毛，她轻轻笑着，淡淡的呼吸悉数落在陆铭周脸上，折腾得他整个人心痒难耐。江甜这一连串的小动作刚好给了陆铭周做坏事的理由。

江甜没想到陆铭周又惦记着这事，她羞恼地想推开他。

陆铭周哪肯啊，原先江甜睡着，他不舍得把人弄醒，可这都醒了，不做点什么实在太可惜了。他右手轻轻按了按江甜的脑袋："很快的。"他眯着眼，哄身下的女孩，"不骗你。"

江甜原先意识迷迷糊糊的，这会被陆铭周一折腾她顿时清醒了很多，她还没开口说话，陆铭周一个翻身直接压着她。

江甜连忙按住陆铭周不规矩的手，陆铭周被江甜拒绝只觉得委屈，他没再继续动作，低下头去亲江甜的嘴巴，喑哑道："小辣椒，今天不难受。"他咬着江甜的嘴唇闷闷坏笑，说着令人面红耳赤的话。

江甜被陆铭周两句话勾得面颊绯红，她别开头，躲开陆铭周密集的吻："等一下，我有事问你，你先等一下。"

陆铭周沉沉地问："唔……等忙完再说不行吗？"

江甜无奈，伸手敲了两下陆铭周的后脑勺，直接问："你以前认识我？"

陆铭周莫名其妙，吻着江甜，他眼下心里眼里都是江甜，于是心不在焉地问："以前？什么以前？"

江甜却越来越清醒，她望进陆铭周被情欲勾红的眼里："我在书房看到一幅画，画里有两个小女孩……”陆铭周的身子狠狠一颤，脱睡衣的动作猛地顿住。

江甜柔声问：“一个是我，还有一个是我好朋友，她叫安静，你也认识吗？”

江甜轻声细语地说着，陆铭周却如临大敌，整颗心都被狠狠揪了起来。转瞬间，陆铭周眼底的欲望退得一干二净，他的视线定格在江甜身上，只剩下全然的仓皇无措。

江甜等了好半天，陆铭周既没有开口说话，也没有对她动手动脚，只是微俯身眼睛一眨不眨地看着她。

江甜心里疑惑，见陆铭周没有动作，她便想去整理裙摆，虽然和陆铭周已经有了亲密接触，可她还是不能习惯这种程度的坦诚相待。

陆铭周怔怔地看着他，一言不发。

江甜抿了抿嘴唇，也有了情绪。

今晚在书房看到的，她猜也能猜到几分，陆铭周明显是有事瞒着自己，如果不是她意外回来，谁知道陆铭周还要瞒她多久。哪怕是现在，她直接问，陆铭周这态度摆明了是不愿回答。

江甜不耐烦地推陆铭周：“你下去，我要睡觉了。”她说完，伸手拉被子。

手臂才伸到一半，手腕却被陆铭周猛地握住，江甜微微拧眉，不悦地看他：“你放手。”

江甜想要挣脱，陆铭周却强迫江甜与他五指相扣，他低下头，看着身下微恼的女孩，放低声音问：“江甜，你相信我吗？”

江甜左手被陆铭周握着，陆铭周人高马大，困着她，她左右动弹不得，江甜别开眼不去看他，方才模棱两可地回答：“还好吧。”

既不肯定也没否定，陆铭周紧绷的心思丝毫没有缓解下来。江甜不看他，陆铭周便强势地捏着江甜的下巴，逼女孩看向自己，两人目光交织。陆铭周低下头抵着江甜额间，他卑微地请求：“江甜，无论发生什么事都不要离开我，你答应我，无论发生什么，你可以气我恼我，只要

不分开，怎样都可以。”

陆铭周说得卑微，江甜突然警觉了起来，之前的种种事情一件件从脑海掠过。

陆铭周住进成南出租屋是为了找小天，小天到底是谁？他既然一走了之了，是不是代表小天已经找到了，还是说又有了什么变故？

陆铭周有轻微的创伤后应激障碍症，在那天雨夜的车祸现场表现得尤其明显，甚至还有严重的失眠，更可怕的是，他曾经问过自己，信不信他十二岁害死过人。

江甜不自觉地心跳加快，她心里的疑问越来越多。这段时间她的注意力一半在成念，另一半又被陆铭周的甜言蜜语包裹着，甚至忘了陆铭周于她，始终是雾里看花，若即若离。

江甜没回答陆铭周的问题：“你先回答我，你为什么要调查我？为什么会有安静和我的合照，还有小天是谁？你有事情瞒着我，你是不是以前认识我？画画的叫周念……”

江甜不由得停顿，周念这个名字很耳熟，她好像在哪里听过。之前她在书房见到画框下方的印章就觉得似曾相识。

“是我妈妈。”陆铭周没隐瞒，挑了个最简单的问题回答，提醒她的同时又巧妙地岔开话题，“那画的作者是我妈妈，你之前去过她的画展，有一次我开车接你，出车祸进医院的那次，还记得吗？”

江甜立马想起来了，陆铭周出车祸的那天雨夜，她当时从春树景出来确实进了一家免费对外开放的画廊。

周念，似乎是个青年画家和摄影师，她如果没记错的话，当时的画展是个十五周年的纪念展，也就是说陆铭周的母亲在他很小的时候已经去世了。

江甜觉得歉疚：“你母亲……对不起，我不知道。”

“没事。”陆铭周打断她，眼神有一瞬的恍惚，他用食指绕着江甜的头发丝，“过去太久了，早没感觉了。”

他说完，看着江甜关心的眼神，趁火打劫，又把话题绕了回去，低低地求她：“江甜，你答应我。”

江甜却仍是理智的，她略带无奈地说：“连夫妻都会分开，我们只是恋人，有那么多的不确定，未来那么长，谁知道会发生什么，我没法答应你。”

江甜话语一顿，右手往上环住陆铭周的脖颈儿，轻却笃定地说：“同样的，你也不用给我承诺，也不要给自己压力。”

陆铭周的瞳孔骤然一缩，没料到江甜会这么说。陆铭周大多时候觉得江甜年纪小，有小女孩的脾气，却又时常对她刮目相看。

江甜对感情的理性，此刻却灼伤了陆铭周一颗滚烫的心。他心爱的女孩，不仅不愿给他承诺，甚至自私地剥夺他许诺的机会。

陆铭周的眉眼冷了几度，他的右手始终和江甜十指紧扣，左手却往枕头上猛地一撑，居高临下地看着江甜，眼神略带冷淡地从她身上缓缓扫过，女孩头发凌乱，衣不蔽体，他开口：“江甜，按你的意思，是不是随便哪个男人都可以和你在一起？”

江甜一怔。

陆铭周却冷笑着继续开口：“不是这个道理吗？没有未来，不用承诺，哪怕不是我陆铭周，也可以是别的男人？”他冷言冷语地说完，随后又自嘲地摇头，“江甜，如果没有决心给你未来，我根本不会碰你，你现在的态度我也知道了，你根本不稀罕！”

江甜从来没见过这么暴怒的陆铭周，她吓得身子发颤，可江甜又觉得自己没说错什么。陆铭周有这么多事情瞒着自己，甚至还私底下调查她，她怎么答应他。陆铭周怎么可以说出这么无理的话。

江甜没法忍受陆铭周的尖酸刻薄，她左手使劲儿推他：“陆铭周你给我滚开！”

江甜回家被唐蜜打骂，到了陆铭周这里，又被冷嘲热讽，今天的情绪彻底爆发：“陆总，犯贱的是我。以您的身份什么女人得不到，我现在就走！您满意了吗？”

陆铭周捏住江甜的下巴，眉间涌出阴霾，眼神霎时凌厉了起来，他几乎咬牙切齿地问：“去哪？江甜，你想干吗？”

江甜拼了命地想挣开陆铭周的束缚，她提高音量毫不客气地呵斥：“去哪也不想待在……”

她一句话还没说完，陆铭周便狠狠吻了下去，直接含住江甜的嘴巴把她剩下的半句话悉数堵了回去。江甜哪里肯配合，扭开头想避开陆铭周粗暴的吻，陆铭周按着江甜的后脑勺丝毫不给她逃避的机会。

江甜的脾气上来了，她提脚想去踹身上蛮不讲理的人，陆铭周却像事先料到似的，长腿往下一压连抬腿的机会都没给江甜。

江甜还在挣扎，还在胡闹，可江甜越是反抗，陆铭周就越发控制不住自己，他整颗心被江甜伤得千疮百孔，全化成了此刻蛮横的攻击。

江甜醒的时候，全身都快散架了，哪里都疼，心里更疼。她转身看到枕边合着眼的陆铭周，只有害怕。

江甜霍地从床上坐了起来，她裹着被子下床，双腿却不受控制地发软，直接从床上摔到了地上。

扑通一声响，陆铭周立马睁开眼，见江甜连人带被滚在地上，他顿时急了，想下床去抱她。江甜见陆铭周朝自己靠近，她眼睛一眨眼泪就扑簌簌地往下砸，惊恐地说：“别过来，你别过来！”

声音是全然的害怕和恐惧，陆铭周便被死死地定住手脚，他着急地问：“摔到哪了？有没有受伤？”

江甜整个人身子都缩在被子里，只露出一颗脑袋，她害怕地看着陆铭周，几乎颤抖着说：“你走开，我不要看见你。”

昨夜的暴怒和争吵，经过一夜，陆铭周已经彻底清醒过来，他就是太害怕了，害怕所有的事情水落石出，偏偏这个真相还和江甜有千丝万缕的牵连。

十五年，整整十五年，时间只会加剧人内心的恐惧，让他万劫不复。

陆铭周看着面前泪眼模糊躲他的江甜，除了心疼还是心疼，甚至想掐死自己，他怎么可以这么粗暴地对待自己放在心尖上的女孩。他眼眶通红："对不起，江甜。"他试图靠近江甜，"小辣椒，摔到哪里了？我先抱你起来好不好？"

江甜却因为陆铭周的靠近一个劲儿地往后躲："出去，陆铭周你出去！"她脸色苍白，语气从一开始的激烈到最后的无力，"求求你了！陆铭周我求求你了，你别过来。"

陆铭周只好慌乱地拿过地上的睡衣套在身上，他服软退让："好，我马上走，你别怕，我马上走。"他说完，跳下床，飞快地往门口走。

等到了门口，陆铭周又不放心，他站在门口远远地对江甜说："我在这里，在这里可以吗？"

江甜摇头，呜咽着求他："陆铭周求求你走啊。"

陆铭周眼眶发酸，只好连忙带上门。

卧室房门关上的一瞬间，陆铭周靠着墙边滑坐到了地上，他的睫毛缓缓一眨，眼泪便顺着眼角滑了下来。

他恨，恨自己的胆小懦弱，不敢和江甜坦白他那段阴暗且丑陋的过往。他怕江甜嫌弃他，不要他，他藏得越久，恐惧就越大，一点风吹草动都会把他彻底击溃。

江甜是在一刻钟之后拉开卧室房门的，她简单收拾过，可依旧看起来狼狈，脸色也不好。

陆铭周藏去了软弱无能的一面，见江甜手里提着行李箱，他整个人又立马慌了，语气是前所未有的绝望："你要走吗？"

他往前迈了一小步，江甜却跟见了瘟疫似的往后退了一大步，陆铭周仿佛狠狠挨了一记耳光，他只好逼自己后退，他红着眼眶，强忍着快崩溃的情绪："江甜，对不起，你别这样。我错了，我什么都告诉你，你别走，你别走好不好？"

江甜却根本不看他，几乎冷漠地推着行李箱从陆铭周身边走过，陆铭周紧张地伸手去牵她的手腕，江甜却猛地抽回手，厌恶地看着他："别碰我！"

陆铭周被江甜眼里毫不掩饰的厌恶情绪刺激到，他只能一个劲儿地说抱歉："对不起，我错了。江甜，对不起。"

江甜打断他，逼自己重复陆铭周绝情的话："没什么对不起的，我就是随便的人。"

"江甜，我那是气话，你别信，你打我骂我都可以，别走好吗？"他小心翼翼地去牵她，江甜却毫不犹豫地再次甩开他的手。

陆铭周神色痛苦地试图解释："江甜，我昨晚说的那些，你别信。我就是害怕你像现在这样丢下我，才不敢告诉你。"他卑微又自责地呢喃，"我没有觉得你随便，是我自私地想留住你。"

想起昨晚的种种，江甜的心便像裹上一层厚厚的茧。

陆铭周痛苦，她神色冷然，两人目光交织，一时间说不出什么，气氛陷入死寂。

沉默了好一会儿，江甜才开口："陆铭周，我们好像真的不合适。"

陆铭周顿时通体发寒，江甜避开他悲伤的眼神，径直往门口离开。

三天后，《长夜行》的主题曲《回》进棚录音。

成念是投资方之一，虽然刷掉了之前乔萱的版本，《回》依旧由新嘉负责录制和后期制作，莫安不知道她之前在新嘉做过实习生，提前把地址发到她手机上。

江甜赶到新嘉的时候，陈慕扬还没来，最近乱七八糟的事情太多，她和陈慕扬上次见面还是在西山，她对陈慕扬的疑问很多，特别是他在西山说的那番话，然后他就跟人间蒸发一样不知所踪了。

约的时间是上午十点，九点四十五了，陈慕扬还没出现，江甜困意上涌，起身去洗手间。

昨夜几乎没怎么休息，黑眼圈又重了一圈，江甜掬了捧冷水拍在脸上，勉强清醒了几分，兜里手机振动了一下，江甜心也跟着轻颤了下，她往衣摆上擦干水渍，摸出手机匆匆看了一眼。

江宁明问她什么时候下班，要过来找她。江甜不知道该怎么回复，她和唐蜜闹成这样，江宁明站在中间也为难。她退出聊天页面，瞥见置顶的对话框，心里又泛起苦涩。

此刻的她，比几天前在陆铭周家自然冷静了不少。可陆铭周的那些话，像深深扎在她心里的一根刺。

江甜深深呼出一口气，删掉对话框。

“陆铭周——”忽然一道女声从右边插进来，“咱们小陆总吗？小甜，你居然认识陆总！”

江甜一惊，连忙稳住心神后急急侧身，看到小雅站在她右手边好奇地探头，江甜匆忙收了手机：“重名，不是咱们成念的陆总。”

小雅失望地撇嘴，转眼又揶揄：“我就说嘛，你怎么会认识。”

江甜笑了笑，也没说什么，她低头看了眼腕表，急着往外走，小雅忽然想起什么，冲江甜笑道：“林媚去帝都了。”

江甜虽然不感兴趣，出于礼貌，还是好奇地问了一句。

小雅开心地解释：“参加《歌者》啊，比赛和录制都在帝都。”

江甜方才想起这事，原本江甜是要参加海选的，但是后来签约了成念，有了经纪公司，就直接跳过了海选的环节，去不去帝都，她还要问莫安的意思。

江甜没再和小雅多聊，匆匆回到录音棚。

陈慕扬几乎是踩着点到的，陈慕扬从进棚开始就一直看着她，眼神几乎能把她脸上灼烧出一个洞。

江甜被他看得越发不自在，到最后竟有了几分害怕，甚至还有些熟悉。这种眼神江甜也在陆铭周身上见过。

江甜和陈慕扬不同，她完全是新人，和李燃这一群人又是第一次合作，录音师对她的声音特点不熟悉。陈慕扬则大部分时间都耗在录音棚里，和李燃的班子相熟。按理来说，他能更快地进入状态，可到了正式录音的时候，陈慕扬却明显不在状态。

第三遍录制结束，李燃有些坐不住，他推开录音室的门：“慕扬，你要不要休息一下？”

陈慕扬摘下耳麦，他看向门口的李燃，又侧眸看向江甜，李燃便坦然地往下解释："江甜还不错，反倒是你，和正常水平差太远了。"

陈慕扬便点头："给我二十分钟。"他说完，转身离开录音室。

江甜望着陈慕扬离开的背影，犹豫了一下，还是跟了上去。

陈慕扬站在走廊尽头的窗户边，指尖夹了根烟，却克制地没点燃。江甜走近，把手里的矿泉水递给他："你没事吧？"

陈慕扬侧眸看她，既没接她递过去的矿泉水，也没开口说话，江甜难免有些尴尬，她虽然有满腹的疑惑，可现在明显不是合适的时间。

陈慕扬仿佛能看到江甜心思似的，江甜欲言又止，他眯了眯眼，说出的话有几分低涩："你没有怀疑过我？"

江甜等了半天，没想过陈慕扬会突然冒出这么一句，震惊之外，江甜倒也没回避陈慕扬的问题："怀疑过。"

陈慕扬："怀疑什么？"

江甜："新闻的事。"那些绯闻完全是针对她的，这种程度的丑闻可以击垮一个人。

陈慕扬惊讶江甜的直接，他看着她，眼睛一眨不眨。江甜捏了一下手里的瓶子，低声说："我不知道你这么做的理由。"安静死了，陈慕扬却对她有敌意，江甜实在找不到两者之间的因果关系。

陈慕扬却倏地一笑，扔掉烟头，视线依旧停在江甜脸上，沉默半晌，他目光往下滑，停在江甜颈窝的位置，不经意扫到雪白肌肤上散落的暧昧痕迹。他嘴角的笑容微微凝固，抿起嘴角，眼底便多了几分嘲讽的味道。

江甜不明所以，又被他看得不自在，下意识地伸手拢了拢衣襟。陈慕扬见江甜窘迫，便状似无意地问："你和陆铭周在交往？"

江甜摇头解释分手了。她现在最怕别人提起陆铭周，偏偏每一个人见到她都要例行询问，陈慕扬居然也知道她和陆铭周的关系。

陈慕扬见江甜神情不疑有假："怎么分了？"

江甜不想多谈，借口说："不合适。"

陈慕扬的眼底转瞬多了几分探究，旋即又化为一抹亮。他不知出于何种情绪，先是接过江甜手里的矿泉水，临末了，才不咸不淡地说：“他不是什么好人。”

江甜虽然和陆铭周争吵，可毕竟感情都还在，陈慕扬这么说，她听得轻微蹙眉，嘴上虽然没说什么，心里却很不是滋味。

陈慕扬心思敏感，他感受到江甜细小的情绪波动：“你不信？”

江甜不愿就着这个话题多谈，想回录音棚，陈慕扬却忽然拉住她的胳膊，江甜脚步一顿，十分不解地看向陈慕扬，她试图挣开束缚，陈慕扬却丝毫没给她得逞的机会：“江甜，我没骗你。”

江甜只觉得陈慕扬莫名其妙，责怪的话还没说出口，却被陈慕扬严肃的表情吓住了。男人漆黑的眸子里似乎有着翻天的复杂情绪，江甜的后背不禁升起一股寒意，突然觉得害怕：“你到底想说什么？”

陈慕扬的视线定在江甜脸上足足好一会儿，江甜被他看得右眼皮突突直跳，陈慕扬语气清淡地向江甜甩下个炸弹。

“安静就是他害死的。”

晚上六点，博恩建筑，陆铭周疲惫地靠在背椅上，一动不动拿着手机，久久停在通信录的页面。

也不知过了多久，手机铃声猝然响起。

陆铭周飞快看了眼屏幕，见是秦厉，某种期待落了空，他眼神黯淡了些许，想起自己白天交代的事情，又迫不及待地滑开接听键：“怎么样？”

“猜得没错，最先爆出新闻的米乐传媒，陈慕扬是幕后股东之一，不过你肯定想不到，陈慕扬和安静居然是兄妹！”

半个小时后，停车场，秦厉拉开副驾车门上车，把手上的资料递给陆铭周：“大概的情况和我在电话里说的差不多。”他说完，等着陆铭周回应，驾驶座上的男人却沉默不语，两手搭在方向盘上。

秦厉摸不准陆铭周的心思，犹豫半晌，他只好缩回手，将黄色的资料袋放在座椅之间。上次调查有进展，陆铭周差点情绪失控，这一次，事情远比他想的复杂，秦厉便不敢轻举妄动了。

整整十五年，陆铭周背着罪艰难走了一路，秦厉完全能理解陆铭周的心境，越接近真相反而越胆怯。恐惧、自责成了被时间种在心上的蛊虫，蚕食他的血肉，经年累月，成了他身体的一部分，想要切掉，便是伤筋动骨的疼。

车厢晦暗，两人各怀心思，皆是沉默。

也不知过了多久，秦厉听见邻座传来轻轻一声叹息，陆铭周滑下车窗，半个手肘都架了出去，随后才打开车顶的照明灯，逼仄的空间登时明亮了起来，他取过座位间的文件袋，没什么情绪地问："米乐传媒和陈慕扬有关系？"

秦厉解释："你让我调查当时爆出新闻的几家媒体，厉衡事务所加上成念的影响都不小，有两家小媒体直接撤了。唯独米乐传媒，立场坚决，不肯删通告，我们软硬兼施他就是不接招。"

他停了一下，观察陆铭周的神色，方才继续往下说："你说这新闻似乎就是冲着江甜去的，我就多留了个心眼，派人去查米乐传媒。不过这家伙藏得也深，如果不是年前一笔资金周转有问题，账目没做好，我们大概也查不到。"

陆铭周翻着手里的纸张，他略微垂着眼，又问了个关键问题："他和安静是兄妹？"

秦厉没马上回答，先是问了一句："你不是说当年死的孩子也许叫安静吗？"

陆铭周很轻地点了点头，声音略带沙哑："应该是的。"这是关键信息，那天江甜无意透露的。

找了那么多年，他和真相，只差一个江甜。他想试着轻轻掀过去，不查了，都十五年了，他也受够了。

想起那晚，陆铭周的心脏隐隐作痛，秦厉及时说道："安静和陈慕扬都是从安乐摇出来的，陈慕扬在六岁的时候就被领养了，当时陈慕扬不愿离开，养父母不想再领养安静。最后陈慕扬还是被强行带走了，安静当时才四岁，之后也被领养了，只不过……”

秦厉略微一顿，陆铭周想到当年的画面，便往下接话：“她没有陈慕扬幸运，遇到的养父母不好，甚至被虐待。”

秦厉点头，解释：“夫妻俩有了亲生的儿子。”

记忆一层层被拨开，当年周念过世不久，他受的刺激不小，足足有三个月没开口说话。母亲过世三个月后，就发生了安静的事。当时陆铭周才十二岁，发生事故后，安静血肉模糊地躺在他身边。

陆铭周现在明白了，当时他问女孩的名字，女孩一遍遍无力重复的“小天”，其实是小甜。安静临死前，年幼的她惦记的不是记忆模糊的哥哥，不是虐待她的养父母，而是自己仅有的朋友。

陆铭周指尖捏着的纸页因为过度用力被捏得满是褶皱，他的声音有些不稳：“安静的养父住在成南？”

他的视线定在纸张上，快速提取关键信息。他皱了一下眉，一时想不起来：“林建成？好像在哪里听过。”

秦厉调查了这么多，是最清楚的：“林建成，就是你当时快递站的负责人。”

秦厉这么一说，陆铭周立马想起来了，当时就是因为林建成的儿子生病住院，快递点缺个临时工，他才有机会做了几天快递员。

陆铭周对林建成没什么印象，记忆里是个脾气挺好的中年人，身材发福，地中海，不曾想到他居然对安静有过恶劣的行径。

陆铭周翻完手中的几页资料，很多疑问解开了，却又有更多的不解诞生。他的指尖点着陈慕扬的名字细细摩挲：“他为什么针对江甜？”

秦厉合理猜测：“因为你？当年的车祸情况复杂，陈慕扬如果不清楚全部事实，单纯地认为是你害死了安静也不奇怪。”

陆铭周却不赞同地摇头：“时间线不对。”

陆铭周把资料袋甩去车前的置物台上，他解开袖扣，把衬衣撩到手肘：“我在春树景见过他一次，当时我和江甜只是朋友。按当时的情况看，他们两人已经不是第一次见面了。”

秦厉问：“也就是说，你和江甜在一起之前，陈慕扬已经开始接近江甜了。换句话说，陈慕扬对江甜的手段很可能不是因为你的关系。”

陆铭周点头，可紧接着又否定了：“也不能这么说，陈慕扬一开始接近江甜不是因为我，但不能完全否认，他后来知道我和江甜的关系，把对我的恨意转嫁到江甜身上。”

秦厉帮陆铭周查了这么多年，眼下却被绕进去了：“陈慕扬到底想干吗？”他停顿，又道，“最快的方法是直接问江甜，你别憋着什么都不说啊。”

陆铭周想到他那天的无情话语，禽兽行径，给江甜的伤害，他根本不敢去细想。他现在一闭上眼，就是江甜慌乱地滚下床，眼里是对他的恐惧和厌恶，不愿让他亲近，哪怕是牵手，她都冷漠拒绝。

想到这些，陆铭周的心脏就像被紧紧揪在一起，闷闷地疼，脑海里都是江甜哭红的眉眼，他有多心疼，也就多恨自己。

陆铭周的神色越来越暗，秦厉却比陆铭周冷静多了，他想到某种可能性：“陈慕扬会不会再对江甜做什么？”

闻言，陆铭周的额角猛地一跳，他剑眉蹙起：“你什么意思？”

秦厉理所当然地说：“陈慕扬能用丑闻引爆舆论，指不定还会再做什么。”

陆铭周的心弦被狠狠拨动了一下，牵动着四肢百骸都开始透着害怕，他几乎慌乱地拿过台子上的手机，颤抖着手给江甜打电话。

铃声响了一下又一下，直到出现公式化的女声，陆铭周挂掉又重新拨出去，仍旧是没人接。

陆铭周急得骂了句脏话，他联系不上江甜，又立马给莫安打电话。莫安倒是很快接了，陆铭周问得急：“莫姨，江甜和你在一起吗？”

莫安不理解陆铭周的紧张，不自觉加快了语速：“没有啊，她录音结束就直接回去了。”

陆铭周顿时松了口气，他按了按太阳穴，正想客气一句，电话那头莫安的声音却再次传来：“她和陈慕扬一起走的，两人好像有什么事。”

陆铭周的眼神骤然一变，他再也不敢说什么，慌乱地挂了电话，甩开手机，动作迅速地发动引擎，脚底油门一踩，汽车几乎飞了出去。

秦厉被陆铭周的架势吓得不轻，他连忙给自己系好安全带：“出什么事了！”

陆铭周这会儿根本听不见秦厉说话，他单手开车，另一只手不断给江甜打着电话。

也不知是第几通，电话终于接通了。

陆铭周眼底一喜，急忙把手机贴近耳朵：“江甜，你在哪里？”电话那头一时没有声音，陆铭周又急不可待地追问，“到底在哪里？说话啊，别吓我！”

“陆铭周？你找江甜？”

电话里传来一个声音，却不是他熟悉的女声，而是低哑的男声。

江甜从洗手间出来的时候，正好看到陈慕扬拿着她的手机，江甜便走过去，问道：“有电话？”

陈慕扬轻轻“嗯”了一声，解释说：“刚才电话一直在响，我就帮你接了。”

江甜伸手接过手机，还没翻开通话记录，陈慕扬已经先开口：“是陆铭周。”

江甜指尖动作一顿，原先想着给人拨回去，可一听是陆铭周，她微微诧异，盯着十几条红色的未接电话表情微愣，眼神疑惑。

江甜的心思，陈慕扬一眼便能看透：“你会原谅他吗？”

江甜还没说话，屏幕又闪到了来电页面，还是陆铭周。

江甜抿起嘴，如鲠在喉，陈慕扬却咄咄逼人地继续问：“原谅一个杀人犯？”

江甜被他冷冰冰的尖锐字眼刺痛，拇指压到红色按钮上，心一狠，挂了电话。她的声音有些冷淡："这事你不应该和我说，你要问警察。"

陈慕扬却明显被江甜不坚定的情绪影响，几乎咬牙切齿地说："当年出事他才十二岁，有未成年保护法。陆铭周杀了人为什么还能好好活着，这种人难道不该死吗？"

陈慕扬艰难地呼出一口气，他猛地拽过跟前的江甜，把人甩在沙发上，发狠地问："江甜你告诉我，我做错什么了？为什么痛苦的只有我！陆铭周却没任何事。"

江甜被陈慕扬甩在沙发上，手腕几乎要被他捏碎，可她此刻也顾不上疼。白天录音结束，陈慕扬就带她来到自己的公寓，把这些年他查到的真相一股脑儿地摊开在她面前。

陈慕扬提到安静，和平时的冷静自持完全不一样，像变了一个人。江甜能理解，可偏偏他要她一起恨的，是她爱极的男人。她不知道那些飘远的泛黄的童年，和鲜活深刻的爱情，哪一个更重要。

陈慕扬似乎想要一个答案，还在逼江甜回答："你告诉我，凭什么陆铭周还能逍遥法外！"

江甜心里乱得一塌糊涂，逼自己找陈慕扬话语里的漏洞："当年开车的真的是陆铭周？十二岁的孩子能开车？"

陈慕扬像是事先猜到江甜会问什么，立马回答："有钱人的孩子哪里有那么多为什么！"他眼神一闪，食指指着泛黄的老报纸，"如果不是他，新闻里为什么要这么写：未成年富二代深夜飙车撞死七岁女孩。"

江甜回答不了陈慕扬一连串的问题，他说得在理，可江甜又觉得哪里不对劲。

陆铭周为什么雨后不能开车，甚至患上 PTSD，为什么有严重的失眠症，又为什么她昨晚提到安静会有那么大的反应。江甜不敢往下想，只是惶恐地摇头："他没有过得很好。"

陈慕扬当然不会信，江甜被他推倒在沙发上，却还在帮着陆铭周说话。陈慕扬对江甜的想法越来越复杂，眼眸里暗藏着数不清的矛盾和纠结，他无望地挣扎着，到最后只是甩开江甜的手腕："算了，不说了。"

一天下来，陈慕扬的耐性已经消磨殆尽，江甜心里疑问再多，还是明智地选择了不再多嘴：“我先回去了。”

陈慕扬倒没多说什么，他意味不明地看了一眼江甜，随后摸出兜里的钥匙直接往外走。

两人坐电梯下到停车场，陈慕扬全程一言不发，江甜在他即将打开车门的时候，伸手拉了一下陈慕扬的左边胳膊，陈慕扬身形一顿，转身看向江甜。

江甜实在没法安心，陈慕扬和她解释了大部分，明显也避开了一些事情。有些事一定要问个清楚，她开口：“因为我和陆铭周在一起，所以才会有之前新闻的事情？”

陈慕扬只是看她，却不说话。江甜便又换了问法：“那你为什么又要帮我？如果不是你，《回》也轮不到我唱。”

陈慕扬太矛盾了，跟《长夜行》力荐她的是他，可偏偏想害她万劫不复的还是他。

陈慕扬终于开口，不咸不淡道：“如果我说，我欣赏你，你信吗？”

江甜摇头：“不信。”

陈慕扬轻笑出声：“我也不信。”

陈慕扬说完，朝江甜靠近一步，江甜条件反射地后退，陈慕扬却伸手去拉江甜的手臂，她本能地缩手。陈慕扬强势地拽着江甜的胳膊，眼神闪过一丝阴鸷，江甜敏锐地捕捉到，瞬间后背发寒，她试图挣脱：“你放手！”

陈慕扬却一字一顿地问：“你最后一次见安静是什么时候？你们做了什么？又说了什么？”

他一连串的问题，江甜根本捕捉不到话语的重点，所有注意力都在他收紧的手臂上，她后知后觉地开始害怕：“你先放开……”

她一句话还没说完整，身后却传来轮胎和地面摩擦的尖锐声响，她还没反应过来是怎么一回事，陈慕扬忽地松手。江甜刚想松一口气，手腕却被人更大力地往后拽。

江甜反抗，却扫到身侧忽然出现的陆铭周，她惊讶不已：“你怎么在这儿？”

陆铭周盯着江甜上下打量了一圈，他黑眸紧锁着她，说出的话紧张到发颤：“有没有哪里伤到？”

江甜还没弄清状况，傻傻地摇头：“没有啊。”

陆铭周眼尖地瞥到江甜手腕被勒出的青紫，他长眸危险地眯起，陈慕扬也从突变中反应过来，直接提拳挥了过来。

江甜惊呼，陆铭周却不躲，连忙把江甜护在身后，动作慢了一拍，硬生生挨了陈慕扬一拳头。江甜瞥见陆铭周嘴角流出的血，她不安地拉他的手，陆铭周却飞快地侧身，避开陈慕扬紧跟其后的又一记重拳。

也就一眨眼的工夫，两人已经扭打成一团。

江甜在旁边看得胆战心惊，江甜是看过陆铭周打架的，可却没见过他如此暴力。两人出手都是快准狠，每一下都试图把对方往死里打。

江甜在旁边劝架，陆铭周和陈慕扬却听不见似的，仿佛得有一个先趴下才会停手。江甜慌乱地打报警电话，匆匆说了几句，电话挂断，她又往两人跟前跑：“别打了！”

两人还是没有停手的意思，江甜实在没办法，只能趁着陈慕扬嘴角吃痛，踉跄后退的瞬间，挤到两人之间。她抱住陆铭周，双手紧紧抱住男人的腰，面颊贴着陆铭周剧烈起伏的胸膛，苦苦哀求：“别打了，求求你别打了。”

陆铭周被江甜抱着，被束缚了手脚，他反手去掰江甜的手腕，喘着粗气道：“松手，江甜这事儿你别管。”

江甜哪肯依，反而把陆铭周抱得更紧：“不要！”她的声音带着一股绝望，“再打下去会出人命的。”

陆铭周被跟前的江甜弄乱了阵脚，陈慕扬在短暂的下风之后，又朝陆铭周扑过来，右手握着一根不知从哪捡来的棍子。陆铭周没法还手，又怕误伤江甜，只好飞快地转身，把江甜护在怀里。

陈慕扬挥棍“砰”的一声砸在陆铭周的后背，陆铭周猛地吃痛，顿时脸色惨白。

江甜明显感觉到陆铭周身形一晃，她整颗心都提到了嗓子眼，她抬头看到男人毫无血色的脸和嘴角淌下的血珠，霎时红了眼眶：“你有没有事？”

陆铭周见江甜怕极了，强忍下后背火辣辣的疼，低头冲怀里的女孩艰难地扯出一个微笑：“没事。”他轻轻拍她的后背，柔声安抚道，“你别担心。”

江甜根本不信，她慌乱地从陆铭周怀里退了出来，动作更快地跑到陆铭周的身后。几步外陈慕扬双目充血，额上青筋凸起，他眼底有毫不掩饰的恨意：“江甜你闪开。”

江甜硬声回应他：“陈慕扬你冷静点！你这样根本不能解决问题。”

陈慕扬却直接气笑了：“那你告诉我怎样才能解决问题？”

他拼了命地努力，自以为得到了一切，可以护着所爱的人，却发现他想捧在手心的明珠早就不见了。陈慕扬想到这些，对江甜身后的男人就越发地恨。

三人各怀心思，直到警笛声响起。

陆铭周听到警笛声立马蹙眉，他拉了一下江甜的手腕，诧异地问：“你报警了？”

江甜转过头对陆铭周解释：“我怕出事。”

陆铭周听了，快步走到车前拉开车门，他把江甜往后座塞。江甜不解，陆铭周冷着脸，用不容置喙的语气道：“你待在车上，别下来。”

他说完，反手替江甜甩上车门，转身再次朝陈慕扬走了过去。

陆铭周把袖子挽到手肘，审视对面的陈慕扬，他不知道陈慕扬打着什么主意。可一码归一码，陈慕扬无论怎么侮辱他，陆铭周不会多说一句，可现在陈慕扬把江甜扯进来，他是绝对不能忍的。

陈慕扬也彻底豁出去了，他的视线死死盯在陆铭周脸上，眼神炽热到几乎能在陆铭周脸上烧开一个洞。面对着陆铭周，陈慕扬在短暂的几秒工夫里，仿佛又走了一遍过去十几年的路。

陆铭周却没有陈慕扬的复杂心思，陈慕扬气势逼人，陆铭周的眼神也丝毫不避让，语气几乎冰冷：“警察还没来，要打就痛快点。”他这话无疑火上浇油，陈慕扬的手背顿时青筋凸起，朝陆铭周扑了过去。

两人再次扭打成一团。

警笛声呼啸而来，下车的几个年轻警察把两人拉开，陈慕扬却依旧是暴怒的，陆铭周虽然被打得狼狈可也不输气势。

两人谁都不服软，年轻警察直接给两人拷了手铐，毫不客气地把人押上警车。

警笛声渐远，江甜的心乱得一塌糊涂，闭了闭眼又睁开。逼仄的空间，手机铃声没完没了地响着，江甜听得烦躁，才发现陆铭周的手机丢在副驾座椅上。

江甜强打着精神去拿前排的手机，滑开接听键无意识地往耳边送。

“我刚刚联系了安静的养父林建成，据他回忆，安静当晚说是要去找好朋友。”电话那头秦厉不由反问，“安静的好朋友，除了江甜还有别人？还是说这个人就是江甜？”

他说完，话语微顿，等着陆铭周的回应，听筒里却一直保持安静，他便提高了音量不解地问：“陆铭周？你找到江甜了？没出事吧？”

江甜的心思早跟着警车走了，这会儿忽然听到陆铭周的名字，才恍然反应过来。她放下手机看了眼来电显示，瞥见熟悉的名字，像抓住了根救命稻草：“陆铭周被警察带走了！”

秦厉分辨得出江甜的声音，他紧张地问：“什么时候的事？”他生怕陆铭周干出什么过火的事。

江甜知道秦厉是律师，着急地解释：“他和陈慕扬打起来了，警察把他们一起带走了，会不会出事啊？”

江甜的声音明显慌乱无措，秦厉便直接道：“你别着急，我马上过来。”

江甜完全没有主意，眼下只能听秦历的安排。秦历倒是来得很快，接了江甜又马不停蹄地往警局赶。

陆铭周和陈慕扬到了警局，全程一言不发，办案的民警没了耐性，直接把人关到拘留所冷静，明天才肯放人。

江甜和秦历不熟，两人一起待在车里气氛尴尬，江甜直到后半夜才昏昏睡去。

她这一天累极了，醒的时候已经快九点了，车里只剩下她一个。

她推门下车，想进警局里了解情况，方才走到大门口，便看见陆铭周从里头走了出来。江甜的脚步被定住，视线停在陆铭周身上挪不开。

她认识陆铭周这么久，除了那次车祸还没见过这么狼狈的陆铭周，整个人蓬头垢面，脸色青一块红一块，衬衣满是褶皱，左边衣襟上还留着干枯的血迹，连裤脚都是一边高一边低。

江甜忽然不忍心看，她有了当场跑掉的冲动，脚尖一转正想往角落躲，陆铭周却正好抬眸朝她的方向看过来，两人目光相撞，江甜便只能愣愣地停在原地。

陆铭周见到江甜明显意外，眼底是藏不住的惊喜，他快步朝江甜的方向走过去，动作大了，似乎扯到伤口，他眉头忽而拧紧，意识到什么，又立马松开，他停在江甜的一步之外，佯装无事地冲着江甜笑：“你怎么在这里？”

江甜避开他的视线，目光往下停在他的第二颗扣子上，她不知道说什么，只好把责任先往自己身上揽：“昨天很抱歉，我不应该报警。”

当时情况特殊，江甜一个女孩子没法拉架，报警几乎是本能的应急反应，他略带自嘲地说：“没事，还好警察来了，不然我半条命都要没了。”他说完，便想去牵江甜的手，江甜却有意往后避开了。

陆铭周的手臂尴尬地停在半空中，他的神色闪过一丝受伤，转瞬即逝，很快又被他用嬉皮笑脸掩盖了过去，他悻悻地收回手，没再有别的动作。

两人间的互动很微妙，和昨夜大相径庭，江甜毫不犹疑地流露对陆铭周的爱和关心，可经过了一个晚上的冷却，两人现在面对面站着，却回不到昨夜的奋不顾身和坦诚相待。

警局门口人来人往，陆铭周率先打破沉默，他的声音略带沙哑："先上车吧，我送你回去。"

江甜摇头拒绝，陆铭周的脸色很不好看。江甜实在担心，可眼下两人连男女朋友都算不上，只好说："秦厉呢，你让他送你去医院。"

陆铭周扯了扯嘴角，扯出一个苦笑："江甜，没必要这么见外，你不用连这点朋友间的小事都拒绝我。"他说完，也不等江甜回应，直接快步下台阶，江甜还想说什么，几步外的陆铭周却直直往下倒了下去，整个人狼狈地滚下石阶。

江甜瞬间慌了神，连忙上前扶住他，陆铭周的脸色几乎苍白，剑眉紧拧，却还冲她无所谓地笑："没事，踩空了。"

江甜颤抖着手想扶他起来，右手搭上陆铭周的后背，手心却感觉一抹湿意。

江甜探头向后才注意到陆铭周的衬衣渗着血迹，江甜的心霎时被狠狠揪了起来。她想去撩陆铭周的衣服，陆铭周却及时捉住她的手腕，没让她继续往下动作。

他借着江甜的搀扶艰难地从地上起来，就着刚才的姿势把江甜的双手拢进掌心，他哪里都难受，随便一动都是伤筋动骨地疼，可偏偏舍不得江甜担心，他安抚地揉了揉江甜手背，勉强扯出一个笑："小伤，真没事。"

陆铭周的脸色实在难看，在拘留所蹲了一夜暂且不提，现在连站都站不稳居然还嬉皮笑脸不当回事。

江甜的视线往后落在陆铭周血迹斑斑的衬衣上，说出的话带了几分怒气："你放手！"

江甜竖眉瞪他，陆铭周纠结再三，只好缓缓地松开手。江甜便立马掀开陆铭周的衣服查看，映入眼帘的画面却让江甜呼吸都漏了半拍。陈慕扬下手是真的狠，陆铭周的后背几乎血肉模糊，江甜看得心惊肉跳，愣在原地忘了动作。

陆铭周却还反过来安慰她，他忍着疼，语气故作轻松：“皮外伤，不疼。”

江甜鼻尖一酸，几乎颤抖着手放下陆铭周的衬衣衣角。如果昨天她没有报警，陆铭周是不是真做了最坏的打算，即使丢了半条命也心甘情愿。

此刻，她有多心疼就有多生气，冷下脸：“陆铭周你疼死了也不关我的事。”她说完，不再多看陆铭周，故作潇洒地转身走。

陆铭周蓦地慌了，条件反射地伸手将江甜揽进怀里。江甜想推他，却又担心失手碰到陆铭周身上的伤，抬到一半的手又只好无奈地悬在半空。

见江甜没拒绝他，陆铭周便把江甜搂得更紧，他脑袋埋进江甜的颈窝，眷恋地蹭了蹭，小心翼翼地说：“江甜，你不要生我气了好不好？你不要和我计较了。”

江甜愣在原地，对陆铭周忽然的亲近完全束手无策。

陆铭周的声音闷闷的，他继续说着：“我又骗你了，我没有不疼，我都快疼死了。江甜，我不该说那些话害你伤心，就这样分开，惩罚是不是太重了。不要生气了，我们好好在一起，等你毕业了，我就娶你。等你再大些，我们就要个孩子，我们一家人在一起，一直在一起。”

江甜听得眼眶湿润，陆铭周的柔声细语和陈慕扬昨天的一字一句在她心里天人交战。

江甜血液里有一万个声音呐喊着对陆铭周的喜欢，就有千万个反对的声音随之而来奔走呼啸。她和陆铭周之间的问题，又何止一个安静。

陆铭周卑微地祈求，他换了一种方式说话，第一次在江甜面前隐晦地提安静的事情：“你不知道这些年我过的都是什么日子，无论走到哪都会有什么如影随形，我忘不掉……”他说得动情，长长地呼出一口气，声音低下去，“现在身上虽然疼，可总算喘过一口气。江甜，可不可以别分开，我不敢想。”

江甜被他抱着，清清楚楚地感受着陆铭周身体的僵硬，她一颗心被陆铭周的话泡得酸酸软软。

陆铭周的手臂收紧了些，情不自禁地把江甜更用力地箍进怀里。

江甜有些透不过气，她不适地扭了一下，经过之前的事情，江甜对陆铭周始终有那么一丝怕，它像一颗种子埋在记忆里。陆铭周察觉到江甜的异样，立马松了些力道。

江甜的手臂小心翼翼地搭在陆铭周腰侧，她不知双手该往哪儿放，心里又惦记着陆铭周身上的伤，她只能无奈地说："你先放开。"

身前的人没有回应。

江甜心底越发地摇摆，陆铭周一动不动地靠在自己身上，江甜拿他没辙，只好再次软下声音："现在不是说这个的时候，我们先去医院。"她叹气，很轻地推了一下陆铭周，终于让步，"你先松手，我陪你去医院，剩下的事情等你好了再说，可以吗？"

陆铭周仍是不说话，一直维持着先前的姿势。

江甜原先就对陆铭周有气，这下知道陆铭周根本不拿身体当回事，她心底对他数不尽的关心，统统化成了无数的气恼。江甜毫不客气用双手去推陆铭周的胸膛，愤然骂他："陆铭周你到底讲不讲道理！疼死你算了！"

谁知她才从陆铭周怀里退出来，陆铭周却再次往她身上倒了下来。

江甜承受着突然压下来的全部体重，踉踉跄跄地往后退，好不容易才再次站稳脚步，陆铭周却合着眼早没了意识。

江甜的胸口被高大的男人身躯压着喘不上气，她见陆铭周的手臂无力地垂下来，一点反应都没有。

江甜从没有这么一刻，整个人都被恐惧淹没。

# 第十一章 我会一直等你

手机铃声响了一遍又一遍，江甜回过神，慌忙往走廊角落躲。

电话一接通，莫安带着恼怒的声音便从听筒里传来：“江甜你怎么回事？现在几点了？你心思到底有没有放在工作上？”

江甜被莫安质问得无地自容，她疲惫地揉了揉眉心，歉疚道：“莫姐，对不起，我下午过来。”

莫安对待工作向来是高标准的，她反问：“你到底在忙什么？《歌者》比赛也快要开始了，公司一堆的事，我连你人都见不到这算什么？”

江甜低头看了眼腕表，一个劲儿说抱歉的话，莫安听了烦躁，干脆挂了电话，江甜讪讪地收了手机，她反身往回走，病房房门刚好从里头被推开，两个高大男人一前一后走了出来，江甜认识，只是都不熟。

纪盛不太清楚情况，以为害陆铭周受伤的是江甜，正想出言讽刺，乔时延却直接推着他往前走，没走两步，乔时延又转身对江甜低声说：“他刚睡着了，陆叔下午会过来。”

江甜听懂乔时延的言外之意，略带感激地看着他，乔时延却平静地收回视线，在纪盛的嚷嚷声里，把人押上电梯。

江甜站着病床前，见陆铭周微合着眼帘，脸上的伤口处理过，额角包扎了白色纱布。

江甜轻手轻脚地拉开椅子，在他床边坐下，她已经缓过了最初的惊吓劲儿，可仍是心有余悸，她长长地呼出一口气，小心翼翼地去握陆铭周搭在床沿的手臂，见他指关节都泛着青紫，心里又是说不出的难受。

一想起昨晚的画面，江甜就全身发寒，陆铭周到底在想什么，怎么会有这么笨的人。他到底是不怕疼，还是不怕死，明明伤得这么严重，却硬是什么都不说，在拘留所撑了一晚上，还装得什么事都没有。

江甜用脸颊蹭着陆铭周的手背，眼眶发酸，睫毛缓缓一眨，眼泪就淌了下来。

喜欢一个人累，不喜欢也累，短短两个月，她经历了过去二十年都不曾有过的激烈，甜蜜，挣扎，还有难过。

陆铭周右边胳膊传来麻意，他不适地转了下手臂，却发现手上压着什么根本动不了。陆铭周努力撑开眼皮，却意外地发现江甜不知何时趴在床边睡着了，脸颊枕着他的手臂，鼻翼轻轻翕动，带出的呼吸点点洒在他皮肤上，他眉宇间的疲惫就这么一点点被吹散。

他看着江甜发怔，病房有人进来也没发现。

秦厉站在床尾，见陆铭周一脸痴呆地望着江甜出神，他轻咳了声。陆铭周飘远的心思被拽回，他看向秦厉，秦厉担心地问："还有没有哪里不舒服？"

陆铭周没回答，而是低声说了句："帮我个忙。"他艰难地往左边床位挪着身子，无意扯到伤口，疼得嘴唇苍白，却还是佯作无事地说，"你帮我抱她上来，趴着睡不舒服。"

秦厉觉得陆铭周不可理喻，他先是看了一眼江甜，又目光紧锁着陆铭周："你有没有搞错，她又没受伤。"

陆铭周不纠结这些，仔细地交代："你动作轻点，别把人弄醒了。"

秦厉无话可说，又没法拒绝，只好放下手里的文件袋，轻手轻脚地把江甜抱上床，陆铭周难得感激地看了他一眼，竟跟他客气："谢谢。"

秦厉忍无可忍，骂了他几句。

陆铭周一边替江甜盖被子，一边轻声说："你帮我留意着陈慕扬，他针对江甜，兴许不单是因为我。"

秦厉见陆铭周绕来绕去，每句话都不离江甜，冷淡地说："据林建成回忆，年初陈慕扬找上门，从地下室拿走了安静的全部东西。我早上查了林建成的银行交易记录，发现陈慕扬几个月前居然给林建成汇了一大笔钱，我怀疑陈慕扬根本不知道当年林建成虐待安静的事情。"

他把关键的两点说完，迎着陆铭周疑惑的眼神，秦厉懒得解释，直接甩袖走人。

陆铭周没想到秦厉一个大男人居然还跟他耍脾气，不禁失笑。陈慕扬不知道林建成虐待安静倒也不是没可能，林建成对外完全就是一个好好先生。

他的脑子快速运转，身侧的江甜却似乎睡得不太安稳，很轻地嘤咛了声。陆铭周的思维被打断，他低头见江甜鼻尖红红的，虽然合着眼，眼睛也明显有些红肿。

从昨晚到今早，所有的事情太突然，江甜铁定吓到了。陆铭周顿觉心疼，他怜惜地亲了亲江甜的鼻尖，又百般小心地把人搂进怀里。

江甜的眼珠转了又转，她感受着陆铭周的一切小动作，心底一声长叹，最终还是没舍得推开他。

陆铭周再次迷迷糊糊醒来的时候，右侧床位已经空了出来。江甜离开了，他撑着床沿半坐起身，垫高身后的枕头。

病房的房门被推开，陆铭周以为是江甜回来了，眼露欣喜，谁知走进来的竟是陆远怀，身后还跟着陈平。

陆铭周掩下眼底的失落，恹恹地撩开眼帘，几步外的陆远怀还没开口说话，陈平却突然往前迈了大步，扑通一声直接朝陆铭周跪了下来。

陈平的动作太突然，陆铭周明显一震，他身上有伤动作不便，可还

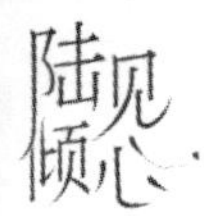

是努力撑坐起来："陈叔，你这是干吗？"他不解地看了眼陆远怀，又对着陈平道，"快起来，有什么事不能好好说吗？"

陈平年纪大了，平时也沉稳，可这会儿情绪激动，说话声颤抖："小陆啊，陈叔对不起你。"他在陆家工作了快二十年，平时都喊陆铭周一声陆总，可这会拿掉了敬称，就少了几分距离感。

陈平的脑袋低下去，几乎哽咽着说："是我对不起你，陈叔害了你。"

陆铭周被陈平突然的行为搞得莫名其妙，他劝不动跪下的陈平，只能对陆远怀问道："爸，到底出什么事了？"

陆远怀来之前和陆铭周的主治医生聊过，这会儿真的见到陆铭周宽松的病号服下一圈圈缠着的纱布，他还是不禁蹙眉，随后叹了口气，才对着陈平劝道："多少年的事了，没必要，起来吧。"

陈平没听，依旧跪着，一大把年纪居然红了眼眶。

陆远怀见状，便再次看去陆铭周身上的伤，低声道："刚才见到秦厉了，你陈叔听到……"他稍微一顿，解释说，"伤你的是当年死去女孩的哥哥。"

陆远怀没详细解释，陆铭周却瞬间领悟了他话语间的意思，他多少有几分无奈，沉默半晌，他对陈平说："当年的事情，错在我，和陈叔无关。"

陈平却一个劲儿地摇头，他抬头对上陆铭周的视线，激动地说："开车的是我！如果不是我带你出去，也就不会出事。"他扬手直接甩了自己一个巴掌，厉声道，"是我该死！"

陆铭周却和陈平的激动截然相反，经历了这几天的事情，他已经彻底冷静下来。迎着陈平歉意自责的眼神，陆铭周极轻地抿了下嘴唇，逻辑清楚地反驳："虽然开车的是你，可当时要出门的是我，叫你开快点的也是我，甚至要跟你抢方向盘的还是我。"他平静地说完，总结道，"陈叔，这事错不在你，起来吧。"

陈平还是摇头，他仍是情绪激动，声音拔高："小陆，也不全是你的错啊。当时那女孩，她闯红灯，怎么会全是你一个人的错。”他惶恐地说着，又低下头，喃喃自语，“小陆，你没错，是陈叔没做好。”

陆铭周打断他：“我还活着，她死了，这事我就有错。”陆铭周长长叹了口气，他强打着精神冲陈平道，“陈叔，别让我为难，赶紧起来。”

陆远怀见陆铭周整个人透着一股疲惫，他走过去扶陈平。陈平也看得出陆铭周的情绪变化，也没再坚持，借着陆远怀的搀扶从地上起来，他狠狠抹了把脸，退到陆远怀身后，努力平复情绪。

陆远怀依旧站在床尾，陆铭周这身伤需要一段时间静养，他想起之前的事情，说道：“你不用担心博恩的事情，我的本意你应该也清楚。”他一边观察陆铭周的反应，一边往下说，“成念这么大的公司，我想你帮我分担也是情理之中的事情，我知道你不喜欢这圈子的风气，可我年纪大了，还能撑几年？你就不能帮帮我？”

他第一次心平气和地与陆铭周交涉，受周念的影响，陆铭周不喜欢搞艺术，大学选了建筑专业，陆铭周一直试图和周念走相反的路。

陆铭周眼下没时间思考陆远怀的问题，他心里埋着一根不安的弦，陆远怀跟他说话，他却时不时看着手机。

陆铭周走神得太明目张胆，陆远怀琢磨起前两天陆铭周的动作，八卦地问道：“你莫姨签的练习生，和你有关系？”

陆远怀无意提起江甜，陆铭周倒也坦诚：“我媳妇儿。”

陆远怀坏心眼又上来了：“你媳妇？你都半身不遂了，怎么也没见人来看你啊。”

陆铭周愤恨地瞪了一眼陆远怀，较真儿地说：“她刚刚来了！”

陆远怀淡淡地“哦”了声，冲陆铭周挑挑眉，一针见血地说：“刚刚来，转眼就走，你们感情不好？”

见陆铭周明显一噎，陆远怀爽朗地笑，病房门口传来房门轻轻掩上的声响。

陆远怀侧眸看了一眼，没瞧到人影，他也没在意。

陆铭周懒得和陆远怀耍嘴皮子，他拿着手机给江甜发信息，犹豫来犹豫去，再多想说的话，到了最后，也只成了最普通的几个字：“你回去了？”

陆铭周等着江甜的回复，紧张地盯着屏幕，直到很久才收到江甜的信息。久到陆远怀和陈平都走了，手机才振动了一下。

江甜：“嗯。”

陆铭周盼了好久的回复，虽然只有一个字，他也觉得挺开心的，于是紧接着敲下另一句：“还过来吗？”

这回江甜几乎是秒回：“不过来了。”

陆铭周盯着屏幕上仅有的四个字，有片刻的愣怔，病房里没有人，陆铭周没藏着情绪，眼底是浓到化不开的失落，对话进行到这差不多是结束，他却还想跟江甜多聊几句，于是拼命思索怎么挑起话题而不至于到此冷场。江甜的消息却再次进来了：“我到公司了，太忙走不开。”

陆铭周紧绷的心思因为江甜解释的话语得到丝丝缓解，他立马给江甜拨了电话过去，电话一接通，江甜还没开口，他便故作潇洒地出声：“工作比较重要。”他努力去掉话语里的失意，又掂量着语气，“等你忙完了，可以过来一趟吗？我有话和你说。”

眼下的陆铭周只想对江甜坦诚，把所有的一切都告诉她，无论江甜什么反应，他都能接受，他要做的是给江甜一个毫无保留的自己。从此以后，他不会对江甜说谎，哪怕江甜拒绝他，他也可以毫无顾忌地重新追求她。

陆铭周等了一会儿，没收到江甜的回复，他不确定地问：“江甜？你在听吗？”

江甜的手心微微汗湿，她先是往不远处的办公桌看了一眼，又想起早些时候的一幕幕，有些话提到嘴边却不知从何说起，沉默半晌，只吐出一句：“你好点了吗？”

“嗯，没什么事。”陆铭周说得轻松，可麻药的时间早过了，随便一动都是伤筋动骨般疼，一时半会儿也好不了，他把话题绕回方才的对话里，“我有话和你说，江甜，迟一点没关系，我在病房等你。”

他说完，怕江甜拒绝，干脆也不等江甜回应，连忙道：“你先忙，我不打扰你了。”

江甜还来不及说什么，陆铭周已经挂了电话。江甜愣了愣，好一会儿才缓缓收了手机，重新朝莫安走过去。

莫安从江甜的细微表情中判断：“小陆？”

江甜低下头，淡淡地“嗯”了声。

莫安问道：“你现在什么打算？”她看向江甜，心下一思索，不咸不淡地说道，“还是说，你现在有小陆的关系，觉得自己不努力也可以？”

莫安说得轻描淡写，江甜却霍地抬眼，她几乎惶恐地看向莫安。

莫安假装没看到江甜眼里的窘迫，理所当然地往下讲：“也是，小陆是成念的挂名董事，对你又上心，你要什么资源拿不到。”

江甜的手心不自禁地攥紧，面上却强撑着不认输，说：“莫姐，你知道的，我没有。”

莫安当然知道，要是江甜有这个心思，当初也不会瞒着自己和陆铭周的关系。只是这几天江甜明显不在状态，《歌者》比赛在即，《回》的首发就在下个星期，所有的事情都箭在弦上，江甜这个时候分心是大忌，她作为江甜的经纪人，有必要刺激她几句。

莫安便顺着她的话往下说：“没有最好，帝都那边我都安排好了，最快明天就能过去。”

江甜惊讶：“明天？这么快？”

莫安却毫不留情地戳破：“快？你是对自己要求太低还是根本没要求？你知道进入最佳的备赛状态要做多少准备吗？别告诉我，你晾着一个专业团队在那边，还要在这里谈情说爱？”

江甜哑然，莫安说的每一句话都在理，她的声音渐渐低沉：“好，我马上准备。”

莫安行程安排得紧，明天早上的飞机，江甜和余思妍好不容易见面也来不及多聊，余思妍这段时间也忙，江甜把一卡通和学生证都留给余思妍，让她下星期一替自己报到。江甜学分已经修完，大四又没有课，不在学校也没事。

等交代完学校的事情，江甜又往家里赶，据江宁明的可靠情报，唐蜜这两天的情绪已经稳定了不少。

江甜开门进屋，江宁明坐在客厅等她。江甜没看到唐蜜，于是不安地问："老江，妈呢？"

江宁明的视线往卧室带了一眼，低声道："睡了。"

江甜松了一口气，她在江宁明身边坐下。

江宁明深深吸了一口气，他神色认真地看向江甜："小甜，你是大人了，我们不过度干涉你的决定，这话是没错，可做父母的担心自己孩子难道就错了吗？你不要怪你妈妈，她就是太紧张你了。"他拉过江甜的手，轻轻握在手心，"无论发生什么，我们都是一家人。爸妈只有你这么一个宝贝，一个人出远门，你照顾好自己。工作再忙，也要记得常打电话回来。"

江甜没想到唐蜜和江宁明已经知道她要去帝都的事情了，江宁明话语温柔，江甜原本以为回家会面对争吵，甚至做了最糟糕的准备，眼下一颗烦躁的心却被父亲再家常不过的几句话一点点安抚了下来。

江甜往江宁明的肩膀上靠，吸吸鼻子，小女孩似的撒娇："老爸，你真好。"

江宁明却没再开口，心疼地揉了揉江甜的脑袋。

凌晨一点，医院的走廊空空荡荡的，一个人都没有。

害怕吵醒陆铭周，江甜费力地把行李箱提起来靠到一边墙角，才小心翼翼地推门进去。

病房里静得连针落地的声音都可以听见，陆铭周已经睡了。

早些时候，陆铭周说有话和她讲，可她时间紧迫，将一桩桩的事情处理完，也是累极了。

江甜走上前，房间里光线很暗，她勉强看清陆铭周的脸部轮廓，微微合着眼，睫毛垂下，在眼下投下两抹淡淡的阴影，脸上的伤，颜色淡了点，可仍是狼狈，薄唇紧抿，似乎睡得不太安稳。

江甜看得心疼，她藏不住对陆铭周的感情。哪怕陆铭周一次次对她隐瞒，甚至说了那些过分的话。她能感受到陆铭周对她一颗几乎赤诚的心，他会毫不犹豫地保护她，关心她，会因她紧张，因她自责。

于是那些白天被强行压下的爱意，趁着她最疲惫最脆弱的时刻，突破理智的防守，统统冒了出来。

江甜还没意识到自己在做什么，就已经鬼使神差地躬下腰，情不自禁地在陆铭周嘴边轻轻落下一个吻。

江甜还是羞涩，她简单停了几秒，正准备离开，手腕却被人猛地一拽，她倏地失去重心，猝不及防地栽在床上，紧接着她便落入了一个温暖怀抱。

耳边传来低低的笑声，略带沙哑，落入耳蜗。江甜呼吸一窒，某人却明知故问地开口："你在干什么？"

江甜语塞，哪好意思说。

陆铭周心情很好，声音里裹着数不尽的柔情蜜意："问你件事。"

江甜被人当场抓包，实在没底气，她很轻地咕哝："什么？"

陆铭周懒洋洋地"嗯"了一声，话尾扬起的音节里总捎着一股风月的味道，怎么听怎么性感，江甜被他吊着一颗心，陆铭周却还是慢条斯理的。

江甜于是恼羞成怒："快问！"江甜以为陆铭周有什么正事，她有些不安。

谁知这厮却笑得如沐春风，冲她眨眨眼，特不正经地一连冒出好几句："我好亲吗？香不香？小辣椒，不是我说你啊，你对我有什么企图的话，你大声说出来嘛，嗯？"

江甜："……"

病房里只有医疗器械折射出的冰冷光束，黑乎乎的，视线不清，陆铭周刻意逗她，江甜伸手想开灯，陆铭周却慌忙捉住她的手腕，阻止了她的动作。

陆铭周的右手搂着江甜，左手又挂着注射液，动作大了，扯动了床头的输液架。江甜见状，挺不客气地拍了几下陆铭周的手背："你就不能老实点。"

陆铭周非但没老实，反倒顺势拉过江甜，他漆黑的眸子在黑夜里亮晶晶的，他的目光紧紧攫住江甜，没了前一刻的不正经，用很低的声音说："我等你好久了，又不敢打电话催你，我怕你在忙，也怕你烦。"他的唇瓣细细蹭着江甜的手背，极缓慢地呼出一口气，"我以为你不会过来了。"

陆铭周说得虔诚又卑微，江甜僵在他怀里，心乱如麻。

陆铭周抵上江甜的额头，江甜怕磕碰到陆铭周身上的伤，担心道："你别乱动啊，陆铭周你是小孩子吗？"

陆铭周却深陷在自己的情绪里，他沉着嗓音往下说："可你真的来了，我又不知道要说些什么，我明明有好多话想跟你说。"

他蹭了蹭女孩的额角，略带自嘲地补充："江甜，我不知道拿你怎么办。白天秦厉问我，你到底有什么好，我想了老半天也回答不上来，明明以前看你挺不顺眼的。"

江甜静静地听着，仍是不说话。陆铭周说话带出的呼吸声轻轻洒在她的脸颊上，她脸上痒痒的，心上也一样。

陆铭周停了好久，再次开口，声音带着夜晚的微凉，嘴角牵起的弧度略冷，眼神却是炽热的："早上在派出所门口，我说的每一句都是认真的。江甜，我们重新开始好不好？我保证不会再骗你，我们好好的，不折腾了，成吗？"

江甜想起早上的一字一句，似乎有一股劲风从她耳边呼啸而过，陆铭周说想娶她，想和她在一起，他们会有一个家，还有孩子。

江甜足足僵了好一会儿，才从陆铭周有意营造的温柔陷阱里勉强抽身出来，她逼自己强打起精神：“你先安心养伤，别想这些了。”

江甜闪烁其词，陆铭周的眼眸折射出一簇簇的失意和哀伤，嗓音几乎沙哑：“你不要我了？”

江甜被他的眼神刺痛，她慌乱地别开眼，她斟酌片刻，再度开口，不似她一贯的轻轻柔柔，声音带着一股儿倔：“陆铭周，我喜欢你，这点你不用怀疑。可是我不知道凭着这点喜欢，能不能和你走下去，你不能无视我们之间的问题，我需要时间想清楚。”她再次抬头，终于用勇气直视陆铭周，“这段时间我们都把对方逼得太紧了，这样不行，我也不想辜负你对我的喜欢，你明白吗？”

江甜的话音带钩，勾得陆铭周原本忐忑不安的心越发躁动不安。

见她满脸认真，陆铭周竟找不到拒绝的措辞，忍着难受，问怀里的女孩：“要多久？”他又补充，“江甜，我可以等你，可你不能一点希望都不给我。”

话题沿着江甜期待的轨道推进，江甜却忽然觉得难受。陆铭周的忍耐退让，都成了压在江甜胸口一团熊熊燃烧的歉意的大火，江甜只好飞快地说：“我这么晚过来是想和你说一声，我明天的飞机去帝都，莫姐安排了团队，训练加上比赛，短的话几个月，长的话大半年。陆铭周你安心养病，医生说至少要静养两三个月，你照顾好自己，不许胡闹。”

她说完长长的一段话，心里一块巨石落下。

陆铭周却绷着一张脸，黑眸紧锁着她，薄唇抿紧了一句话都不说。

江甜又变得忐忑，她没看陆铭周，却感受到陆铭周的视线定在自己脸上，目光越来越热，鼻尖的呼吸声愈来愈重。

江甜勉强撑了一会儿，半晌，实在扛不住陆铭周炽热的眼神，她抬眸仓促地说：“陆铭周你说句话……”

江甜话才说到一半，陆铭周却直接吻了下来，把她所有的话悉数堵了回去，搭在她腰上的手臂越收越紧。江甜以为陆铭周会是他一贯的强势霸道，谁知陆铭周却比往常的任何一次亲吻都要温柔。一点点细腻地描绘她的唇形，轻轻扫过贝齿，一寸寸地舔，虔诚得像捧着什么宝贝。

江甜手足无措，直愣愣地睁着眼，没能拒绝也没法回应。

陆铭周终于舍得放开她，嘴唇轻轻抵在她的嘴边，几乎嘶哑地问：“我能来找你吗？”他一退又退，带着祈求的语气。

江甜却很轻地摇头，没给他讨价还价的机会：“医生说你要静养，你如果不好好养病，我就真不理你了。”

江甜没法留在陆铭周身边照顾他，也明白陆铭周绝对不会安分，根本不把自己的身体当回事。

面对江甜的决绝，陆铭周像被人掐住喉咙，艰难地喘了一口气。

江甜见陆铭周迟迟没有动静，他就像密不透风的墙堵在自己眼前，压得她心脏闷闷地疼。

江甜内心挣扎了一会儿，刚想别开脸喘口气，倏地却有什么湿湿的东西落在她右脸颊。

江甜愣怔，不可思议地看向陆铭周，见陆铭周红着眼眶，迎着一束冷光，眼角晶莹闪烁，她整个人如遭雷劈。

凌晨的夜，她躺在被子上，病房里吹着空调，她裸露在外的皮肤有些冷，旁边有闪烁的指示灯，江甜第一次那么强烈地感受到陆铭周对她毫无保留的爱。

江甜怔怔地看着他，泪花瞬间濡湿了睫尾。

陆铭周几乎窘迫地别开眼，闷闷地狡辩：“身上太疼了，你别瞎想。”他似是而非地抛下一句，收回搂在江甜腰上的手，艰难地转过身，背对着江甜，沉默了下去。

江甜是说不出的震惊和意外，对着陆铭周的背影发呆。

也不知过了多久，久到江甜都以为陆铭周已经睡着了，陆铭周却再次转过身，抿着嘴唇依旧一声不吭，掀开被子把江甜拉进被窝，僵硬地把江甜搂进怀里。两人严丝合缝了，他才用下巴抵着江甜的头，冷冰冰地说：“睡觉。”

陆铭周语气不善，江甜却觉得周身都是暖意。她原先已经累极了，这会儿贴上陆铭周宽厚的胸膛，她莫名觉得安心，一眨眼的工夫就睡了过去。

怀里传来绵长的呼吸声，陆铭周苦笑，忍不住啐道："没良心的小王八蛋。"

他骂道，又情不自禁地轻轻拍着江甜瘦弱的背，在江甜轻柔的呼吸声里几乎一夜未眠。

感情是毫不讲理的，他拿江甜没办法，更对自己没辙。

天一亮，江甜缓缓睁开眼，见身旁的陆铭周仍在睡梦里，她轻轻掰开陆铭周横在她腰上的手，轻手轻脚地掀开被子下床。

陆铭周住的病房很大，设施齐全，江甜在洗手间洗漱完，简单打理了一下。她拿了条干净的裙子，准备换下，洗手间的房门却从外头被推开，陆铭周推着输液架冷肃着一张脸站在门口看她。

江甜连忙拿过盥洗台上的裙子遮在身前："你醒了？"她说完，又觉得这不是重点，"你等一下，我马上就好。"她以为陆铭周要用洗手间，于是试图关门，想把衣服换好，再给陆铭周腾地方。

陆铭周站着没动，江甜注意到陆铭周扶着输液架的右手在发抖，宽松的病号服下，双腿似乎还在隐隐打战。江甜心下一紧，也顾不上遮身子，连忙跑上前，伸手去扶他，担心地问："你能下床吗？有没有事？"

陆铭周没开口，江甜见他疼得冷汗直冒，顿时红了眼："你这样让我怎么放心。"

陆铭周见江甜眼眶红红的，眼眸里写着真真切切的关切，他一夜未睡的气，对江甜的怨，又顷刻被打散，成了心底最浓的心疼和不舍。

"江甜，不用担心我，我等你回来，多久都等。"

《长夜行》没在最热的暑假档上星，却在大盘低迷的九月一开播就有了收视破一的好成绩，一跃成为年度热度最高的古装剧。

主题曲《回》在各大音乐平台上线，仅 24 小时就问鼎榜首，随着电视剧的热度，连续数周蝉联榜单第一。陈慕扬的表现受到圈内音乐人大赞，顺带着江甜也受到了不小的褒奖。

借着这股东风，江甜前段时间的绯闻才彻底澄清。

《歌者》第三季的热度依旧居高不下，节目组请了今年大热的乔萱当演艺导师，剩下的三位导师中，陈慕扬是综艺首秀，热度最高。

经过三个月的前期准备和海选初赛，主办方公布了前 50 强的选手名单。《歌者》会在年初正式进入录制，总共十期节目，赛制残酷，每期都会有五位选手离开，最后诞生全国五强。

名单一出，在几个热度较高的选手中，江甜无疑是话题度最高的。

时间飞快，转眼已经是十二月底。圣诞节，街上到处都挂着彩色的霓虹灯，商场门口装饰着巨大的圣诞树。

结束训练后，江甜提议大家回家过节，早早结束了一天的工作。

四个月来，江甜每天不是在工作室训练，就是在录音棚录音，其他的时间基本都在酒店。

工作室的人陆陆续续走得差不多了，江甜拎了包也打算回酒店，身旁的王艾却拿胳膊肘子捣了一下她，江甜手上动作一顿：“怎么了？”

王艾是莫安给她找的助理，年纪比她大一点，算是江甜在帝都关系最亲近的人了。

王艾摇摇手机，骄傲地说：“咱们又上热门了，第三。”她虽然刚认识江甜不久，两人关系还挺好的。江甜这人一点架子都没有，既有能力又肯努力，长得还好看，王艾很难不喜欢她。

江甜听了，挺不在意地问：“这回又骂我什么？”这段时间以来，江甜已经习惯了。

王艾一噎，撇嘴：“你就不能想点好的啊，今天《歌者》官宣了，网络上说咱是最有可能拿冠军的。”江甜一路走来实力是有目共睹的，偏偏大部分人都看不到这些。她开始还替江甜担心，可慢慢发现，江甜好像根本不在意这些。

江甜整理好桌上的东西，好奇地问：“你是翻了多少条评论，才好不容易挑到一条夸我的？”

王艾彻底被堵了言语，江甜推着她往外走，自然地岔开话题：“今天不是过节吗，我打算给咱俩的晚饭加个鸡腿，顺便点杯奶茶放纵一下。”

王艾十分无奈地说：“我说江同学，你能不能有点追求啊？你才多大，每天不是工作就是睡觉，没见过你这么清心寡欲的年轻人。”

江甜咂摸着王艾话语里的意思，她挑眉问：“你交男朋友了？”

王艾狡黠地笑：“今天不是圣诞节嘛，我就不和你相依为命了，等下把你送回酒店，我就去和男人鬼混了。”

江甜猝不及防被塞了满嘴的狗粮，她嫌弃地收回搭在王艾肩上的手：“你直接去吧。我也就十几分钟的车程，费叔送到楼下，你不跟着也没事。”

王艾不确定地问："可以吗？"

江甜正想点头，觉得王艾还是挺关心自己的，谁知这姑娘已经激动地拍脑袋："我马上跟我男人说一声，让他到公司楼下接我。"

江甜："……"

十分钟后，王艾兴奋地上了男友的车，汽车绝尘而去。江甜站在原地看着远去的车尾灯，也不知想起什么，表情茫然，视线落在远方车龙里竟久久忘了收回。

直到响起好几声喇叭声，江甜飘远的思绪方才回笼，她不留痕迹地藏下所有情绪，拉开保姆车的车门坐进去，冲驾驶座上的司机礼貌地打招呼："费叔好。"

费明笑着说："今儿早啊，平时不到凌晨一两点，你可不会下来。"他四五十岁的年纪了，把小姑娘当闺女疼，关心地说，"也别太拼了，还是身体重要。"

车里开了暖气，江甜取下围巾，她浅浅地笑，点头应下来。

车子缓缓滑入车流，注意到街景，费明忍不住感慨了一番："晚上可真热闹，你不出去逛逛？"

江甜被费明的话牵着走，转头朝窗外看去，确实热闹，到处都张灯结彩，广场上随处可见约会的小情侣。

江甜有些恍惚，猝不及防地想起某人。

她是八月底离开安城的，现在十二月底了，转眼就是新的一年。她和陆铭周最后一次见面是在医院，那天之后，两人再没了联系，没有见面，没有电话，甚至连一条短信都不曾有过。

江甜的睫毛轻轻一颤，眼泪凶猛地砸了下来，她慌乱地收回视线，连忙用手背擦掉眼泪。

酒店门口，汽车刚停稳，江甜也没了往日的礼貌，匆匆拉开车门，快步往酒店大堂里走去。费明喊了两声想提醒江甜围巾落了，江甜已经飞快走入旋转门。

见江甜安全回到酒店，费明按惯例拨了个电话出去，还是固定的几句话，对方通常也只有一个“好”字。

翌日，江甜一大早来到工作室。紧张的比赛暂告一段落，来年初才开赛，工作室除了两个做行政的，也没别的人。

王艾直到十点才出现，顶着两个快掉到地上的黑眼圈，对着江甜一个劲儿地说抱歉。江甜刚好在改一个曲子，见到纵欲过度的王艾，她语重心长地教育了几句。

王艾冲她没皮没脸地笑：“等你到了我这个年纪啊，就知道这是多么痛苦的甜蜜了。

江甜不和她贫，谈起正事：“晚上有《歌者》的见面会，莫姐昨天交代我一定要去，有什么特别吗？”

王艾私底下虽然人来疯，业务水平还是没话说的：“算是个年终总结吧。一月份直接录决赛了，带选手和导师见个面，熟悉一下。”

江甜：“四个导师都会来？”

王艾：“陈慕扬停了近半年所有的工作，节目组估计也联系不上。听说投资方会派代表过来，好像来头不小。”

江甜：“投资方？《歌者》最大的投资方不就是成念吗？”

“对啊，咱们不就是成念的外派嘛。”王艾琢磨着莫安前辈的话，理所当然地说，“说不定莫姐是想让咱们见见娘家人呗。”

江甜想到另一个问题，平淡地问：“会来媒体吗？是内部的活动？”

王艾见江甜兴致不高，便忍不住给江甜打气：“虽然选手没有单独安排采访，但到时候现场肯定媒体扎堆啊。这三个导师都是大人物。光一个乔萱，媒体都要挤得头破血流了。”

江甜沉默着不说话，她对乔萱没什么好感，参加这种活动还不如多练几首歌来得轻松。

王艾却仔细交代：“咱们下午做造型，六点半费叔会过来接我们。”

江甜心底一声哀号，嘴上还是乖乖地答应：“知道了。”

发布会七点半开始，礼堂大部分选手都已经入座。江甜提前二十分钟进场，挑了个角落的位置坐在后排。

大屏幕上流动播放着各选手的比赛视频，江甜昨晚没休息好，她坐的位置偏，大部分选手都往前坐了。发布会还没开始，江甜实在困，不知不觉就睡了过去。

耳边传来的声音越来越多，江甜在睡梦中迷迷糊糊的，直到左手边的座椅猛地一晃，江甜一吓，慌乱睁开眼，便看到林媚不知什么时候坐在她旁边。

“你还真特别。”林媚瞥了眼江甜，语气带着几分揶揄，“发布会也能睡着。”

江甜揉揉眼睛，低头看了眼手机，居然已经八点多了。倒不是她心大，这次活动明摆着是给节目造势，关注点根本不是五十位选手，可小心点总归是好的。江甜逼自己打起精神，她看了眼台上的主持人，低声问：“到哪个环节了？”

林媚冷冷地道：“十分钟后有成念负责人的演讲。”

江甜见舞台上除了主持人，也没其他的嘉宾：“现在是中场休息？”

林媚：“说是飞机延误了，大家都在等他。”

江甜没见过这么大的阵仗，上百人等一个人，飞机延误倒也可以理解，可对这人还是少了点好感。

林媚见江甜始终情绪淡淡的，说出的话酸溜溜的：“你怎么不坐前面去？你和陈慕扬什么关系？”

江甜假装听不出她话语里的嘲弄：“就普通朋友。”

这时，台上传来主持人的声音：“这一届的《歌者》和成念娱乐独家合作，我们的选手有机会直接和成念签约。成念此次派了特别嘉宾来到现场，大家猜一猜会是谁？”

主持人巧妙地抛饵，林媚立马被吸引了注意力：“特别嘉宾？会是谁啊？”她说完，又自问自答，“总之不可能是陆总，他连成念历年的年终晚会都不参加。”

江甜突然听别人提起某人，睫毛不自在地扑闪，又很快平静下来。确实不会，这种活动，他大概也看不上。

江甜没细想，她正想起身去趟洗手间，主持人的声音却再次从话筒里传来，前面公式化一段，最后才是一句关键：“让我们热烈欢迎成念最年轻的董事，陆铭周先生。”主持人一句话落下，整个礼堂顿时沸腾了，底下的议论声一浪高过一浪。

偌大的会议室掌声雷动，短暂持续了一会儿，又安静下去，直到一道清冽的男声响起：“先给大家说声抱歉，因为天气原因航班延误……”

江甜整个人愣在原地，像被人当头一棒，耳边全是嗡嗡嗡的杂音，台上的男人说了什么，她一句也听不清，没敢抬头，从头到尾都盯着脚尖，眼眶红了又红。她勉强压下心底的酸楚，掏出手机给王艾发信息：“发布会几点结束？”

“九点。”

“你让费叔早点过来。”

“怎么了？”

江甜瞟了眼手机，没回复。

台上的人还在侃侃而谈，他的声音低而缓，轻而易举地牵动着每个人的心思。

江甜逼自己不去听，可那人的一字一句还是拼了命地往她耳蜗里钻，江甜直愣愣地盯着手机屏幕，艰难地熬着时间。

现场的气氛却越来越热，似乎到了提问环节，主持人一开始的问题很温和：“陆总有没有看我们的比赛？”

“有。”

主持人再接再厉：“有喜欢的选手吗？”

“有。”

现场响起一阵惊呼声，主持人抓住机会：“前 50 的选手今晚都在现场，我们可以请上来和陆总互动，大家说好不好？”

此话一出，瞬间调动了现场的气氛，所有人都跟着起哄，林媚激动地去推江甜的胳膊：“真的假的啊，不会真的喊选手上去吧！”

江甜紧张得手心冒汗，生怕台上的人说什么，又怕他什么都不说。她终于鼓足勇气往台上看，男人一身黑色西装，长身玉立，站在舞台中央，右手握着话筒，目光深深地看着舞台下方。

也不知道是不是她的错觉，他的眼神往角落扫了过来，江甜总觉得他看到了自己，慌乱地挪开眼。

台上的人慢条斯理地理了下袖子，并没有回答。

主持人见对方不说话，明智地换了个切入点：“听说陆总和我们乔萱从小就认识？”

话题从选手跳到导师身上，现场气氛比刚才更火爆。关于陆铭周和乔萱的绯闻一直都有，也曾被媒体拍到过。

陆铭周倒也坦诚：“认识很多年了。”

主持人得到想要的答案，自然而然地说：“大家都很好奇您是怎么评价乔萱的？”见陆铭周明显停顿了一下，主持人又紧接着问，“方便透露一下吗？”

“长得很漂亮。”他突然笑了一下，对着在场的观众问道，“我应该没说错吧？”

众人笑着鼓掌，镜头切到前排的乔萱，投在大屏幕上，主持人话里有话地说：“我们现场有这么多美女帅哥，有没有您喜欢的类型？”

这是一道陷阱题，当事人却假装听不出，反而顺着主持人的话往下说：“当然有。”他话音刚落，现场顿时爆发出雷鸣般的掌声，大屏幕上的乔萱有瞬间的愕然，旋即又笑，带着些羞涩的味道。

江甜被她嘴角扯起的弧度灼伤了眼，顿时如坐针毡，所有人的起哄声传到她耳边全变了味，变成了对她的嘲笑。

江甜躬着腰起身，林媚激动又不解地看着她：“你去哪儿啊？”

江甜用右手遮在胸前，托词道："洗手间。"她说完，小心翼翼地沿着礼堂最偏的线路往后走，身后传来一阵又一阵的掌声和笑声，她却直接推门出去。

离结束还有半个小时，王艾见江甜已经出来了，她先是把手上的大衣给江甜披上，随后才不解地问："你怎么现在就出来了？发布会在网上直播啊。"她冲江甜举着手机，"你自己看，这么多人在看。"

江甜头昏脑涨，疲惫地说："费叔来了吗？我好累，想回酒店了。"

王艾在屏幕上点了点："你刚才前半场不是在睡觉吗？"她点开一组图片，"现在网上又说咱们不敬业，你让我跟莫姐怎么交代啊？"

江甜套着大衣的袖子，没什么情绪地说："没事，让他们说吧，我也不会少块肉。"

王艾也没责怪江甜的意思："幸好今晚的焦点不是咱们。"她收了手机，替江甜整理衣服，"现在网上都是陆铭周的新闻，还有乔萱，比起这两座大佛，我们就是打酱油的。"

江甜意兴阑珊地听着，佯装无事地晃王艾的胳膊："小艾我真不想进去了，你给莫姐打个电话，跟她解释一下，就说我身体不舒服。"

王艾见江甜确实脸色不好，担心地说："那你先跟费叔回酒店，我留下来注意这边的情况。"

江甜冲她点头："晚点电话联系。"

两人分开后，电梯迟迟不来，江甜没了耐性，朝楼梯的方向走去。

她从安全通道快步下楼梯，高跟鞋踩在台阶上发出"嗒嗒嗒"的刺耳声响，搅得她心乱如麻。

车停在老位置，停车场冷风直窜，江甜冻得嘴唇发白，左手搂着大衣，右手迅速拉开车门，车里开着暖气，江甜赶紧坐上去："太冷了，费叔，我们先回酒店。"她说完，费明半天都没回应，江甜往驾驶座的位置看去，才后知后觉地发现上头根本没人。

江甜摸出手机想给费明打电话，她所靠的椅背突然往后倒了下去，她还没反应过来是怎么回事，下一秒，连手机也被人劈手夺了过去。江甜心里“咯噔”一声，她迅速去推车门，手腕被人猛地一拽。

江甜挣扎，却力量悬殊，她只能喊：“放手！救……救命啊！”

谁知身后的人完全没有松手的意思，反倒狠狠逼近，凑到她耳边，不怀好意地道：“你轻点喊。”他刻意拖长尾音，无辜又暧昧地压低嗓音，“别人会以为我们在做坏事。”

他说得慢条斯理，江甜倏地脑袋一顿，整个人狼狈地僵在座椅上。

江甜傻愣愣地杵在原地，她以为遇到危险，拼命为自己争取一线生机，又恍然意识到身前俯视她的人，才是真正的危险。

此刻，江甜愣住不动，除了呼吸，整个人仿佛是静止的。

陆铭周单手撑在椅背上，居高临下地看着身下的女孩，右手无意擦到江甜腿上的肌肤，掌心触到一片冰凉。他不禁蹙眉，目光瞥到江甜裸露在外的双腿，瞬间没了逗她的心思，连忙半坐起身，脱下身上的外套盖在江甜腿上。

江甜却不配合地把外套往地上扔，陆铭周见状，倒也不生气，很自然地躬下身捡起，重新往江甜腿上盖。江甜这次更直接，干脆抢了陆铭周的外套往前排丢。

陆铭周眼底情绪变换，他刚才出来得急，没来得及拿大衣，脱了西装外套，身上就只剩一件衬衣。他只好艰难地往前探，拿起踩脚垫上的外套，转身看向江甜，小心翼翼地再次给她披好。

江甜从头到尾都不肯看他，连余光都不曾给他，固执地偏要和他反着来。陆铭周不给江甜第三次得手的机会，他抓住江甜的手腕，往她身上一寸寸压下去。

江甜敌不过他，却也不服输，昂起脑袋撞他，陆铭周没设防，江甜的额头磕上他的鼻梁。他吃痛，闷闷哼了声。

见江甜跟猫咪似的张牙舞爪闹他，陆铭周提不起半点脾气。他目光紧锁着江甜，低声喊：“谋杀亲夫啊。”他的尾音拖得长长的，话语裹着笑意。

江甜听了，毫不客气地啐他：“我呸！”

小半年没见，陆铭周想了无数个版本，两人见面时江甜会对他说什么，他怎么都没想到，江甜会是这么一句话，甚至还有唾沫星子往他脸上飞。

他有些啼笑皆非，忍不住捏江甜的下巴尖儿：“能耐了啊？”

江甜狠狠拍他的手背，说出的话冷冰冰的：“我不想看到你。”

陆铭周见江甜实在不老实，他烦躁地扯了下领带，压低嗓音威胁：“你再这么不讲理，我直接动手了啊。”

江甜听出陆铭周话里的深意，她哼了一声，阴阳怪气地说：“你和乔萱卿卿我我就好了，来找我干吗？人家好看你就看个够，祝你们早生贵子。”

江甜冷着脸语气不善，陆铭周却听得嘴角笑意愈深，他颇有几分得意地问：“你吃醋了？”

江甜立马狡辩：“我没有！”

陆铭周实在心情好，江甜口是心非的样子落在他眼里怎么看怎么可爱，于是他故作认真地说：“和她有点难。”他挑眉笑，故意歪曲江甜的意思，“和你倒是可以，你要是实在想，我就勉为其难即兴发挥一下？”

陆铭周说完，在江甜腰上不轻不重地掐了下。

江甜扭了下腰，双手直接杀去陆铭周的脖颈儿，掐着他质问：“你怎么可以那么说，所有人都以为你喜欢乔萱。当着那么多人的面看你们柔情蜜意？你把我当什么了？”

陆铭周被江甜摇晃着脑袋，嘴角却是化不开的甜蜜，柔声反问：“你让我怎么说？你就坐在下面，我倒是想直接说你的名字，你愿意吗？”

陆铭周说的是实话，语气又温柔，江甜的怒气被降到零点，心里只有委屈，完全没了先前的气势：“你都不知道，我有多怕，我快怕死了。”

陆铭周跟她解释：“我喜欢的当然是你，你怎么也跟着一起笨。”

江甜的声音不断低下去：“我们这么久没联系了，你一通电话都没有，我不知道你在干吗，跟谁在一起，会不会喜欢别人。你刚才在台上还那么说，你知道我有多难受吗？我以为你不要我了。”

她的鼻音越来越重：“乔萱那么好，我比不上她，没她漂亮，我们分开这么久，你一点消息都没有，我怕死了……”

陆铭周听完江甜一长串的控诉，顿时百感交集，他用指腹细细刮过江甜的眼角，心疼地擦掉她的眼泪。他长长地呼出一口气，末了又凑到江甜的嘴边，沙哑着声音说：“江甜，我只喜欢你，这辈子都喜欢你。”

陆铭周说得动情，江甜心里的慌乱便少了点，沉默半晌，又低低埋怨：“可你这么久都不联系我，连电话都没有。”

陆铭周听得心尖微颤，他没提那些日日夜夜数不清的想念，反而循循善诱地往下问：“你呢，为什么不联系我？”

江甜的声音再次低下去，几不可闻：“我不敢。”

她只是模棱两可地说了三个字，陆铭周却觉得揪心，他的声音带着些许无奈，轻轻地说：“我也不敢，我怕一个没忍住，就会不顾一切来找你。”

陆铭周话里没什么华丽的辞藻，江甜心底却是从未有过的踏实和笃定。因为分离，相爱中的人胆怯到连一通电话都不敢。

陆铭周还想跟江甜解释什么，江甜用手臂环住陆铭周的脖颈儿。

陆铭周一顿，江甜的睫毛颤了颤，她没敢看陆铭周，紧闭着眼，下一秒，毫不犹豫地吻了上去，舌尖舔着他的唇瓣，努力讨好他。

她的吻带着几分急躁，迫不及待撬开他的贝齿，牙齿磕碰发出暧昧的声响，却勾起了陆铭周对江甜数不清的思念和爱意。

他两手搂住江甜的腰把人往自己身上压，两人身体间的缝隙越来越窄。陆铭周努力回应她的吻，渐渐地，他不受控制地不断加深加重，焦灼地吻她。

江甜被吻得喘不过气，面颊涨得通红，眼眸也因为缺氧泛起粼粼水光。陆铭周却把江甜搂得更紧，亲吻一路往下，落在江甜的颈窝。

江甜好不容易喘过一口气，胸口剧烈起伏。陆铭周扯江甜身上的礼服，江甜被他弄疼，她抬起手臂推他："你别扯。"

陆铭周手上的动作没停，哑声问："怎么了？"

江甜扭着身子躲他带电的手："这裙子借的，你别给我扯坏了。"

陆铭周低低地笑，在江甜的嘴边轻轻地舔："没事，坏了我赔。"

男人的胸膛炽热，压得她快喘不过气了，她软声求他："好了，别闹了，这里是停车场呀。"

陆铭周却觉得无辜，他闷闷地反驳："是你先开始的啊，你怎么不讲理啊。"

江甜语塞，她羞恼："会被人看到的。"

陆铭周诱哄她："不会的。"

谁知他一句话还没说完，车门突然被拉开，紧接着传来一道女声："小甜，你怎么还没回酒店啊？"

王艾往车里探头，车厢里的画面猛地撞入眼帘，她浑身一个激灵："你们在干吗？叠罗汉吗？"她赶紧捂住眼睛，又小心地松开一条缝。画面里，清纯可人的小甜甜居然衣衫凌乱地被男人压在座椅上，王艾悲痛，"你谁啊？给我转过来！"

陆铭周反应迅速，飞快地替江甜整理好衣裳，才体贴地拉着江甜起身，把座椅调回原来的位置。

等做好一切，陆铭周自然地侧身，一点都没有被人逮住的窘迫："给费叔打电话，让他别躲洗手间了。"

王艾愣了好几秒，陆铭周喧宾夺主，她火气"噌噌噌"往脑门蹿："你谁啊！"她问完，视线直勾勾地盯着陆铭周打量，顿时睁大眼睛。

王艾后知后觉反应过来，赶紧对着陆铭周鞠躬："我们家小甜就麻烦您照顾了，我什么都不会说的。不是，我什么都没看到！”说完飞快地甩上门。

车门关上的瞬间，江甜恼羞成怒，提拳打他：“都怪你！我都说了你还不听！”

陆铭周比她还委屈：“是谁先把持不住的？我怎么知道你会这么主动啊。”

江甜：“……”

酒店门口，江甜习惯性地要跟费明道别，陆铭周却直接半抱着江甜下车。

陆铭周毫不避嫌，搂着江甜往酒店大堂走，酒店人来人往，江甜担心人多眼杂，试图挣脱他的手，陆铭周却不肯放手，江甜无奈：“在外面呢。”

陆铭周理所当然地问：“我搂女朋友怎么了？”他挑眉，又调侃，“你要是怕被别人看到就搂紧点，我可以考虑走快点。”

江甜无语，朝陆铭周飞了一记白眼，陆铭周低低地笑，江甜懒得理他，上了电梯就拿着手机玩。她看着屏幕上的新闻，幽幽感慨：“怎么这么多人夸你，你到底哪里好了。”

陆铭周听江甜这么说，侧眸往她手机页面扫了眼，浅笑着回：“也没哪里好，可比某些人在哪儿都能睡着，要好一点点吧。”

江甜和他耍嘴皮子太吃亏，电梯门刚一打开，她率先往前走，陆铭周停在她身后，一只手揣在兜里，他无奈地笑：“走反了，是这边。”

江甜匆匆扫了眼房间号，确实不对，她赶紧掉头，经过陆铭周的时候故意拿肩膀撞他。

陆铭周逮住机会，直接把江甜扛上肩头，江甜不配合地嚷嚷：“陆铭周你放我下去。”

陆铭周却在江甜的屁股上不轻不重地拍了下，笑着警告：“别喊，影响不好。”

江甜被某人厚脸无耻地拍了屁股，立马老实了，陆铭周开门进屋，紧接着反手甩上房门。随着“啪啦”一声响，江甜猛然想起什么，她气恼：“陆铭周你又骗我！”

陆铭周蹬掉脚上的鞋子，又替江甜脱掉高跟鞋：“你别冤枉好人。”

江甜这回却不由着他胡闹了，挣扎着落地，陆铭周怕江甜伤到，连忙把她放到地上，江甜站稳：“你怎么知道我住这？哪来的房卡？”

得意忘形的某人，这才意识到自己露馅了，陆铭周用舌尖顶了下腮帮子，无辜地看着江甜。

江甜直接气笑了：“说话啊，陆总你是年纪大了，记性也不好了？”

陆铭周不说话，匆匆往房间里面走，想逃离现场。

江甜却直接追过去，往陆铭周背上跳，手臂环住陆铭周的脖颈儿，使劲儿晃他：“还有，你怎么会知道费叔？陆铭周你又给我下套。”

陆铭周生怕江甜摔倒地上，慌忙托住江甜，以防她掉下去，他赶紧讨饶：“你这么优秀，我这叫危机意识，懂吗？”

“不懂！”江甜拆台，“还有晚上的事，网上都说你和乔萱一万个相配，陆铭周你不得了了！”

陆铭周失笑：“这事我刚刚在车里不是解释过了吗？”

江甜用手肘顶着陆铭周的脖子：“我不管，反正我被‘绿’了，我难受我委屈。”

陆铭周忍俊不禁，缴械投降，不打算和江甜讲道理了：“我错了，真错了，江小姐要不要勉为其难原谅我一次。”

江甜没跟陆铭周生气，可还是装严肃地说：“看你表现吧。”

陆铭周转动手臂，一点点把江甜往前挪，没一会儿，两人便面对面了，他拿额头顶江甜的脑门。

江甜铆足了劲儿挂在他身上不动，陆铭周便又变着法子低头去吻她。江甜往后仰头躲，陆铭周躬下身去追，笑着哄：“别小气啊，就亲一下。”

江甜偏偏跟他反着来：“才不要！”

陆铭周听了，故意挠江甜腰上的痒痒肉，威胁道：“你说什么？”

江甜笑得肩膀直颤，立马忘了骨气二字怎么写，主动贴过去对着陆铭周吧唧几下，忍着笑说：“陆铭周，陆总，亲爱的！”

陆铭周被江甜哄得神色柔柔的，他把江甜抱高了一些，正想做些什么，耳边却突然传来“咕噜咕噜”的突兀声响。陆铭周动作一顿，没能吻下去，眉梢却是掩不住的笑意：“饿了？”

江甜心虚地看他，缓慢地点头。

陆铭周轻轻拍了下江甜的后背：“我给你叫吃的，你先去洗澡。”话落音，他想把江甜放到地上。

江甜难得有了小女生娇气的一面，耍无赖不肯下去：“你抱我。”

陆铭周闻言一顿，随后抱着江甜往浴室走，江甜得逞地搂着他笑个不停。陆铭周却正经不过三秒：“别说抱，我帮你洗都可以。”

江甜：“……”

江甜难得泡了个热水澡，吹完头发，等她从浴室磨蹭出来，便见陆铭周站在床前，正在接电话，他似乎也已经洗好澡，身上穿着酒店的白色浴袍。

他轻声说了几句，旋即挂了电话。陆铭周背对着她站着，江甜走上前，从后头抱住他，脑袋往他后背贴了上去。陆铭周见腰间环上来的细嫩手臂，放下手机，低声问：“洗好了？”

江甜抱着他不吱声，陆铭周只好搭上江甜的手臂，转过身，两人面对面。他低头看向江甜，见江甜明显情绪低落，他安抚似的摸了下江甜的头发，等她说话。

江甜扯着陆铭周的浴袍带子，抬眸看他：“你明天回去？”

陆铭周见江甜这么问，显然是听到他讲电话了，他便微微颔首：“明天下午的飞机。”

江甜没说什么，只是把陆铭周搂得更紧了。

陆铭周用右手揉着江甜的头发，跟她低声解释：“公司事情多。”

他低下头，用下巴蹭了蹭江甜头顶，“我也舍不得你，一有空我就过来陪你，好不好？”

江甜听他柔声说着，手心落在陆铭周后背，关心地说：“你的伤都好了吗？”她之前通过余思妍打探过陆铭周的情况，虽然知道他已经没事了，现在却又忍不住想多了解一些。

陆铭周怕江甜担心，忙不迭地点头，跟江甜卖乖：“我很听话的，戒烟戒酒，每天过的都是和尚日子。”

江甜半信半疑地瞟他，陆铭周捏她鼻子：“你不信？”

江甜默认，陆铭周只好说实话：“烟是戒了，酒没戒成，我尽量少喝点。”

江甜见陆铭周这么说，心底生出几分感伤：“你会不会怪我没留下照顾你。”

“瞎想什么？”陆铭周觉得江甜身上香香的，他情不自禁地把她搂得更紧，认真地说，“江甜，我不需要你为我放弃什么，你应该找到自己的舞台放光发亮，我无条件支持你，知道吗？”

江甜闷闷地“嗯”了一声，深深吸了口气，低声说：“我很想你，每一天都很想你。”

她今晚见到陆铭周经历了千百种情绪，感受着陆铭周的体贴，陆铭周明天又要离开，她终于有勇气说出这段时间最深的无奈。

陆铭周稍微放开一点江甜，他步子往后退，将两人的距离拉开，江甜舍不得，扯着他浴袍的腰带，力道没控制好，腰带一松，浴袍散开到两边。江甜瞥见了什么，温情脉脉顿时飘远了，她脸颊飞上两抹红晕：“你怎么光着身子呀？”她说完，别过脸。

陆铭周见江甜嫌弃他，只觉得委屈：“光顾着追你，什么都落车里了。”在活动现场，他见江甜离开，匆匆说了几句便追了出去，哪里还记得拿上行李啊。

江甜又偷偷瞥了他一眼：“那你穿什么？”

陆铭周倒不耍流氓，重新系好浴袍带子，正经地说：“我明天再让人送过来。”

“谁管你明天了！”江甜瞪他，“我是说现在，到明天还有一个晚上啊。”

陆铭周冲她挑眉坏笑：“睡觉穿什么衣服嘛。”

江甜脸红，转身小跑着离开卧室，转移话题：“饿死我了，你叫吃的了吗？”

陆铭周快步追上去，双手往江甜的肩膀上搭，推着她往前走：“太晚了，吃太多不好，叫人送了面条。”

两人在餐桌前坐下，江甜迫不及待地动筷子，陆铭周拉开椅子坐在她对面。

江甜吃了几口解了馋，见陆铭周只是托腮看着她，便不解地问：“你不饿吗？怎么不吃啊？”

江甜的嘴角粘了葱花，陆铭周伸手替江甜拨掉：“飞机上吃过了。”

江甜点点头，她忍不住问：“你今天怎么会过来？你不是不管成念的事吗？”

陆铭周柔声跟她解释：“我爸年纪大了，我尽量帮他分担些。不过今晚这事确实是别人的工作，是我有私心想见你，所以就过来了。”

江甜嘴里塞着东西，陆铭周静静地往下说：“我怕你生气，心里想着如果是公事出差，你要是真怪起来，我总归有底气一点。”他话语微微一顿，语气低了下去，“确实想你，江甜，我不瞒你，四个月是极限了。”

过去的这段时间，他不来找江甜，一方面是因为答应江甜要安心养病；另一方面是公司的事情耽误了太多，他忙得晕头转向，分身乏术。江甜的活动他比谁都了解，更怕影响江甜比赛，才一直没敢来找她。

陈慕扬在江甜离开安城后，来见过陆铭周一次。他从陈慕扬口中了解到江甜早已知道了当年安静的事情。陆铭周有些后悔，因为自己的怯懦，他失去了亲自对江甜说出真相的机会。他唯一能做的是给江甜足够的时间，等她冷静想清楚了，只要江甜还要他，他就绝对不会放手了。

小半年的分离，两人半点联系也没有，他已忍到极限，分分秒秒都忍不了了，才会打着幌子，不管不顾地找上来。

陆铭周说完，便陷入沉默，目光深深地看着江甜。江甜在陆铭周几乎贪婪的目光中低下头，沉默地把面吃完。

等汤碗见底，她放下筷子，抬头看向对面目光深似海的男人，她轻声唤他的名字。

陆铭周倏地回过神："嗯？"

江甜笃定而清晰地说："我想和你在一起，无论我们之间差距有多大又或者如何不般配，我都想和你在一起。"

江甜推开椅子站起身，绕到陆铭周的身边，陆铭周的目光跟着江甜移动，他侧身看着江甜走过来。女孩停在他两步之外，冲他笑得眉眼弯弯，温柔地说："我真的很喜欢你，嗯，我爱你。"

江甜轻声细语的一句话，如平地一声雷狠狠砸在陆铭周心底最柔软的部分，顷刻间掀起惊涛骇浪。他情绪激动，霍地从椅子上起身，椅子直直往后倒，他却往前扑，把江甜搂进怀里。他不知道该说什么，一个劲儿地喊她名字："江甜，江甜……"

江甜被陆铭周抱得太紧，她轻轻推他："你轻点啊。"

她还没说完，陆铭周托住江甜的屁股把她整个人抱了起来。江甜本能地双腿往陆铭周腰上圈，陆铭周急不可待地低头吻她。

江甜没躲成，她只能勉强地说："我还没有刷牙呀。"

陆铭周抱着她亲，江甜努力捧着陆铭周的脸庞想把他往后推，她被陆铭周捂得透不过气，声音便越发软下去："等一下，你等一下啊。"

陆铭周跟听不见似的，按着江甜的后脑勺吻得更深，只是走到卧室的工夫，江甜身上的睡衣就被陆铭周奇迹般地褪到膝盖。

陆铭周捧着江甜的脸颊，鼻尖抵着鼻尖，低哑地问："明天陪我，你也休息一天。"

江甜轻轻抚摸着陆铭周宽厚的背，她莫名安心，很轻地点头。

陆铭周于是闷闷地笑，江甜被他的呼吸声挠得痒痒的："你笑什么？"

陆铭周用手肘微微撑起一点身子，看着身下的江甜，难得露出一个温文尔雅的笑："那我不客气了啊。"

终于被放开，江甜整个人散架了一样，趴在床上一点力气都没有，她看某人越发不顺眼。陆铭周哪里是跟她不客气，简直是要她的命啊。

江甜泡完热水澡，缓过了最初的酸软无力。两人贴得近，陆铭周替她掖着被角，江甜觉得没有哪一刻比眼下更让她安心。

陆铭周完全没有睡意，他搂着江甜，垂着眼细细看着怀里的女孩，他有很多想说的话，可又不知从何说起。除此之外，他胸口滚烫，通身都是暖意。

江甜虽然累极，可两人心无芥蒂和好的第一个夜晚，舍不得就这么睡去。陆铭周明天就回去，江甜的手臂软绵绵地搭在陆铭周腰间，指腹无意滑到陆铭周后背的伤疤，她便仰头看他。

陆铭周见江甜也醒着，他很轻地问："睡不着？"

江甜没吱声，静静地看着陆铭周，从他脸上每一处滑过，最后停在他泛着青紫的眼睑下方。"陆铭周——"她长长地唤。

陆铭周低头凝望着江甜，江甜看着他的眼睛，一字一句肯定地说："你要原谅自己。"

陆铭周一怔，他低着头几乎虔诚地盯着江甜看。江甜往他怀里蹭了蹭，慢慢地说："安静是个很好的女孩，她很善良，肯定不希望你一直活在对她的愧疚自责里。她希望每个人都快快乐乐、幸福地活着，我们往前走。"

清楚所有的事情之后，江甜第一次跟他提安静，江甜一句重话都没有，而是轻声细语地宽慰他。陆铭周眼眶泛酸，他的目光紧锁着江甜，几乎颤抖着问："你不怪我？"

江甜沉默了好久，久到陆铭周以为自己等不到答案，江甜最终却很轻地摇了摇头："有点心疼你。"

陆铭周觉得自己被拯救了，那些日日夜夜纠缠的往事，在这个夜晚终于舍得和他挥手告别。他红着眼看着江甜，却怎么也找不到合适的话语，只能把江甜搂得更紧，紧到这辈子都不会再分开。

江甜渐渐抵挡不住困意，迷迷糊糊睡了过去，陆铭周抱着心爱的女孩，哑着嗓子在江甜耳边呢喃："我也爱你。"

江甜醒来的时候陆铭周还睡着，她侧躺着盯着陆铭周端详，视线顺着他的眼角鼻梁，悠悠向下掠过他抿着的唇瓣，最后停在他流畅的下颌线上。

瘦了些，江甜凑过去，用指腹压了下陆铭周下巴冒出来的淡淡胡茬儿，刺刺的，有些扎人，江甜眼底却都是笑。

昨天在电梯里，她开玩笑似的问他有什么好，陆铭周怎么会不好。反倒是她，似乎真没什么好，可又有什么关系呢，只要陆铭周喜欢她，她就是最好的那个。

天色渐渐亮了起来，晨曦的光从一侧窗户洒进来，江甜小心翼翼地卸下陆铭周搭在她腰上的手臂，掀开被子下床。她在另一个房间洗漱完后，给王艾打电话，推了今天的工作。

快九点的时候，江甜叫了早点，陆铭周还没醒。等她吃完了自己那份，陆铭周还是没动静，江甜见时间也不早了，她往卧室走，沿着床边坐下，凑到陆铭周跟前，轻轻捏他的鼻梁："起床啦。"

陆铭周只是稍微转了下身子，并没有起床的意思。江甜只好俯身下去，拿额头顶他，陆铭周仍是没睁眼，很轻地咕哝："困啊，你乖嘛。"

江甜拿他没办法，正想起身，陆铭周拉着她躺下，往她脸边凑近："去哪呢？"他睡得迷迷糊糊，却记得掀开被子往江甜身上盖，他把江甜重新箍进怀里，"陪我再睡一会儿。"

江甜用手揉他的耳垂，好气又好笑地问："你下午几点的飞机？"

陆铭周伸手抓住某人作乱的手："忘了。"他声音懒洋洋的，又开始说胡话，“不走了，留下来陪媳妇儿，你养我好了。”

陆铭周睡得迷糊，却还不忘逗她，江甜便又掐他的腰：“我可养不起你。”她揶揄地喊，“陆总，陆大总裁，几个月不见，你怎么变得这么懒啊。”

陆铭周的声音闷闷的，却含着笑：“昨晚伺候媳妇有点用力过猛了。”

江甜听出言外之意，她脸红：“你怎么好意思说我。”

江甜气急败坏，陆铭周愉悦地笑，他睁开眼看着怀里气呼呼的小女人，落井下石地补充：“一个巴掌拍不响啊，要不是你配合……”

他话还没说完，江甜直接抬手堵住陆铭周的嘴巴：“你怎么这么不要脸啊！”

陆铭周正儿八经地胡说：“媳妇宠的，我算是被宠坏了。”

江甜实在说不过他，窝在陆铭周怀里气恼地捶他胸口，陆铭周只觉得这冬日清晨说不出的美好。

等两人起床，差不多快到中午了，江甜趁着陆铭周在洗漱，把冷掉的早餐热好，摆好餐具等他。

陆铭周比昨天更过分，腰上只围了一条浴巾就大大方方地从卧室里走了出来。江甜原本坐在客厅里，刚拿出背包里的吉他，见陆铭周朝她走过来，指了指右侧沙发上的服装袋子：“早些时候挂在门外的，你让人送来的？”

陆铭周随意瞥了眼，是他常穿的牌子，他淡淡地“嗯”了声。

江甜见他点头，便提要求：“换上！”

陆铭周光着膀子不配合：“不要。”

江甜瞪他，陆铭周无动于衷，在餐桌前坐下，右手端起杯子，左手摊开桌边的报纸随意浏览。

江甜越发痛心疾首，她当初喜欢的是陆铭周的衣冠楚楚，谁知这人却是典型的衣冠禽兽。尤其私下相处的时候，哪里还有半点人前正人君子的作风。

江甜心底一阵唏嘘，她抱着吉他拨了几个音，多少有些伤感。

陆铭周翻完一张报纸，刚好喝完半杯牛奶，他偷偷打量着不远处的江甜，见她盘腿坐在沙发上，头发松松散散地扎成一团，腿上架着把吉他，曲谱摊开放在沙发扶手上，她偶尔看一眼。

身后是面巨大的落地窗，冬日的阳光毫不吝啬地投射进来，在女孩周身笼罩一层淡淡的金边，甚至可以清晰地看到她脸上细细的绒毛，衬得她整个人越发温柔。

陆铭周对音乐一窍不通，却突然想起当初他在春树景第一次见到江甜的场景，舞台上的女孩光芒万丈。他突然庆幸自己和纪盛打了赌，更庆幸自己输了。

陆铭周扫到琴头的刻字，江甜捧着的吉他是当初周川送她的那把。当时江甜把吉他落在他车里，陆铭周其实是不在意的，直到无意中发现周川的刻字，他才多留了个心眼。周川脾气古怪，很少送人东西。

有些东西似乎是冥冥之中注定的，哪怕他以前再怎么看江甜不顺眼，如今却非她不可，又或者当年安静的事，像上天跟他开了个天大的玩笑，他差点弄丢了最珍贵的人。

想到最后，陆铭周推开椅子往江甜的方向走去，在江甜对面坐下。

两人视线交会，江甜眉眼弯弯，陆铭周眸色深深，一动不动凝望江甜。江甜眼角眉梢都挂着掩不住的华彩，陆铭周被迷了眼。

江甜没吭声，陆铭周却再次起身，他走到江甜跟前，取下她手上的吉他放到地上，在江甜身侧坐下。

江甜还有些愣，陆铭周却捧起江甜的脸颊深深吻了下去，江甜双手无力地往陆铭周腰上搭。陆铭周好一会儿才舍得放开她，抵着江甜被他亲得光泽粉嫩的唇瓣，双眸热烈。

江甜却明显带着几分迷蒙，水盈盈的瞳仁倒映着他的影子。

江甜想说什么，陆铭周却亲昵地抵着她嘴唇，说了句让她几乎傻掉的话：“江甜，我想娶你。”

日子过得飞快，转眼已经是新的一年，离《歌者》决赛第一场录制只有三天了。江甜整个人都处在紧张的备赛状态里，因为压力大，她焦虑到失眠。

江甜排练结束差不多快凌晨一点了，等一切收拾完已经将近两点，她累得不行，却睡不着，明知不应该却还是给陆铭周拨了视频通话。

两人距离上次见面也有小半个月了，陆铭周的工作都在安城，没法留下来陪她，早些时候已经互道了晚安，只是江甜没有睡意，辗转反侧又想起陆铭周。

陆铭周明显已经睡了，铃声响了好一会儿，视频才迟迟被接通。画面里陆铭周靠着床垫坐了起来，伸手打开床头的灯，他睡眼惺忪，却冲着镜头笑："怎么了？"

江甜侧躺着，手机夹在两个枕头的缝隙之间："我吵醒你了？"

陆铭周体贴地宽慰："我也刚睡着，你呢，怎么还没睡？"

江甜拍了拍脸，又叹了口气："这几天都睡不着。"

陆铭周见画面里江甜确实脸色不好，他担心地问："是不是压力太大了？"江甜不对陆铭周撒谎，很轻地点点头。

陆铭周关心地看着江甜，他不擅长安慰人，还是试着安抚江甜的情绪："别给自己太大压力，心态很重要，赢了当然好，输了也没事。"他拿近了点手机，眼眸弯了弯，"再说了，你还有我嘛。"

陆铭周字里行间都藏着甜蜜，江甜浅浅地笑，她注视着屏幕，喃喃道："你给我讲故事吧，我想听你说话。"

屏幕那头的陆铭周明显一顿，他虽然一把年纪了，人生经验也挺丰富，可实在没给人讲过睡前故事。

江甜见陆铭周有点蒙，她便善解人意地说："你讲英文好了，我英文烂，你随便讲反正我也听不懂。"

陆铭周微微失笑，江甜脸颊贴着枕头，乖巧地看着他。

也许是陆铭周的声音太温柔，她心底的焦虑一点点被吹散，陆铭周轻轻地说着，她安安静静地看着他，不知不觉竟睡了过去。

陆铭周低眸看着屏幕，喉头微动，视线有些挪不开，江甜微微合着眼，长而鬈的睫毛柔软地掩住眼底的情绪，唇瓣微微地抿着，白皙的小脸在寂静的夜里乖巧得不像话。

陆铭周缓慢呼出一口气，确定江甜已经睡着了，他不敢再看，匆匆挂了电话，屏幕上的女孩消失，陆铭周却再无半点睡意。

他无奈地笑，掀开被子起身。

最近一个星期他也是忙得连轴转，今天难得歇得早。去年博恩最大的项目是关北村的工程，年前已经破土动工，后期就会有预售款进账，而今年博恩最大的目标是拿下成南。出院后，陆铭周的精力几乎都放在上面。

夜越来越深，陆铭周却越来越清醒，不知不觉已经走到书房，他又捡起了睡前没处理完的工作。

他是个事业心很强的人，纪盛口中的工作狂，也过了会被爱情冲昏头的年纪。江甜却一次次刷新他的底线，说实话，被一个人改变习惯是很可怕的事情。可偏偏陆铭周心里又比谁都清楚，他是心甘情愿的。

# 第十三章 陆太太，我爱你

十二点整，王艾推开排练室的门，神神秘秘地说有人找她，江甜完全没想到这人会是陈慕扬。

自从半年前在停车场分别后，她再也没见过陈慕扬。

江甜支开王艾，陈慕扬站在走廊的窗户边，穿了件长款的黑色大衣，他头发有些长了，没及时修剪，映衬着窗外萧索的冬景，背影消瘦又落寞。

江甜难免唏嘘，她轻手轻脚走过去，站在他右手边，陈慕扬听见动静，转身看向江甜，低声说："我想给你看个东西，方便给我点时间吗？"

江甜犹豫地瞟了眼腕表，陈慕扬却已经从大衣的兜里递了东西过来，江甜眼角的余光瞥到，视线倏地一顿，错愕地抬眸看他。

陈慕扬看出江甜眼底的紧张，他拿着本子的右手也跟着有些颤抖，对江甜说："我没别的意思。"

江甜不敢看他，视线定在泛黄的封面上，声音带着不安："里面写了什么？"

在短暂的几秒时间里，江甜脑海闪过各种猜测，陈慕扬之前种种针对她的行为，是他对自己有什么误会？

她始终想不通陈慕扬的行为动机，如今她好像明白了。江甜目光挪不开，陈慕扬手里破旧的笔记本，是安静的日记。

江甜踉跄地后退了一步，有些站不稳。陈慕扬不禁蹙眉，连忙伸手扶她，江甜却避开他伸过来的手。

陈慕扬的左手尴尬地停在半空，他还来不及说什么，江甜已经心急如焚地问："你问我安静为什么大半夜出门。"她惶恐地指着自己，"难道是因为我？安静是不是要来找我？"

陈慕扬见江甜情绪激动，赶紧说："你先听我解释，我这次来只是想把话说清楚，想跟你说抱歉。"

江甜看着他，大冬天她却冷汗直冒："一定是这样的，不然你没理由这么对我。"

江甜的情绪过于激烈，毕竟只是个二十出头的女生，即使她是理智的，却不代表不会慌乱。

陈慕扬只好匆忙地把手里的东西往窗台上放，他扶着江甜的肩头，低下头和她平视："你先冷静，先听我说。"

江甜全身发寒，她莫名排斥陈慕扬的触碰，她不配合地推他。陈慕扬没松手，飞快地说："不是的，江甜你别怕，我没想伤害你。"

江甜挣脱不掉陈慕扬的搀扶，她无力地垂下手臂，喃喃自语："安静是因为出门找我才出事的？她为什么要找我？我不知道……"

陈慕扬被江甜眼中的害怕灼伤了眼，他几乎颤抖地说："是我误会了。林建成骗了我，我一开始不知道林建成虐待安静的事情，车祸也被媒体歪曲报道。我当时好不容易查到收养安静的家庭，紧接着就知道安静失踪多年，我根本没想到他会那么对安静。"

陈慕扬观察江甜的表情，见江甜仍是失魂落魄的样子，他便继续往下说："我没想到当年开车的根本不是陆铭周，甚至安静，也不是全无责任。"

陈慕扬之后断断续续讲完全部真相，江甜眼里满是震惊。

陆铭周从没对她说起过小时候的事情，更没提过世多年的母亲，甚至连他受过的苦她都不曾了解半分。

江甜的震惊很快被自责取而代之，最后又化成了无尽的心疼。

陈慕扬已经说不出再多的话，他将江甜搂进怀里，安抚地拍她的后背，艰涩地说：“对不起，江甜。”是他自私地钻了牛角尖。

江甜缓过了最初的那阵难受，意识到陈慕扬竟搂着他，她慌忙从陈慕扬怀里退出来。她心里虽然乱，可也逼自己冷静下来，问：“里面写了什么？”她指向窗台的日记本，再次看向陈慕扬，“里面肯定是写了什么，你才会在春树景主动认识我。”

陈慕扬感受到江甜对他的抗拒，尴尬地收回手，垂下眼帘深深地看了眼江甜，江甜素净着张脸，黑眼圈有些重，疲态明显，沉默了好久，他说：“算了，不重要了。”

他原本是想跟江甜解释，他做的一切都是事出有因，他想挽回自己曾经的错，想要江甜的原谅。可他现在也明白了，江甜即使原谅他，两人的关系也只能仅此而已。

江甜等了半天，见陈慕扬只说了这么一句，她便伸手想自己去拿，谁知陈慕扬却一个侧身，衣角擦过窗台的日记本，日记本便随着这股力往窗外滑了下去。

江甜连忙扑上前去够却已经来不及，她亲眼看着那已经褪色的本子一路往下坠，最后砸在十几层高楼下的观景水池里。

江甜转过身，不可思议地看着陈慕扬。

陈慕扬却和江甜的激动截然相反，他的反应淡淡的，仿佛丢的只是一件寻常物品。他对江甜轻轻一笑：“江甜，安静的事情到此为止了。从今往后，我不会再提，你若能记得她，是你们之前的情分；若忘了，也无可厚非。至于我和你……”

他停顿，中间隔了好久好久。

“永远都是朋友。”

《歌者》比赛后台，江甜的状态不是很好。

王艾看了眼时间，关心道：“下半场还有半个小时开录，你要不要休息一下？”

江甜摇头拒绝：“我再记一下词，我怕到时候紧张忘词。”

“怎么会呢！刚才第一场，咱们表现得多好啊，排名第三，四个导师三个给了十分，陈慕扬给的八分。”王艾一开始语气骄傲，最后又开始嘀咕，“他怎么打这么低啊，难不成你昨天得罪他了？”

江甜还是摇头：“他不是这样的人，肯定是我哪里不够好。”不管江甜对陈慕扬有多少种情绪，却从来没有怀疑过他的专业水平。

王艾见江甜维护陈慕扬，明智地没再多说什么，可又忍不住嘴碎：“小甜，你和陆总感情这么好，可我除了之前车上看到你们，其他时间连个影子都见不到。”

江甜微微一顿，又笑了笑：“他工作忙，总不可能每天围着我转吧。”

王艾不理解，她最排斥的就是异地恋：“不担心感情出问题吗？”

江甜坚定地摇头，陆铭周平时再怎么不正经，却是一腔赤诚。

江甜的童年是快快乐乐的，虽然没有陆铭周家富裕，可好在父母都疼她，她不曾知道陆铭周受过那么多委屈，因为周念的离世，有过自闭的倾向，好不容易愿意开口说话，却又出了安静的事，他从一个深渊挣扎求生转身却又跌落另一个万丈悬崖。

她的心脏微微泛酸，只要想起陆铭周曾受过的苦，她只想更爱他，每天都更爱他一点点。

王艾怕打扰江甜，没再往下问。江甜却分了心思，打开聊天软件，给陆铭周发信息，简单的一句“我想你”。

她等着陆铭周回复，页面却始终没有信息跳出来，她瞥了眼时间，晚上九点，陆铭周通常不会不回她消息。江甜担心，等得久了，又给陆铭周打了个电话，电话没打通。

一直到上台，江甜都有些心不在焉，伴奏带响起，江甜望着观众席乌压压的一片，脑袋空白了几秒，真的怕什么来什么，她忘词了。

江甜拿着话筒，茫然地愣在原地，直到瞥见评委席上的陈慕扬，她才被拉回现实世界。

前期的失误太明显，江甜哪怕心态再好，也很难不受影响。整首歌唱完，江甜手心都是汗，根本不敢往评委席看，几乎颤抖着走下舞台。

江甜的嘴唇发白，一时说不出话。

王艾给她递水，江甜摆手拒绝，王艾安慰："没事的，咱们只要在四十名以内，就是安全的，谁都有发挥失常的时候。"

她虽然不够专业，可也听得出来江甜的两场比赛，明显不是一个水平，可《歌者》的赛制实在残酷，第一场比赛结束已经离开五名选手，第二场比赛还会再离开五名。

两人走到休息室的小段路程，因为还有摄影机跟拍，江甜冲着镜头笑，可等进到休息室，江甜的笑容便有些勉强，休息室摄像头没开却有舞台的画面接进来，江甜心虚地盯着屏幕看了眼，又匆匆挪开视线。

江甜疲惫地按了按太阳穴，王艾又给江甜倒了一杯温水。她伸手接过，温热的触感透过杯壁传来，给她丝丝暖意。

江甜侥幸喘过一口气，终于有了真实感。

王艾难掩关切，江甜冲她很轻地笑："我没事。"王艾也不知怎么宽慰，休息室陷入沉默，接下去的时间变得特别难熬。

公布名次的时候，江甜从第一场的第三名直接掉到了三十五名，江甜对这个结果不意外，虽然没被淘汰但是很险，压力全数落到了后面的表演上。

直到录影结束，江甜整个人还处在紧绷的状态里。

夜里一点，居然飘起雪花，江甜坐在车里，诧异地看向窗外："费叔，下雪了！"

费明是本地人，早见惯了，见江甜欣喜，他也不好扫兴："要是下整夜不停，明天可以起来堆雪人了。"

江甜把窗户往下滑，她掌心往外伸，就有雪花落上来，没一会儿又被掌心的温度融化。

费明透过后视镜看了眼江甜，窗外的冷风卷进来，吹得女孩鼻子红红的，他关心道："别冻感冒了。"

江甜却笑着摇头，总觉得心情因为这阵风儿轻松了不少，她玩着雪花，慢慢地说："我们那儿很少下雪。"

费明安静地听着，夜里行人少，又洋洋洒洒飘着雪花，路边的灯光一打确实美。江甜玩着雪花，想起什么，她又问："费叔，你还没告诉我是怎么认识陆铭周的。"

费明握着方向盘的手轻轻一抖，都过去大半个月了，他还以为江甜不会问了，这会儿突然提起他，多少有些意外。

江甜却善解人意地说："您别误会，我没计较的意思。"

费明也了解江甜，虽然表面上看着柔柔弱弱的，骨子里却有一股儿倔，他坦诚道："说不上认识，也就每天把你送回酒店，都会打个电话。"

江甜还在玩着雪花，开玩笑地问："每天打电话不会烦吗？"

费明看着后座的小姑娘，感慨地说："我一开始也很奇怪，为什么要绕这么一大圈。"

江甜的睫毛轻轻抖动，等掌心的雪花融化了，她才很轻地开口："我们当时分开了。"

费明其实猜到了，语重心长地说："小甜，费叔也是过来人了。虽然我和陆总接触不多，可多少也看得出来，他是真心对你的，你们年轻人啊就是爱折腾，可有些东西折腾多了，就散了，久了就走不到一起了。"

江甜把窗户推上去，阻隔了风雪："我知道。"

她突然眼眶有些红，兴许是被刚才的冷风吹的，过了好久，她很轻地笑："我很爱他。"

从保姆车上下来，江甜站在路边等费明把车开走，她才不紧不慢地转身。

夜里实在冷，只是一会儿的工夫，她已经冻得手脚冰冷。江甜拢了拢胳膊，她漫无目的地扫了眼街景，正打算往酒店走，眼角余光却瞥到右侧马路牙子上的一抹身影。她的视线轻轻一顿，只觉得有些熟悉，目光不经意地再次落了上去。

下一秒，目光却猛地一滞，江甜僵在原地，视线再也挪不开。

寂静的夜，雪越下越大，路灯立在两侧，满天飞舞的白色雪花映衬着晕黄的光束，摇摇晃晃地往下坠，无故多了几分孤独的味道，江甜一颗心却几乎滚烫。

江甜仍僵在原地，陆铭周却已经放下手头的行李箱，笑着朝江甜张开手臂。

江甜从没有这么一刻清楚地知道，此时此刻，她是世界上最幸福的女人。无论多少年过去，每当想起那个比赛失意的凌晨雪夜，都会热泪盈眶，年少轻狂一不小心就成了刻骨铭心。

江甜到底还是不争气，眼泪一个劲儿地往下掉，她朝陆铭周飞奔过去，陆铭周眼底笑意席卷，他迫不及待地把江甜拥进怀里，手臂收紧，搂着飞扑过来的女孩。

江甜仰着头看他，陆铭周低头亲了亲江甜冻红的鼻尖，又用面颊蹭了蹭江甜脸上的泪，他心疼道："怎么又哭了啊，小哭包。"

江甜踮着脚，紧紧搂着陆铭周的腰，也问："你怎么来了？"

陆铭周见江甜耳朵也是红红的，他一边解着脖子上的围巾，一边笑着说："听说有人想我了，我就过来看看喽。"

江甜眼眶泛酸，见陆铭周垂眸，眸色深深，她便一堆的问题："你怎么不接我电话？几点到的？怎么不进去？累不累？饿了吗？"

陆铭周听得微微失笑，他一圈圈给江甜系好围巾，又给女孩竖起大衣的领子，捧着江甜的面颊，柔声回答："飞机上没接到，我也刚到，不累不饿，就是……"陆铭周话语一顿，江甜关切地看着他。

陆铭周仍是笑，指腹怜爱地刮过江甜脸上的泪痕，往她嘴边呵着白气："就是我也很想你。"

江甜耳畔一热，她向陆铭周凑过去，朝他嘟嘴，陆铭周反应慢了半拍，江甜只好红着脸主动邀请："不亲一下吗？"

陆铭周有些意外，江甜很少主动，尤其还是在大马路上，他忍俊不禁，又求之不得，低下头吻她，在她唇上浅浅地吻。

可毕竟在大街上，天气也冷，陆铭周虽然不舍还是很快放开她，他摸了摸江甜冰凉的手："我们先上去。"

江甜却揽着他的腰不肯放手，陆铭周只好又拍了拍她的手背提醒她，江甜却彻底赖上他了，她耍无赖地嘟囔："走不动了。"

江甜撒娇，陆铭周完全没辙，他仍是笑："背你好不好？"他低头看了眼脚边的行李箱，开玩笑地说，"不然我又没衣服穿，你到时候又要嫌我耍流氓。"

江甜得逞地笑，松开陆铭周，往他身后走，陆铭周配合地躬下身，江甜成功跳到陆铭周背上，她的手臂紧紧搂着陆铭周的脖颈儿，脑袋埋在他肩膀上，陆铭周左手托住江甜，右手拉起行李箱拉杆往酒店走。

一开始江甜挺老实的，乖乖趴在陆铭周肩上一声不吭，可等到进了房间，江甜就开始对着陆铭周的喉结一下下地亲。

陆铭周被撩拨得猛地一个激灵，他从失守的边缘拼命冷静下来，他放开江甜，也阻止了她的动作。

陆铭周缓下呼吸，他逼自己稳住心神："出什么事了？"

他实在担心，江甜态度反常，今晚表现得特别明显，在亲密的事情上向来都是他主动，江甜顶多配合，甚至多少还会害羞，刚才的热情，反而让他不确定了。

江甜因为刚才的一番纠缠，脸颊涨红，她迷蒙地看着陆铭周，不确定地问："你上次说的还算话吗？"

陆铭周跟不上江甜的思维，他还没开口，江甜又低低地喊了他一声陆先生。

陆铭周听得微微蹙眉，江甜从来都是连名带姓地喊他，开玩笑的时候会故意喊他陆总，只有心情格外好的时候，才会亲昵地喊他一声亲爱的。

可这声陆先生实在让陆铭周没法放心，他紧张地看着江甜，江甜却冲他笑，把眼眸弯成一轮弯弯的月亮，温柔地问："你缺个太太吗？"

话音落下，轮到陆铭周直接傻掉了。

江甜却朝他乖巧地托腮，左右摇晃着脑袋，嘴角是藏不住的甜蜜：“你觉得我怎么样？”

陆铭周不可思议地看着江甜，他从一开始的紧张，变成迷茫，旋即又演化为天大的惊喜，他激动地颤声道：“江甜你什么意思？”

“字面意思。”江甜幸福地笑，憧憬地说，“我，江甜，想做陆铭周的妻子，想陪着他，一直陪着，想做他孩子的妈妈，他孙子的奶奶，想每天都跟他在一起，想他不再失眠，想他少喝酒，想他每天开心，想他身体健康，想他长命百岁。”

江甜不知道为什么，明明甜蜜的话，她却说得情难自禁，到了后面居然泪流满面。

陆铭周也好不到哪里去，红着眼眶，傻傻地看着她。

到了他这个年纪，自认大风大浪见过不少，却从没有哪一个场合让他激动得不知所措，又幸福得想落泪。

怀里的女孩哭红了眼，头顶晕黄的灯光洒下来，衬得两腮绯红，眼角含娇含媚，眼眸如烟似水，像一汪水肆意流进陆铭周此生最柔软的心坎上。

他沉默了好久，久到江甜变得不确定。

陆铭周几乎哽咽地开口：“陆太太，我爱你。”

手机铃声响个不停，陆铭周半睁开眼睛，往枕边看了一眼，是江甜的手机。

陆铭周又低头看怀里的江甜，她闭着眼，呼吸浅浅的，陆铭周只好拿过手机，往耳边送：“什么事？”

电话那头明显顿了下：“小陆？”

陆铭周左手搂着江甜，也听出了是谁，他瞥了眼时间：“莫姨，这么早有什么事吗？”

莫安问：“江甜呢？”

陆铭周很自然地说："还在睡觉。"

莫安那头又停了停，声音带着几分无奈："你们居然还能睡得着？"

陆铭周听出几分不妙，他垂眸看了眼江甜，见江甜动了下，又裹着被子往他胸口滚，陆铭周小心翼翼地替她掖好被子，轻手轻脚地离开卧室，才再次开口："出什么事了？"

莫安等了半天，终于又听见声音，她无奈地说："你们也太不小心了吧。现在网上全是你们的新闻，从酒店门口一直到酒店里的，每一张都拍得清清楚楚。原先没人认识你，可你上次执意参加《歌者》的发布会，网上哪没你的照片？江甜也是，她到底在想什么！"

陆铭周站在落地窗前，安静地听莫安讲完，他才问道："新闻说什么了？"

莫安："还能说什么！小陆你不是这个圈子的，舆论影响不到你，可江甜是靠这个吃饭的，这种新闻只会给她抹黑。上次的绯闻后，什么事情还要带个陈慕扬，你们两个男人是无所谓，可你们考虑过江甜的处境吗？"

陆铭周沉默着，视线落在卧室掩着的房门上。

莫安的语气仍是不太好："你自己去看看新闻吧，你们就不能低调一点！"

陆铭周也不急，他又走远了几步，点开免提，打开新闻，快速扫了一眼。

"陆铭周江甜""陈慕扬女友"。

陆铭周琢磨着什么，他退出新闻页面："莫姨，这事你不用管，我来处理。先别对江甜提，我和她说。"

他说完，卧室传来江甜的声音。

陆铭周挂了电话，回到卧室，见江甜迷迷糊糊地已经从床上坐了起来，被子褪到胸前。他只好快步走过去，在床边坐下，替她拉着被子。

江甜往陆铭周身边挪，低低地问："几点了？我手机呢？我都没听到闹铃。"

江甜的头发乱糟糟的，陆铭周轻轻捋着江甜脸边的碎发："还早，还可以再睡一会儿。"

江甜却冲他摇摇头："今天要排练。"她有些愧疚地说，"你好不容易过来一次，我没法陪你，你什么时候回去？"她声音低下去，听得出难受，"今天，还是明天？"

陆铭周隔着被子把江甜搂进怀里，他浅浅地笑，温柔地说："暂时不回去，我留下来陪你几天。"

江甜惊喜不已，她从被窝里伸出手臂，亲昵地往陆铭周脖子上挂："真的？"

陆铭周失笑："我骗你干吗。"

江甜又担心："你工作怎么办？"

"大部分事情我在这边也能做，再说了，那边还有纪盛，不会有问题的。"他轻描淡写地说，丝毫不提自己为了挤出几天时间，日夜颠倒拼命加班的事情。

江甜发自心底地开心，凑过去亲了下陆铭周。陆铭周见江甜吻她，他便不怀好意地把女孩往床上压，更主动地吻她。

江甜怕陆铭周又来兴致，轻轻地推他："好啦，我要工作啊！"

陆铭周没想真来，他借着耍流氓的工夫，藏起了江甜的手机。江甜四处看，微微红了脸："我衣服呢？"

陆铭周："门口吧。"

江甜隔着被子踹他，气愤地说："你出去，我要换衣服。"

陆铭周挑眉笑，欠揍地问："有必要吗？你换你的，我看我的。"

江甜毫不客气地瞪他一眼，陆铭周却理所当然地把江甜从被窝里拉出来。房间里开着暖气，烘得江甜脸颊红扑扑的，陆铭周抱着她走到柜子前，柔声问："穿哪件？"

江甜觉得羞恼，便躲开陆铭周的眼神，随便指了几件。

陆铭周也没说什么，按江甜说的取下衣服，又折身把人放回床上，将衣服放到她手边，江甜慌慌张张地往身上套衣服。

陆铭周从容不迫地看着，到底还是笑出声，江甜不解地抬头看他，陆铭周挑了挑眉，感慨道："你从头到脚还有我没看过的？你昨晚可不是这样的，怎么说呢。"陆铭周抿着嘴回味，"我虽然不习惯，但非常喜欢，你可以多推倒我几次。"

江甜又羞又恼，懒得理他，起身去了浴室。

陆铭周的动作比江甜快，等他收拾完，江甜还在屋里，陆铭周也不催，走到窗边打电话。

对方明显意外，陆铭周却开门见山："帮我个忙。"

直到陆铭周拎着公文包坐上车，江甜还是不确定："你真的要跟我一起去工作室？"

陆铭周不觉得有什么问题，江甜却解释："那边什么都没有，我也不能陪你。"

陆铭周理解地说："给我张桌子就行，你忙你的，我忙我的。"

江甜不好再说什么，她靠在陆铭周肩上打盹，陆铭周却盯着手机有点心神不宁。

两人一到工作室，先冲上来的是王艾："你怎么不接电话啊！你知不知道网上都要炸了……"

王艾的话才说到一半，便察觉到一道凌厉的视线扫了过来，王艾顿时噤声，江甜听得稀里糊涂："什么炸了？"

王艾瞬间领悟了什么，立马改口："没什么，就是你不接我电话我还以为出什么事了。"

江甜笑着解释："手机不知道丢哪儿了，对了，你收拾张桌子出来，留给他办公。"

王艾心虚地打量陆铭周，陆铭周神态凛然，她连连点头。

两人是真的各忙各的，下周就是第二场比赛，江甜要排练，转头就进了排练室。陆铭周也忙，有了空位坐下，打开电脑忙自己的，除了中途离开了两小时，其他的时间基本都坐在办公室里。

转眼就是下班的点，工作室本来就没几个人，没一会儿就走光了。

江甜送几位前辈离开，又折回到自己的位置上，往常她都是最后一个走的，王艾没事的时候会陪她几个小时，今儿却溜得比谁都早。

江甜对待工作非常认真，转头就把某人忘得干干净净，直到她低着头研究曲谱的时候，耳朵被人拎了起来。

江甜甩了笔："陆铭周你家暴！"

陆铭周直接把江甜扳过来，面对自己，不容置喙地说："吃饭，回酒店。"

江甜摇头："我要再练几遍。"

陆铭周难得拉下脸严肃道："你现在需要正常的作息。"

江甜撇嘴："我再待一会儿，就一会儿嘛。"

陆铭周不跟江甜商量，直接打横抱起江甜。江甜恼他，陆铭周也有些生气："到底是比赛重要，还是身体重要！江甜，我不反对你做自己喜欢的事情，可你这样我很难过，你让我觉得，我连自己的女人都养不起，你让我觉得自己很没用。"

江甜一时啼笑皆非："你瞎想什么。"

陆铭周难得占理："你整天累死累活的，不就是我没用吗？我没照顾好你，我连自己媳妇都照顾不好，我难过死了。"

江甜算是懂了，陆铭周是又别扭上了，还别扭地跟她撒娇。

江甜有些无奈，可自己的男人总得哄着，她退步："我收拾一下就回去，你先放我下来，这边人多啊。"虽然她的工作室没什么人，可这是写字楼。

江甜这么一提醒，陆铭周内心挣扎了几秒，放下江甜。江甜转身想去整理东西，陆铭周却又拉住她的手腕，把人拽了回来。

他的神情变得有些严肃，江甜好气又好笑地问："陆总，您这又是怎么了？"

"江甜，你先答应我，等下无论我说什么，你都不准生气，你可以打我，可以骂我，但就是不准生气！”陆铭周顿了顿，又强调，“你要是跟我生气，我就马上带你回家。”

江甜纳闷儿：“回家干吗？”

陆铭周非常庄重地说：“你回家偷户口本，咱俩立马领证。”

江甜终于察觉到气氛不对，变得有些警惕，仔细一想，今儿大家确实都支支吾吾，连一向坦率的王艾都好像藏着什么事，她突然有些怕：“陆铭周，你别吓我。”

陆铭周知道事情肯定瞒不了多久，于是摸出兜里的手机，点开相关页面，递到江甜面前，江甜低头一看，整个人都愣住了。

几个小时前，陈慕扬发了条微博。

陈慕扬：“女朋友不是我的，从来不是我的。”

紧接着，陆铭周转发了这条微博，顺便提到了她。

陆铭周：“我的，一直都是我的。”

将近二十分钟的时间，江甜看着手机，低头一声不吭。

陆铭周等得越发不确定，江甜却把手机塞回陆铭周怀里，侧身往外走。陆铭周一下子就慌了，他急急去抓江甜的手腕，堵到她前头。

江甜没吱声，倒也没挣脱陆铭周的手。

陆铭周确实心虚，无论出于何种目的，先斩后奏总是他不对，他声音有些慌：“你别这样，打我骂我都好，可不能和我生气。江甜，你知道我最怕这个。”

他和江甜一路跌跌撞撞好不容易才走到今天，他是真的怕。江甜还是不说话，陆铭周只好捉着江甜的掌心狠狠往自己脸上甩，一点都不手下留情。

江甜立马就不淡定了，她连忙抽回手：“你干什么！”陆铭周细皮嫩肉，左边面颊转眼就红了大块，江甜关心地问：“疼不疼？”

陆铭周见江甜终于有了反应，趁着江甜心疼的工夫，把她搂进怀里。

江甜是真拿陆铭周没办法，只好由他抱着，没一会儿，无奈地说：

“我没生气，我就是有点反应不过来，你到底知不知道自己在做什么？想过后果吗？”

陆铭周见江甜没闹脾气，他松了口气，沉下心思和她讲道理：“那你告诉我有什么后果？我不想别人误会你，我不想偷偷摸摸，又错在哪里？你是我女朋友，没事先和你说，确实是我不对，除此之外，我不觉得有什么不对。”

江甜心里明白，陆铭周说得在理，一直过不去那道坎的，从来都是她。再者，陆铭周和陈慕扬的声明，保护的都是她，两人一唱一和，不单回应了昨晚的新闻，甚至连大半年前的绯闻也解释清楚了，根本没什么狗血的三角恋，从头到尾她都是陆铭周的，和陈慕扬没关系。

江甜只好说：“你至少要和我商量一下吧。”

陆铭周也问：“你愿意听我的吗？”

江甜又没了声，陆铭周难得强硬，语气也变得有些严肃：“江甜，能让的我都尽量让着你，我不想你不开心，可我也有底线，你是不是也应该考虑我的立场？”

江甜被陆铭周突然正色吓到了，陆铭周抓住机会继续说：“别的都不提，就单单你跑来参加比赛的事，莫姨什么水平我很清楚，她完全有能力给你争取更好的机会，可你执意大老远跑来，你告诉我，你一点私心都没有？”

江甜被人戳中心思，睫毛颤了颤，紧接着目光和陆铭周错开。

私心算不上，她只是不想落人口实，比赛至少公平，无论输赢她都坦荡。江甜无法否认，陆铭周光芒太盛，于她是天大的压力。

陆铭周自然明白江甜的顾忌，他俯下身与她平视，语重心长地说：“以前我就说过，能保护自己的女人是一个男人的荣幸，甚至为之骄傲。江甜，我从来都不是你的负担，你明白吗？”

江甜眼下完全没了方才的气势，她明明是兴师问罪的，转眼又成了理亏的一方，她眨眨眼，声音低下去：“我知道，我没有觉得你不好。”

陆铭周觉得江甜态度还不错，于是把想说的都说了：“我可以不干涉你的选择，但是不能眼睁睁看着别人欺负你。你说说，我都舍不得说你半句不好，他们凭什么？”

江甜没回答，静静地看着一脸严肃的陆铭周，也不知怎么的突然有点想笑。

陆铭周也看出江甜在憋笑，他不解：“你笑什么？”

江甜没忍住，嘴角弯弯：“我刚刚发现你还挺帅的，我有点心动。”

江甜：“就刚刚你说凭什么的时候啊，我觉得有点酷。你再也不是那个要给我缝内裤的抠门总裁了，我觉得好帅啊。”

陆铭周震惊：“我什么时候抠门了？”

江甜反问：“你不抠吗？我们来算算，我问你啊，半个月前你就问我愿不愿嫁你，可你到现在一点表示都没有，别说戒指了，连一束花都没有。我们认识这么久，你不仅没送过礼物，甚至连一顿饭都没请过。网上都说我傍大款，他们见过这么抠门的大款吗？”

陆铭周被堵得哑口无言，江甜自尊心强又心思敏感，他小心翼翼照顾小丫头的情绪，到头来居然成了抠门。

江甜想起什么，红着脸补充：“你连避孕套都是用的酒店免费的杜蕾斯。”

陆铭周的脸色以肉眼可见的速度迅速黑成锅底，江甜却心情很好，继续逗他：“陆总，你对前女友也这么抠吗？”

她才刚问完，某人已经气呼呼地凑过来使劲儿啃她的嘴皮子，江甜实在忍不住，被人堵了嘴还要咯咯地笑。

陆铭周快气死了，于是毫不客气推着江甜往墙壁靠，“啪啦”几下关了排练室的灯，右手搂着女孩的腰使劲儿地亲，左手却伸进兜里摸了摸，触摸到四方的天鹅绒盒子，他到底还是没勇气拿出来。

等两人吃完饭，陆铭周还臭着张脸，坐上车的时候，固执地靠着窗边装深沉就是不理她。

江甜好气又好笑，用指腹压了压被某人咬破的嘴皮，总觉得应该要脾气的是她啊。

网上的新闻闹得太大，江甜怕父母担心，手机又不在手边，江甜只好拿着陆铭周的手机给江宁明打电话。

她还没说几句，江宁明就表示要跟陆铭周讲电话。江甜犹豫了一会儿，伸手戳了戳坐得离她远远的某人。

谁知陆铭周这货居然一副受了屈辱的表情，委委屈屈地嚷嚷："别碰我！臭女人！"

电话那头江宁明似乎听到了什么，不解地问："出什么事了？那混蛋欺负你了？"

江甜赶紧解释了几句，又伸手去戳陆铭周，在某人还没别扭前，她用口型说：我爸。

陆铭周当场石化，江甜很满意陆铭周的反应，幸灾乐祸地把手机塞给陆铭周，陆铭周颤抖着手把手机往耳边送。

手机没开免提，江甜听不清江宁明说了什么，倒是陆铭周的态度特别耐人寻味。

"伯父，我没有，我没有骗感情！

"伯父，我真的不是骗子。

"伯父，您要相信我。

"伯父，我真的是好人啊！您相信我啊！"

十分钟后电话挂了，车子也刚好停在酒店门口，陆铭周几乎绝望地把手机递给江甜。

江甜笑得肩膀直颤，火上浇油地问："我爸为什么这么讨厌你啊？"

陆铭周不说话，沉默着推门下车，背影别提多落寞了。

江甜赶紧追上去，陆铭周步子迈得飞快，江甜跑得气喘吁吁，她耐不住好奇："你们俩说什么了？"

陆铭周不理她，态度冷漠地上电梯，江甜乖乖地站在陆铭周身边，等电梯的门一合上，江甜赔着笑脸往陆铭跟前凑，双手抱着他的腰，陆铭周绷着张脸，继续装严肃。

江甜便踮脚抱住陆铭周的脖子，笑眯眯地说：“我爸不喜欢你，你再努努力嘛。我帮你想办法啊。我爸虽然不喜欢你，但他从小就疼我。”

陆铭周眼底燃起一簇希望的火苗：“你有什么办法？”

江甜于是一本正经地说：“我觉得吧，你喜欢我，老江也喜欢我，两个喜欢我的男人互相为敌，不是很正常嘛！”

陆铭周竖眉：“你就这么想气死我吗？”

江甜一个劲儿地笑，电梯门打开，她也不松手继续抱着陆铭周，陆铭周快气死了，可偏偏没办法，只好抱起江甜。

江甜见陆铭周的表情实在不好看，她舍不得逗他了：“好啦，搞定老江最容易了。”她又不老实地伸手揉陆铭周的脸颊，“你啊，只要搞定我妈，我爸就不在话下了，我爸最听我妈的了。”

陆铭周停下脚步，低头看着江甜：“真的？”

江甜忙不迭地点头，陆铭周脸色好了点，缓缓露出一点笑儿。

江甜立马补刀：“但是我妈比我爸还难搞定！”

陆铭周转瞬又变脸，一脸哀怨地看着江甜。

提起唐蜜，她又想起什么，于是便收了笑：“你能帮我个忙吗？”

陆铭周一愣，江甜很少求他，几乎没有，这会儿突然开口，陆铭周说不上是受宠若惊，还是忐忑不安。

江甜凑到他的嘴边，乖巧地说：“你不是说要我依赖你嘛，你会保护我，你是我男人，我开口是应当的，你会为之荣幸。”

陆铭周听江甜这么说，眉宇间的阴霾顿时一闪而光，他捏了捏江甜的脸，欣慰地说：“总算乖了。”

江甜搂紧陆铭周的脖子，她倒不拐弯抹角：“我想知道当年我妈妈的事情，你能帮我查吗？”

陆铭周没马上说话，唐蜜的事情他多少知道点，成念的第一代艺人，当初红极一时，后来却因为抄袭丑闻狠狠摔下神坛。

江甜继续说：“我原本想着不急，可现在因为你啊，网上我的资料曝光得差不多了。我怕到时候有人拿这事做文章，他们怎么说我无所谓，可不能因为我，伤害到我妈妈，你能帮帮我吗？”

两人已经走到房门口，陆铭周放江甜下来，他沉默了半晌，略微颔首，江甜喜上眉梢，陆铭周却有了些心理负担。

江甜心里一块巨石落下，她哼着歌开门，正要推门进去的时候，陆铭周却连忙捉住江甜的手腕。他一晚上被江甜闹糊涂了，差点儿忘了件天大的事。

江甜不解地看他，陆铭周一时语塞，江甜便就着陆铭周的姿势推门进去，空闲的手打开客厅的灯。

她想脱鞋，可灯光亮起的一瞬间，整个人僵住了。

江甜的视线挪不开，她没法不震撼，酒店的装修原先是清清淡淡的冷色调，此时此刻，整个客厅是粉粉嫩嫩的，天花板飘着成堆的粉色气球，地上有红色的玫瑰花瓣一直蔓延到她脚边，桌上摆着彩色的蜡烛，中间是个粉嫩的心形蛋糕，沙发上放着超大捧的玫瑰花束。

江甜不得不承认，虽然有些俗套，可她的眼眶立马就红了，转身怔怔地看着陆铭周，傻傻地问：“你什么时候准备的？”

陆铭周其实很紧张，可还是假装淡定：“今天中午，趁你不在，溜回来了几小时。”

江甜傻掉了，于是特别蠢地问：“你想干吗？”

陆铭周忍俊不禁，推着江甜往屋里走：“陆太太，你说我想干吗？”

江甜的眼眶红了又红，晶莹的泪花在打转。

江甜舍不得踩脚下的花瓣，可偏偏满地都是，她完全没其他落脚的地方。

陆铭周左手紧张地握拳，他低声说：“我原先想着，等你毕业那天再向你求婚，也怕太突然会吓到你，我昨天想了一晚上……”

他紧张得有些忘词，江甜红着眼看他，陆铭周笑着往下说：“我以前就说过，你早晚是我的。我没想过你昨晚会说那些话，我也明白了，早晚不重要，对错才重要。虽然我大你几岁，可我没办法克制对你的喜欢，我没法给你时间，我没法等你再大些，我只想娶你回家，想把我最好的给你。像你说的，我想做你的男人，做你孩子的父亲，做你孙子的爷爷，想每天睁开眼，枕边就是你。江甜，你能明白吗？”

江甜已经完全说不出话，她只能傻乎乎地看着陆铭周，傻乎乎地掉着眼泪，又傻乎乎地抹眼泪，哭红眼又哭花了妆。

陆铭周揉江甜的头发，眼底是浓到化不开的宠溺。

江甜靠近他，伸手去抱跟前的高大男人，陆铭周终于有勇气拿出藏了一天的小小四方盒子。

陆铭周轻轻地打开，递到江甜面前，柔声问，声音却有些不稳：“江甜，你嫁不嫁？做一辈子的陆太太，有没有兴趣？”

江甜哪还顾得上矜持，一个劲儿地点头，连声回：“嫁嫁嫁！”

陆铭周一晚上的紧张，因为江甜眼底的爱，瞬间化为铺天盖地的欣喜。他跟江甜一样没出息，红着眼眶，颤抖着声音说：“手给我。”

江甜乖巧地递上手，陆铭周握着江甜手腕，把戒指往女孩无名指上推，从指尖轻轻刮擦着指腹，慢慢推到底，刚刚好，不大不小。

陆铭周低下头，嘴角贴着江甜手指间，轻轻落下一个吻，方才缓缓抬头，目光温柔地看着江甜，深情地说：“好啦，你可以喊我了。”

江甜乖乖听话：“陆铭周。”

“不是这个。”

“嗯？”

“喊我老公啊。”

江甜在帝都比赛的日子，陆铭周时常两地飞，一段时间折腾下来，明显瘦了一圈。

江甜觉得愧疚，对陆铭周就越来越心软。

又是一个普通的周末，陆铭周捧着手机激动地炫耀：“老婆！伯父刚刚加我微信了！”

江甜只是配合地摸了摸某人的脑袋，丝毫没提她已经苦口婆心劝了老江大半个月的事。

谁知陆铭周得寸进尺地抱着她左右摇晃，激动地转圈圈：“回家偷户口本吧。”

江甜有些无奈：“你就这么想结婚？”

陆铭周的理由特别正当：“我抱着你才能睡得着！”

江甜听了觉得好笑：“你来了我每天都睡不好。”

陆铭周难得沉默，江甜以为某人终于意识到自己的错误，可没过一分钟，陆铭周又重整旗鼓：“所以你才要多运动，不仅能锻炼身体，还可以增进夫妻感情！”

江甜：“……”

大多时候江甜都是说不过陆铭周的，好在她也不恋战，说不过就转身忙自己的，可偏偏这个时候陆铭周又会死皮赖脸地抱她亲她，凑过来哄她。

江甜嫌弃地推开他，陆铭周委屈地看着自己，江甜转眼就会忍俊不禁。陆铭周总说她是小孩，却没发现自己也越活越回去了。

自从和陆铭周的关系公开，江甜反倒变得坦荡。比赛的时候也大大方方戴着戒指，虽然免不了被人大做文章，少不了有人对她指指点点，江甜却觉得无所谓了。

时间轻飘飘地一晃而过，《歌者》的比赛终于迎来尾声，最后一场比赛，冠军会从五名选手中产生，出场顺序由抽签产生，江甜抽到第一个表演，并不占优势。

决赛是直播，现场气氛爆棚，网上热度也很高。

江甜表演完，望着台下乌压压的一片，后背全是汗，终于长长松了口气。

江甜拿到第三名的成绩，网上嘲讽声和可惜声都有。

江甜虽然有些不甘心，可也心平气和地接受了，走到今天，比赛结果已经不重要了，无论好坏，这都不是结束，而是一个全新的开始。

最后一次从演播厅出来，江甜的情绪还挺复杂的，王艾在她耳边不停地说着什么，她一句都没听进去，直到她看到人群中的一个身影。

江甜完全没想到唐蜜会来帝都。

前阵子她让陆铭周替她查唐蜜当年的事情，其间她问过一两次，陆铭周都没正面回答。之前有博主曝出她和唐蜜的关系，江甜原本以为会闹得沸沸扬扬，没想过竟轻描淡写地被掀了过去。她虽然没问，可也明白多半是陆铭周的功劳。

江甜有些窘，傻愣愣地杵在原地，唐蜜往前走，轻轻握住江甜的右手，她沉默了一会儿，才缓缓开口："小甜瘦了。"

她的声音是一贯的平平淡淡，江甜却突然眼眶泛酸，唐蜜又伸手摸了摸她的脑袋，江甜没忍住，扑进唐蜜怀里。

距离比赛结束已经过去一个多小时，江甜和陆铭周讲电话的时候没哭，余思妍、程岁安慰她的时候也没哭，却因为唐蜜的突然出现，哭得好半天都停不下来。

唐蜜话很少，也不会安慰人，就那么抱着她，静静地等江甜情绪稳定了，她说着再平常不过的话："等回去了，妈妈给你做好吃的。"

江甜哽咽着点头，唐蜜无奈地给女儿擦擦眼泪。

江甜忘了上一次和母亲睡在一张床上是什么时候了，她激动地和唐蜜讲着这段时间的经历。

唐蜜淡淡地听她讲，偶尔插几句，依旧话不多，她瞥见江甜手上的戒指，也注意到卧室里随处可见的男性用品。她正想说什么，江甜却主动交代："妈，我想结婚了。"

唐蜜闻言沉默着，江甜却拉着被子笑着往下说："其实我不着急，他比较着急。虽然我也觉得有些太早了，可又怕他难过，想来想去嫁了算啦！"

江甜说话的时候嘴角一个劲儿地往上翘，说着幸福的烦恼。见唐蜜只是看着她并不说话，她又有些担心地问："妈，你不喜欢陆铭周吗？"

唐蜜终于有了反应，很轻地摇头："我昨天刚见过他。"

江甜诧异："你见过他！"

唐蜜点了点头，也不隐瞒："最近这段时间，他下班后，都会过来我们家。你爸一开始不待见他，现在会留他吃晚饭了。"唐蜜顿了顿，观察江甜的反应，又道，"我今天会过来，大半是他的功劳。我之前气你，那孩子天天往我跟前凑，说要我支持你，我嫌他烦，就过来了。"

江甜有点蒙了，她根本不知道这些，陆铭周也从来没跟她提起过。

唐蜜稍微侧过身子，看着江甜，平静地说："小甜，哪怕你现在再问我一次，我还是不愿意你走这条路，我的答案不会变，我不愿意。我之所以今天过来，确实是看开了些，你远比我想的要勇敢，最重要的是你不是一个人。"

江甜闷闷地问："因为陆铭周？"

唐蜜没否认："小陆那孩子，各方面条件都太好了，爸妈不是不喜欢他，是怕你会受伤。妈妈看得出来他是真心待你的。"

她叹了口气，又说："小甜，妈妈不支持你唱歌，是因为我比谁都清楚这圈子到底有多可怕。我现在也知道了，你不是我，小陆那孩子有能力保护你，我也能稍微放心一点。"

江甜静静地听着，她有很多话想问，一时间又不知如何开口，好半天，她才想起要问什么："你和莫安姐以前到底发生什么了？"

她问完，轮到唐蜜愣了一下，很久都没说话，江甜以为等不到她的答案，唐蜜却淡淡地往下说："都是些老皇历了，没什么好说的。当初周川发掘我，莫安当时也是新人，我和她从无到有，一路走来挺好的。《梦》的曲子是我写的，可最后闹到曲子成了别人的，我一身脏水也洗不清了，梦想是很重要，可和自由尊严比起来，也没那么重要。"

江甜眨眨眼，也对唐蜜坦诚："前段时间，我找陆铭周帮我调查，可他好像不愿意告诉我。”

唐蜜说：“多少年的事了，你也别为难小陆了，过去就过去吧，妈妈以前也许不甘心，可现在觉得挺好的，你爸啊……”唐蜜提到江宁明便笑了，“虽然你让我操心，转眼你都要嫁人了，我就偷个懒，不瞎担心了。”

江甜听得出唐蜜的释然，她吸吸鼻子，柔声说：“妈，我还以为你不喜欢我呢。”

“傻丫头，等你做了妈妈就知道了，哪有做父母的会不爱自己的孩子呢。”

“那你和老江是同意了？”

“我们不同意有用？”

江甜眯着眼笑，一个劲儿地摇头，唐蜜看得微微失笑：“你啊，心早飞人家身上了。”

江甜还是笑，心里美滋滋的，她只觉得好事在一件件发生，她的幸福在一点点放大，脚下的路也一天比一天更清晰。

江甜是在情人节这天回的安城，她有些晕机，下飞机的时候整个人都不在状态，机场有记者，不知道是在蹲谁。

江甜勉强挤出人群，才刚拉开车门坐上车，某人就朝她没皮没脸地凑过来，江甜推他：“外面都是人啊！”

陆铭周才不管：“窗户又不是透明的，看不到。”

前排的司机识相地升起挡板，后座成了密封的小空间。

他讨了个吻，又伸手去抱她，笑着感叹：“老婆回来了，我终于不用打光棍了。”

江甜找人秋后算账，她掏出手机问他：“陆总，您确定不给我解释一下？”

陆铭周扫了一眼，不觉得有什么问题。

江甜好气又好笑地问：“为什么要把微博头像换成我的照片？你怎

么不干脆把名字改成‘江甜全国粉丝后援会’啊！”

闻言，陆铭周期待地眨眼：“可以吗？我一开始想改的，怕你生气没敢，既然你都这么说了……”

他还没说完，江甜掐他脖子：“麻烦你低调一点好吗。”

陆铭周坚定地摇头：“我老婆长得漂亮，唱歌又好听，我担心别人打你主意啊！你又不肯跟我领证，我能怎么办。”

江甜听了，晃了晃手上的戒指：“我每天都戴着呢，谁还会打我的主意。”

陆铭周这时候是不讲理的，他把江甜抱到腿上，搂着她的腰，教育道：“你还小，又刚出社会，我怕你抵不住诱惑，得管着你。”

江甜故意和他作对：“只有我爸妈能管我。”

“老公也行。”

“你不行！”

“我不行？”陆铭周低头，温热的唇瓣流连于江甜敏感的耳垂处，“这才几天啊，你就忘了我到底行不行？”

江甜：“……”

江甜身子往后躲，陆铭周没再闹她。

江甜瞥了一眼街景，才问起正事儿：“去哪儿啊？”

陆铭周替江甜理了理领子，轻声道：“莫姨说，你跟她请了半个月的假？”

江甜见陆铭周已经知道了，也没否认，抱住陆铭周，细细地说：“这段时间确实太忙了，想休息几天。”她用脸颊蹭了蹭陆铭周的下巴，微微撒娇地补充，“也想陪陪你，这大半年都是你迁就我，我也没照顾你。”

江甜说的都是心里话，比赛过后，她的工作会更忙，莫安替她接了一档节目，到时候要时常飞外地，她还要准备新专辑。

“还算有良心。”陆铭周捏了捏江甜小巧的下巴尖儿，“没白疼你。”

江甜冲他一笑，陆铭周又缓缓开口：“先去我那儿，明天我再陪你回家，你要是愿意的话，也陪我回趟家。”

江甜脸上的笑容淡了些，莫名有些担心：“你爸爸会不会不喜欢我。他要是不喜欢我……”

江甜的话还没说完，陆铭周便打断她：“我爸啊，早想见你了，你别担心，我爸他虽然脾气怪，但他这人很开明，从来不管感情上的事。”他说着又低低地笑，“我不瞒你，他已经想着抱孙子了。”

江甜愣了愣，表情有些蒙。

陆铭周继续说：“还有我舅，他知道你今天回来，也想见你。我怕你太累，改天吧。”

“川叔？”

“嗯。”

江甜抿了抿嘴角，想起之前唐蜜说的话，江甜内心挣扎了一会儿，终究没再提。

汽车缓缓停下，陆铭周推开车门，轻轻拍了下江甜的后背示意她起身，江甜不解，可还是乖乖地下车。

江甜站在街边，环顾了大半圈街景，这地儿她熟悉，是成南小区。去年夏天她在春树景上班租的出租房，也是在这里，她和陆铭周阴差阳错成了邻居。

江甜还在困惑，陆铭周已经走到她身边牵起她的手慢慢往前走，江甜好奇：“怎么来这了？”

陆铭周没答，先是护着江甜过马路，往前走了一段路才停下脚步。江甜发现，这旧小区没什么人了，四周都拉着横幅，上头红底白字写着博恩建筑：“这边要拆了？”

四周飘着尘土，陆铭周没走太近，挑了一个视野好的地方停下，同江甜解释：“你不在的大半年，我也没闲着，等这边盖好了，我们就搬回来。”

“搬回来？”

“可以当婚房，之前的公寓是我早些年的风格，不太适合女孩子，等以后咱们有了孩子，人多了，房间也不够用。”

江甜心里满满的感动，嘴上却调笑他：“陆总，您这又是变相的逼婚呀。”

陆铭周难得没耍嘴皮子，反而认真地说：“最重要的，江甜，我这辈子最值得骄傲的事，就是在这儿让你喜欢上我。”所以他才会没日没夜地加班，哪怕不赚钱也愿意拿下这个项目。

江甜和陆铭周处久了，不仅脸皮厚了不少，对某些东西也变得特别敏感。

江甜：“喜欢上你？你别瞎说啊，我没有。”

陆铭周：“……”

江甜：“我真没有啊！你干吗这个表情？我当时以为你真的腰不好要看老中医，男人有那方面的问题，我可怜你都来不及，怎么还会想那些事呢？”

陆铭周被堵得哑口无言，江甜得意一时，陆铭周这人记仇，当天夜里江甜真真切切领悟了什么叫祸从口出。

幸福的日子，每一天都过得特别快，六月的时候，江甜终于迎来了她的毕业典礼。

前一天她刚刚结束一档节目的录制，夜里回的家，家里没人，陆铭周凑巧也出差在外。

毕业季，学校很多穿学士服的毕业班学生，男男女女拉着手凑在一起拍照。

江甜被围在人群中拍照，拍完照又有凑上来要签名的，在大太阳底下足足站了大半个小时，围观的人群才渐渐散了。

在新一波人群围上来之前，江甜被余思妍成功拽离现场。

到了人少的地方，余思妍立马变得八卦：“陆铭周呢？”

江甜：“出差了，说是明天回来。”

余思妍理解地点点头，又想起什么："你确定要这么早结婚？"

江甜想了想，柔声说："无所谓吧，早点晚点都是嫁他，挺好的。"

两人聊了几句，余思妍接了个电话，中途离开了。

江甜站在树荫下等，给陆铭周发了张穿学士服的自拍照，结果这混蛋又犯混："老婆穿什么都好看，不穿最好看。"

江甜一气之下给某人打了电话过去，电话一接通，她口是心非地嚷嚷："陆铭周你个色坯！我要好好考虑到底要不要嫁你了！还有啊，你究竟给我爸妈喝了什么迷魂汤？他俩现在成天帮你说话，我都烦死了。我今天毕业，你居然一点表示都没有，我现在正式通知你，我要跟你分床、分房、分居！"

"你确定？"

陆铭周只回了三个字，漫不经心的态度，江甜听着有些奇怪，她一时抓不住重点，却被陆铭周无所谓的语气激怒，点着头气愤地说："我非常确定！我还要趁着你不在，去 KTV，去酒吧，去艳遇，去找男人，怎么快活怎么来！"

她还没说完，左边耳朵就被人轻轻提了起来："怎么快活怎么来？你就这么想不开？想我收拾你？"

江甜当场傻掉了，震惊不已："你怎么在这里，你不是说明天才回来吗？"

她终于知道哪里不对劲了，刚刚那声"你确定"根本就不是从听筒里传出的，分明就是陆铭周站在她身后说的，这混蛋故意轻描淡写地刺激她，引她上钩。

陆铭周似笑非笑："你说呢？"又开口问，"江甜，你不如仔细和我说说，你要怎么艳遇？找哪个男人？"

陆铭周语气冷冽，江甜不禁打了个寒战，特别狗腿地冲他笑："老公，你今天好帅啊。"

她和陆铭周虽然还没领证，可跟夫妻也没啥区别。陆铭周通常都是一口一声老婆地喊她，江甜不习惯，还是直接喊他名字，只有在某种特殊时刻，偶尔喊两声讨某人欢心。

陆铭周平时倒也吃这套，可今儿却冷冷地拆穿她："别转移话题，还有，我每天都很帅。"

江甜恨不得咬舌自尽，她原本想着天高皇帝远，痛快痛快嘴，谁知道陆铭周会突然从她身后冒出来啊，杀她一个措手不及。

陆铭周低眉敛目，淡淡地看着她，也不催促，江甜想了想，手伸进包里，掏出个红本本，递到陆铭周面前。

陆铭周明显僵了一下，江甜偷偷打量他，柔柔地问："领证吗？今儿天气好。"

某人没反应。

江甜有些紧张："你怎么不说话啊？不愿意吗？好吧，我也不想强迫你，你别有心理压力，我再偷偷放回去好了，你怎么走了！去哪啊？"

陆铭周很冷漠："我要冷静一下，你先别过来！也别碰我！"

片刻后。

"怎么办！我冷静不下来啊！"

两人从民政局出来，江甜其实也是蒙的，她手里多了两个新鲜的红本本，一时间觉得手心滚烫。陆铭周早没了最开始的慌乱，反而多了股精气神儿，甚至举手投足间都透着淡淡的却又无法忽视的满足感。

江甜还是紧张："这个放我这儿？"

她才问完，手上的两个证就已经落到了陆铭周兜里："放我这。"

"为什么？"

"你猜。"

江甜鼓了鼓嘴，有些气，陆铭周却突然弯下腰，俯身低头，双手捧起她的面颊。

江甜眨眨眼，带着几分羞："这里人多呀。"

陆铭周却轻轻地笑，转眼间，温软的唇瓣便轻轻地贴了上来。

陆铭周温柔地吻她，像捧着什么宝贝儿，虔诚又小心，江甜只犹豫了一秒，便抬手搂住他的脖颈儿，稍稍踮起脚，热情又坚定地回应他。

门口人来人往，时间却仿佛是静止的。

人们倒不意外，热恋的情侣或是新婚夫妇，情到深处难免会情不自禁，他们微微一笑，悄悄地送上祝福，再步履匆匆地离开，直到人群中突然爆发出女孩的尖叫声，她激动地拍着男友的手臂。

“我认识他们啊！唱歌超好听的小姐姐和被恋爱冲昏头的霸道总裁，我命令你们立马结婚！”

江甜被陆铭周放开的时候，整张脸都是红的，脸颊红扑扑的，一路烧到耳朵，她牵起陆铭周就往外跑。

陆铭周知道江甜害羞，任由她拉着自己在马路上飞快地走，等终于离开人群了，江甜气喘吁吁地停下，转身委委屈屈地抱怨：“都怪你！”

陆铭周眼底是藏不住的笑意，他伸手替江甜理着散开的头发，温柔地说：“老婆，我们现在是合法关系啊，你怕什么？”

江甜缓了一下呼吸，她只是害羞，没计较的意思，她抓住陆铭周的领带，往下拉又晃了晃：“陆铭周。”

“错了。”陆铭周笑着怪她，“你再喊错，我真罚你。”

江甜眨眨眼，改口，语气里带着期待：“老公？”

“嗯。”

“我们要好好的，好一辈子。”

陆铭周点了点头，江甜看到他眼角眉梢肆意流露的爱，她微微仰着头，静静看着他，时不时有微风吹起耳边的碎发，还有不知哪儿飘来的淡淡花香。

江甜的视线挪不开，傻傻地看着陆铭周，痴痴地笑，没多久，又落了泪。

幸好啊，终究有这么一天，她和陆铭周等来了彼此的花好月圆。

陆铭周的眼眶也红红的，江甜不管不顾地扑进他怀里，毫不讲理地把眼泪往他衬衣上擦，陆铭周揉了揉江甜的头发，把女孩搂得更紧。

陆铭周觉得曾经所有的苦啊都不重要了，他有了江甜，也就有了余生所有的甜，年年岁岁都因此有了重量。

很久很久以后，他们都记得那一个普通的午后，车水马龙的街头，他们义无反顾地拥抱着彼此生命里的太阳。

- 正文完 -

# 番外一

转眼又是一年年底。

江甜前一阵忙着参加节目，好不容易攒了几天假期，刚好是周末，她赖在床上不肯起，迷迷糊糊醒来的时候，已经快十一点了。

书房的门虚掩着，陆铭周在里头工作，和她不同，年底了，陆铭周特别忙，昨晚很迟才休息。江甜没进去打扰他，在客厅看着无聊的电视节目，差不多过了半个钟头，又有些闷，她关了电视，轻手轻脚地往书房走。

陆铭周原先伏案工作，听到门口的动静，他略微抬眼，看到门口探头的江甜，眉梢飞上笑，冲她招手。

江甜心下一喜，迈着步子朝陆铭周走去。

陆铭周双手搭在桌上，江甜抬起他的手臂，往他怀里钻。她坐到陆铭周腿上，搂着他的脖子，埋怨道："你不叫我起床，我都睡到中午了。"

陆铭周手臂往回收，轻轻搂着女孩的腰，颇为无奈地叹气："我家小懒猪，被吵醒是要跟我闹脾气的。"

江甜有起床气，特别不好哄，再说了，周末没什么事，他也不愿江甜太辛苦。

被人拆穿了，江甜也不窘，反倒笑了，她轻轻地蹭了蹭陆铭周的面颊，撒娇地轻唤："老公，我跟你说啊——"

"大中午的你俩干吗呢？"

江甜话才起了个头，倏地被打断，听到身后传来的一声揶揄："腻腻歪歪，我这是赶上直播了？"

闻言，江甜慌慌张张地转头，就发现陆铭周的电脑竟然开着视频，画面里是纪盛那张欠揍的脸。

两人目光相触，纪盛故意学她的语气："老公，人家跟你说哦。"

顷刻间，江甜的面颊泛起一层淡粉，她眼神闪烁，不知往哪看。纪盛继续阴阳怪气地损她："亲亲，老公啊。"

江甜觉得羞死人了，挣扎着要从陆铭周怀里下去，陆铭周却搂着她不愿放手。江甜脸皮薄，微恼地把他往后推。

陆铭周眼底是藏不住的笑意，他还是跟以前一样爱逗江甜玩儿，却不会太过分，见妻子耳尖都蹿上一抹红，他故作认真地对着屏幕教训："严肃点，我才不是你老公。"他说完，关了视频，合上电脑推到一边。

没了纪盛的玩笑，江甜的情绪冒上来，她气呼呼地抓住陆铭周的耳朵："你故意的对不对？你怎么还是这么讨厌啊！"

江甜在怪他，陆铭周却笑得花枝乱颤，他忍不住曲指捏她的脸颊，含笑道："咱俩都在一起这么久了，你怎么还是动不动就害羞啊。"

江甜拍他的手背，埋怨："都是你不好，老爱欺负我，你刚刚就是故意的。"

陆铭周把江甜往怀里抱了抱："我和他聊正事，你进来就跑我怀里了。"他略微停顿，嘴角不禁往上扬，"老婆来了，我太激动了，哪还记得自己在视频啊。"

江甜听了陆铭周一番油腔滑调的解释，嫌弃地翻白眼。

陆铭周仍是笑，岔开话题："饿了吗？"

江甜忙不迭地点头，想到了什么，期待地说："中午我来做饭吧？"

陆铭周自然不会有意见，他抱着江甜站起来：“但是呢，我有个条件。”

江甜由他抱着，笑眯眯地搂着爱人，开玩笑地说：“咦？居然还有条件？陆总，你有点得寸进尺了。”

陆铭周再度失笑：“陆太太，我是怕你把厨房给点着了，你可是有前科的，我提醒一下不过分吧。”

陆铭周说的是实话，江甜撇撇嘴，不想理他。

陆铭周坐在餐桌前，懒洋洋地托着腮，见江甜在几步之外忙得团团转，他没缘由地心情愉悦。

江甜手忙脚乱，余光瞥见陆铭周好整以暇地望着自己，她便佯怒瞪了他一眼。谁知某人毫无收敛，反倒越发得意，江甜便懒得理他，专心做手边的事。

陆铭周一直看着江甜，她的长发被随意地绾了起来，梳在脑后，有一小缕没扎上去，微微垂下，厨房的照明灯打在女孩白皙的侧脸上，镀了层淡淡的金边。女孩睫毛扑闪，嘴角微抿，温柔又可人，陆铭周的视线挪不开，明明是再普通不过的画面，他却看得心软得一塌糊涂。

他站起来，绕过餐桌，从身后紧紧抱住江甜。他微微躬下身，下巴抵在她右肩上。

肩膀一沉，江甜拍了拍腰上的手腕，咕哝道：“不要这样啦，很影响我发挥。”

陆铭周却不以为然，眉梢略微一挑，往锅里瞟了一眼，水都还没烧开，面就下锅了，再怎么超常发挥，也好不到哪里去，他便开始有些不规矩。

江甜忍了一会儿，嫌他烦，她向后转头，凶巴巴地瞪他。陆铭周借机占江甜的便宜，唇瓣贴上去，热情地拥吻她。

江甜有点意外，想转身退开，陆铭周却按着她的后脑勺把人锁在怀里，更用力地吻她。

江甜不太乐意地推了一下男人的胳膊，吐字不清：“我……我要做饭啊……”

闻言，陆铭周直接关了火，半推着江甜往后靠，抵上一侧干净的流理台。江甜无奈，顾此失彼，手里的锅铲被陆铭周劈手夺了过去，扔在一边水槽里。

江甜抗议，拿脚背踢他，明显效果不佳，没一会儿，便被收拾得服服帖帖。

江甜迷迷糊糊的，陆铭周已经抱起她，埋头在她颈窝，热气笼罩着她："老婆，我们先做点别的吧。"

折腾到最后，江甜窝在沙发上不想动，陆铭周却神清气爽地开始在厨房忙活。江甜看着他心里生气，吃完饭都拒绝跟陆铭周说话。

陆铭周很忙，下午又在书房工作，江甜这次学乖了，捧了本书躺在阳台的藤椅上，不去瞎凑热闹，不然最后吃亏的肯定又是她。

阳光洒在脸上，暖烘烘的，江甜把书盖在脸上，遮掉光线，思绪却飞得有些远。

她和陆铭周结婚快一年了。

日子就这么普普通通地一天一天过，没工作的时候两人经常腻在家里，忙起来也会几天不见面，可她每一天都觉得很踏实，也安心。

冬日的午后，江甜昏昏沉沉的，有些犯困，不知何时，藤椅轻轻一晃，没一会儿，她便被人抱了起来。

江甜有点倦，她往陆铭周怀里凑近："忙完了？"

陆铭周轻轻"嗯"了一声，低声说："回屋睡，容易着凉。"

江甜把脸埋在他胸口，声音闷闷的："一起吗？"

陆铭周轻笑一声，他低头吻了吻女孩柔软的头发："好啊。"

江甜有点魂不守舍，她出差录了一个星期的节目，下飞机回到安城刚好是晚上七点。

上了保姆车，江甜打开日历算日子，王艾和她并排坐着，在刷着手机，像是看到什么新闻，兴奋地递到江甜跟前："小甜你快看，陆总又搞事情了。”

江甜匆匆瞥了一眼，心不在焉地问：“他干吗了？”

王艾笑得有点暧昧，指着手机屏幕：“陆总点赞了一篇育儿博主的微博，然后媒体捕风捉影，说你怀孕了。”

江甜：“……”

王艾一直跟在江甜身边，自然是最清楚的：“咱们工作都安排到大半年以后了，这些媒体就知道乱写。”

江甜把手机塞回大衣兜里，她深深吸了口气，看向王艾，忧心道：“我有点担心是真的。”

王艾不会听不懂江甜的意思，她压低声音问：“你不是说都做了措施吗？”

江甜再次叹了一口气，以往她都比较小心，可这个月明显有点不对劲儿。她刚才算了下时间，年底陆铭周占她便宜那次，那混蛋是直接乱来的。

江甜紧张地问：“这种事一次就中的概率有多大？”

王艾被问住了，她想了想，正经地说：“看技术，看强度，因人而异吧。”

江甜犹豫了下，又问：“你觉得陆铭周怎么样？”

王艾难得有些害羞：“我怎么知道陆总怎么样。小甜，你这问题问得我好尴尬啊。”

王艾见江甜有点慌乱，她随手指了下窗外，提醒道：“去药店买根验孕棒，试一下就知道了啊。”

江甜到家快要八点钟了，听到开门的动静，陆铭周迫不及待地走到玄关，接过江甜手上的包，又热情地去抱她。

江甜冷漠地推开他，绕过陆铭周往卧室走。陆铭周有点不知所措，他不知道发生什么了，但很确定江甜生气了。

江甜小跑着进入洗手间，陆铭周便紧张地跟在她身后：“老婆，怎么了？”

他慌张地问，江甜依旧不理他，直接进了洗手间，“啪”的一下甩上门。陆铭周心里越发没底，江甜出差这几天，两人一直电话联系，一切都挺正常的，怎么突然和他闹脾气了。

陆铭周轻轻地敲了敲门，他放低姿态：“老婆，我错了。”

在一起这么久了，陆铭周还是明白的，无论什么情况，先道歉总是没错的。

洗手间一直没动静，陆铭周等得焦虑，不停地敲门。

过了好一会儿，江甜终于拉开门。陆铭周才松了口气，江甜却直接朝他扑了过来，手脚并用地打他：“陆铭周你混蛋！”

陆铭周被江甜推着往后退，江甜毛手毛脚的，他又怕江甜磕碰到，只好一边小心护着她，一边好声好气地提醒：“老婆，小心柜子啊，别打脸嘛。”两人一退一进，陆铭周抵上床沿，退无可退。

江甜踮着脚，气呼呼地掐他脖子：“我真的要被你气死了！”

陆铭周挺委屈，他搂着江甜的腰，无辜地说：“我都不知道什么事。”他埋怨了一句，又哄道，“老婆，不要生气嘛，生气容易长皱纹，笑一下，给老公笑一个，嗯？”

江甜是真的气他：“不知道气什么？”江甜右手在兜里摸了一下，往陆铭周身上砸，“你看看，就是你干的好事！”

陆铭周连忙伸手接住，慌乱间他瞥见手里的东西，神色猛地一顿，整个人僵在原地。

江甜见陆铭周不说话，她踢了他一脚，在床边坐下：“你上次跟我说没事的，说什么安全期，不用吃药。我还傻乎乎地信了，结果呢！”

江甜原本是生气，这会儿见陆铭周跟个傻子一样愣在原地，又觉得委屈：“我有宝宝了，一点准备都没有，居然要当妈妈了……”

江甜委委屈屈地说，陆铭周还是一动不动地站着，背挺得笔直，手里举着验孕棒，不知在想什么。

江甜一路上经历了各种情绪，从一开始的害怕，后来的气恼，到最后的委屈，可现在见了陆铭周的态度，她有点心慌了。

江甜有再多的情绪，也不是不喜欢孩子，就是太意外，完全没有做好心理准备，她忘了还有一种可能。

她会不知所措，陆铭周也会不喜欢。陆铭周会不喜欢吗？

江甜拉了拉陆铭周的衣摆，陆铭周还是没反应，江甜有点坐不住，她站起来："你不喜欢小宝宝？"

她怯怯地问完，陆铭周终于有了点反应。他垂眸，看了看手里的东西，又望向江甜，语无伦次地问："老婆，你怀孕了？怎么怀的？谁的？我的吗？"

江甜完全没想到陆铭周会翻脸不认账，眼睛立马就红了："谁的？你什么意思？"她狠狠地往陆铭周膝盖上踢了一脚，"你不认拉倒，反正我也养得起。"

话落音，她便负气地往门口走，还没走开几步，陆铭周已经堵到她跟前。江甜推开他，陆铭周趁机捉住江甜的手腕，把人拉进怀里："江甜，我要当爸爸了？"他眼底笑意席卷，掩不住的喜悦，"老婆，我们有宝宝了。"

江甜被他抱着动不了，见陆铭周神情激动，她今晚所有的情绪顷刻间都被甜蜜代替。虽然很意外，却也很欢喜。

陆铭周终于缓过劲儿，心里眼里都是欢喜，现在冷静下来，语气依旧激动得发颤："我好开心啊，我当爸爸了。"

他说着话，手臂往里收，把女孩紧紧搂进怀里，让江甜有些透不过气："你轻点啊。"

陆铭周实在太兴奋了，他抱起江甜，搂着她原地转圈圈。江甜被陆铭周傻乎乎的动作逗笑："你就这么开心吗？"

陆铭周顾不上回答，他转着幸福的圈儿。

江甜搂着爱人的脖子，好一会儿，还是忍不住笑他："老公，你现在好傻啊。"

"一孕傻三年，很正常。"

# 番外二

江甜怀孕两个多月的时候，莫安就停了她手上的工作，说是陆铭周的意思。

江甜找陆铭周沟通，争取了几次，陆铭周每次都拒绝。

她没了耐性，每天闷在家里，情绪也越来越多。

幸好这种状态没有维持多久，陆铭周也渐渐减少了工作量，大部分时间都陪在江甜身边。

江甜的情况却依旧不太好，孕吐太厉害了，基本上吃了就吐，几个星期下来，非但没胖，反而瘦了一些。

刚好是中饭的点，江宁明和唐蜜都在，陆远怀因为公司有急事，饭前离开了。

一家人吃饭，江甜开饭前还嚷嚷着饿，可等坐上餐桌，没吃几口，突然放下筷子捂着嘴往洗手间冲。陆铭周见状，立马追了上去。

江甜小脸苍白，气色很差，有气无力地站着。

陆铭周的脸色比江甜还难看，他抽了几张纸给江甜擦嘴，然后抱住她，担心地问："难受？"

江甜的眼睛红了一圈，她委屈地吸吸鼻子，往陆铭周怀里蹭：“难受死了。”

陆铭周心疼地搂着她，又摸摸妻子的脸：“瘦了，都不好看了。”

江甜蹭了蹭男人温热的手心，声音有些小，又有点伤感：“我不好看了，你是不是就不喜欢我了？”

江甜这段时间一直患得患失，陆铭周也做了些功课，怀孕中的女人通常很敏感，他有些后悔刚才的口无遮拦。

江甜是真的瘦了，脸色暗沉，嘴唇泛白，一点精气神都没有。

陆铭周实在担心，他道：“再这么折腾下去，孩子我都不想要了。”

江甜听了，立马捂他的嘴，埋怨：“瞎说什么呀，我们的宝宝啊，你不准说胡话。”

陆铭周只是轻轻叹了口气，他把江甜打横抱起，往卧室走：“还想吃吗？”

江甜摇摇头，往他肩膀靠去，皱着眉拒绝：“不想吃了，闻到味道就难受。”

陆铭周也无奈，紧了紧手臂，江甜有些疲倦：“我睡会儿。”她指了指床，示意陆铭周放她下去，又忍不住交代，“你去吃饭，我没事，就是突然有点困。”

陆铭周依言把江甜放到床上，给她盖好被子。江甜翻了个身，脸埋进枕头里，也就一会儿的工夫，便昏昏睡了过去。

陆铭周低头亲了亲妻子的额头，掖好被角，起身出去。

餐厅里，江宁明见女婿出来，状态也不好，他重新给陆铭周换上热的饭菜，担心地问：“小甜不吃了？”

陆铭周接过江父递来的碗筷，低声道：“说是困了，又睡了。”

唐蜜毕竟是过来人，轻声宽慰道：“别太担心，到十二周的时候会好点，等熬过这几天就没事了。”

江宁明也道：“小蜜当初怀小甜的时候也一样，吃了就吐，早上刷牙都恶心。小陆啊，你别太紧张。”他顿了顿，又关切道，“小甜这孩子吧，能吃苦，就是容易闹情绪，你别跟她计较。”

陆铭周眸色微沉，态度诚恳：“爸，你放心，我会照顾好小甜的。”

怀孕这事儿确实折磨人，可做父母的都是这么过来的，两位长辈事无巨细地传授经验，陆铭周一字不落地记下来。

直到下午，江宁明和唐蜜都回家了，江甜还在床上睡觉。陆铭周看了一下时间，去厨房热上汤，回卧室喊江甜起来。

江甜睡觉习惯蒙着被子，陆铭周在床边坐下，把被子往下拉，露出江甜红扑扑的脸蛋。他凑近，吻了吻妻子的面颊，轻声喊她：“老婆，起床啦。”

江甜脸颊痒痒的，她转过头，避开洒下的温热气息，陆铭周却追着她，亲昵地蹭了蹭她鼻尖：“小懒猪，不能睡了，知不知道？”

江甜睡眼蒙眬，好半天，才慢慢睁开眼，她缓了片刻，抬手搂住陆铭周的脖颈儿，往他身上拱了拱：“我睡很久了？”

陆铭周“嗯”了一声，把江甜抱起来，江甜顺势爬到他怀里，坐到他腿上。

午觉过后，江甜的状态好了很多，她的面颊轻轻蹭了一下陆铭周的颈窝，小声撒娇：“我好像有点饿了。”

听她这么说，陆铭周突然掐了一下妻子的腰。

江甜躲开他的手，哼哼唧唧：“你干吗啊？不给饭吃吗？我是你老婆啊。”

闻言，陆铭周失笑，他抱着江甜站起来，往外走，低声说：“爸妈回去了，走的时候你还在睡觉。”

江甜嘟嘟嘴：“都不跟我说一声，就把我一个人扔下了。”

她话落音，陆铭周惩罚似的拍了下她的屁股，有些无奈地问：“一个人？那我是谁？”

江甜搂着陆铭周的脖子，和他唱反调，她笑着，说着调皮的话：“你是谁关我什么事啊。”

陆铭周难得沉默，抿着嘴不吱声。

江甜却不喜欢他沉默，她习惯了陆铭周的不正经。情绪来得很快，江甜突然就委屈上了，说出的话也莫名其妙：“陆铭周，你是不是在外面有别人了？”

陆铭周脚步微滞，略微沉下脸：“瞎说什么！”

江甜眼眶泛酸，依旧委屈：“我没瞎说，我们好久没……”她有些害羞，“你都好久，好久没……”

江甜支支吾吾，不好意思说，陆铭周却听懂了妻子的言外之意，故意逗她：“好久没什么？嗯？”

江甜没敢再看他，睫毛微颤着，无理取闹：“我不管，程岁都告诉我了！”

陆铭周黑眸一沉，两人已经走到客厅，他却没把江甜放下，依旧抱着她：“他说什么了？”

江甜转眼就把好友卖得彻底：“他说男人回家不碰老婆，肯定是在外面被喂饱了。”

江甜语出惊人，陆铭周罕见地被噎了一下，他哭笑不得：“他告诉你这个？”

江甜点点头又摇摇头：“程岁和余思妍说，你长得衣冠楚楚又有钱，还有应酬，哪怕自己没兴趣也有很多女人主动。他们就是关心我，让我长点心。”

陆铭周实在不知道该用什么表情回应怀里的小女人，思索片刻，他有些严肃地问：“你呢，也这么觉得？”

江甜摇了摇头，嘟囔道：“你不会，我知道的。我就是觉得自从怀孕了，我变丑了，你也不热情了。”

陆铭周啼笑皆非，他把江甜放到沙发上，把脸埋进她的颈窝，一个劲儿地蹭她，也开始毫不讲理：“你个小坏蛋，每天都瞎想什么？看我怎么教训你……”

江甜被挠得痒痒的，往沙发上缩成一团，她捂着肚子威胁他：“陆铭周我警告你哦，你孩子在我手里，你不准欺负我，不然我就带着宝宝跑喽。”她板着脸，装严肃。

陆铭周却毫不客气地捏了一下江甜的面颊，他软着语气警告：“还想去哪？哪儿都不许去，老婆、孩子都是我的。”

江甜突然间心情好得不得了，眉飞色舞，拿脚丫子踢了踢陆铭周的膝盖，又抱住他的腰，凑过去吻他：“老公，我好喜欢你，你是我的。”

江甜突然表白，陆铭周心情飞扬，他回应江甜的吻，亲亲妻子的嘴角，轻轻抚摸她的背。

江甜主动地搂着他吻，小腿缠上来，扭着腰往他身上攀过去，对着他又亲又咬。两人亲密接触不少，江甜还是跟以前一样，没轻没重，冒冒失失的。

陆铭周却很爱这样的江甜，明明在外面早就能独当一面，在家里却依旧是个孩子，需要他宠，需要他哄，每每这个时候，陆铭周总觉得很满足。

莫安不止一次和他说过，江甜远比他想得坚韧、勇敢，他实在没必要把人当孩子一样藏着掖着。

陆铭周却不以为然，他喜欢江甜的依赖，他所有的好，只是想给江甜底气，她可以义无反顾地往前，身后永远有他。

永远，永远。

而他，因为江甜，每一天都鲜活地活着。

小妻子突然热情似火，陆铭周有点难以招架，他一边小心翼翼地护着怀里的人，一边逼自己冷静，声音有些哑：“好啦，别闹了。”他拍拍妻子的肩，“不是说肚子饿了吗？先吃点东西。”

江甜却搂着陆铭周的脖子不肯放，她咬了一下男人的下巴，又拿额头撞他，睫毛微垂，虽然什么都没说，眼底却有几分失落。

陆铭周哪会不懂啊，可他真的冤枉，再次叹了一口气，揉揉妻子的头发，无奈道："老婆你别瞎想啊，医生说这段时间不行，所以啊，你就体谅我一下，不要勾引我啦。"

陆铭周这么一说，江甜的耳根红了，她的眼睛转了一圈，掩饰内心的窘迫，嘴上还是逞强地说："什么不行？你说什么我听不懂。"

陆铭周再度失笑，他曲指捏她的鼻子："你说什么不行？我不能睡老婆，懂了吗？"

江甜没想到陆铭周直接说出来了，她又羞又恼，从他怀里退出来，干巴巴地转移话题："我饿了。"

陆铭周把江甜安顿在沙发上，江甜这几天还有些腰酸，他拿了一个抱枕垫在她腰侧，柔声说："知道了，我的小祖宗啊。"

他的眼角难掩笑意，转身往厨房走。

江甜懒洋洋地窝在沙发上，陆铭周在厨房给她准备吃的。

江甜趴在沙发扶手上，眷恋地看着他："我想吃酸一点。"

陆铭周轻轻地"嗯"了一声，应下来。

过了几分钟，陆铭周把汤汤水水搬到客厅的茶几上，江甜一天都没怎么吃东西，看着热气腾腾的饭菜，有点馋。

可没吃几口，又是老样子，她把汤碗往陆铭周的手上一推："吃不下了，我饱了。"

陆铭周接过江甜递过来的碗筷，换了个位置，坐到江甜身边，他舀了几勺汤："再吃一点点？"

江甜摇头，张张嘴："饱了，吃不下了啊。"

陆铭周看了下碗，江甜吃了一半都不到，他不放心，柔声哄道："老婆，再吃一点好不好？咱们儿子还饿着呢。"

江甜还是摇头："我和宝宝都饱啦！"

陆铭周莞尔："就再吃一点，三口？三口好不好？"

江甜真的不想吃，可陆铭周双目深沉，语气温柔地劝她，她又有点不忍。

自从怀孕以来，陆铭周稳重了很多，也瘦了不少，她没日没夜地折腾，陆铭周也跟着受罪。

早上天还没亮，她醒得早，说想吃甜点，城西的一家甜品店，每次都要一早排队才能买到。陆铭周当时也没怎么睡醒，可听她那么说，没几分钟就起床，简单洗漱完，便出门给她买吃的了。

江甜也是中午听江宁明说了才知道，清晨的时候，雨下得很大。

江甜冲陆铭周点点头，陆铭周有些欣慰，他抬手喂江甜喝汤，江甜多吃了小半碗。

陆铭周没再勉强，他收拾了碗筷在厨房忙碌。

江甜有点坐不住，她往厨房走过去，从后面抱住他。陆铭周用干净的毛巾擦擦手，转过身，轻轻搭上妻子的肩："怎么了？"

江甜抬头看他，一寸寸瞧得仔细，她伸手抚摸爱人的脸，从眼角眉梢，细细滑过鼻梁，再到下颌，指腹被轻轻地扎了一下。她望着陆铭周冒着胡茬儿的下巴，笑着问："老公，我给你刮胡子吧。"

陆铭周愣了一下，没料到江甜心血来潮，江甜却不管不顾地拉着他往卧室走。

陆铭周跟在江甜的身后，看着她雀跃的背影，时不时转过头冲他浅浅笑，说着些天马行空的想法，他的嘴角一点点往上翘，突然觉得时间定格在这美好的一瞬间该多好啊。

两人进到洗手间，江甜推着陆铭周靠在台子上，她换了个称呼："很高兴见到陆总，我是江小甜。今天呢，陆总什么都不要做，等着被伺候得舒舒服服吧。"

陆铭周很听话，半倚着洗漱台，两人有身高差，陆铭周休贴地往前屈腿。

江甜用热水给他洗脸，她摊开毛巾，一点点描绘他的五官，在下巴热敷了一小会儿，说着些不靠谱的话："陆总，长得真俊啊，想知道您喜欢什么样的女孩子啊？我这样的怎么样？”

陆铭周配合她的胡闹，故作深沉，拒绝道：“抱歉，我结婚了，再过几个月，要当爸爸了。”

江甜把毛巾放在台子上，她遗憾地眨眼，片刻，又强调：“陆总，请正面回答我的问题。”

陆铭周笑了笑，一双眼睛神采奕奕的，眼波流转：“我喜欢我老婆那样的。”

江甜心里甜蜜蜜的，又找碴儿：“你老婆那样的，哪样呢？”

陆铭周似乎认真地想了想，沉默了一小会儿，慢慢地开口：“我老婆很漂亮，我很喜欢她。”

江甜拿过台子上的剃须刀，同样缓慢地问：“就只是漂亮？陆总，你好像有点肤浅。”

陆铭周眼底的笑意越来越浓，他慢条斯理地解释：“太多了，喜欢的太多，一下子记不起来了。”

江甜也笑了，没再说什么，她踮起脚，打开剃须刀的开关。

嗡嗡的声响传入耳朵，江甜突然有点紧张。

见状，陆铭周轻轻抬手，一只手搭上江甜的手背，轻声细语，耐心地教她，另一只手却始终环在江甜腰上，让她靠着自己。

江甜屏住呼吸，沿着陆铭周的下颌，一点点地往上推，格外小心，格外专注。

陆铭周似乎不太在意她在做什么，眼帘低垂，只是安静地看着眼前的女孩，目光那么深，那么沉。

江甜往掌心倒了须后水，轻轻地往陆铭周的脸上拍了拍，做完最后一个步骤，她凑过去，鼻间是须后水的清冽味道，她亲昵地抵着爱人的嘴唇：“陆总，江小甜很喜欢你。”

陆铭周眉眼间满是甜蜜，他把江甜搂进怀里，抱着女孩细细的腰，手掌温柔地贴在江甜还不明显的小腹上，他贴着她的耳朵，轻轻地说：

"辛苦了，老婆。"

他一语双关，江甜自然听得懂，她往后推开一点，两人面对面，江甜很坚定地说："虽然是有些辛苦，可是我很开心，很幸福。陆铭周，我觉得很幸福。"

陆铭周的心里顿时万千情绪涌了上来，他目光深深，一颗心沉甸甸的，不知从何开口，不知如何感谢自己的小妻子。

江甜见陆铭周不说话，她搂着陆铭周，不确定地问："以后我当了妈妈，我们有孩子，也许还不止一个，你会不会就没那么爱我了？女儿还是你前世的情人呢，你会不会偏心啊？"

她说着玩笑话，也没指望陆铭周会说什么，又想起别的话题："我晚上想去逛母婴店，想买宝宝的衣服。我昨天在网上看了，好漂亮啊，我们一起去好不好？"

江甜期待地等着陆铭周点头，陆铭周却突然躬下身，抱起她，两人平视，江甜表情茫然，陆铭周却是前所未有的认真，他看着她，目光灼灼，一字一句清晰落地：

"江甜，我会爱我们的孩子。可我的心，永远偏向你。"

# 后记

这是我出版的第一本书，过程很艰辛，如今尘埃落定，很荣幸，也很感慨。

这篇文在连载的时候，便不太顺利。我有很多的词不达意，也时常力不从心，磕磕绊绊最后竟也写完了。感触很多，我心里也明白，文章有很多地方没能处理好，无论是情节设定，还是人物形象。他们本可以更饱满、更鲜活，却因为我变得不够好。很遗憾，也深感无奈，我明白写文需要时间琢磨，一点点地积累，一次次地尝试，笔耕不辍。在很久以后，我或许能做得更好一点，也能更有自信一些，这也是我的期待。

网络连载结束，实在没想过竟能有幸实体出版，收到编辑消息的时候很开心，冷静下来，又诚惶诚恐，心想：真的值得出版吗？但是又忍不住兴奋，我的书居然出版了！在我眼里，出版是一件很有成就感、很神圣的事情，拿到纸质书的时候，我会觉得很幸福，总觉得文字好像只有通过纸质书的形式，才最有重量，也更深刻。

这些遗憾、期待、惊喜，真正到了修改出版稿的时候统统变成了我的压力。压力其实不是一件坏事，我总想弥补连载时的遗憾，每天想着如何删减，怎么重新设定，怎样让故事更精彩一些。改稿的日子说不上愉快，甚至有些烦躁。可我很幸运，有很多朋友陪伴我，支持我。断断续续改了一个多月，总算完成了眼前的浩大工程，撇开别的不说，我还挺有成就感的。

要感谢的人很多，很感谢我的编辑取寒同学，每次都非常认真地指导我。其实我给她添了不少麻烦，谢谢她的理解支持，希望以后能和取寒一起进步，她能做出更好的图书，我也能写出更精彩的故事。还有几个作者朋友和读者，改稿最困难的那段时间，他们一直在鼓励我，谢谢他们的督促，陪我一路走下来。

零零碎碎的想法很多，又不知从何说起，我觉得自己真的很幸运，能有幸拥有一本实体书，能遇到温暖的人，更有幸被温柔以待。

呈现在大家眼前的故事，作为它的作者，无论好坏，我都爱它。陆铭周和江甜也许不够好，故事也不美，但很感谢自己能一路写下来，故事的结尾他们很幸福，希望我们也一样幸福。当然，我也会更加努力，争取每次都有一点小进步。

总之啊，我爱痞里痞气却一往情深的陆铭周，也爱心软胆怯却又拼命勇敢的江甜，还有陪我一路走来却不曾相识的你们。

隔山隔水，祝君一切安好。

奚六

2019 年 1 月